阿卡姆
ARKHAM

Matt Ruff

LOVECRAFT COUNTRY

洛夫克拉夫特乡

恶魔之地

[美] 马特·拉夫 | 著 陈堃 | 译

北京时代华文书局

Matt Ruff

LOVECRAFT COUNTRY

献给哈罗德和丽塔

目　录

恶魔之地

吉姆·克劳制的英里——这是有色人种汽车旅行者才会用到的一种计量单位，不仅包括实际的道路里程，还有随机会遭受的恐惧、多疑、困境和凌辱。这种无从定形的性质，使我们根本无法计算旅行所需要花费的具体时间。而其本身所带来的暴力，让旅行者的身心时时刻刻都处于危险的境地。

——《黑人旅行安全指南》，1954 年夏季版眼看家乡遥遥在望，艾提克斯却被一名州警勒令停车检查。

两天前，艾提克斯驾驶着那辆他用自己手头最后一笔军饷买来的二手 1948 年款凯迪拉克跑车离开了杰克逊维尔。头一天，他行驶了四百五十英里[①]。他提前准备好了一篮子食物放在车里，吃喝都在车上，只有在需要加油的时候才停下车来。在一处加油站，供有色人种使用的厕所因为故障无法使用，而加油站的服务人员就是不肯把白人厕所的钥匙给他。不得已，艾提克斯只能在加油站后面的灌木丛里撒了一泡尿。

当晚，他在查特努加市过夜。手头的那本《黑人旅行安全指南》罗列了四家宾馆和一家汽车旅馆，都坐落于城市的同一片区域。艾提克斯选择了那家汽车旅馆，那儿还二十四小时额外提供餐饮。而房间的价钱，正如《指南》上所标注的，只要三美元。

次日早饭的时候，他查阅了一份交通图。距离芝加哥还有六百英里的路程。肯塔基州的路易斯维尔正位于他所规划的路线之中。他查阅过《指南》，那里有家能让他解决午饭的餐厅。艾提克斯倒是考虑过去那儿吃个午饭，但是一想到还是越早把南方甩在屁股后面越好，

---

① 1 英里约为 1.61 公里。

他就打消了任何延迟自己这趟归乡旅程的念头。因此，一吃完早饭，他就把车里那个篮子拎出来交给厨师，让他在里面塞满三明治、可乐还有凉炸鸡。

下午一点左右，他抵达了俄亥俄河，这里是肯塔基州和印第安纳州的分界线。河上的一座桥是以一位已经过世的奴隶主的名字来命名的，当艾提克斯驾车驶过的时候，他把胳膊伸出车窗，竖起了中指。永别了，歧视黑人的鬼地方！另一个方向上，一个正驾车驶来的白人看见了他的动作，嘴里立即冲他骂骂咧咧地叫嚷起来。不过艾提克斯只是莞尔一笑，随即一脚油门，直奔北方而去。

一个小时后，他的凯迪拉克开到一片农田旁边时爆胎了。费了半天劲，艾提克斯才好不容易把车弄到一处路边的停车点，准备更换备胎，可倒霉的是备胎竟然也是瘪的。真是糟透了，在出发前他明明是检查过备胎状况的，当时它看起来毫无问题。然而就算他的眉头都快拧成疙瘩了，备胎还是坚决保持着自己干瘪的状态，毫不动摇。果真是一条南方的轮胎啊，艾提克斯心里念叨着：这是吉姆·克劳来报仇了。

在他身后，至少十英里之内，除了农田和森林之外，杳无人烟。而顺着大路向前眺望，大约在两英里之外，有一堆建筑物。把《黑人旅行安全指南》随身带好，他向着那里走去。公路上还是有来往车辆的。起初，他一边走，一边朝着顺向来的车辆挥手，然而那些路过的司机要么对他视而不见，要么就赶紧加速呼啸而过。后来他干脆放弃了能拦到车的想法，仅仅想着一步一步地往前迈。

他抵达了第一栋房子。外面的招牌上写着“詹森修车厂”。还没来得及庆幸自己的好运，他就瞅见了高悬在修车厂门口的那面南方邦联的旗帜。就这一点已经足够让他继续往下一家前进了，不过他还是想要试试运气。

修车厂里面有两个白人：其中一个矮小一些的家伙留着桃绒一般的小胡子，正坐在一个高脚凳上翻着杂志；而另一个壮汉正弯着腰，把身子探进一辆卡车敞开的引擎盖里面。艾提克斯一进来，矮个子的男人就抬眼看向他，在牙缝里粗鲁地咂摸着嘴。

“不好意思。”艾提克斯说道。这一下引起了那个大块头的注意。他挺起身板，转了过来。艾提克斯注意到他的前臂上有个文身，似乎是一个狼头。

“很抱歉打扰您了”，艾提克斯说，“我遇到了点儿麻烦，我想买一条轮胎。”

大块头瞪了他一会儿，直截了当地说道：“不行。”

“我看到您很忙，”艾提克斯又说，就好像问题是出在这儿一样，“我不需要您来帮我换轮胎，只要卖给我一条轮胎就行了，我自己就能……”

“不行。”

“我不明白。您不想赚我的钱？您根本不需要费任何事，只需要……”

“不行。”大块头在胸前交叉起了双臂，“需要我再说五十遍吗？没问题。”

艾提克斯的火气也上来了，他说道：“那是猎狼犬的文身，对吧？你是27步兵团出来的？”他指着自己领口上的服役编码，“我在24步兵团服役过。我们在朝鲜战场上一直跟27步兵团共同浴血奋战啊。”

“我没上过朝鲜战场。”大块头说道，“我当时是在瓜达康纳尔岛和吕宋岛服役。那儿可一个黑鬼也没有。”

说完，他又弯腰钻到引擎盖底下。露在外面的后背，既是一种驱赶，又是一种邀请，把艾提克斯晾在原地，让他自己来决定何去何从。过去几个月来在佛罗里达所受到的所有羞辱已经快让艾提克斯到了爆发的边缘。那个小个子依然坐在凳子上看着他，此时他只要敢说一个字，哪怕露出一丝笑意，艾提克斯都能冲上去抽他。不过或许是那个小个子预感到了即便是大块头会护着他，他可能立马也会满地找牙，于是噤若寒蝉，一点儿笑模样也不敢露出来。艾提克斯捏了捏早已握紧的拳头，拂袖而去。

穿过这条马路有一家杂货铺，在外廊上有一部公用电话。艾提克斯在《指南》里发现了一家位于印第安纳波利斯的黑人开设的修车厂，大约在五十英里开外。他拨通了电话，向电话那头的修理工解释了自己当前面临的困境。那位修理工对其深表同情，并且答应前来帮忙，不过马上到不了，得等一段时间。“没问题。”艾提克斯回答道，“不见不散。”

他挂上电话，同时注意到杂货铺里面一位老妇人正透过门玻璃紧张地盯着他。他再次转过身，快步离去。

他返回自己的汽车。在车的后备箱里，一个硬纸壳盒子就摆放在没用的备胎旁边，里面放着不少老旧的平装书。艾提克斯挑了一本雷·布拉德伯里的《火星纪事》，然后坐进车里，开始读起《一九九九年元月·火箭之夏》这一章。里面写到那年冬天，环火星行驶的宇宙飞船所排放的热气把雪都融化了。一边读着，他一边想入非非，要是自己也在那艘飞船上就好了，在火焰的喷射之中，他就可以一飞冲天，管他什么南方还是北方，可以再也不用回去了。

四个小时过去了。《火星纪事》整本书都已经读完，他喝着已经在车里焐热了的可乐，吃完一块三明治。不过他并没有碰炸鸡，而是始终都在留意着路过的汽车旅行者的目光。在这个六月份的大热天，半点儿风也没有，他热得大汗淋漓。而且，他的膀胱憋得再也受不了了，眼瞅着公路上难得的僻静，他钻到路旁一棵梧桐树的后面就地解决了一下。

拖车终于赶到的时候已经晚上七点多了。司机是个留着灰色头发、肤色并不怎么重的黑人，他自我介绍名叫厄尔·梅布里。“厄尔，叫我厄尔就行了。”当艾提克斯想要称呼他梅布里先生的时候，他坚持道。他把轮胎从拖车上弄下来，说道：“来吧，这就让你重新上路。”

在二人的合力之下，不到十分钟，轮胎就换好了。一想到整整一个下午就这样白白浪费掉了，艾提克斯又是气不打一处来。他往远处走了走，努力使自己平静下来，假装是在研究那一轮已经落到地平线以下的夕阳。

“你还要走多远啊？”厄尔问道。

“去芝加哥。”

厄尔挑了挑自己的眉毛，“今天晚上？”

“嗯，原本确实是这么打算的。”

“我跟你说，”厄尔说道，“我今天已经干完活了，跟我一起回家怎么样，让我太太给你做一顿真正的晚餐，或许你还能歇上一歇。”

“不，先生，我不能。”

“你当然可以。我家就在你的必经之路上。我可不想你就这么离开印第安纳州，心里念叨着这里就没什么好人。”

厄尔的家位于一片有色人种聚集区，在州议会大厦西北面的印第安纳大道附近。他住的地方是一座有些狭小的二层木质小楼，门前有一小块草皮。当二人到家的时候，太阳早就落了山，天空中大风推搡着一片一片的云团由北而来，让夜幕仿佛骤然而至。大街上刚刚还有一群孩子在进行棒球比赛，而此时已都被妈妈们的呼唤召回各自的家里。

厄尔和艾提克斯也进了门。厄尔的妻子叫梅维丝，她热情欢迎艾提克斯的到来，并招呼他前去洗漱一番。尽管厄尔夫妇二人都对他的到来热诚有加，可当晚餐一起坐定在餐桌上聊天时，一些谈论的话题还是让艾提克斯有种如坐针毡的感觉，比如他在朝鲜战场的服役情况、他在杰克逊维尔的生活、今天的经历，当然更多的还是他在芝加哥的父亲。很显然，这些话题都让他不怎么情愿去过多提及。不过，让艾提克斯有些意外和惊喜的是，餐前祷告之后，厄尔忽然问他对于《火星纪事》这本书有什么看法，“我看到你车上有这本书。”

接下来，他们就聊起了雷·布拉德伯里、罗伯特·海因莱因，以及艾萨克·阿西莫夫，这几位作家艾提克斯都很喜欢。还有他并不怎么感兴趣的罗恩·哈伯德。而说起汤姆·斯威夫特的作品时，厄尔说他小时候可喜欢读了，不过现在就有点儿尴尬，一方面是由于书中对于黑人的描写，另一方面是小时候他居然根本没注意到这些，尽管当时他的父亲时不时旁敲侧击地给他指出来。“的确如此，在我应该读什么书方面，我老爸也是各种纠结。”艾提克斯说道。

席间，梅维丝并没怎么言语，似乎就是满足于当一位听众，除此之外，一看到艾提克斯的碗里要空了的时候她就不断地给他加饭加菜。在用过餐后甜点之后，天已经完全黑下来，豆大的雨点有节奏地敲击在厨房的窗户上。“哎呀，”梅维丝最后还是开了口，“这下你今晚可哪儿也去不成了。”这一次，艾提克斯连点儿象征性的抵抗也没有就答应下来。他被带到位于楼上的空卧房里。里面的梳妆台上摆放着一张照片，上面是一个身着戎装的小伙子。而在相框的一角则系着一截黑色的缎带。“这是我们家丹尼斯。”梅维丝说道。艾提克斯大约明白了什么。梅维丝铺新床单的时候忽然又说：“他死在了森林里。”艾提克斯随即就意识到她说的是阿登战役。

艾提克斯躺在床上，手里拿着一本厄尔刚刚给他的书，也是布拉德伯里的作品，一本叫作《黑暗嘉年华》的短篇小说集。厄尔的确是一番好意，不过很显然这可不是什么合适的睡前伴侣。刚读了两个故事，艾提克斯就看不下去了。一篇故事讲的是一个吸血鬼家族，而另一篇则是讲一个人全身的骨架被活生生地拆走了。合上书，他盯着封面上印着的“阿卡姆出版社”看了一会儿，然后就把书放到一边。他把手伸进裤兜掏出了之前父亲写给自己的信，又从头到尾读了一遍，他把手指点在了信末尾的一个词上。“阿卡姆。”他低声念叨着。

大雨一直下到凌晨三点才停下。艾提克斯睁开眼睛，万籁俱寂之中，一时之间他有些恍惚，不知自己身在何处。黑暗之中，他穿好衣服，悄悄地爬下楼，本想着留下一张字条后就独自离去，可谁知厄尔早就起来了，正坐在餐桌旁抽烟。

“就这么偷偷走了？”厄尔对艾提克斯说道。

“是的先生，特别感谢你们的款待，不过我真的得回家了。”

厄尔点点头，随即用夹着烟的手做了个“嘘”的手势。

“请一定向梅布里太太转达我的谢意，后会有期。”

厄尔又做了一次“嘘”的手势。艾提克斯钻进自己的车里。黑暗的街道上仍然湿漉漉的，他缓缓驶离，心里却在想着自己刚刚睡过的那张床早已故去的主人。

当清早第一缕晨光出现的时候，他已经身在北方的土地上了。路过的一块指示牌上写着“芝加哥—52”。一辆州警的巡逻车正停在对面公路的路边，车里的警察刚刚一直在打盹。要是艾提克斯能早来五分钟，他甚至可能直接驶过去而不引起任何注意。然而此刻，在粉色的晨曦之中，那位警察坐直了身体，一边眨着眼睛，一边打着哈欠，然后他就看到正驶来的艾提克斯，随即警觉起来。

艾提克斯从后视镜里发现那辆巡逻车调了个头向自己驶来。他从车上杂物箱中找出了这辆凯迪拉克的登记证和购买单据，连同自己的驾驶执照一起放在副驾驶座上。这一切他都做得明明白白，一览无余，绝对不会让人想歪了。后视镜中警灯闪烁，警笛声也慢慢靠近了。艾提克斯把车停在路边，摇下了车窗，然后就用双手抓住方向盘的上部，学车的第一节课，教练就是这么教自己的。

那名警察慢吞吞地下了车，伸了伸懒腰才缓步走向凯迪拉克。

“你的车？”他开始问道。

“是的，警官。”艾提克斯如实回答，双手还是抓在方向盘上，把头朝旁边副驾驶座上的那些证件歪了歪。

“给我。”

艾提克斯把这些证件递给他。

“艾提克斯·特纳”，读完驾照上的名字，这位州警说道，“知道我为什么拦下你吗？”

“不知道，警官。”艾提克斯撒了谎。

“你没超速，”警察向他澄清，“不过刚才看见你的牌照的时候，我觉得你可能迷路了。佛罗里达在另一头儿。”

艾提克斯抓着方向盘的双手更紧了一些。“我要去芝加哥，警官。”

“去干吗？”

“回家。我父亲需要我。”

“但你是住在佛罗里达吧？”

“我之前一直在杰克逊维尔工作。退伍之后一直在那儿。”

警察又毫不避讳地张嘴打了个哈欠。“之前在那儿工作，还是现在仍然在那儿工作？”

“警官？”

“你还回佛罗里达吗？”

“不，警官，我不打算回去了。”

“你不打算回去了。这么说你以后就一直待在芝加哥咯？”

“会在那儿住一阵子。”

“多久？”

“我也不知道，只要我父亲需要我，我就会一直待在那儿。”

“然后呢？”

“不知道，我还没想好。”

“你还没想好。”警察的眉头皱了起来，“你刚刚是打算从这儿过去，对吧？”

“是的，警官。”艾提克斯答道，忍了忍还是没说出下面的话，“如果您允许的话。”

警察的眉头依然没有舒展开，他把那些证件从车窗推回去。艾提克斯把它们重新放回到副驾驶座上。“那里面是什么？”警察又问道，手指着放在车里面的篮子。

“昨天中午吃剩的午餐。”

“后面呢？后备箱里有什么？”

“就是些我的衣服，”艾提克斯说，“我的军装，再就是几本书。”

“什么书？”

“基本都是些科幻小说。”

“科幻小说？这是你的车？”

“长官——”

“下车！”警察离开车门后退了几步，同时把手放在自己的枪柄上。艾提克斯慢慢地从车上下来。站在车外，他比这位警察要稍高一些。然后就被粗鲁地扭过身，按在了凯迪拉克上面，上上下下被搜了个遍。“好了，”警察说，“把后备箱打开。”

警察先是在艾提克斯的衣物中翻来找去，把他的粗呢背包又拍又打，仿佛它也是个被抵在车上的黑人一般。然后，他把目标转向了那些书，把盒子里面的书一股脑地倒在后备箱里。艾提克斯强忍着不去在意这些，不断地告诉自己平装书就应该被折腾，但是对他而言这真的很难，就像看着自己的朋友们都被打翻在地一般。

“这是什么？”警察拿起本来是放在盒子最底下的一个裹着礼品包装的东西。

“那也是一本书。”艾提克斯答道，“送给我伯父的礼物。”

警察撕开包装纸，露出一本精装书。“《火星公主》。”他斜眼看向艾提克斯，“你伯父喜欢公主，是吗？”然后把书丢进盒子里。看到那本书就这么翻开着落进盒子里，里面的书页都被压得弯折了，艾提克斯心里难受得要命。

警察绕着凯迪拉克转了一圈，然后打开了副驾驶的门。艾提克斯以为他是奔着《火星纪事》这本书去的，之前这本书就放在车上。不过警察却拿起了《黑人旅行安全指南》。他随手翻了起来，开始还满腹疑虑，后来变得惊讶不已。“这些地址，”他问道，“所有这些地方都是有色人种可以去的？”艾提克斯点点头。“好吧。”警察说，“要是没用的话……”他把书侧过来眯着眼睛目测道，“不算很厚，是吧？”艾提克斯没有做声。

“好啦。”警察最后说，“我准备给你放行了，不过，这本书我要留下。别慌，”虽然艾提克斯知道最好还是别提什么反对意见，不过警察还是抢先说道，“其实你已经用不到这本书了。你不是说要去芝加哥吗？那么从这里开始，一直到那儿，中间就别停，明白了吗？”

艾提克斯明白了。

黑人安全旅行公司（所有者：乔治·贝里）的总部位于芝加哥南

区的华盛顿公园。艾提克斯把车在隔壁的共济会圣殿门口停好，就那么安稳地坐在里面，注视着晨曦之中的人来车往，没有一张白人的面孔夹杂其中。在杰克逊维尔的街道上，同样没有白人出没。然而，这里不一样。这条街巷，房前屋后，这里的一切，对于他而言都是不同的。这里，是家。曾经，这里对于艾提克斯而言就意味着全世界。这里能够给他以安慰，就像母亲的温柔细语一般。他的心神一点一点地放松下来。他忽然反应过来，那名州警说得一点儿也没错，在这里他哪儿还用得着什么指南呢？

此时还没开始营业，不过抬眼望去，艾提克斯发现楼上的房间里亮着灯。他没按门铃，而是绕到后面的小巷里。翻上消防通道，他在厨房的门上轻声敲了几下。屋里传来了椅子在地板滑动的刺啦声，门栓拉起，房门半敞开，乔治伯父从里面警觉地向外瞅着。不过当他看到站在门口的人时，立刻大叫起来，“嘿哟”，随即屋门大开，他一把就把艾提克斯紧紧地搂进怀里。

“嘿哟啥啊！”艾提克斯大笑着，也紧紧地拥抱着乔治。

“你这家伙啊，能见到你真是太好了。”乔治后退了一步，抓着艾提克斯的肩膀，从上到下打量着他。“什么时候回来的？”

“刚刚到。”

“赶紧进来。”

刚踏进厨房，一种奇妙的感觉扑面而来，正如同上一次他在服役期间回家探亲时的所见所感一样，这种感觉，一直萦绕在他的心头。尽管在参军以前，他的身体已经完全发育成长起来，但是在记忆的最深处，他总觉得，在这里他应该是曾经的那个小不点儿才对。然而思绪回到现实之中，他竟然觉得这间房子看起来变小了一般。伯父关上门，又拥抱了他一回，艾提克斯发现乔治的体型竟也似乎缩水了一样。当然对于乔治而言，这只是意味着他们两个人一样高了。

“希波吕忒伯母在家吗？”艾提克斯问道，心里还惦记着跟伯母也比量一下才好。

“不，”乔治说，“她去怀俄明州了。黄石那边新开了一家温泉浴场。猜猜谁是东家。是贵格会！怎么样，没想到吧？那儿不分人种，对所有人都一视同仁，所以她想去看看。”乔治夫妇刚结婚的时候，希波吕忒自告奋勇地为《黑人旅行安全指南》打探信息，主要是关于各种度假场所。起先，他们夫妻二人都是一起游山玩水，不过这几年她基本都是自己单独行动了。总得有人照顾儿子吧，很显然这项任务就落到了乔治的肩上。“她怎么也得去一个星期的时间。不过，我知道贺拉斯起床看到你的话，一定会乐疯了。”

“贺拉斯怎么还在睡觉？”艾提克斯惊奇道，“学校应该还没放假吧？”

“确实还没放假，”乔治说，“不过，今天可是星期六呀。”看着艾提克斯听到这个“新闻”的反应，乔治哈哈大笑起来。“看来，我根本就用不着问你这一路上都过得怎么样了。”

“嗯，你确实不需要多此一举。”说着，他拿出了那本当作礼物的书。从车上拿下来的时候，他就像捧着一只受伤的小鸟一般。“给，送你的。”

“这是什么……噢！巴勒斯先生！”

“这是从日本带回来的纪念品。”艾提克斯说道，“在岐阜基地外面，我发现了这么一家书店，里面有一架子英文书，基本都是科幻类的。本来我以为这本书很有可能是首版的，不过现在看来它只是老旧一些罢了。”

“这趟旅程可不赖。”乔治说道。之前，这本书敞开着被丢进车的后备箱里，很多页都被压折了。艾提克斯竭尽所能地把它们按压平整，可惜破镜难圆，那些折痕是怎么也去不掉了。

“没错，而且我买到这本书的时候，它的样子可比现在好多了。”

“嗨，没事儿，”乔治说，“又不影响阅读。”他笑了起来。“来吧，把它恭请到这里的‘荣耀之地’。”说着，他走向卧室，他和希波吕忒最好的书都放在那里，彼此共同分享。

艾提克斯跟了上去，走到另一间卧室门口的时候他停下了脚步，他瞧见了里面的小弟弟。已经十二岁的贺拉斯正仰卧在床上，张开着的嘴巴正在费力地喘着粗气。他的枕头旁放着一期《汤姆·科比特，太空护卫队》，其他的书散落了一地。

一张矮脚画桌正对着床对面的墙摆放着。桌上放着一张图纸，上面已经勾勒出了好几个板块，一看就是关于星际探险的场景内容：身披斗篷的一众黑人在巴克·罗杰斯的天地里纵情遨游。艾提克斯就站在门口观察这些图画，脑袋不由自主地就探了进去，他正试着把整个故事串起来。

乔治反身回来。“他画得真棒！”艾提克斯压低声音说道。

“是啊，他最近可是一直都在跟我磨嘴皮子，想要说服我向漫画领域进军。我告诉他如果他能自己攒够钱，我或许能跟着他疯一把，印量小一点儿总归是没什么问题的……嗯，饿了吗？把他叫起来吧，叫上你老爸，咱们一起出去吃早餐。你去见过蒙特罗斯了吗？”

“还没呢，”艾提克斯答道，“不过在这之前，我觉得得先跟你谈谈。”

“没问题。别那么拘束，我去冲点儿咖啡来。”

乔治跑到厨房里忙活起来，艾提克斯则走到前厅。童年时光，这里既是他的图书馆，又是他的阅览室。如今，这间屋里的书架已经被伯父、伯母所“瓜分”。希波吕忒伯母的藏书大多是科学及自然历史类的书籍，还有一小部分简·奥斯汀的作品。乔治伯父对于经典文学作品来者不拒，不过他真正情之所系的却在九天之外。他的书架大都被与太空有关的通俗读物所占据：科幻小说、奇幻作品、玄幻小说、侦探故事、惊悚悬疑传奇，诸如此类，数不胜数。

艾提克斯与乔治兴趣相投，也是钟情于此。然而正是由于这类作品大多是由白人作家撰写，从而引发了他与父亲之间旷日持久的争斗。作为蒙特罗斯的长兄，乔治倒是对他的冷嘲热讽睁一只眼闭一只眼。他总是说蒙特罗斯可以看不惯，但请保留意见。可惜艾提克斯就没这种特权了，每当父亲满心不爽地跟他争论起他的读书品位问题的时候，他除了违心地满口逢迎真的是别无他法。

每当此时，总有数不完的话题会成为争论的焦点。比方说埃德加·赖斯·巴勒斯，他的“人猿泰山”系列作品（就蒙特罗斯的那种思维，连想都不用想就能列出所有他会吐槽“人猿泰山”系列作品的各种问题）可是为文学批评家们能一展所长提供了一笔宝贵的财富。还有他的巴苏姆系列作品，这一系列的主人公约翰·卡特在成为一位雄霸火星的战神之前，曾经是北弗吉尼亚军队中的一位上尉。“一个南方邦联的军官？”艾提克斯的父亲曾经一脸震惊地问过他，“这种人渣也能当主角？”艾提克斯曾试图暗示父亲其实并没有那么糟，严格意义上说，约翰·卡特只是个“前南方邦联”人，此时，他的父亲则不屑一顾地讽刺道：“前南方邦联？那算什么？就跟前纳粹一样？他是为奴隶制效忠卖命的！你还敢在他前面加个‘前’字！”

蒙特罗斯本可以轻而易举地就杜绝儿子再读这样的书。艾提克斯知道，其他很多父亲都是这么做的，把自己儿子收藏的漫画书和所有《惊奇故事》杂志[①]一股脑地扔进垃圾箱。不过蒙特罗斯却是少有的例外，他可不觉得禁读一事真的管用。他的原则就是要让艾提克斯对于所读之物有自己的想法，而不是一味地囫囵吞枣，所谓尽信书不如无书。而对于艾提克斯而言，平心而论，不得不承认父亲的这一要求怎么看都是合情合理的。不过话又说回来，如果承认父亲的出发点是好的，那么同样也得承认他父亲是个热衷于没事儿找事儿的家伙，对于给自己的儿子找茬儿下绊子之类的勾当实在是乐此不疲。

对此，乔治伯父也常常爱莫能助。“看起来真的不像是你老爸的错。”有一回艾提克斯正在对此抱怨的时候，乔治如是说道。

“可是你也喜欢这些故事啊！”艾提克斯说，“你比我喜欢得少吗？”

“我确实喜欢，”乔治赞同道，“可是，故事就像人一样，艾提克斯。你对他们的喜爱并不能让他们变得尽善尽美。你可以去褒扬他们

---

① 《惊奇故事》（*Amazing Stories*），由著名出版人雨果·根斯巴克（Hugo Gernsback）于1926年创办的刊登科幻怪奇类小说的平民杂志，对科幻小说的发展起到了重要作用。

的优点，而对他们的缺点视而不见。然而，这并不意味着他们的缺点就不存在了。”

“可是你并没有变得气急败坏啊，不像老爸那样。”

“嗯，确实如此，我还不至于对着故事气急败坏。不过，有的时候，一些故事也的确会让我失望透顶。”他看着面前的那一排排书架，“有时，它们也会令我肝肠寸断。”

而今，又站在这排书架之前，艾提克斯伸手去拿那本由阿卡姆出版社出版的《异乡人与其他故事》①，作者是 H.P. 洛夫克拉夫特。

艾提克斯其实本来并不觉得自己会喜欢上洛夫克拉夫特这样一位作者。他是惊悚小说作家，很显然，是乔治喜欢的类型。艾提克斯更喜欢读探险类的故事，而且必须得有个大团圆的结局，至少应该让人充满希望。但是，有一天不知怎么，他一时兴起，决定试着读读洛夫克拉夫特的作品，于是他随手就挑选了一本。对他而言，这本书实在是有点儿冗长，它叫《疯狂山脉》②。

这本书讲的是一次南极化石发掘科考中发生的故事。故事中，当一众科学家在四处探查全新挖掘地点的时候，他们忽然发现了一条不为人知的高大山脉，珠穆朗玛峰在这条山脉的群山之中也属于小个子。在群山环绕的一片高原之上，坐落着一座古老的城市。数百万年

---

① H.P. 洛夫克拉夫特的作品集《异乡人与其他故事》（*The Outsider and Others*），出版于作者去世后的 1939 年，是作者生前好友、同是科幻作家的 A.W. 德雷斯创立的阿卡姆出版社编辑出版的第一本书，发行量不足 1500 册，如今藏本价值超过 7500 美元。

② 洛夫克拉夫特名篇作品，译本可见《死灵之书：H.P. 洛夫克拉夫特小说全集》，北京时代华文书局 2018 年 7 月出版。

前，一群叫作远古族或者远古者的异星人建立了这座城市。前寒武纪时期，它们穿越星空，降临到地球之上。尽管这座城市早已被远古者所遗弃，然而它们曾经创造出的奴隶，那种叫修格斯的原生质怪物，却依然在废墟之下的深渊之中游荡着。

“希格斯？”艾提克斯的父亲说道。或许对于艾提克斯来说，把这个故事讲给父亲听这件事就是个错误。

“是修格斯。”艾提克斯纠正道。

“啊，哦。它们主人的种族是，远古三 K 党——”

“是远古族，远古者。”

“我敢打赌，它们肯定是白皮肤的。至于修格斯，它们是黑皮肤。”

“远古者长得就像个水桶，还有翅膀。”

“那它们也是白种的，对吗？”

“它们的皮肤是灰色的！”

“发白的那种灰？”

又经过了几回合这样的胡搅蛮缠，而且额外又好一通一本正经地补课了一番洛夫克拉夫特对于进化理论的刻意曲解，蒙特罗斯决定，随它去吧，管它呢，至少表面上是这样的。不过几天后的一个晚上，他倒是带回家一个大大的惊喜。

那天晚上，艾提克斯的母亲跟一个朋友一起出门去了，艾提克斯独自在家里读《克苏鲁的呼唤》[1]。而厨房的洗碗池里似乎一直都在发出一种怪异的流水声，汩汩作响，他竭力地想让自己专注于眼前的文

① 同上，译本见《死灵之书：H.P. 洛夫克拉夫特小说全集》。

字，可是那奇怪的声音却一直在他的耳畔挥之不去。终于等到父亲回家，他才大大地松了一口气。

一进门，蒙特罗斯就开门见山地说道："下班以后我顺道去了趟公共图书馆，"一边说着，他一边把自己的外套挂了起来，"我稍微调查了一下你的那位朋友洛夫克拉夫特先生。"

"然后呢？"艾提克斯没精打采地问道。他从父亲的语气之中嗅到几分反常的味道——愤怒，又夹杂着欢乐。艾提克斯感觉整个人都不好了，他意识到他钟情之事看来是难逃一劫了。

"没想到他还是位诗人呢。虽然，跟兰斯顿·休斯还没法相提并论，不过，这还真是挺有意思的。给，你看。"

一份文稿递到了艾提克斯的手中，像是源自洛夫克拉夫特作品之中的某些诡谲的文本，当然表面看起来实在是像廉价的山寨货一般。那是一本并不怎么专业的文学期刊，印刷在老旧的油印纸上，封面和封底则是遍布油渍的硬纸壳。这本书连扉页都没有，不过在封面上却标记着它的出处：普罗维登斯，1912 年。这本书怎么会流落到芝加哥的公共图书系统里来呢？艾提克斯不得而知，不过他倒是一点儿都不奇怪自己的父亲是怎么把这么本书给翻腾出来的。蒙特罗斯就是有本事找到这样的东西。

一张图书馆书目的索引卡片被当成书签夹在里面。艾提克斯翻到夹着卡片的那一页，然后他就看到了。那是八行诗句，颇具喜感，作者正是霍华德·菲利普·洛夫克拉夫特。

这首诗的题目是《论黑人的诞生》①。

有时，它们也会令我肝肠寸断……

“跟这些老伙计都热乎起来了吧？”乔治端着咖啡回来了。

“是啊。”艾提克斯把书推回原位，伸手接过乔治递来的咖啡。“谢啦。”他们彼此都落了座。忽然之间，一阵乏力感涌遍艾提克斯的全身。

“那么，”乔治问，“在佛罗里达过得如何？”

“黑白分明，”艾提克斯答道，不过此时他在琢磨着这个词貌似不怎么合适，因为就算在芝加哥，这么说也一样挑不出毛病来。

不过乔治倒是点了点头。“没错，我就知道你肯定不会喜欢南方的。不过也确实没想到你这么快就回来了。我本以为你怎么着也能在那儿扛过这个夏天吧。”

“我本来也确实是这么打算的，”艾提克斯说道，“而且，我还想着接下来要不要去加利福尼亚待待看。不过，我却收到了这玩意儿。”说着，他把父亲寄给自己的信递给了乔治。

乔治一眼就认出了信封上的笔迹，他又点了点头，“蒙特罗斯问我要过你的邮寄地址。”

“他跟你说过他打算写信给我的原委吗？”

乔治大笑起来：“别逗了。他甚至都绝不会承认他准备给你写信。当时他只是说他应该知道你的邮寄地址，以防万一嘛。其实，自从你走了以后他就一直这样。他心里很挂念你，我知道的一切他都想知

① 由于时代背景原因，洛夫克拉夫特也写过少量涉嫌对非裔美国人种族歧视的作品。

道，可惜他就是不明说。每次我们东拉西扯别的事情的时候，他都仿佛是随口提起：‘诶，对了，你最近有没有那个臭小子的消息啊？’”

“‘那个臭小子。’”艾提克斯做了个鬼脸。

“你看，要是他用了你的名字，那不就好像他多在乎你一样嘛。不过即便如此，对他而言也是难能可贵了。你可不知道，你刚到朝鲜战场服役的那一年，他干脆连问都不问一句。他总是来我家吃饭，然后等着我主动说出来关于你的消息。我要是不说，他也不会言语什么，不过就是赖在我这儿不走，会一直熬到晚上十点、十一点，甚至半夜，直到我扯出关于你的话题，方才善罢甘休。真是快把我给逼疯了。”乔治无奈地摇着头，“那么，他写信给你到底是为了什么事？”

“关于我妈，”艾提克斯说，“他说他终于发现我妈家族的来龙去脉了。”

“呃？他还在为这事儿没完没了吗？”

艾提克斯的母亲名叫朵拉，她的母亲未婚先孕，生下了她这个唯一的孩子。而关于她父亲的身份，则一直是个谜，在他们家庭之中甚至都是个禁忌的话题。她母亲的家族为此干脆跟她脱离了关系，划清了界线，因此后来她也绝少会提及自己的身世。于是，朵拉对于自己的外公、外婆知之甚少，唯一知晓的就是他们早先出身于新英格兰的什么地方，曾在布鲁克林生活过，仅此而已。

蒙特罗斯就不一样了，他能够把自己的世系追溯到五代以上。他曾经发誓一定要把朵拉的家世弄个明白。当初蒙特罗斯跟朵拉共浴爱河，你侬我侬之时，他就做此打算，这正是他对于朵拉的爱。直至艾提克斯出世之后，这件事则完全成为蒙特罗斯自己的诉求了，他就是想搞清楚事情的真相。夫妻之间吵架拌嘴是家常便饭，这件事无疑也是引发内战的导火线之一。

艾提克斯还能清清楚楚地记得，自己小时候上床躺下以后，常常能听见他们二人为此而喋喋不休地争吵。“你怎么就不想知道呢？”他父亲每回都会这么问，“你的出身是你本人的一部分啊，你怎么能就这么让它被偷走了？”

“知道了又能怎么样呢？”母亲总是这样回答。“那是我心里的痛。既然如此，为什么我还要去刨根问底呢？你知道了就高兴了？”

“跟高不高兴没关系。它关乎你是不是完整。你有这个权利，也有这个责任。”

“可我就是不想啊。拜托你了，别再纠结这事了。”

艾提克斯十七岁的时候，母亲去世了。葬礼当日，他发现父亲一手伸进母亲收藏纪念品的盒子里，拽出了一张朵拉外祖父母的照片，她只有这么一张关于他们的影像。蒙特罗斯把照片从相框中取下，照片的背面写着什么东西。那是一些线索。

正当蒙特罗斯呆立当场之时，艾提克斯冲过去一把抢过那张照片。“放手吧！”他大喊道，“她说了你别再管这事了！”蒙特罗斯向后一闪，瞬间就从刚才的震惊之中缓过劲儿来，取而代之的是出离愤怒。他卯足了劲袭向艾提克斯，一下就把他打翻在地。站在艾提克斯跟前，他愤怒地咆哮着：“还轮不到你来教训老子！你算老几！”

“他确实还在纠结这件事呢。”从回忆中回到现实，艾提克斯回应道，“不过，我需要跟你确认的事情是——你说过老爸快把你给逼疯了。我想知道的是，你觉得他会不会最终也把自己给逼疯？”此时他大声地诵读起父亲的来信，认出父亲的笔迹还颇有些费劲。“我知道，你跟你母亲一样，你觉得自己可以原谅过去，忘记过去。你不能，你！不！能！过去并没有逝去，它有生命。你拥有它，你源于它。如今，我已经发现了一些关于你母亲……祖辈的蛛丝马迹。你其实拥有一份传承，神圣而又神秘。你本来有属于你自己的名分，只是被剥夺了。”

“传承？”乔治问，“他说的是遗产吗？”

“他没细说。不过不管那是什么，应该都跟妈妈家族的来源有关系。他说他需要我回家，跟他一起去找到那里，去找回属于我的东西。”

“这事听起来还不算是那么疯狂。虽然可能有点儿一厢情愿，不过……”

“问题不在于那个什么传承，而是那个地方！他要拉上我一起去的地方在洛夫克拉夫特的国度，那个恶魔之地。”

乔治茫然地摇摇头，他显然没弄明白是什么意思。

“阿卡姆，”艾提克斯接着说，“信里说，妈妈的祖辈是从马萨诸塞州的阿卡姆镇走出来的。”阿卡姆，正是那位活跳尸创造者赫伯特·韦斯特的故乡。米斯卡塔尼克大学也坐落于此。前往疯狂山脉的科考队正是在密大的资助之下展开这次探险的。“这些不都是编造出来的吗？我是说——”

“哦，没错，”乔治说，“我认为洛夫克拉夫特是以塞勒姆镇为原型创作出阿卡姆的，不过那确实应该是个虚构的地方……把信给我瞧瞧。”艾提克斯把信递过去。乔治眯着眼睛，从左到右，一行一行仔细地读着。最后，他说道："那是个'd'。"

"你说什么？"

"那不是阿卡姆。Arkham 这个词，里面的字母是'k'。那个地方叫阿达姆，是 Ardham 这个词，里面是字母'd'。"

艾提克斯站起身，站在乔治背后，视线越过他的肩头看向那封信。"那是个'd'吗？"

"没错。"

"不，可能是'b'吧？"

"不，那就是个'd'，是 Ardham，阿达姆，绝对没错。"

"哦，天哪。"艾提克斯沮丧地叹了口气，"他还一天到晚把教育是多么多么重要挂在嘴边，你不觉得他应该先去学习怎么把字写清楚吗？"

"这其实不是他的错。"乔治说，"他有阅读障碍。"

这件事艾提克斯倒是头一回听说。"什么时候的事？"

"他从小就这样。这下知道为什么他上学的时候那么费劲了吧。这就是原因之一。你爷爷特纳也有这个毛病。"

"为什么我不知道这事？"

"你的意思是说，为什么蒙特罗斯从没有告诉过你？"乔治笑了，"来，让我们找找看。"他从书架上拿下一本道路交通图册。查了查后面的索引，他翻开了马萨诸塞州的地图。"哈，找到了，在这儿。"

地图上，一个空心的小点标记出了阿达姆这个地方，这个符号表示那里的居住人口不会多于二百五十人。阿达姆位于马萨诸塞州的中北部，就在新罕布什尔州的南境之旁。一条不知名的河水从康涅狄格河上分流而出，从阿达姆的南部绕行远去。从地图上看，尽管附近有一条州际高速公路跨河而过，但却没有一条直达的公路通向阿达姆。

“不好意思，”艾提克斯正蹙眉凝视着那张地图，乔治开口说道，“看来你爸清醒得很。你真应该在回来之前给他打个电话的。”

“不，本来也该是我回家的时候了。”艾提克斯说，“我觉得我最好还是先去看看他。我倒是想知道他所谓的那个‘名分’到底是个什么东西。”

“等等。”

“怎么了？”

“德文县，”乔治用手指点着地图上的某个地方，脱口而出，“马萨诸塞州，德文县，怎么好像在哪里听过似的。噢，难道说，这个阿达姆就在恶魔之地？”

“你到底在说什么？”

“走，到楼下的办公室。我得查查资料。”

当初乔治印刷《黑人旅行安全指南》这本书是为了给自己的旅行社生意打广告，可是谁知道这么本小书最终竟然也能靠一己之力让乔治挣了不少钱。当然，旅行社现在仍然是他的主业和主要的盈利点，而且现在已经开了三家店。

乔治的旅行社提供预定行程和各种票务服务，是向所有人敞开大门的。不过，有所侧重的是，它专门帮助一些中产阶级的黑人去跟旅游行业从业者进行磋商。面对着那些手里握着票子想要消费的黑人，不少旅游行业从业者却扭扭捏捏，不情不愿。通过搜集、关联各种相关信息，乔治构建起了自己的行业网络，从而能够实时更新旅行社的服务档案，这些信息里面不仅仅有能够开放给黑人的旅店名录，还会提供对于黑人的预定一视同仁的空运及船运的航线信息。对于想要出国度假的黑人消费者，旅行社还会推荐一些合适的目的地，至少确保当地人相对来说没那么种族歧视，而且同样重要的是，确保当地没有人山人海的美国白人。想象一下，如果好不容易跋山涉水、远渡重洋，结果发现去的地方还有那些歧视的眼神，跟每天在家乡的遭遇别无二致，那这样一趟旅程就真的是太让人郁闷了。

文件都被存放在后面的一间屋里。乔治进屋开灯，直奔放在门旁柜子顶上的一样东西而去。“来瞧瞧这个。”他对艾提克斯说道。

那是一本道路交通地图册，跟刚才在楼上看到的是同样的版本，只不过这本上面到处都有鲜亮的图画所做的注释。艾提克斯一眼就认出那是贺拉斯的杰作。不少男孩子就是通过在加油站所提供的地图上进行各种卡通涂鸦来开启最初的美术尝试的。显然，贺拉斯在这方面真的是得心应手。艾提克斯随手翻着这本地图册，慢慢意识到手里的这本书绝对是一本图画版的《黑人旅行安全指南》，让读者一目了然。

像芝加哥南部这种主要的黑人聚集中心区，用发光的城堡来表示。而那些小型的黑人聚集区以及在白人区域环绕下的飞地，则是用塔或者绿洲来标记。图上画着的站在小旅店门口含笑迎宾的老板指的是那一座座孤零零的旅馆和汽车旅馆。那些好心为黑人旅客提供暂住房间的私人居所，也就是所谓的民宿，在图上被描绘成农舍、树屋，或者霍比特人居住的洞穴。

除此之外，国内其他对于黑人并不怎么友好的地方，则是画满了食人魔、穴居巨人、吸血鬼、狼人、野兽、幽灵、邪魔、蒙面白人骑士等图像。在俄克拉荷马州那里，一条大白龙盘踞在塔尔萨[①]，口中的熊熊烈焰喷向这个艾提克斯的父亲和乔治伯父的出生之地。

艾提克斯翻到马萨诸塞州那页，他发现德文县那里有个图标，他在这本地图册的其他不少地方都看到过相同的图标，那是一个日晷，旁边矗立着一位手握套索、面容冷峻的圣堂武士，他的身影正投射在日晷之上。

“维克多·富兰克林，”乔治突然说出了这么个名字。刚刚就在艾提克斯注视着地图册时，乔治一直在一旁的文件柜中翻找着什么，此时他从文件夹里抽出一份打印的文件，朝艾提克斯挥舞着。

“谁？”艾提克斯问。

“一个在霍华德县的老同学。我觉得你应该没见过他。这几年，他一直都在帮我运营林荫大道的那家分店。去年九月，他要回东边去会会朋友，我当时就问他方不方便顺便去新英格兰转一圈，考察考察当地的情况，好更新《指南》上的信息。

“我请他去的其中一个地方是新罕布什尔州。我还有个叫莱斯特·迪林的老同学之前搬了过去，要在那边开一家旅馆。本来已经一切准备就绪只等着开张了，结果当地承包商那边又突然出了幺蛾子，所以只能一拖再拖。维克多到的那一天，刚好莱斯特为了雇新电工来

---

① 塔尔萨（Tulsa），美国俄克拉何马州第二大城，曾于1921年发生白人攻击黑人事件并引发骚乱，为美国历史上最严重的种族暴力事件之一。本书下文中对此事件亦有提及。

搞定电线问题去了隔壁镇子，所以维克多就扑了个空，旅馆也没有营业。而当他来到一家汽车旅馆想租个房间的时候——”

“没房间。”

“没错。人家就不给他开房间。他不痛快地咒骂了几句，然后决定调头回马萨诸塞州，随便找个民宿窝一宿。

“于是，他就向南方开去，到达州境线的时候，他憋不住了，想撒尿。本来他是想找个加油站，去那儿借用厕所的。不过想想这一整天的遭遇，他觉得还是别去自找没趣的好。因此他决定把车停在路边，然后溜进森林里去解决一下。

“一从车上下来，他忽然觉得有些紧张。夕阳正在慢慢落下。一路驶来，他好久都没碰到一辆车了。离开波士顿以后，他见到的也净是白人。他心里有些七上八下。不过人有三急，此刻他也就顾不上许多，直奔丛林深处。即使有车驶过，也不会看到他。而正在他尿到一半的时候，他忽然听到远处的树丛之中似乎有什么东西在东窜西撞，起伏不定。”

“修格斯？”艾提克斯问。

乔治笑了起来。“我觉得维克多可不见得知道修格斯是什么东西吧。不过随着那动静，他的确被那个方向给吸引住了。‘那东西好大，管它是什么东西，就是大，’他后来告诉我，‘不过，我可半点儿都不想弄明白是有多大。’他急三火四地拉上裤子拉链，一个箭步冲回公路上。岂不知，那儿才有真正棘手的麻烦在等着他。”

“是县治安官，”乔治解释道，“刚刚维克多的心神全都放在丛林里的动静上，结果一点儿也没有听到治安官的巡逻车靠了上来。这会儿等他发现已经晚了，巡逻车就在跟前，停在了维克多那辆林肯的后面。治安官正倚靠在林肯车的引擎盖上，手里拎着一把步枪。维克多后来跟我说，当他瞅见那治安官脸上的表情时，他差点儿转头就跑。他说唯一能让他阻止自己这么做的理由就是他确信一旦他敢跑，治安官绝对会开枪射击。

“所以，那念头一闪而过，他就高举起了双手，怯生生地问，‘您好，长官，有什么可以效劳的吗？’治安官也不多废话，上来就是那司空见惯的‘二十连环问’：‘你是谁？你从哪儿来？你为什么要停在这儿？’维克多极尽恭谨地应答着，忽然治安官打断了他的话，问：‘你是说，你这么大老远地从芝加哥一路而来，到了我的地方就是为了像个畜生一样撒泡尿做个记号？’正当维克多绞尽脑汁地在思考着该如何巧妙应答才不至于当面挨上子弹时，治安官又抛出另一个问题：‘你知道落日镇[①]是什么意思吗？’

“维克多给出了肯定的答案，他可是很熟悉‘落日镇’到底意味着什么。‘哦，好吧，’治安官说着，‘你现在是在德文县，这里就是一个落日镇。如果天黑以后我在这儿把你给抓了，那我可就得把你吊在这些树上了，那是我的职责。’至于维克多——维克多告诉我他当时都快吓尿了，但是表面上他却是平静无比，你懂那种感觉吗？——他抬眼朝天空瞧了瞧，此时太阳已经从树顶的位置落了下去，不过天

① “落日镇”是美国种族隔离时期的产物，被称为落日镇的地方居民只有白人，黑人可以在此工作，但是日落前必须离开。这一现实情况在1964年美国政府颁布相关法律法规后才逐渐消失。

空还有些许光亮。他立即说道：‘太阳还没完全落下去呢。’他说，他感觉自己都快晕过去了，耳中听着自己的话从嘴里一个字一个字地蹦出来，怎么感觉像是在跟人家顶嘴呢……不过那位治安官却笑了。‘确实，太阳的确还没落下去。’他看看自己的表，‘今天的日落时间是晚上七点零九分。你还有七分钟时间。’‘既然如此的话，’维克多回应道，‘如果您高抬贵手放我走，我六分钟之内保证离开这里。’‘不准往南走。’治安官警告说，‘也别超速。你要是敢超速，我还得拦下你。’‘我就一路往北开。’维克多说。‘嗯，那还差不多，’治安官说着，‘就这么试试吧，看看会怎么样。’

“随即，维克多朝自己的林肯走去，心中却始终惶恐不安，万一这只是治安官朝他开枪之前有意耍他一把，他可就玩儿完了。打开车门的时候，另一个想法又蹦了出来。他瞧瞧公路，又看看治安官，问道：‘我在这儿调个头不会违法吧？’治安官笑了笑，对他说：‘这个问题你是问对了。一般来说，你要是敢这么做，肯定是违规的，不过，如果你求我一下的话，我可能会通融一次，下不为例。’于是，维克多果然做出了恳求。那位治安官装模作样地考虑了一会儿，不过最终还是说了声：‘好吧。’维克多听罢立即钻进车里，此时治安官也上了自己的巡逻车。两辆车都调了个头。维克多驾车慢慢地往回走，车速一点儿也不敢超过限速的要求。而治安官一路都在后面紧跟着他。就这样，他抵达新罕布什尔的时候，离日落时间还有三十秒钟。”

听着这个故事，艾提克斯感觉各种情绪都堵在心里，而最强烈的感觉就是憋屈。他遇到那个印第安纳州的州警时表现得太怂了，人家可是连手枪都没拔出来呢。“后来呢，治安官放他走了吗？”

“治安官把巡逻车停在了州界上。公路再往前半英里左右的距离还是直的。一边开着车，维克多一边瞄了一眼后视镜，他看到治安官从车上下来，举起那把步枪正朝着自己瞄准。他赶紧把头低下，恰在此时，治安官的枪响了。子弹击中后玻璃，又直直地穿过方向盘上方的挡风玻璃，那刚好是司机视线的位置。然而此时，维克多哪里还敢停车，他一直把脚顶在油门上，就这样一路狂奔，又穿过了另一个县，直到确信那个治安官没有在后面紧追不放，才把车速慢慢降下来。这时，一股股劫后余生的战栗之感才凶猛地朝他涌来，弄得他差点儿把车开到沟里去。”

“那他最后是怎么回家的？”

“从加拿大绕回来。在魁北克边境时，边检守卫还因为他车上的弹孔好一顿盘问，不过最后还是放他过去了。到了蒙特利尔，他才找地方换上新的挡风玻璃。等到他几经周转终于回到家里，他整理打印出了这份报告，”——乔治又摇了摇手里的纸张——“报告里面说，他可不会建议把德文县那个鬼地方列进《黑人旅行安全指南》里面。”

“好的，谢谢你的忠告，乔治，”艾提克斯说，“不过，我可不能把这个故事告诉老爸，你懂的。他要是知道了这事，可就更想去了。”

“是的，我当然明白。我也不会把修格斯告诉他的。”

按下了门铃，却迟迟没听到父亲的应答。艾提克斯又按了一次，这回却惊动了房东弗雷泽夫人。就算是一根针掉到地上，只要是在她自己的房子里，这位八十二岁的老太太都能听得一清二楚。听到一直在响的门铃，她决定出来看看情况。一照面，她就跟乔治一样，用一个大大的拥抱来欢迎艾提克斯回家。不过等她从这有点儿过了火的热情关怀之中冷静下来后，她却告诉艾提克斯他父亲并没有在家，事实上蒙特罗斯已经将近一个星期没有回来了。“他是跟一个白人走的，上个星期天的晚上，当时天刚黑下来不久。”

“白人？”艾提克斯诧异道，“您是说警察？”

“噢，不，我觉得不是。”弗雷泽夫人答道，“他没穿制服，而且要是警察的话，看起来又太年轻了。还有，他的那辆车可是够炫的，车身是银白色的，车玻璃都是暗色的。之前可从没见过这么一辆车。”

“那人说自己名字了吗？”

“没有，你父亲也没有做什么介绍。不过他倒是告诉我你快回来了，他说你肯定知道到哪儿去找他。”

“弗雷泽夫人，我父亲看起来……一切正常吗？”

“唔，你知道你父亲的……我觉得他当时心情肯定不怎么样，不过在我印象里他当着白人的面可是难得那么平静。”

艾提克斯向弗雷泽夫人借了一把父亲居所的备用钥匙，然后就来到了三楼的房间。一脚踏进门里，他得重新适应一下眼前的景象与自己印象之中的房间之间比例的变化。这间本来就不大的屋子此时看起来更加狭小，身处其中，感觉都会罹患幽闭恐惧症。前屋常年摆放着那张神奇的沙发，伸展开就会变身成一张沙发床，艾提克斯以前就一直睡在那上面。此外，屋里还有那台科学怪人式的柜式留声机。那是蒙特罗斯自己攒出来的家伙。他找来一个唱机转盘、一部无线电接收器，还有几个扬声器，把它们安装在一个老旧的留声机柜体上，这个柜子还是当年从塔尔萨的烈火之中抢救出来的。靠墙的架子上堆满了父亲收藏的唱片，此时，艾提克斯是带着一种全新的认识来审视它们。这些收藏里不光有音乐唱片，还有许多语言类的，比如演讲、讲座、戏剧等。

当一台电视机映入眼帘的时候，艾提克斯可是吃了一惊。他父亲之前一直顽固地说，他会一直攒着钱，哪天黑人能成立广播电台了，哪天他才买电视看。莫非《大众机械》杂志现在都提供自制电视剧的工具设备了？

他转身走进狭窄的走廊，从这里穿过那巴掌大小的厨房和卫生间，就是后面父母的卧室了。卧室里有一对没有门的浅色壁橱，里面有不少架子，其中一些上面还印着艾提克斯的名字，不过他小时候的东西早就没了，是一股脑地被扔出去的。当初艾提克斯说他打算参军的时候，蒙特罗斯暴跳如雷，威胁说他要是敢去当兵就会如何如何，还把艾提克斯的东西扔了个干净以示自己说到做到。不过之前艾提克斯就很有先见之明地把自己为数不多的珍爱之物都转移到了乔治那里代为保管，所以他还真的没把父亲的威胁当回事。后来，父亲的激烈言辞升级为拳脚相向，而艾提克斯也动手还击，也就是在那次，艾提克斯赌咒发誓说以后蒙特罗斯再也没机会动得了他一根手指头了。

不过，他们之间的另一场大战很快就来了。那是1951年的夏天，艾提克斯刚刚结束了自己的第一场战斗之旅，可以回家好好度个假。这次，艾提克斯和蒙特罗斯爷儿俩倒是有足够的时间去反思一下他们彼此之前一些过激的言行。没什么像样的和解，相互之间也没有道歉，不过一天早晨当艾提克斯出乎意料地站在父亲房间门口的时候，蒙特罗斯默默地把他让进屋，这样简单的一幕恰恰胜过万语千言。

可惜，这次非正式的停战仅仅维持了不到一天。当天晚上，艾提克斯收到《芝加哥卫报》一位记者的电话。当时《卫报》正在撰写一组关于黑人士兵概况的栏目，因此想对艾提克斯做一个采访。对此，艾提克斯脸上乐滋滋的，可是蒙特罗斯面色铁青。“你脑子进水了？”他咆哮道，“你把自己的生命都扔给这个憎恶你的国家就已经够糟糕的了，怎么着，你现在还想忽悠更多年轻人都再犯下一样愚蠢的错误？”

那一回，从口角到动手倒是没费什么工夫，当时艾提克斯可是铁了心了，这次一定以牙还牙，绝不留手。如今站在这里，环顾四周，艾提克斯还能看到当时他和父亲扭打成一团撞在墙上留下的裂缝。有些不可思议的是，那次倒是蒙特罗斯率先停止了激斗，要知道再晚一点儿他们之中不知道谁就要对另一个下狠手了。艾提克斯赌咒说再也不会回来了。不过其实他还是对自己有所克制。他没有再给那位记者回过电话，不仅仅是当时，包括从那以后，他再也没有接受关于他服役情况的任何采访。

“噢，老爸。”艾提克斯自言自语着，发出一声叹息。他举起一只手捂在自己的脑袋上，盯着床看了又看，真想躺下去睡一觉啊。不过他还是忍住没有躺倒。走进厨房，他给自己倒了杯水，此时他瞧见了贴在冰箱门上的一张字条，那就是从废纸上随手撕下的一块儿纸片，上面只有一个词，潦潦草草地划拉着。这回艾提克斯可是看清楚了，那个字母的的确确是个“d”。然而在他的脑海之中，却依然挥之不去着另一个名字，那个只会存在于恶魔之地的小镇。

他拨通了乔治的电话。“你决定好去找他了？”

“是的，我觉得我最好去找找他。”

“好吧，我跟你一起去。”

“你确定？”

“当然了，我们可以开着伍迪去啊。”伍迪是乔治的旅行车，是一辆22系的帕卡德轿车，内嵌榉木，外侧还有镶板。“给我几个小时，我找个人来照看下贺拉斯，再把其他一些事处理处理就行。”

“好的，”艾提克斯说道，“不过乔治，这段时间里，知不知道我能去找谁了解一下带走老爸的那个白人的底细？”

“你到兄弟印刷厂去打听打听吧。如果他真是星期天走的，那么他肯定会请假的，否则厂里人肯定会找我询问他的去向。”

加维兄弟印刷厂其实是由加菲尔德夫妇这对犹太人所有的。乔治旅行社里的印刷品全都交给他们来印制，包括《黑人旅行安全指南》。在兄弟印刷厂里，蒙特罗斯担任技工，主要负责维护和操作印刷机，偶尔还会调校调校厂里那两辆运输卡车。

艾提克斯驾车前往印刷厂，找到了周末负责的监工。那监工确认蒙特罗斯早先的确是请了两个星期的假，说家里有急事要处理。不过他对那个什么白人却一无所知。

父亲下班后偶尔会到丹麦·维西酒吧消遣一二。来这里打探消息的时候，艾提克斯的运气好了一些。查理·博伊德是当班的酒保，他每周都是上夜班。他记得那天天色尚早，一个白人走进了酒吧里。这在维西酒吧可还真的算是件稀罕事。对于大多数白人而言，他们来维西酒吧这地方无外乎就是两件事，要么是来找麻烦的，要么是来想办法弄点儿钱花花的。

"那家伙也就二十来岁，"查理回忆道，"棕头发、蓝眼睛，穿着很时髦。我觉得他不像个警察。不过他就是有那么种范儿，让人觉得他来这儿是天经地义的一般。而且，他一点儿都不怵特里。"特里是这里的保安，足有六尺六寸高，皮肤黝黑，他这样子就是不少黑人见了也会像那些白人见了他一样一阵发憷。

"那家伙跟我爸说话来着？"

查理点点头。"他一进来就朝你爸那边走了过去。你知道你爸的脾气，'你他妈是哪根葱？'不过这家伙倒是平声静气地说：'您是特纳先生吧？咱们通过电话的。'然后他就递给你爸一张名片。"查理耸耸肩，继续道，"或许他是个律师也说不定，要不他怎么能开得起那种车。"

"你瞧见他的车了？"

"特里瞧见了。一辆银色的四开门轿车，车玻璃都是暗色的。特里没认出那是什么牌子，不过他说那肯定是辆进口车，超贵的那种。"

"那家伙跟我老爸都谈了些什么？"

"那我就不知道了。他给你爸名片之后，两个人就走到那边的一个小卡座里去了。他们聊了大约有一刻钟，然后那个白人就起身离开了。你爸又在那儿坐了好一阵，把自己杯中的酒喝完，然后也走了。后来他就再没来过了。"

"那是什么时候的事？"

"大上个星期三的晚上。"

蒙特罗斯寄给艾提克斯的那封信，上面邮戳的时间正是第二天。不过，也就是在星期四到星期天夜里这段时间里，艾提克斯的父亲决定不等儿子的回信，他要先走一步。

回家的路上，艾提克斯还是百思不得其解。然而刚进家门，一阵阵的精疲力竭之感又再度向他袭来，这回他老老实实地就范了，一头扎到父亲的床上，一睡就是一下午。

电话铃声把他吵醒过来。是乔治打来的，他说自己的事情还没处理完，不过六点之前肯定可以出发。挂了电话，艾提克斯打开冰箱看了看，没什么可以入嘴的东西。里面都是放了一周多的残羹冷炙，要么他不想吃，要么他不敢吃。打着哈欠，他又走回卧室，无所事事地晃荡到窗前，一把拉开了窗帘。

窗外的这条街道上住的基本都是中产阶级，他们热衷于消费至上的理念，就是为了这样一个美国梦而起早贪黑地奔忙。他们把自己辛辛苦苦挣来的血汗钱花到所有他们能花到的地方，却常常在这样的物质追求下不断地陷入失落之中。他们给自家的小公寓配齐了家具和居家用品；他们买了一堆一堆的名贵服装，就是为了在做礼拜、看喜剧、泡夜店时，能体体面面地走进去；他们购买豪车，却又不敢在乡间开来开去，也就停在路边显摆显摆。

不过即便在这条街上停了不少辆凯迪拉克，停在街角的那辆车也是相当扎眼，它简直就是另一种完全不同的财富与身份的象征。超豪华、低悬挂，怎么看怎么有种邪里邪气的感觉。一看到这辆车，就会让人想到一个更贴切的名字——掠食者。银色的喷漆和装饰反射着午后的阳光，透出一股冷冷的感觉，虽然此刻正是炎夏，让人一看却像是身处冬日一般。车玻璃看起来不仅仅是暗色的，而且就像烟熏过一般，黑咕隆咚的，根本没办法透过车窗，看看待在车里面的到底是个人还是条狗。

艾提克斯当然不是唯一注意到这辆车的人。一群正在人行道上溜达的男孩子忽然在车的近前停下脚步，呆呆地望着眼前这辆太不普通的车，惊愕得下巴掉了一地。其中一个孩子大着胆子伸手想去碰碰它。他的手指刚一蹭到车的铁皮壳，就嗷地一声尖叫起来，同时把手猛地抽回来。其他孩子见状哄堂大笑起来。有了敢第一个吃螃蟹的，另一个孩子也凑上前来，只见他把手掌按在了引擎盖上，然后嘴里尖叫着，蹭地一下向后跳开。孩子们随即哗地一下四散奔逃，笑声中夹杂着捅娄子之后的畏惧感。

此时，艾提克斯也行动起来。他匆匆忙忙地穿上衣衫鞋裤，飞身冲下楼去。这一系列动作最多也不过两分钟时间。可等他来到街边的时候，那辆银色的轿车早就踪影皆无。他前前后后地扫视着街道，然而徒劳无功，原本停车的地方空空如也，他死死地盯着那里，难道刚刚只是自己做的一个梦？

艾提克斯来到乔治住所的时候，发现停在屋前的帕卡德旁正守着一个穿太阳裙的姑娘，她身材矮小，有些纤瘦。

“利蒂希娅？”艾提克斯不确定地试探着，“你是利蒂希娅·丹德里奇？”

“艾提克斯·特纳。”利蒂希娅说着，脸上装出一副失望的神情，因为一见面他就含含糊糊的，她刚刚可是隔着一条街一眼就认出了艾提克斯。可随即她就展颜而笑，朝艾提克斯张开了臂膀。

丹德里奇一家以前生活在国家大道西面那片贫民区里。利蒂希娅的姐姐露比曾经当过艾提克斯的保姆。她的哥哥马文则在乔治的旅行社里兼职打过工。利蒂希娅比艾提克斯小一岁，她曾一度是“南部未来主义科幻俱乐部”里唯一的一名女性成员。当年一放了学，这个俱乐部里的伙伴们就会聚到乔治旅行社的会客厅里。直到最后丹德里奇太太忍无可忍地勒令她停止这种把戏。她要求利蒂希娅不准再把时间浪费在如此无聊的蠢事上，她应该像自己的哥哥姐姐们一样，自己挣钱养活自己。从那以后，艾提克斯就很少再能看到她了。

“利蒂希娅·丹德里奇，”他惊叹道，“这些年你自己是怎么过来的啊？”

“哦，其实跟你一样。浪迹在外面的世界之中，探险求生。”

“真的吗？”他脸上露出笑容，“别那么难熬就好了。”

她耸耸肩。“那我可有的说了。”

“那现在你这是回来了吗？”

利蒂希娅点点头，“你知道我妈去年去世了吗？”

“之前乔治伯父已经写信告诉过我了，很抱歉，请节哀。”

“我没赶上葬礼。”她嘴里念叨着，那语气艾提克斯听上去就跟没赶上公交车那么轻描淡写。“我想，老妈为此怕是得气活过来吧。结果后来我就倒霉的事儿一大堆。”

艾提克斯努力地让自己的回应尽量保持中立，不偏不倚。丹德里奇太太在一家美容院里工作，不过她最正儿八经的事业是算命，还能让人跟已经亡故的亲属通灵，圣灵降临节的时候，耶稣会赐予她这样的神力。对此，艾提克斯自己倒是不置可否，不过他知道利蒂希娅可是很当真的。“这么说，你回来是为了……跟她重归于好？”

“其实是我别无选择，”利蒂希娅说，“我之前一直都跟露比待在一起，忽然有一天我有了一个新计划。当时她觉得我可以到北区那边去当个女佣什么的。你知道，这根本就不可能嘛，所以……”

“所以你来这儿干吗？乔治请你来照看贺拉斯吗？”

“不，露比会照看贺拉斯的，我会跟你一起走。”

“是吗？”

“部分顺路，”乔治的声音响了起来。他从楼里走出来，手里拖着一个杂物包，还有好几个水壶。他绕到车后面，后备箱此时已经敞开了。“我们捎利蒂希娅一程，把她送到她哥哥那里去，在马萨诸塞州的斯普林菲尔德。从那儿到阿达姆就不到五十英里了。我们可以到那儿去歇歇脚，然后就去找蒙特罗斯。”

“咱们已经知道怎么去阿达姆了？”艾提克斯惊奇道。

“这就是为什么要到马文那里去一趟的另一个原因。他在《非裔美国人》编辑部工作。我已经拜托他帮我们做一些调查了。他会帮我们弄一张德文县的地图，到时再看看他还能挖出点儿什么别的消息来。”

把食物和水都装进车里，乔治看了看手头的物品清单，把准备妥当的物资挨个打上勾：睡垫、枕头、毛毯、备用轮胎、千斤顶、备用汽油、路用照明弹、急救用品、手电筒、各种读物，等等。“看来我们一切准备就绪啦，”乔治最后说道，“我先来开车吧，谁还想跟我一起坐在前排？”

艾提克斯跟利蒂希娅交换了一下眼神，彼此都冲对方咧嘴笑了起来，在这一瞬间，他们俩仿佛又回到了童年时光。“利蒂希娅坐副驾驶吧，”艾提克斯说，“我在后面可以躺躺，等换我开车时我再起来。”

“你们瞅瞅，瞅瞅，”利蒂希娅调笑道，“你们瞅瞅前排这大座，这空间，坐咱们仨都绰绰有余了。不过如果你想在后排，”她又在演戏了，一下挽住艾提克斯的胳膊，眉梢一挑，俏声说道，“随你的意，我可不在乎。”

朝鲜士兵是隐身于暗夜之中的战士。白日里，他们掩埋起自己的武器，藏身于人群之中，与一般平民别无二致。当初在朝鲜战场服役之时，每当经过稻田，艾提克斯曾不止一次地细细观察着那些身着棉布单衣的农民，试图猜测出他们当中有多少人会在天黑之后将手头的锄头换成长枪与刺刀投身战斗。艾提克斯不知道到底有没有什么窍门能看出哪些人是混入其中的军人，反正即便有，他也永远学不会。

以他的经验而言，白人就是太过实诚了。喜怒不形于色这种事他们是绝对做不到的。一旦出于什么原因，他们的确需要掩藏自己的感情，他们的那点儿伎俩怕是连五岁小孩儿都不如，所谓欲盖弥彰，说的正是他们无疑。

讲了这么多，其实归根到底就是那么一句话，一到西蒙维尔，艾提克斯立刻就知道要出事儿。

在抵达那个地方之前，旅途一直相当顺利。他们穿越印第安纳州、俄亥俄州以及宾夕法尼亚州西北部，一路平安而行。乔治对于沿途埃索石油公司加油站的位置心知肚明，所以根本不愁需要方便时找不到合适的厕所。他们第二次停车歇息时已近午夜，乔治把驾驶之职交给艾提克斯，就一头爬进后排，他得眯一会儿。利蒂希娅把一个枕头靠在自己身边的车门上，倚在枕头上蜷缩着身子已经睡着了。此刻，睡梦之中的她时不时地踢一下艾提克斯的大腿，像是在防止他开着车打瞌睡一般。

等到一抹晨曦照亮天空之时，他们已经抵达了宾夕法尼亚州的伊利。他们在当地的艾格·本尼迪克特餐厅吃了顿热乎乎的早饭。这家餐厅在《黑人旅行安全指南》里榜上有名。乔治曾经反复确认过这家店没问题，还特意记在了口袋里的小本子上。吃过早饭，利蒂希娅吵着要开车兜一圈。这辆帕卡德对于她的体型而言实在是太大了一点儿，她坐在驾驶位上不得不出溜着身子使劲往前伸腿才能踩到油门、刹车。还好，她倒是应付自如，不过每当她猛地一脚踩上油门，乔治心里就一哆嗦。艾提克斯还在后座上打着瞌睡，迷迷糊糊中就听着乔治不停地念叨着慢点儿、慢点儿，可千万别让高速公路上的巡警逮着理由找他们的麻烦。然而利蒂希娅却安慰他让他别紧张，这可是星期天，她还有之前错过的礼拜没去补上呢，在这之前，上帝是不会让她有事的。乔治显然还是想跟利蒂希娅掰扯清楚她的逻辑有问题，不过艾提克斯可没心思再听下去，昏昏沉沉之中他又睡了过去。

等他再醒过来的时候，车子已经到了位于纽约州奥本的一处卡车加油站。乔治下车去给水壶灌水，利蒂希娅从包里掏出个苹果，然后下车舒展腰腿去了。艾提克斯也从包里拿出根香蕉，显然对此他并没有多考虑什么。

他站在车边，一边揉搓着惺忪的睡眼，一边吃着香蕉，忽然听见一阵笑声从柴油加油泵的另一边传来。一个卡车司机正和一个加油工咧着嘴朝他笑着，彼此之间还不时用胳膊肘捅捅对方的肋下。艾提克斯低头瞅了一眼握在手里的那半根香蕉，感觉脸上陡然一热。他已经无数次地扪心自问，到底怎么样才能无视这些异样的眼光和闲言碎语，才能安安稳稳地过平常的日子。然而事实却是，他心里最难迈过的那道坎儿恰恰正是那些看似最微不足道的轻蔑之色。此时，那个加油工开始挥拳捶打自己的前胸，学着猩猩一样吼叫起来。艾提克斯把香蕉一把扔在一旁，举起了自己的拳头。

然而就在他马上就要一个箭步冲上去给那个家伙点儿颜色看看的时候，加油泵旁边堆着的一摞金字塔一般的油罐子突然倒了下来。那加油工见状赶紧慌慌忙忙地收起刚才那副大猩猩的嘴脸，手忙脚乱地奔向那四散乱滚的油罐子。一不留神，他一脚踩中了其中一个，一下子狠狠地摔了个四脚朝天。刚才跟他一起的卡车司机哈哈大笑起来，其他顾客见状也纷纷哄笑出声。然而艾提克斯并没有笑。在他看来，这加油工当有此报。他放下了拳头，转身离去，眼前利蒂希娅已经转悠回来，手里空空，显然那个苹果已经吃掉了。

随后他们又上路了。这回是艾提克斯开车，利蒂希娅躺在后座上，双手撑着下巴，看起来优哉游哉。乔治又掏出了自己的小本子看了看，建议下一站去西蒙维尔，在那儿把午饭解决了。“那里有家叫莉迪亚的餐厅，调查报告上说那家店很不错。正好从那里路过的时候我们可以去试试看。”

“在哪儿？”艾提克斯问道。乔治把地图递给他。就尤蒂卡南部这个乳制品产区而言，西蒙维尔算是个有些格格不入的异类。在贺拉斯绘制的那本地图集上，西蒙维尔那里住的是牛类的噩梦——穴居巨人，这些家伙用骨头剔着牙，而骨头的主人则是不小心命丧它们魔爪的一些驾车旅行的倒霉蛋儿。“你真的想在那么个乡野之地歇脚？为什么不一直开到奥尔巴尼呢？”

“我明白你的意思，”乔治说，“不过提供这条信息的那个家伙告诉我说，那家店的老板娘人真的特别好，她告诉那家伙可以随时光顾，一定好吃好喝地招待。”

一个半小时之后，他们抵达了西蒙维尔。一路上，他们沿着州际高速公路一直向东行驶。这条公路偶尔是四车道，不过大多数路段都是两车道。在一段两车道的路上行驶之时，他们看到路边的一块广告牌，上面写着一条新的纽约州高速公路马上就要通车了。那牌子上还有一幅卡通图画，一个白人家庭正坐在一辆装着透明防护罩的飞车里向着目的地飞驰而去。“你看，乔治，”艾提克斯说道，“未来就会这样。”

就在公路通往西蒙维尔的路口处，一个志愿者消防站就立在两条岔路之间。一个金发肌肉男正坐在消防站外面的一把白色木椅上。他光着膀子，穿一条黄褐色的帆布裤，系着灰色的背带，此刻正一边抽着烟，一边晒着太阳。注意到那辆帕卡德，他来了兴趣，抬眼望了过去。看着车慢慢驶近西蒙维尔，他眯起了自己的眼睛。

“那是一座红砖房，”乔治盯着自己的笔记，嘴里说道，“应该是在左手边，在镇子的另一头。”此时，艾提克斯已经注意到了那个肌肉男消防员的目光，暗自咀嚼着那目光之中传递来的信息。听了乔治的话，他不发一言，只是一边开车一边看着侧视镜，直到那消防站消失在视线之中。

这条路一直向南延伸，一些房屋零星散落在路两边，随后道路向东画了个弧线，进入了一小段镇子的主路，路边立着十几家商铺。然而这些商铺全都关着大门，整条街道就像是被废弃了一般，只有一个小男孩正骑着自行车在一家饲料店门前画着8字。隔壁的一块空地上围着一圈栅栏，倒是把这里圈成了一个小围场。一匹高大的母马孤零零地站在里面，摇晃着尾巴轰赶着一大群在尘土中飞舞的苍蝇。

在这小围场的另一边是一栋白色的砖瓦房，看起来毫无吸引力，在房子的玻璃窗上手写着一行字“西蒙维尔饭馆”。“那一定是它。”乔治说道。

艾提克斯把车慢慢停了过去，不过并没有熄火。“我怎么记得你说的是莉迪亚餐厅呢？”

“可是这里就这么一座砖房啊。”乔治四周张望了一番，“而且位置也对。”他朝路的前面指了指，再往前路两边就是农田了，“这镇子已经到头了。”

“我不知道，乔治。我可不怎么喜欢这地方的样子。”

“噢，行了吧。一本书的封面就能决定它的好坏了？这道理你可比我明白多了。”

“书可不会不做你的买卖，”艾提克斯点头道，“当然更不会朝你的杯子里吐口水。”

不过眼下乔治似乎是铁了心要进去看看，即便艾提克斯的判断看起来更稳妥一些。艾提克斯只好把车停在房子东面一块满是碎石瓦砾的小空地上。他让车头朝外，也没把车钥匙拔出来，万一有什么意外发生，他们可以立马开车走人。

这家饭馆很小，零散地摆了几张桌子，后面的柜台上摆着一个烤炉。此时店里只有一位顾客。那是名坐在柜台边的男子，他头戴猪肉派式的帽子，正用一块面包皮在一下一下地抹着盘子里的肉汤。他们几个人走进来的时候，那个男人抬眼朝他们看去，眼睛也眯成了一条缝，就跟刚才那个消防员一样。不过，站在柜台后面的那个少年服务生的反应却是大相径庭。他瞪大了眼睛瞅着乔治、艾提克斯和利蒂希娅，仿佛他们三个是从巴苏姆星球传送过来的绿色火星人。这惊愕的表情在他脸上停留了一秒钟，随即又像是突然反应过来一般，马上又强装出一副冷漠的面孔，只是这变脸的伎俩也实在是太过拙劣了些：这就是白人的后知后觉，什么事总是会慢半拍。

“你好，”乔治打着招呼，满脸洋溢着一种夸张到极点的友善之情，那语气和表情就像是要表明他们来此绝无恶意，“我们刚刚开车路过这里，打算……”

那位顾客忽然一掌重重地拍在柜台上，柜台上的盘子一震，连同那柜台后的服务生都惊得跳了一下。他突然站起身，理了理头上的帽子，然后迈步向门口走去，那神情就像是要把利蒂希娅撕碎一般，因为利蒂希娅正挡在了他的道前。不过利蒂希娅却没有主动给他让路的觉悟，她立在当场，一动不动。就在最后一刻，那人还是侧过了身子，擦着利蒂希娅的肩头走了出去。

“好吧，”乔治朝向那个服务生，仿佛刚刚什么也没发生过一样，“我们可以就座吧？”那服务生不安地乱眨着眼睛，喉结上下蠕动着。这神情落在乔治眼中，就权当是同意了。于是，他拉开一把椅子坐了下去，那个位置离门最近。

“乔治……”艾提克斯又开始念叨，随即叹了口气，也坐在了一边。

利蒂希娅还站在原地，抬手掸着自己的肩头，尽管那儿看起来什么也没有。“我得去趟洗手间，”她朝他们俩喊道，然后一头扎进饭馆的后面，完全没在意正从后面端着菜单走出来的服务生。那服务生匆忙跳着步伐躲闪开这个女人，手舞足蹈之中还打翻了放在柜台上的装餐巾纸的盒子。

“唔，有什么好吃的吗？”乔治一边问，一边拿起那服务生刚刚丢在他跟前的菜单。“有什么推荐的吗？”服务生依旧默不作声，眨眨眼睛，咽了口唾沫。艾提克斯心里琢磨，这家伙是不是有毛病？“我说，”乔治又开口了，“咱们为什么不先来点儿咖啡呢？”

听了乔治的话，那服务生又退回到柜台里面，看起来像是松了口气，旋即又变得不安起来。他把咖啡杯和杯碟摆上，正要去拿咖啡壶的时候，电话响了。他转身看向电话的方向，稍一踟蹰，还是调头去拿咖啡壶。此时电话铃又响了。面对着电话和手头的活儿，他又举棋不定起来。这下可好，瞻前顾后之中，他又一把将柜台上的杯子扫落到了地上。电话铃声第三次响了起来，这回他貌似下定了决心，任由那碎片散落一地，后退几步，举着双手向屋后面跑去。艾提克斯就这么看着他跑开，然后听到电话被接了起来，“您好？”服务生那柔弱的声音传来。好吧，至少，他不是个哑巴。

艾提克斯朝乔治看了一眼。“你的那份报告可真不赖，哈？”

“几个月前的报告嘛，”乔治耸耸肩，“看起来，这地方换老板了，或者是什么别的原因。”

“你真这么想？”

“是的，当然。我们不是已经在这儿了嘛。”

“可是这并不意味着我们就必须留在这儿啊。咱们回车上，一个半小时就能到奥尔巴尼了呀。”

“不用了，既来之则安之，咱们点些吃的吧。”

“乔治——”

“我说了，既来之则安之！”乔治语气坚决，“我们凭什么不能留在这儿？我们有这个权利。我是美国公民，你也是美国公民，而且你还是为这个国家浴血奋战过的老兵，天哪。咱们的钱就不是钱了？”

“我明白你的意思。但是谁都想自己的钱花得物有所值啊。万一这里的食物就跟它的服务一样……”

“嘿，刚才那家伙不是把盘子底儿都吃干净了嘛。行啦，我可是饿了。就给那个紧张兮兮的男孩一次机会还不行嘛。”

不过那个紧张的男孩却迟迟没有回来。而且，利蒂希娅也没回来。慢慢地，艾提克斯有些急躁不安起来。他靠在椅背上伸了个懒腰，指节此时蹭了一下墙壁，他忽然注意到这家饭馆里面的砖墙居然跟外墙一样，涂抹着相同的白色油漆。他又仰面朝上看去：建造屋顶用的木料是全新的，还没有上色，而那两根如同电线杆般粗细的房梁也跟墙壁一样，刷满了白色。随即他又检查了一下地面，那草草铺在上面的油毡一看就是新的。

“我说乔治。”艾提克斯说道。

“怎么了？”

“你还记得我小时候，你和老爸带着我去华盛顿特区的那件事吗？”

“当然，这我怎么会忘了呢。那可是我跟希波吕忒第一次见面呢。不过，你怎么会提起这件事？”

艾提克斯又看了那墙壁一眼，再次问了一遍当年在那趟漫长的旅途之中他曾经问出过的那个问题：“为什么白宫是白的？”

“那是1812年的美国第二次独立战争，”乔治解释道，“英国士兵放火烧毁了当时的总统大楼。后来黑奴们将大楼重建起来，并且把墙壁都涂上白油漆，以便掩盖住……”

“……烧灼的痕迹，”艾提克斯替他说完。而此时，一辆消防车停在了小饭馆外面。开车的正是那个穿着灰色背带裤的金发男，一同在车上坐着的除了另一个消防员外，还有刚才那个头顶猪肉派帽子的顾客。此外还有两个人坐在车两边的消防设备上。

乔治把自己的椅子从桌边挪开，轻声问：“走后门？”

“或许在这里跟他们干一架比较明智，趁他们进门时，一个一个地干掉。”艾提克斯说。

消防员们从车上下来，在车边布置了一条散兵线。那个穿灰色背带裤的手里拎着一把消防斧，另一个攥着根棒球棍。他们刚要朝饭馆里冲，突然不知发生了什么事情，引得众人齐齐转身看向自己来时的方向。他们立在当场好一会儿，然后那个攥着球棒的家伙忽然朝西离去，一会儿就消失在视线之中。一个人快速跟上他，另一个人也跟了上去，最后连那个带猪肉派帽子的也跟着走了，只剩下那个穿灰背带裤的家伙一个人呆立在消防车一旁，刚刚作势抡起的斧子已经耷拉了下来，看他那神情分明是一脸的沮丧。

艾提克斯和乔治二人贴着窗户，想要看清楚到底发生了什么事情。此时，利蒂希娅终于从厕所出来了，她悄无声息地快步靠过来。只见汗珠从她额头上一串串地滑落，头发上还沾满了灰尘。“快走吧。”她说道。

一句话，大家就都行动起来。他们悄悄地溜出前门，拔腿就朝自己的车奔去。一边跑，乔治和艾提克斯一边同时回头看去，那匹母马不知道被谁从围栏里放到了街上，此时正在乱蹦着踢踹围在身边的几个人。那个拿着棒球棒的家伙靠得太近，结果一不留神肋下就挨上了一蹄子。

乔治一把拽开副驾驶的车门，一纵身跨进驾驶座。利蒂希娅和艾提克斯紧随其后钻进车里，接着艾提克斯砰的一声把车门带上。此时那穿灰背带裤的家伙才后知后觉地回过神来，嘴里吼了一声。乔治已经发动了汽车，疾驰而去，激起一阵烟尘飞扬。

他们穿过田地，一路向东飞奔，乔治时不时瞟一眼后视镜，观察后面的情况，此时艾提克斯向利蒂希娅投去一个疑惑的眼神。“那个服务生从后面跑了，”利蒂希娅解释道，“不过在那之前，我偷听到他在电话里面说这些可怕的黑鬼已经占领了这个饭馆。我就想我们是不是需要转移一下阵地了。”

“我们现在可能需要再转移一下了。”乔治插话道。背后，那辆消防车已经追了上来。乔治紧紧地握着方向盘，又使劲踩了一脚油门。“利蒂希娅，亲爱的，”他说，“帮我个忙，把手伸到我的座位底下帮我够个东西，千千万万要小心。”

那是一把柯尔特点四五左轮手枪，真是个大家伙，看起来倒是能令人安心不少。艾提克斯看着它，点了点头。“希望你当时把它列在清单上了。”一边说着，一边伸手去接枪。不过利蒂希娅却没有立即把枪递给他，而是手一晃，把左轮摇出，挨个检查了下六个弹仓。在确认每个里面都装上了子弹后，她才放心地把左轮又扣进枪身之中。

“尽量别杀人，”乔治嘱咐道，“看看你能不能吓退这些蠢货。”

“尽力而为吧。”艾提克斯答道。他又瞧了利蒂希娅一眼，然后接过手枪，把车玻璃摇了下来。

一道闪着光亮的模糊影子吸引住了艾提克斯的目光。在他们的右边还有另一条道路，之间就隔着一片狭窄的农田。此时，一辆窗户漆黑、通体银白的轿车正在那条路上疾驰，跟他们的帕卡德并驾齐驱。

“乔治。”艾提克斯提醒道。

“看见了。”乔治答道。眼瞅着这两条路就要在前面交汇了，可是后面那辆消防车一直在穷追不舍，毫不给他减速的机会。乔治也丝毫没有减速的意思，一直把油门踩到了底，并且狂按着喇叭。

那辆银色的轿车也把速度提了起来。

艾提克斯用拇指打开了柯尔特的击锤，随即朝田野方向的上空开枪示警。那辆银色的轿车对此无动于衷。然而这枪声刚刚散去，后面却传来另一声枪响。只见那个带猪肉派帽子的家伙探出身子，一手拿着帽子，一手握着一把狮子鼻左轮手枪正朝着前面瞄准。

“见鬼！”乔治骂道。利蒂希娅此时紧闭双眼，口中念念有词地向上帝祷告。而艾提克斯这次则是把柯尔特对准了那辆银色的轿车。

千钧一发之际，那辆银色的轿车终于让开了路，帕卡德呼啸一声猛冲过路口。银色轿车插到帕卡德的后面，只听一阵刺耳的刹车声，直直地停在消防车的必经之路上。

消防车朝着它就冲了上去，喇叭声和警笛声早已经混成了一片。

消防车还是转了方向。艾提克斯朝后看去，似乎还是稍晚了一些，就在要车毁人亡的最后关头，消防车忽然向一旁歪去，就像是有一股外力猛地推了它一把。消防车与银色轿车擦身而过——顶多再靠近一掌宽的距离就会撞上——随即失控冲出了马路，撞破一道栅栏后，轧进另一片农田里。艾提克斯瞥见有消防员直接从消防车中甩了出来，而整辆消防车已经被一团遮天蔽日的烟尘吞没进去。

那辆银色轿车依然停在路口，随即也消失在涌上马路的那股浓浓的尘土之中。就在它的身影消失之前，艾提克斯分明看到那辆车朝他们闪了一下车前灯，就那么一下，像是冲他眨了眨眼睛。

利蒂希娅的兄长马文幼年时曾罹患脊髓灰质炎，与病魔几经抗争，结果落下一条萎缩的左臂。不过即便如此，他仍然一定要帮利蒂希娅把包拿进屋里。一进这间小屋就能闻到一阵令人垂涎的香味，一锅肉从中午开始就在一直煨炖着，还有刚刚出炉的面包，热气腾腾。才到了没一会儿，他们就围坐在了餐桌旁，例行的餐前祷告之后，他们就大快朵颐起来。第一口食物下肚，就让他们精神一振，仿佛一切不顺都随着口腹之欲的满足而烟消云散。当马文问起这一路旅程的经历之时，他们都放声大笑起来。

他们把在西蒙维尔历险的来龙去脉向马文描述了一通，乔治和艾提克斯都对利蒂希娅智纵母马一事赞不绝口。“那感觉就像是我们有个印第安侦察兵一样，”乔治说着，“真是太走运了。”

“行啦，行啦。”利蒂希娅阻止道，此时她已经羞得满脸通红。

不过，他们似乎达成了一种默契的共识，对那辆银色轿车还有消防车的失事全都绝口不提。而且对于艾提克斯而言，他深知自己和乔治的旅程才刚刚开始，所以他其实没办法完全放松心神。饭后，马文又端出了甜品——由自己手工制作的蓝莓派和香草冰淇淋。这些东西可真是容易让人沉迷在温柔乡里，每每满足地吃下一口，那继续上路的决心都会被磨灭几分。甜品上桌的时候，艾提克斯瞥了一眼墙上的挂钟，已经是下午四点多了。

马文一下就明白了艾提克斯的意思。把还没吃完的派和冰淇淋搁在盘子里，他起身进另一间屋里，等回来时，手里多了一个记事本。“你托我调查的事情我都搞定了。”他说道，“以前我就听说过一些关于德文县的轶事，不过我可从来没想到那地方竟然那么诡异。”他看了看自己的笔记，接着说道：“德文县的治所在比迪福德，这其实是沿用了英格兰一个小镇的名字。英格兰历史上对巫婆进行的最后几次审判，就有一次是在那里。那是在 1682 年。一个叫坦博伦斯·劳埃德的女人，被指控与一个化身为黑人的魔鬼暗自勾结。最后，她被判处绞刑，一同被吊死的还有另外两个女人。”

乔治挑了挑眉梢，问道：“你不会要说马萨诸塞州的比迪福德是由巫婆建立起来的吧？”

“其实更像是由猎巫人建立的。1731 年，在比迪福德定居的人当中，有不少家都跟坦博伦斯·劳埃德案中的检察官沾亲带故，而且他们都以此为傲。跟别的地方大相径庭的是，这个镇子以逆时而退闻名，即便是以十八世纪为标准，他们依然是一群顽固的崇古派。独立战争期间，比迪福德的居民坚决地站在英国国王乔治三世这一边。

1795 年，比迪福德的市长被州民兵逮捕，理由是在马萨诸塞州最高法院宣布奴隶制违宪之后仍然蓄奴长达十余年。几年之后，马萨诸塞州企图将德文县并入伍斯特县。德文的大部分地区都没有异议，但是比迪福德和另外三个相邻区域却拒不接受这次合并。最终，立法机关没有强人所难，同意了这四个地方的要求。从此以后，这片土地就像是被时间所遗忘了一般，他们与世隔绝，只在族内通婚，死死地跟过去绑在一起。”

“而且，他们都不喜欢黑人。”艾提克斯接话道。

“他们一直就不喜欢外人，”马文接着说，“我在新闻资料室里查阅到许多关于旅人在德文县遇袭的故事，失踪人口报告也不在少数。”他看向乔治，“你那个朋友维克多当时走的那条高速公路，对于有色人种而言可真不是什么好地方，无论白天还是晚上。”

“那阿达姆呢？”乔治问道。

“阿达姆更神秘。它跟比迪福德是同一时期建立起来的，然而到底是谁建的，如今又是谁住在那里，当地的历史文献和地方志都没有任何记载。我找不到关于它的任何只言片语。我本来打算给土地登记处打个电话，看看能不能从财产登记记录里找到些蛛丝马迹。不过他们周末放假，而且我总觉得比迪福德的有关部门可没那么乐善好施。”

“别管那些什么财产登记记录了，”艾提克斯急道，“能告诉我们怎么去那儿吗？”

“当然，来，帮我拿一下冰箱顶上的那卷地图。”

他们把碗碟都清走，然后把地图展开，铺在了桌子上。若是把德文县四个镇子的中心点连起来，就像个盒子一样把一片叫作安息日国度林地的森林围在当中。比迪福德正位于西南一隅。而并没有位于这四点区域之内的阿达姆则是第五个点，靠近地图的顶部。它位于一块儿狭小的开放区域，北靠一片不知名的群山，南倚康涅狄格河的支流。暗影溪，地图上就是这么标记着这条河的名字。一道桥梁从阿达姆的东南方而起横跨整条河流。一条公路通向了地图另一边的森林。可是还不到一英里长，道路就从地图上逐渐消失了，就像是绘图者的钢笔突然没墨水了。再向西南七八英里处，那条路又出现在地图上，跨过托里奇河，进入比迪福德。

“这是我能找到的最详尽的地图了，”马文说道，“大多数地图上面甚至连条穿越森林的道路都没有。不过，确确实实是有这么一条路的。就是条土路，七扭八转，岔路众多，常常就会走进死胡同里，不过可以开车在上面行驶，它最终一定能把你们带到阿达姆。反正，人家就是这么告诉我的。”

“谁跟你说的？”艾提克斯问。

“州人口调查局的一个朋友。德文县本就是名声在外嘛，我觉得他肯定能知道些什么内幕，于是今天下午我在家给他打了个电话。果不其然，他原来竟然跟 1950 年造访过阿达姆的人口普查员有过交流。人口普查是公差，他必须得去。第一次时，那普查员在森林里走了一半就折返而回，因为他觉得自己被一头灰熊给吓着了。一周以后，他再次上路，这回他带了一名从霍利约克山来的护林员。”

“他有没有提到阿达姆的情况呢？”

“那个人口普查员把阿达姆比作一个中世纪农村。大庄园掩映在山畔，村舍与农田依水而建。那情景就如同明信片一样美丽。不过那里的居民可没有什么好客之道，其粗鲁与无礼比之比迪福德也是不遑多让。庄园门前，无人应答。村社中的农民则一直朝着汽车扔石头。”

“哦，”乔治说道，“我肯定等我们到那儿的时候，蒙特罗斯早就把这帮家伙摆平了。”

“当地的治安官呢？”艾提克斯问道。

“哦，对了，”马文又翻开了记事本，“尤斯塔斯·亨特，他这个治安官还没做几年，全国有色人种协进会对他不满的投诉文件已经一大摞了。那家伙今年四十五岁，未婚，之前在北卡罗来纳的海军陆战队里服役，做过军士级教练员。退役之后，他搬到了比迪福德。”

“他们不是一向排斥外人吗？”

“他是个特例，他算是个出身亨特家族的浪子。亨特家族是当初建立比迪福德的元老之一。不过在1861年，家族中的一撮人不知怎么，一心想要脱离家族，于是一路南下，投效李将军麾下。后来在那场惨烈的皮克特冲锋之中，他们中的一些幸运儿幸存了下来，而亨特治安官正是这些幸存者的后代。”

“肯定引以为荣啊。”艾提克斯猜测道，“你确定要去阿达姆再没有别的路了？比方说某条隐秘小路，从新罕布什尔州出来，跨越那座座山峰，可以安安稳稳地到达那里？”

“那我可就真不知道了，”马文无奈地说道，“抱歉。”

“那么下一步你打算怎么办？”乔治问艾提克斯。

“我不知道你是怎么想的，”艾提克斯答道，“反正这一天下来我是真的受够那些乡巴佬了。而且照马文的说法，天黑前后到底何时出发，看起来无关紧要。无论如何，那个治安官如果看到我们的话恐怕不会高兴的。所以，比较明智的方案是别让他看见我们。”

“你是说天黑以后再出发？”

“我在想是不是凌晨会更合适一些。如果我们凌晨两点来钟出发，三点左右就能穿过比迪福德，那时候那些猎巫人肯定都在呼呼大睡呢。一旦抵达森林，我们就能搞清楚那条路到底是什么情况，从而决定是一直前进，还是找个地方躲躲那些出没的灰熊，然后等天亮再继续赶路。那样说不定咱们还能去那个庄园蹭个早饭。”

“没错，”乔治笑了起来，“这方案可行。”

利蒂希娅此时说道：“我跟你们一起。”

此前，她一直惜字如金地保持着沉默，大家都快忘了身边还坐了这么个人。

“什么？”艾提克斯惊讶道，“那可不行。”

“绝对不行。”乔治肯定道。

此时，马文却笑了起来。“哟吼，”他调侃道，“有人刚刚收到上帝的旨意咯。”

利蒂希娅瞪了马文一眼，满脸的怒容：“你怎么能说出这么悖逆的话来？为什么？还有你们，”她转向艾提克斯和乔治，“刚刚你们还在言之凿凿地说着今天这一路上有我在是多么走运的事，这么一会儿工夫就忘了？”

“我们当然说过啊，而且我们的的确确是对你充满了感激，无论是今天一路上还是现在，亲爱的，”乔治辩解道，“但是——”

“我没告诉过你们，我是在上帝的庇佑之下吗？你们真以为自己只是沾了运气好的光了？”

“好啦好啦。”马文试图打个圆场。

“你们真的以为我就是碰巧要搭你们的便车来斯普林菲尔德吗？”

“不管是不是碰巧，”艾提克斯说道，“你都不需要再搭车去阿达姆吧？而且，你也不会有这个机会的。”

“艾提克斯——”

“别说了，利蒂希娅。光我和乔治需要蹚这一趟浑水就已经够糟糕的了。这件事从头到尾都透着古怪，我总觉得这绝不仅仅是一潭死水般的种族主义事件这么简单。”

“那就更不应该拒绝啊，这可是上帝的馈赠。”

“上帝的馈赠。”马文又说道，“而我，则是个渎神者。”他又大笑起来，旋即将自己屁股下的椅子向后推去，因为桌子下面，利蒂希娅已经一脚踹了过来。

那天夜里，利蒂希娅就睡在了马文的卧室里，而马文则是凑合在客厅里的沙发床上。乔治和艾提克斯在地下室里铺了垫子。他们只有几个小时的休息时间。乔治倒头就睡，而艾提克斯却捧着一本书，一直读到午夜时分。

闹钟响起的时候是凌晨两点一刻，此时马文已经在准备咖啡了。艾提克斯坐在厨房，乔治又跑回车上一遍又一遍地检查起了此前罗列的清单。

“利蒂希娅已经醒了，”马文主动开口说道，“我刚才听见她在屋里的动静了，不过我觉得她不会出来跟你们告别。”

“很抱歉，我们来这一趟，让你们不愉快了。”

“不，那是我的错。谁让我嘴欠非要去招惹她呢。其实，她这次过来是找我借钱的。”马文解释道，“她没说借钱的原因，不过我知道肯定因为上帝需要她去做些什么事，也就意味着上帝需要我借钱给她，对吧？可问题在于，我根本就不信什么所谓的天意。所以我觉得她是想证明，对你们施以援手就是上帝需要她付出的代价，以此让我软下心肠来。”他摇摇头，“要不是受老妈的影响，她才不会这么思考问题呢。而且在虔诚度方面，利蒂希娅跟老妈比简直是有过之而无不及，头疼啊……”

艾提克斯无言以对，只好默默地喝着咖啡。

“无论如何，”马文总结道，“一旦她有了什么新的念头，很快就会把这茬儿给忘了。毕竟，上帝嘛，他可不会钻牛角尖。”

乔治此时回到屋里。“一切准备就绪，随时可以出发了。”他说道。

“出发前要不要来一杯？”马文建议道。

“不必了，我觉得我应该不会在路上打瞌睡的。而且我可不想在那森林里撒尿。”

“好吧，”马文说道，“安全第一。返程回家的时候再来我这里一趟，好让我知道你们一切平安。”他望着艾提克斯，“利蒂希娅和我会一直为你们祷告的。”

乔治发动了汽车。他们一路向北，穿过属于白人区域的斯普林菲尔德。眼看着前面就要离开这座城市了，他们在一处红灯前停了下来。而此时一辆警车驶了上来，停在他们旁边。乔治目不转睛地看着前方，艾提克斯也是有样学样。绿灯亮起时，那辆警车等到他们的车启动了才在后面跟上，一直来到城区的边界。至此警车才确认他们是要离开这里，所以并没有让他们停车检查，随即调头离去。不过一想到他们选择在这个时候离城而去的缘由，两人心里都禁不住嘀咕起来，这警车的出现可不是什么好兆头。

“比迪福德可比斯普林菲尔德小多了，”乔治暗示道，“估计那里警察值夜班的时候，顶多就是坐在警察局里把脚往桌子上一搭了事。”

“嗯，听起来可真不错，”艾提克斯回应着，心里却觉得这自欺欺人的想法真的蠢透了。“你一直这么说好了。”

这条高速公路早已荒废，所以一路上他们什么麻烦也没遇到。差一刻三点左右，他们驶过了通向新塞勒姆的那条岔道。此时，乔治冷不丁地关掉了车灯，然后将车停在路边。

“怎么了？”艾提克斯诧异道。

“可能是我有点儿紧张过度了，”乔治答道，“但是我总觉得咱们背后一直有人跟着。”

他们隐在黑暗之中，朝后看向刚刚通过的路口。路旁一根电线杆上挂着一盏路灯，刚好把周围照亮。然而并没有任何车辆出现。“看来真的是紧张过度了，”乔治确信道，但那口气听起来似乎也没什么底气。

行驶了几英里，一块路牌出现在眼前，上面写的正是德文县。又前行了一段路后，他们来到另一个十字路口，从这里拐上了比迪福德的主干道——国王大街。从马文提供的地图上看，他们可以不必穿过镇中心就能到达托里奇河大桥，不过他们决定最好还是走最直接的道路过去，要是选择什么岔路最后搞得迷路了可就得不偿失了。

一上主路，他们再次发现之前设想的种种推论确实是值得商榷的。不管比迪福德的居民在生活的其他任何方面如何拒绝与时俱进，至少他们毫不排斥电力：深夜的比迪福德中心地区到处都是照明灯，行政厅前、法院前，以及其他一些建筑物前面，都有照明灯，将两个街区长的国王大街照得亮如白昼。在这片高亮度地带中心的路口，立着全比迪福德唯一一处信号灯。二人驾车靠近之时，正好变成红灯。

他们坐在车里，就这样等待信号灯的时候，那感觉就像是被完全暴露在街上，毫无隐秘可言。虽然此前在来时的那条高速公路上也有这样的感觉，但是却完全没有现在的感觉这么糟糕。乔治的手指不住地敲击着方向盘，双眼紧盯着一旁的人行道，神情里全是紧张。艾提克斯瞥了一眼街角理发店的上方，房间的窗户里没有一丝光亮，然后他将视线又向下移去，发现在理发店的玻璃上用胶带粘着一张已经有些褪色的竞选海报，那是狄西党的海报，上面两副冷峻的白人面孔，正是斯特罗姆·瑟蒙德和菲尔丁·莱特[①]，似乎正在恶狠狠地瞪着他。

信号灯终于变绿了。乔治一脚油门，帕卡德的轮胎发出一阵尖锐的摩擦声，在这凌晨三点的寂静之中，显得格外刺耳。一座低矮敦实的砖砌建筑物如同堡垒一样出现在前方，街边的另一束灯光打亮了上面的字迹——德文县治安署。汽车通过时，乔治和艾提克斯不约而同地向下蜷了蜷身子，直到汽车将它远远抛在身后，两人才又坐正。

---

① 狄西党（States' Rights Democratic Party），从美国民主党分裂出的政党，支持并拥护种族隔离制度，1948年成立，因未获任何议席，于成立当年解散，重新并回民主党。斯特罗姆·瑟蒙德（Strom Thurmond）和菲尔丁·莱特（Fielding L. Wright）都是美国政客，狄西党的骨干。

国王大街一直通到河边才算是尽头，他们向右转上河岸街。这是一条位于两处小厂房后方的狭窄小路。在一处厂房的后门外，一个白人嘴里叼着烟，正在晃荡。看见一辆帕卡德拐弯驶来，他把手里的烟头一扔，迈步踱向路中间，迎着车灯举起一条手臂挡在眼前。“韦克利？”他叫道，“是你吗？”乔治和艾提克斯此刻呆愣愣地坐在车里，一动不动，仿佛那被定在汽车灯光里的不是眼前这个冒出来的白人，而是他们自己。“韦克利？”那人又叫了一声。此时他已经朝他们二人走去，一只手正摸进自己的裤兜。“是谁？”他走向驾驶室那侧，而乔治这时又一脚踩向油门。在汽车的疾驰中，那男子嘿的一声大叫起来，慌忙之中颤颤巍巍地后退几步，直到身子靠上河道旁边的护栏。

二人一路猛冲，差点儿错过上桥的路口，那转弯处一没有标记，二没有路灯，幸好艾提克斯注意到一长溜的护栏忽然有一处出现了个缺口，于是赶忙说道：“就是这儿。”乔治点了脚刹车，又传来一声轮胎的嘶鸣，随即车子开上了过河的木桥。远处的那条路在最初的二十几码还铺着沥青，不过再往前延伸，就跟马文所提供的地图上所标记的一模一样，沥青路面渐渐消失了，只剩下满是泥污和砂石的土路，还能清楚地看到上面留下的车痕。汽车行驶在这么一条路上，地面上的石块不停地撞击车底，横七竖八的树枝不知什么时候就会突然从黑暗之中冒出来，狠狠地招呼车顶棚和挡风玻璃。“上帝啊。”艾提克斯嘴里念叨着，不过一想到比迪福德早已被他们远远地甩在身后，他心里还是舒坦了不少。

前进的道路猛然向左侧拐了个大弯，使得他们一度竟还能看见国王大街，透过树枝的缝隙忽明忽暗地隐隐闪烁着光亮。紧接着车子又转向右边开始爬坡，路况变得更加颠簸，乔治满嘴唏嘘之声，不知是不是在心疼自己的爱车。等到终于爬到了坡顶，就像是通过了考验一般，道路忽然变得相当平坦，那些树枝也不再跟车顶棚敲来撞去个没完。

“我跟你说，”乔治没好气地念叨起来，“就冲这一路折腾，蒙特罗斯那家伙最好是就在那地方，否则——”

“可不是，”艾提克斯说，“要是结果发现他是在明尼苏达州的阿达姆，这可就搞笑了。”

他们又拐了个大弯，随即发现没法继续往前走了，前面两根石柱之间立着一扇大铁门挡路，上面写着“私人领地，禁止入内”。乔治把车停在了门前，透过车灯，他发现这门上没拴锁链，也没有上锁，只是简单地别了一个门栓。

二人静坐在车里，竖着耳朵倾听着四周的动静，确认是否有什么东西在附近游荡，灰熊，以及，修格斯。

“掷硬币吧，看看咱们谁去。”乔治最后说道。

“不必了，没事，我去就行了。”艾提克斯说道。就要碰到车门时，他又笑着说：“咖啡那事儿你说得还真不错。”

突然，一片光亮与嘈杂猛地出现，恶狠狠地将他们二人吞没。一辆巡逻车之前一直藏在弯道处的树丛之内，就在他们刚刚在车里听着动静的时候，已然无声无息地从后面靠了上来。那猛然划破这夜色的车灯就像是一个信号，原来铁门旁边的灌木丛里早就有人藏身其中，车灯一亮，他们就一跃而起，顺着帕卡德的两翼包抄过来，然后举手一抡，用枪柄把车门玻璃砸个粉碎。艾提克斯赶紧向后一弹，躲闪着飞溅而入的碎玻璃。乔治一猫腰，本打算去摸车座下的手枪，然而一种自我保护意识忽然涌上心头，直觉告诉他不能这么做，所以他强迫着自己又坐直了身子，将双手举了起来，恰在此时，在已经破碎的车窗之外，一支猎枪的枪口伸了过来。

后面几幕情景就似曾相识了，一如既往的蛮横与冷酷：二人被勒令下车，挨揍、嘶吼、搜身、再次挨揍，最后被推搡着来到车尾，双手抱头，盘着腿抵在保险杠上席地而坐。

治安官尤斯塔斯·亨特慢悠悠地踱步而至，挡在了巡逻车的车灯之前，看起来就像是个罪恶的身形遮挡了太阳一般。他的两个副手，就像是两颗小卫星一样，也现出了身影，在一旁拱卫。三个人都拿着猎枪，那治安官手里的还是柄双管猎枪。艾提克斯注意到，他们几人的站位非常小心，略微靠后的距离刚好可以无惧于己方在万不得已之时困兽犹斗的反扑。

“我跟你说什么来着，伊斯特彻奇？”治安官冲着左侧的副手开口道，“有时候直觉就是这么神奇，你就是能察觉到有什么外人在认为你不会注意到他们的时候试着从后门溜进来。”

“没错，长官，不过你之前说他们是吉卜赛人。”那副手答话道。

“嗯——那只是我灵魂中的诗意稍微澎湃了一下而已。”治安官道，“无伤大雅，反正就是那么一回事，我的感觉是对的。”说着，他看了汽车牌照，点头道，“他们是游客，这一点没问题。”

“车要是偷的呢？”另一个副手说道。

“嗯，这么一来就说得通了，塔尔伯特……你们怎么说，孩子们？”治安官把问题扔给了艾提克斯和乔治，“你们真是从伊利诺伊州来的？还是说，你们俩就是从伍斯特潜过来的一对偷车贼？”

“长官。”乔治开了口，旋即又陷入沉默，眼睛直勾勾地盯着指着他们的枪。

“接着说啊，”治安官催促着，“我们可都迫不及待地想听你的解释呢，真的。”

乔治慢慢地摇了摇头。“我不知道你们一直埋伏在这里是为了抓谁，长官，不过你确实是弄——这是场误会。”

治安官笑了起来。“你听见了，伊斯特彻奇？”他说，“他说走了嘴了。他竟然想说是我弄错了。他要是真那么说了，那就是说他——一个黑鬼告诉一位善良虔诚的白人基督徒他做错了。你懂的，真要是那样的话，这事儿可就绝不会善终了。不过，要是说这是场误会，这么说倒是挺有礼貌的，就像是让我知晓我忽视了什么东西似的……嗯，我觉得我喜欢这种说法，伊斯特彻奇。他还挺聪明的呢。”

“没那么聪明。”副手答道。

“我们的所作所为可都是在上帝允许的范围之内。”治安官说道，“而且，我也不笨，”他转向乔治，“我会证明给你看的。信不信我就知道你接下来要说什么。你肯定会告诉我，你对于昨晚发生在比迪福德的入室盗窃案，或者是上周在巴克斯·米尔的另外两起入室盗窃案全都一无所知。我要是问你约翰·韦克利周五在这片森林里看到篝火那件事，你肯定会问：‘什么篝火，长官？我们看起来就那么像童子军吗？’”随即他继续说着，而先前言语之中的那股子幽默感却消失不见了。“贪心不足啊。你们所犯下的真正的错误是来到了德文县。

要是你们在巴克斯·米尔得手之后就洗手不干，或许你们还真有可能侥幸逃出法网。我还有个副手叫科尔曼，他一直说肯定是当地的坏小子们干下的这几起案子。我差点儿都要相信他了。事实上，今天晚上他就在因斯托尔那里蹲点儿呢。等到他知道了今晚竟然错过了这么一场乐子，他可会懊悔得够呛。”

“亨特治安官，”艾提克斯此时说话了。就在他出声的同时，那三支猎枪齐刷刷地都朝他的脑袋指过来。然而他却深吸了一口气，尽量保持平静地说道：“我伯父乔治没说错，亨特治安官。这真的是一场误会。我们根本就不是什么盗窃犯。您可以检查检查我们的车，看看上面到底有没有失窃的物品，如果——”

“伊斯特彻奇。”治安官打断了他的话。

“有什么吩咐，长官？”

“告诉我刚才我都听到了什么。这个黑鬼允许我搜查他的车？”

“我相信他刚才就是这么说的，长官。”

治安官似是难以置信地摇着头。“这话，”他说道，“我可不怎么爱听。”

然而艾提克斯却是不为所动，他继续沉声说道：“我们不是盗窃犯，长官，也不是什么偷车贼。我们是客人。”

“客人？”治安官尖声大笑起来，“来我的森林里做客？你们别逗了。”

“我们是阿达姆的客人。”艾提克斯再次说道，“如果我们是非法闯进了您的领地，那我们真的是万分抱歉。但是我们的的确确是受邀而来的。除了这条路之外，我们真的不知道还能从哪儿去到那里。”

“阿达姆！”笑声更大了。“孩子，你这谎撒得可真差劲。我倒是听说过那地方有些古怪之处。不过如果你觉得他们会给你这样的人发出邀请……好吧好吧，你还是别用这种借口了。”

“我们所说的就是事实啊，长官。我们确实是受邀前往阿达姆的庄园。就是山顶的那间大房子。有人希望见到我们。”

“当然如此，说说呗，到底是谁想见你们？”

“蒙特罗斯·特纳。”

治安官咂摸着自己的舌头。“现在，让我们来看一看，你们的调查从根儿上就错了。还真难为你们特意费劲记住了我的名字。不过要知道——如果你们真的仔细做好调查的话就会知道，在这里姓特纳的只有安德鲁和格瑞斯，他们都住在因斯托尔。”

“蒙特罗斯·特纳是我父亲。”艾提克斯说道，“他现在就在阿达姆的庄园里面，是他让我们去那儿找他的。”

“但是他并没有说你们是谁的客人。”治安官说，“这就太搞笑了。在我们这儿，如果你待在一个人的家里，你好歹应该知道主人的名字吧，即便是别人邀请你来的，也应该如此吧。要么就是你们伊利诺伊州的人做事都这么不按常理出牌？”

“长官——”

“还是说，你们这些人早就习惯相信如此愚蠢的谎话了？”

“您不必一定马上相信我们的话，长官。”艾提克斯坚持道，“您把我们带到阿达姆不就真相大白了吗？”

“把你们带过去。凌晨三点，去敲门。”

“时间不是问题。的确有人想见我们。”

“你们确定，是吗？”

“非常确定。”艾提克斯说着。他成功地让自己的腔调听起来确实是底气十足。

“那好吧，”治安官终于点头应允，“咱们就去阿达姆走一趟。”

艾提克斯和乔治都坐着一动不动。他们在等着被带走。

“好，我们去阿达姆，”治安官继续说，“可问题在于，这一路开车过去可真不是什么容易事。你们都看到了，这破路是有多么曲折，过了这道门之后路况会更糟糕。不过好消息是，我知道一条近路。从那儿穿过去。”他朝着路边一片黑暗之处点了点头。“塔尔伯特，给我们弄个手电筒来，行吧？咱们得在森林里遛个弯儿了。我可不想咱们当中的任何人不小心一头撞到树上。”

“没问题，长官。”那个副手退回到巡逻车里。

治安官挥了挥手里的猎枪。“你们俩现在慢慢站起来，”他发话道，“还是双手抱头。”

“长官。”艾提克斯说。

“能不能稍等一下？”乔治接话道。

“站起来。”治安官重复着刚才的命令，“否则的话，信不信我现在就能送你们去阿达姆。”

“把手电筒拿稳当点儿，塔尔伯特。”治安官说道，“这两个小子可是正惦记着跑路呢。我可不想一会儿在他们后脊梁上一枪开个窟窿的时候还得使劲瞪着眼。”

刚才从大路上一离开，艾提克斯就一直在偷偷地踅摸着哪儿有合适的地方能让他和乔治当个掩护。一旦有机会逃跑，他们能够第一时间藏到后面，从而躲开必然而来的第一轮枪击。可倒霉的是，要么是这位治安官太过熟悉这片森林的环境了，要么是这片森林本身就是要和治安官几人合起伙儿来跟他们过不去：这一路而来的路面平坦无比，只有零星的低矮灌木丛。更可气的是那些大树，早先在道路两旁出现的时候繁繁茂茂，枝杈相交，可一进到森林里面却又变得稀稀拉拉，少得可怜，用它们做掩护实在是差强人意。可即便如此，如果只有自己的话，艾提克斯就是冒着被射杀的风险，也早就试着逃走了。而此刻，他心里却在盘算着可能再往前走几步，他们就会命令自己和乔治原地跪下，然后毫不犹豫地开枪射杀了。一念及此，他就想试着在不扭头的情况下引起乔治的注意：如果他们两个人同时逃跑，或许有一个人能够逃出生天也说不定。

“别费那劲儿了，小子。”治安官嘲弄般地说道，“我知道你肚子里有什么鬼主意。趁早打消那个念头。你知不知道我以前在北卡勒琼基地服役的时候可是打过双向飞靶的。你们两个可以尽管朝相反的方向跑，我仍然能够两枪就把你们都放倒，都不需要费劲再装填子弹。我——”

就在此时，一阵声响从前方传来，就在手电筒所能照射的范围之外。那是突然迸发出的一声尖锐的崩裂之声，像是一声枪响，又像是一根粗树枝从中折断，随之而来的是低矮灌木丛中的一声沉闷的捶击声。艾提克斯、乔治，以及那三个执法人员齐齐停下了手里的动作，那手电筒的光束一阵乱晃。

“把手电筒拿稳了，塔尔伯特！”治安官狠狠地命令道。前方的黑暗之中，什么庞然大物像是在地面上滑行，或者说在拖行着。他们的耳中不断传来树枝折断的响声，一根，又一根，然后就是一整棵大树被推倒时所发出的吱嘎之声，不停地回荡在深夜的黑暗之中。最后，终于轰然倒地。

嘣！

猎枪响了。那动静远比先前所有的声音都要响。乔治脚下一个踉跄，跪在了一边。艾提克斯发出一声嘶喊，那声音却像是被生生卡在了咽喉之中。他慌慌张张地低下身子，一把将乔治搂进怀里，想要找到他伤在了哪里。然而乔治却摇摇头。他并没有中弹，只是被吓软了腿而已。

艾提克斯向四周望去。治安官此时已经稍微向左挪了些许位置，他的枪口正冲向前面的森林，一缕烟雾从一个枪口之中盘旋而出。塔尔伯特举着手电筒，光束指向了相同的方向。而伊斯特彻奇的枪口仍然不为所动地对着艾提克斯和乔治二人。

治安官的喊声传进了黑暗之中：“这是我的地盘，懂了吗？不管你是何方神圣，人也好，兽也罢，最好乖乖地滚出这里。”言罢，他又开了一枪。乔治在艾提克斯的怀中又是惊恐地一颤。

随即，又是一阵诡异的宁静。治安官掰开枪筒，重新装填了子弹进去，他脚下没有挪动半分，只是侧耳倾听着动静。森林深处，鸦雀无声：那个推倒了大树的家伙，无论是人还是兽，此际要么是死了，要么就是在装死。

“好吧，”治安官的语气又恢复了平静，“刚才我们说到哪儿了？”

艾提克斯冲着乔治轻声耳语道：“加油，乔治，站起来。”

“不用了，这样就行，你们这俩小子就待在地上吧。”治安官说，“我想咱们也走得够远了。也该送你们上路了。除非，”他又加了句，“除非你们现在愿意说道说道那几起窃案的事。”

又是一声响声。而这次却是从他们背后的大路上传来的。那声音并不怎么刺耳，是一声轻巧的点火的声音，随即就是一团火焰绽放而出。等到治安官和他的两个副手转身向那里看去时，最初的那团小火焰已经变成了一堆熊熊燃烧的大火，大火之中能看到一辆汽车的轮廓。

“见了鬼了！”塔尔伯特脱口而出。

亨特治安官的双眼此刻已经紧紧地锁住了艾提克斯。“小子，”他的话从嘴里恶狠狠地挤了出来，“刚才你是不是忘记告诉我什么事情了？”

汽车喇叭声骤然响起。那是帕卡德的喇叭声，艾提克斯这么觉得。这是把治安官的车来当成燔祭了。

“伊斯特彻奇，”治安官命令道，“你跟我来。塔尔伯特，你留在这儿。他们要是有任何异动，格杀勿论。”他在犹豫着，犹豫着要不要此刻就亲自执行那个刚刚由自己所下达的最后一个命令。此时，帕卡德的喇叭声再次响了起来。他赶紧扭转身形，朝着大路赶了过去，伊斯特彻奇从后面紧跟而上。

艾提克斯扭头看向乔治，乔治会意地点点头。艾提克斯向下瞥去，一根粗壮的树枝刚好就落在乔治的膝前。

艾提克斯又轻微转了下头，直到自己眼角的余光能够瞧见塔尔伯特。这位副手正站在六英尺远的地方，一手拎着枪，一手握着手电筒。

那枪筒大约是朝着艾提克斯和乔治二人的方向，不过枪口却是指着地面。那手电筒的光束则在四处摇摆着，那副手的注意力转向哪边，那光束就随之而去。他先是用手电筒照照治安官和伊斯特彻奇离去的身影，然后又朝艾提克斯和乔治照了一下，接着又转向森林中的一处，那正是刚刚他们听到大树倒下的方向。

艾提克斯将自己刚刚扶着乔治前胸的手移开，伸向那根树枝。他把树枝轻轻地抓了起来，然后静心以待，就等着手电筒的光束再度移开的那一刻。当那个时刻来临之际，他一把推开乔治，站起身形，后退几步，抡圆了臂膀将那截树枝挥出，那树枝画出了一道凶残的弧线。这一番动作一气呵成，仿佛将他全身的力量都倾注其中。

然而树枝在半空划过，却什么也没有砸到。艾提克斯脚下一个踉跄，差点儿再次摔倒在地。他摇摇晃晃地站立着，脚下正是那个手电筒。他双手握紧了树枝，四下里寻找那副手的身影，随时提防着他从什么地方射来的冷枪。然而，那副手却消失了。

见鬼。艾提克斯心想。

接着，他便听到了那声响。就在森林之中，就在前面，比之前更近了一些。那是野兽，绝对是野兽。他告诉自己。而且，绝对是一头庞然大物，大到足以撼动一棵大树，大到足以将那个毫无防备的副手轻松拖走。但事已至此，那野兽的行踪又变得诡异起来，它穿行在灌木丛之间，弄足了响动，似乎就是为了让艾提克斯知道它就在那里。

那家伙正在慢慢远离艾提克斯。艾提克斯弯下身子，一把捞起手电筒，慌手忙脚地摆弄着它。等他稳下心神，重新稳稳地照亮四周时，那头野兽早已离开了光束能够照射到的范围之中，听动静竟是朝着大路那边绕行而去。

“艾提克斯，”乔治的声音响起，“扶我起来。”艾提克斯赶紧走上前去，用一只胳膊揽住了他的肩膀。等到二人双双站稳，远处大路上的火光已经开始暗淡下去，此时一团模糊的巨大影子穿了过去。

远处，只听见治安官亨特在那里呼喊着：“伊斯特彻奇？……你他妈在哪儿？”

一阵漫长的停顿，随即是一声枪响。艾提克斯和乔治都看到了枪口中冒出的闪光。看那位置像是在大路上，而那一枪则是对着天空开的。

火焰之中不时劈啪作响，还有嘶嘶的燃烧之声，让这黑夜显得更加寂静。

艾提克斯与乔治交换了一下眼神。乔治耸耸肩，叹了口气。艾提克斯关掉了手电筒，悄悄地开始往大路那边走去。

眼看没几步路就要到了的时候，艾提克斯脚下忽然踢到了什么硬邦邦的东西。是一支猎枪，单管的。他蹲下身子，四处查看着伊斯特彻奇的踪迹。果然，毫无踪影，对此结果他并不怎么惊讶。他把手电筒递给乔治，把枪捡起来，然后继续往前走去。

治安官的巡逻车早已面目全非，那一堆黑乎乎的废铁之中，此刻正不断地有火苗与浓烟窜出。帕卡德的后备箱盖和后挡板都敞开着。透过摇曳的火光，艾提克斯可以看到后备箱里毯子都被甩到了一边。

亨特治安官就那么一动不动地直直卧倒在这辆旅行车的后面，只见他的后脑勺上有一道深深的大口子，正在慢慢往外流血。在他的身旁滚落着一个应急汽油桶，上面有一处凹陷，沾满了血污，看来治安官就是被这玩意儿给砸昏过去的。

“利蒂希娅？”艾提克斯轻声呼唤道。话音未落，就见一个姑娘从道路另一侧的阴影之中钻出来，手里攥着治安官的双管猎枪，不是利蒂希娅还是谁。

“另外两个人怎么了？”她疑惑道。

“都进了灰熊的肚子。”艾提克斯答道，内心里却一遍遍地阻止自己去琢磨那个细思恐极的问题：为什么葬身熊腹的是他们而不是我们？

巡逻车的残骸之中此时又蹦出一个火球。“见鬼。”乔治嘟囔着。这里实在是热得紧，然而不知为什么帕卡德却没有被烧着，这实在算是个奇迹吧。“咱们得赶紧离开这里。”

乔治说罢已经跑向了驾驶室，而利蒂希娅和艾提克斯却在相互对视，丝毫不顾身下那个倒霉的治安官还在那儿趴着。利蒂希娅笑了起来，那神情看起来极为满意。“我早就说了，上帝可不会无缘无故地把我派来。”她得意地说道。

艾提克斯扭头朝着森林的方向瞥了一眼，心里却在寻思着：我可不觉得是上帝救了我们。

乔治早已打开车门等在一旁。“快点儿啊，”他喊道，“赶紧走。”

利蒂希娅把治安官的枪放进后备箱里。艾提克斯捡起了那个汽油桶——里面还剩下一半的汽油——也把它放进后备箱。利蒂希娅绕过车身，钻进了副驾驶座。艾提克斯却仍然站在治安官的身旁。手里握着伊斯特彻奇的那支枪，内心里他又问了自己另外一个问题。

“艾提克斯！”乔治嚷道，“还磨蹭什么呢？快点儿！”

“去他的吧。”艾提克斯自言自语道。他把手里的枪也搁进后备箱，跟另一支放在一起，随即也爬进车里。乔治发动了引擎。

此前，艾提克斯已经关上了后挡板，正当要把后备箱盖也拽下来的时候，他看到了另一辆车，就停在此前驶过来的那个拐弯处。那辆车熄着火，车灯也没开。正是在一旁汽车残骸上火焰的闪烁之下，艾提克斯才注意到那辆车的存在，火光映射出了那辆汽车车身的喷漆——银色。

乔治踩了一脚油门。心不在焉的艾提克斯一下失去了平衡，差点儿从后挡板上面被甩出去。等他好不容易稳住身形，汽车已经开始绕向另一个拐弯处。目光所及，只剩下那逐渐熄灭的火苗还在黑暗中摇曳着。不一会儿工夫，连那点火光也看不见了。

艾提克斯一觉醒来，灰蒙蒙的光亮伴着晨雾映入眼帘。他浑身僵硬地坐起身子，感觉屁股底下还有些车窗的碎玻璃碴。乔治正坐在驾驶位上睡着，头朝后仰在靠背上打呼噜。利蒂希娅身上裹着毯子睡在后座。

艾提克斯开门走了出去。此时，他们的帕卡德正停在一圈大树底下，掩映在一片高大的灌木丛之后，从路上根本看不到他们的踪影。艾提克斯听到潺潺的流水声从道路对面的方向传来。他小心翼翼地向发出流水声的地方摸了过去，好不容易穿过另一大片枝叶的包围，他发现自己已经站到了一处高高的路堤之上，俯首看去，竟有些陡峭。下面是一条溪水，岸边水浅，尽是岩石，再往水道中心看去，只见水面的颜色陡然阴暗起来，定是加深了不少。

溪水对面赫然就是那个人口普查登记员口中所描述过的村落，此际正笼罩在晨雾之中，半隐半现。这条暗影溪如同一条护城河一般，环绕着阿达姆的田野，一道道低矮的石头围墙把这些田野分成了零零星星的小块。正对着他的那块田地目前处于休耕状态，一群山羊正在地里慢悠悠地啃食着绿葱葱的野草和刚刚破土而出的新芽。视线转到右边，不算太远处，艾提克斯能瞧见一座桥梁，横跨暗影溪两岸。

农田的北面，地势不断增高。在一片稍高一些的开阔高地上，散落着座座漆着白墙的村舍。村舍的左侧是一些更高大的房屋，其中还有一座尖顶的教堂。再往高处去，终于就是那处庄园了。苍白色的轮廓，时隐时现，似是俯瞰着这里的一切。缥缈云雾之中，那庄园朦朦胧胧，样貌看起来并不真切，但是艾提克斯还是能够观察到几处窗户之内闪烁着点点灯光。

那些村舍之中，也有几家亮着灯，不过却比庄园里的灯光暗淡些许。只见一个男人手里拎着一把凳子和两只铁桶从其中一间走出，然后下到那块休耕田里。那群正在吃草的山羊听见动静都朝他跑去。左侧此时又传来一阵水花溅起的声音，艾提克斯循声望去，只见一位妇女正把一只木桶沉到溪中打水。她离艾提克斯已经很近了，这个距离艾提克斯完全可以跟她打个招呼。不过跟那个牧羊人一样，这位妇女是个白人，所以艾提克斯很知趣地放弃了打招呼的念头，而且轻轻地后撤，藏身到了灌木丛之中。

一只手搭在了他的肩头。是乔治。艾提克斯竖起食指放在唇边，然后轻声说道："看来咱们是找对地方了。"他拨开面前的枝叶，好让乔治也能看个清楚。

“看起来确实是。”乔治回应着，口气之中却听不出什么兴奋感。他撤回身子转头要回车子那里，然而眉头却皱在了一起，最后他还是转过头盯着艾提克斯。“我能问你个问题吗？”

“你是想知道咱们该怎么到那儿吗？”艾提克斯同时也陷入了沉思。他想着先前逃离那辆焚毁的巡逻车，想着那趟看似无穷无尽、愈发如梦如幻一般的暗夜森林之旅……想着就在刚刚的那一刻自己在那片灰亮与晨雾之中醒来。

“我不知道。”艾提克斯看着乔治那紧锁的眉头，幽幽地说道，“我其实还想问你来着。”

他们三人此时都坐在前排。乔治开车，利蒂希娅坐在中间，艾提克斯坐在副驾驶的位置上，那支柯尔特左轮手枪放在膝盖上，被他紧紧握着。

通向阿达姆的那座桥是一座石拱桥，桥身斑斑驳驳布满了青苔。桥面的两侧每隔一段就立着一根铁柱，每根铁柱的顶端都有一个钩子。艾提克斯觉得这些钩子肯定是用来挂路灯之类的东西。然而他内心深处却总是禁不住升起一股异样的念头来，这些铁柱和钩子是不是还有别的什么用处？尤其是在桥中心位置的那几根铁柱，往下吊东西的距离可是足够长了。莫不是可以……？乔治此时却加快了速度，赶紧朝着桥对面开过去，或许他心里正是存了跟自己的侄子差不多的念头。突然，乔治猛踩了一脚刹车，因为一个白人突然出现在车前方，挡住了去路。

那个男人一手拎着一根最简易的鱼竿，另一只手拎着的铁桶中装满了鳟鱼，还在活蹦乱跳着，看来是刚刚钓到的。他站在路当中，透过挡风玻璃向车内凝视着。三人都坐在车里，想看看那人是要冲他们恶语相向，还是要大声呼救，抑或是俯身抄起石块，再或者干脆就抡起手里的铁桶朝他们砸来。然而最后这一切都没有发生，出乎意料的是那人竟朝他们点了点头，就像是要表达什么歉意一般，随即后退几步把路让了开来。这反应委实让乔治吃了一惊，他直愣愣地看着那个人，完全忘记了自己应该开车离开。然而那人就那么低眉顺目地等在一旁，耐着心思等着车开走。

他们又上路了。前面出现了一个路口，一条路向西通往那片村舍，另一条路是往山上去的。他们选了上山的那条路。一路爬行，等到了坡顶，这条车道上多了许多碎砂砾，前面拐了个弯儿，正好通向那座大庄园的门前。

这座庄园是一座白灰色的石砌建筑物，中心位置是一栋三层高的平顶楼，两侧各有一座两层的侧楼，楼顶盖着向下倾斜的石板瓦。侧楼之中大多数的窗户都很暗，而中心主楼里倒是一片亮堂。艾提克斯注意到三层有一个身影正在向外望着。

乔治把车就停在庄园正门的入口处。在他们的左侧，圆弧形的车道将一块儿椭圆形的草坪围在当中，草坪上一个物件被两把长凳支撑着。那正是贺拉斯所绘制的地图上出现过的一个图标：立在底座上的一个日晷。他们朝日晷瞥了一眼，随即却被另一件事物吸引住了心神。不可能会注意不到，因为映入眼帘的赫然就是那辆银色轿车，此刻正停在不远处西侧楼前的车道上。汽车的引擎盖和不透明的弧形挡风玻璃表面挂满了一串串露珠。

“好吧，”艾提克斯开口道，“我想咱们该敲门了，看看有什么早餐。”他把左轮手枪放回到杂物箱中，然后推门下车。

这座庄园的正门是两扇对开门。门上方装饰着一轮刚从地平线露出一半身影的银色太阳。门板上装点着许多小一些的半日图案，构成了门环下的背板。艾提克斯爬上门前的台阶，正要伸手去够右侧的门环，还没抓在手里，那扇门却向内侧打开了。

一位男子出现在了门口，他留着姜黄色的头发，身上穿着管家模样的制服。他的肤色极为苍白——实际上他应该是一位白化病患者——不过他看着眼前三人的目光却非常坚定。他一看到艾提克斯就露出了微笑，那笑容自然真诚，毫不作伪。

“我猜，您一定是特纳先生。”这男子开口说道，“欢迎您莅临阿达姆山庄，先生。”

“我叫威廉。”他主动告诉三人，“我受命前来接待您，特纳先生，并且确保您以及您可能会带来的任何同伴都在这里能过得舒服愉快。”他转向了乔治，“您应给是贝里先生吧，老特纳先生同母异父的兄长？”

“没错，我是蒙特罗斯的哥哥。”乔治回应道。

威廉点了点头。“特纳先生说过，您估计会一起过来。至于您，小姐……？”

“丹德里奇。”利蒂希娅说道。

“她是我们一家的朋友。”艾提克斯插话道，“非常好的朋友。”

“这样的话，我们也非常欢迎她的到来。”威廉给艾提克斯吃了颗定心丸。

“那么，到底是哪一位邀请我们前来做客的呢？”

“是塞缪尔·布雷思维特先生。”威廉展开他的双臂，那姿态似是要将这整座建筑而不仅仅是他所站立的这处门厅都展现给面前的客人。“这里是布雷思维特先生的度假山庄。”

“布雷思维特先生。”艾提克斯慢悠悠地念叨着这个名字，就像是在用舌头咂摸这个名字的滋味。“那么，那辆车”——他指了指那辆银色的轿车——“不会碰巧就是布雷思维特先生的吧？”

“那辆戴姆勒啊，没错，先生。那是辆定制款。是由布雷思维特先生委托生产商专门为其定制的。那辆车可真够劲儿，对吧？”

“相当够劲儿。”艾提克斯肯定道，然后接着说，“非常感谢你对我们的欢迎，威廉，不过我现在特别想见我父亲，你能带我们去找他吗？”

“很抱歉，先生，他现在不在这里。昨天下午，特纳先生已经和布雷思维特先生一起驾车前往波士顿去见布雷斯维特先生的律师了。”

“他们开车去波士顿？我记得你刚才说过那就是布雷思维特先生的车啊。”

“布雷思维特先生可不止这一辆车，先生。”威廉答道，“现在，如果诸位愿意随我进来，我会领你们去各自的房间。不用担心你们的行李，由我来安排就好。”

不过艾提克斯此时却想起了之前在森林里被他们放倒的治安官，或许他已经返回比迪福德，正在集结一群亡命之徒要来找他们玩儿命呢。一念及此，他便没有动弹。

“有什么不妥吗，先生？”威廉问道。随即他注意到帕卡德那早已破碎的车窗。“哦，天哪。你们在路上是不是遇到什么麻烦了？”

乔治笑了起来。“没错，你可是猜着了。”

“比迪福德。”威廉说道。显然，这并不是一句问话。“我真的非常非常抱歉，特纳先生……你们有谁受伤了吗？”

“还没有。”

“好了，这件事你们不用再担心了。你们在这里是绝对安全的。”

艾提克斯的脑海中又出现了那辆巡逻车在夜幕下熊熊燃烧的画面。“我没法这么快就安下心来。”

“哦，不，特纳先生。”威廉纠正道，“我向您保证，肯定没问题。既然你们是布雷思维特先生的客人，那么你们就会受到布雷思维特先生的保护。只要你们还在阿达姆，就完全不需要畏惧比迪福德那边的任何人。您父亲的安全也同样会得到保证，当然了，他可是跟布雷思维特先生在一起……现在，各位贵客，请进吧。”

这间庄园的门厅看起来像极了那种乡下客栈的客厅，而那种乡下客栈是绝对不会进入《黑人旅行安全指南》的推荐名录当中的。门内的墙壁都是嵌着暗色调的墙板，上面悬挂着各种颇具戏剧感的自然情景图画，有的画的是人们打猎，有的画的是人们骑马，还有的画的就是人置身自然之中，心怀敬畏地感受着大自然的鬼斧神工。

长廊一直延伸到两边的侧楼，门厅的尽头依然是两扇对开门，门敞开着，里面是餐厅。在这两扇门左侧的墙壁上安装着一个文件架，上面挂着一排排的钥匙。威廉此时来到跟前，用一根手指敲打着自己的下巴。

当威廉正在思考着如何分配房间之时，艾提克斯踱步到餐厅入口处的另一侧，他对墙上的一幅画产生了兴趣。那是一幅人物肖像画。画中的白人男子身着长袍，站在一间炼金术实验室之中。他右手握着一根法杖，最显眼的是他的右手食指上戴着一枚银质的印章戒指，戒面上雕刻着一个半日徽记。男子的左臂向着一扇窗户伸展着，窗外是一处拥挤热闹的码头。水面之上是繁星密布的夜空，而海天相交之际却闪烁着一抹粉色的霞光。

“提图斯·布雷思维特。”艾提克斯照着画框旁边的铜制铭牌念了出来。

“阿达姆的建立者。”威廉答了话。他已经拿了钥匙，走过来和艾提克斯一起站在了画像前面。“布雷思维特家族是靠船运发家的。不过提图斯·布雷思维特却极为热衷于自然哲学——科学。他所进行的一些相当高难度的研究让他那些波士顿的邻居们颇为不爽，因此他就建立了阿达姆这个地方，还建了这么一座庄园，为的就是他自己和哲学家同僚们能私下里在此继续进行研究与实验。”

“听起来会选上这么个地方倒是挺奇怪的。”艾提克斯说，“要是考虑到比迪福德的那群人对巫师的观感。”

威廉礼貌地笑起来。“提图斯·布雷思维特可不是什么巫师，特纳先生。”

“他们要是想绞死你可并不一定非要你是个巫师才行，对吧？”

“不，这是真的，先生。不过，提图斯·布雷思维特倒是相当理解比迪福德的那些社会领袖。他靠着自己的财富和政治关系让那些人得了不少好处，作为交换条件，他们帮他保护其关于阿达姆的隐私。比方说赶走那些好事者。我猜您一定会说他把那群人的偏见用对了地方吧。”

“我不知道。”艾提克斯如实说道，“我可从来没有遇见过把偏见当成什么积极的事情来看的。”

“当然，先生……或许他确实做错了。”威廉很坦诚，“也许他就是因此而遭了报应。1795 年，这里发生了一场可怕的大火。这间庄园被毁于一旦，提图斯·布雷思维特与他的同僚们，还有他大部分的家人，都在这场火灾中遇难。现任的布雷思维特先生是他堂兄弟的后代。那场悲剧发生时，他的这位堂兄弟正住在普利茅斯。”

“现在这位布雷思维特先生是做什么的呢？还在经营船运生意吗？”

“他的兴趣可多了。”

“那么他对我以及对我的家庭到底又有什么兴趣呢，威廉？如果你不介意我问一下的话。”

“我不清楚，先生。而且无论如何也轮不到我来说三道四。我为布雷思维特先生照管的是这座庄园，可不是他的生意。”

“你确定吗？”艾提克斯对着那画像点着头，“看起来你对他们家族的生意了解得头头是道啊。”

“只是些历史罢了，特纳先生。请把我当成是您的向导，一名谦卑的向导，就可以了。现在我可以带你们去各自的房间了吗？”

前往二楼的楼梯位于西侧楼之内。在位于楼梯中部的平台上，室外的光线顺着一扇窗户射进屋内。不过在厅里，无论是墙上的壁灯还是屋顶的吊灯，都是电灯。

“这座庄园是如何供电的呢？”艾提克斯问道。

“外面有一间发电机棚屋，就在车库后面。”威廉回答道，“本世纪二十年代布雷思维特先生重建这座山庄的时候，他给这里做了许多现代化的改进。在此逗留期间，您可以得到全方位的物质享受，包括热自来水。”

爬到楼梯顶，他们向右侧转去。这一层的中心区域包括一间游戏厅、一间图书馆以及一间吸烟室。威廉带他们在这些便利设施里稍微转了一圈，然后言之凿凿地说这些地方他们可以随便使用，唯一例外的是那间吸烟室，一般来说仅供男士使用。

“这就是没有积极意义的偏见。”利蒂希娅嘴里咕哝道。

“三层是什么地方呢？”艾提克斯好奇道。

“那是布雷思维特先生的私人区域。”威廉回答道，“我肯定等他回来他一定会十分乐意带您去参观一番。那么现在，”他继续道，“我会带你们去东侧楼那边。那儿可比西侧楼安静多了。而且你们会独享东侧楼，这样布雷思维特先生的其他客人就不会打扰到你们了。”

“还有其他人待在这里吗？”

“现在还没有，先生。不过布雷思维特先生已经召集了山庄里的其他成员来此一聚。我估计他们晚些时候就陆续到了。”

“你在等着他们。”艾提克斯说，“不过你却不知道召集他们来干什么。”

“您理解得真快，特纳先生。”

威廉带他们下到东侧楼的走廊，在右边的第三扇门前驻足。“这是您的房间，特纳先生。”他一边说着一边把钥匙插进钥匙孔中，“这间房与隔壁那间一起是一个双人套房。贝里先生就住隔壁那间。”

一踏进房门，艾提克斯第一眼就注意到了那张超大号的床。那个巨大的床头板上也刻着文字，内容跟之前在门厅的墙上挂着的差不多。右边的墙前立着一个硕大的衣橱，看起来就是塞个折叠床进去也不在话下。房间的左侧布置了一处会客区，放着几把靠背椅、一个壁炉、一个玻璃柜小型吧台，在那扇宽大的多格窗边还有一张写字台。

“爽！”艾提克斯由衷地赞叹道。他进到屋子里面转了一圈，发现在门口处还摆了一排书架。

威廉绕过大床走向衣橱旁边的另一扇门。“这儿是您的盥洗室，特纳先生。这里有全套的洗漱用品。如果还有什么您需要的东西这里没有，请一定告诉我。还有，不知道您自己随身都带了什么衣服，如果您想穿着礼服去参加晚宴的话，这儿还有几套备用的礼服。”他朝着衣橱示意了一下。“晚餐是晚上八点在楼下的餐厅里开始。”他从会客区绕回来，继续道，“午餐是午后一点，早餐是早晨六点到九点。不过我们也可以把餐品给您送到房间里来，从早到晚，什么时候都可以。”他碰了碰放在写字台上那部电话的话筒，那电话确实够古老的了。“拨零就可以联系到我们的工作人员。”

“如果我想拨打外线电话呢？”

“很抱歉，先生。我们这里只有内线电话。布雷思维特先生一直想让山庄里能有真正的电话服务，不过目前看起来是不太可能实现了。有当局方面的原因，也有技术方面的原因。不幸的是，他没法像初代布雷思维特先生那样，在德文县这片地盘上左右逢源。”

“我深表同情。”艾提克斯说。他顿了顿，然后朝窗外看去。“说起这社会邻里关系，住在下面村舍里的都是些什么人呐？”

“就是当地的普通百姓。”威廉答道。

“普通百姓？你是说就像是阿米什人[①]？”

“勉强算是吧。不过，阿达姆这里的宗派可比门诺会古老多了。”

“他们常年住在这里？”

“是的，先生。对于他们而言，阿达姆就是个世外桃源。在这里，他们是不需要交房租的，取而代之的是他们为山庄效力，供养整座山庄。您在这里能够享用到的大部分食物都是出自他们之手。”

“这么说来，他们供奉布雷思维特先生，而布雷思维特先生则保他们平安，对吗？”

“正是如此，先生。”

“那么用电和热水方面呢？”艾提克斯问道，“他们也有吗？”

“正如我刚才所说的，他们就是些普通百姓。他们对这些东西没什么兴趣。”威廉又转向乔治，“贝里先生，您的房间在右边，从这里穿过去就是，我带您过去吧。”

威廉和乔治刚刚穿过套房之间的门，利蒂希娅就朝艾提克斯说道：“快来看看这里。”

艾提克斯跟她一起来到一列书架前。“怎么了？”

“看看就知道了。”

---

① 阿米什人（Amish），指基督教（新教）再洗礼派门诺会中一个分支的信徒，以拒绝大部分现代化科技（如汽车、家用电器），过着非常简朴的群居生活而出名。

“哎哟！”艾提克斯叹道，“是巴勒斯先生……”这列书架的顶层放着的都是泰山系列的小说。下面那层是全套的火星系列，还有金星卡森系列和地底人系列。其他书架上摆放着更多他知晓的其他作家的著作，其中一些作品看起来跟这里的环境实在是有些不怎么相称。

“他们把你最喜欢的书都给弄来了哈。”利蒂希娅说道。

“确实有很多。这里有好多书我一直打算读读呢……”

“可别乐不思蜀啊。”利蒂希娅警示道。

“早就想到啦。”艾提克斯很淡定地应道，一边说着，一边蹲下了身子。书架的最底下那层俨然是洛夫克拉夫特一派恐怖大师的天下了：阿尔杰农·布莱克伍德、罗伯特·布洛克、奥古斯特·德雷斯、威廉·贺普·豪治森、弗兰克·贝克纳普·朗、克拉克·阿什顿·史密斯，当然，还有洛夫克拉夫特本人的作品。手指从这些作品的书脊上一一划过，艾提克斯在一卷红色皮面的书前停了下来。这本书夹在《边陲鬼屋》[①]和《翻越睡梦之墙》[②]两本书中间，显得极为显眼。

书的封面上亦有一个凸起的半日徽记，书名是《远古黎明亚当后裔结社章程与规范》。艾提克斯刚把这本书朝利蒂希娅晃了晃，就听见威廉和乔治折返而回，于是赶忙把书插回到书架之中，然后长身而起。

“丹德里奇小姐，”威廉说道，“您的房间在大厅的另一边，请您

---

① 英国作家威廉·霍奇森的著名小说。译本可见《边陲鬼屋》，人民文学出版社 2016 年 11 月出版。

② 洛夫克拉夫特名篇作品，译本可见《死灵之书：H.P. 洛夫克拉夫特小说全集》，北京时代华文书局 2018 年 7 月出版。

随我来。”

二人随即走出了房间。

艾提克斯看着乔治。“你那边也有这么个图书馆？”他问道。

“没错，”乔治答道，“让他们把饭都送到我房间里来就行了。我能在房间里待一个月都不挪窝。”

艾提克斯点点头，“不知道这是不是就是那人的意图。他对咱们可真是投其所好啊。”

“绝对是。除了咱们上来的那个楼梯，你还发现其他楼梯了吗？”

“没有，反正在这个走廊里是肯定没有别的楼梯了。”

“希望别再来一场大火。”乔治揶揄道。

此时，利蒂希娅的尖叫声从大厅的另一侧传了过来，艾提克斯和乔治三步并作两步朝那边奔了过去。

只见利蒂希娅和威廉正站在那个套间的浴室当中。利蒂希娅紧紧地抱着自己呆立在一样物事之旁，艾提克斯打眼一看，果然跟自己想的一样。第一眼望去，浴室的地面上竟然有个大洞，仔细一看，原来是个贴着地面凹陷下去的浴池，通体都是用黑色的大理石打造而成。关键是浴池的尺寸实在是有些惊人，就算他们四个人一起坐进去，彼此之间也根本碰不着。

“瞧瞧！”乔治站在艾提克斯身后，顺着艾提克斯的肩膀往里一看，立刻打趣道，“咱们的小娅娅这下可有自己的游泳池喽。”

片刻之后，威廉的声音在大厅中响起：“现在我去安排把您的行李运上来，特纳先生。不知您是否允许我们的修理工去把您车上破损的车窗处理一下呢。我保证让那辆车变得风雨无惧。”

“那就太感谢了。”艾提克斯说道，“还有件事，威廉。”

“请您吩咐。”

“布雷思维特先生有没有说过他和我父亲什么时候会从波士顿回来呢？”

“他也不是很确定。或许今晚，至迟明天也就回来了。”威廉微笑着答道，“不过您放心，在这段时间里，我肯定不会让您无聊的。除了您之前看到的那些消遣娱乐项目，您还可以去一层逛逛，那里有音乐室和健身房，当然我还可以带您去看看其他一些好玩的地方。您还可以在庄园外面散个步，去下面的村庄里转悠转悠也可以。如果您想去更远一点儿的野外走走，比如说到森林里去，或者去爬爬这里的山，我会给您安排个向导，这样就不会迷路了。”

“哦不，不必了。我觉得我们走不了那么远。”

“那就好，先生。如果现在您没有什么别的吩咐的话——”

“就一件事了。”

“我洗耳恭听，先生。”

“我父亲住在这里的时候，你是安排他住在哪个房间呢？”

“那个房间。”刹那的迟疑之后，威廉指了指利蒂希娅房间右边的房门。

艾提克斯走上去，拧了拧门把手。“锁着呢。”

“当然，先生。如果您想进去看看的话，我这就下楼去拿钥匙。不过，房间里没什么可看的。您父亲把他所有的东西都带去波士顿了，而且整个房间也已经被打扫过了。”稍一停顿，他问道，“您需要我现在去取钥匙吗，特纳先生？”

“不，不必了。”艾提克斯答道。他转过身，看着威廉脸上的微笑，自己也露出了笑容。“我相信你。”

艾提克斯和乔治坐在山庄前面的一条长凳上，眼前一只孔雀正在趾高气昂地绕着那个日晷的底座来回转着圈。

“提图斯·布雷思维特。”好长一段沉默之后，乔治突然开口道，“那个名字对你来说有什么特别的意义吗？刚才在看他的画像时，你脸上的表情可不太对。”

“有吗？”艾提克斯应道。他朝后往长凳上靠了靠。“提图斯·布雷思维特是我母亲的曾曾曾祖母的主子。”

“我还以为朵拉并不知道自己家族的来历呢。”

“她确实知道得不多。只知道她的一位先祖叫汉娜，归属于一个波士顿的奴隶贩子，就是提图斯·布雷思维特。汉娜一直在布雷思维特乡下的庄园之中做女仆，直到那一夜她逃之夭夭。”

“穿越那片森林？真是个勇敢的女人。”

“勇敢嘛，也确实是，不过她也差点儿被吓死。”艾提克斯道，“那庄园遭了什么灾，汉娜九死一生，仅以身免。”

“那场大火吗？”乔治问。

“很有可能。这只是我所知的故事的一部分。母亲说汉娜从来没有对任何人说起过那段经历的详细经过。只知道一定是发生了什么非常非常可怕的事情，她除了逃跑之外别无选择。总之，她逃出来了，从此以自由之身开启了一段属于自己的新生活。不过，其实她的后半生也一直生活在惊恐之中。她一直害怕布雷思维特或者他的家族终有一天会找上她。”

下一个问题，乔治尝试着问得更为准确。“她逃跑的时候，”他问，“到底有没有身孕？”

“有一次我也问过母亲这个问题。结果她说我完全是跑题了。”

“那她说起这件事是要告诉你什么呢？”

“绝不要回头，并且，永远不要相信任何姓布雷思维特的人。”

“我觉得关于这一点她并没有告诉蒙特罗斯。”

“嗯，她确实没有，而且她还让我发誓绝不向他透露半分。不过我猜老爸最后还是从什么地方找到了一丝线索。或者说不知道哪个姓布雷思维特的家伙找上了他。”

此时，利蒂希娅从山庄里走了出来，一看就是美美地洗了个澡，一身紫罗兰色的礼服得体端庄，就算是出席灰姑娘的那场舞会也毫不逊色。

“上帝啊。”乔治叹道。

“喜欢吗？”利蒂希娅高兴地笑起来，然后在他们面前转了一圈，在那穿破白雾的晨曦之中，礼服上的亮片随着她的旋转闪闪发光。

“真美。”艾提克斯夸赞道，“不过，这应该不是你从家里出来时打包带来的吧？”

“当然不是了，我怎么可能做这种傻事呢。这是我在房间里找到的。有十几件这样的衣服呢。你们就没看看自己房间的衣橱吗？”

“你找到了这么一件衣服，”乔治说，“而且还很合身？”

“简直就像是为我量身定制的一样合身。”利蒂希娅说着，又扭身转了一圈。

艾提克斯站起身来。“我想咱们是不是应该去下面的村庄里走走看看。”

“真的吗？”乔治奇道，“我还以为在蒙特罗斯回来之前咱们就应该把自己关在房里不要到处生事呢。”

“我可没指望着老爸能平安回来。我觉得咱们得去找找他。”

“你觉得他在村子里吗？”

“反正我觉得他肯定不是跟布雷思维特去了波士顿。”

“要是他们把他关起来了，是不是关在这楼上会更有可能一些？”

“那是你的假设。”艾提克斯抬头朝三楼的窗户瞥了一眼，然后看向乔治，乔治也在看着他，面露疑惑。“或许是直觉吧。反正我觉得是在村子里。”他说。

“好吧，”乔治应道，“就去试上一试。万一找到他了——”

“那咱们就立马离开这个鬼地方，而且绝不回头。”

乔治点头道：“听起来还有些计划的样子。”

“这就是咱们的计划。”利蒂希娅说道，“不过，你们该不会真的以为事情会这么一帆风顺吧？”

他们的车早已经被挪走了，于是三人沿着车道一直来到西侧楼的尽头，绕到楼的后方，正是车库的所在。那是一列细长的车棚，被一间一间地隔开，每一间都有一道上下开合的两截门，那样子看起来就像是用马厩改造的。顺着车库一路走过去，他们看到里面分别停着一辆小型货车、两辆暗色车窗的劳斯莱斯轿车，还有一辆珠光灰色的复古跑车。

帕卡德就停在五号车库中。艾提克斯从杂物箱中把那支左轮手枪取了出来，稍作检查，发现子弹还在枪中。不过接下来，要怎么把枪带在身上可让他犯了难。这把枪个头太大了，要是揣在口袋里难免会引人怀疑。“我得回楼上一趟去拿我的夹克。”他说。

不过利蒂希娅却伸手拦住了他。“交给我吧。”她让艾提克斯和乔治先朝别的地方看看，就这一会儿的工夫，她就跟变戏法一样用礼服的褶皱把枪藏住。安置完毕，她又炫耀一般地在他们面前转了一圈，果然看不出来。

“等咱们把这桩古怪之事了结了，”艾提克斯对她说，“你可得把你的那些把戏好好跟我说道说道。”

三人重新回到山庄之前，这次他们发现有条小路通向山下的阿达姆教堂。下山途中，他们与一群村民迎面相遇。艾提克斯认出其中一位正是早晨远远看到的那位牧羊人。只见他肩头扛着几只可供食用的牲畜，一看就是刚刚宰杀剥皮，连内脏也清理得干干净净。一位妇女手里拎着两只已经褪去毛的鸡和一篓子鸡蛋。还有两位男子拖着好几袋子当地的蔬菜和其他东西。尽管他们每个人手提肩扛都不轻省，但是一看见艾提克斯、乔治和利蒂希娅三人却都是规规矩矩地主动让开了一条路。只见这四人都低眉顺目地待在路边，跟之前在桥头遇见的那个渔夫一样的反应。“早上好。”路过几人身边时，艾提克斯主动朝他们打了声招呼。然而这群阿达姆的村民对此无动于衷，甚至连看都没看他一眼。

通往山下村舍的这条路走到头是一个不怎么像样子的广场，教堂连同其他一些村庄的房舍就在这里。教堂对面是一处工坊，工坊门前，一位男子正操作着一块脚控磨石来打磨一柄长镰刀的刀锋。当艾提克斯几人出现在道路的另一头时，这位工匠抬头朝他们的方向看了一眼，但随即又全神贯注于手头的工作。倒是在他身边那条用锁链拴住的獒变得不安分起来。察觉到有外人的出现，它从工坊的门廊处跳了下来，要不是有锁链拴着，它估计是要一直朝着几人逼过去的。

乔治警惕地看着那条狗，问道："那么咱们先去哪里找？"然而他这个问题的话音还没落地，那边利蒂希娅已经推开了教堂的大门。

"看来咱们就得从这里开始了。"艾提克斯说着。

教堂的内部就是一间硕大的屋子。入口是一处凹室，一条牵引绳索从顶部的尖塔垂下来。从凹室再往前走就是教堂的中殿，内里摆放着一条条有些粗陋的木质长凳，大约能容下四十人左右前来就座。中殿两侧墙壁上的窗户又高又窄，阳光透过那窗户上的磨砂玻璃照进屋内。走廊中央的顶部挂着个玫红色的玻璃灯台，一盏油灯正在缓缓地燃烧，那微弱的烛光暗自无力地摇曳着，就像颗垂死的星星。再往前行，房间变得更窄了。在中殿的尽头是一方高台。在那之上的既非祭坛，也非讲坛，而仅仅是一个木制的诵经台。一本很大的书静置其上。

诵经台上方的窗户是不同于其他的彩色绘画玻璃，正是伊甸园的场景。这间教堂之中也只有这么一处算是真正装饰了一番。艾提克斯想看得更清楚一些，已经往前紧走了几步，而走在他前面的利蒂希娅忽然捂住嘴发出一声惊叹，随即一阵爆笑就从她的指缝里迸发了出来。

只见那窗户上，亚当和夏娃紧紧相拥，他们头顶是半轮粉色的太阳——那是远古黎明之中正在升起的红日。这幅图景表面看起来熟悉无比，可是再仔细一看却又似是而非。图景里并没有那条邪恶的蛇，伊甸园里的树林与灌木在晨光的渲染下色彩鲜亮，不过树上却并没有那些禁忌之果。当然夏娃的手里也没有，不过也没闲着。

而且，亚当和夏娃一丝不挂，连块儿遮羞布都没有。艾提克斯目瞪口呆地看着这场景。他可是从来没有在教堂的彩色玻璃上看到过如此色情的内容。

“好吧，”乔治说道，“看来他们不是浸礼宗基督徒。”

“他们当然不是。”艾提克斯道，“他们是亚当的后裔……管它呢。”说着他走上讲经台想去看看摆在上面的到底是哪种《圣经》，遗憾的是他的好奇心并没有得到满足。那本大书上面扣着一把锁，仿佛是怕这样还是保护得不够严密，书上还套着一条锁链，另一端连在讲经台上。

三人又回到外面。刚才那个工匠此时已经回到了屋里，不知道在叮叮当当地敲打着什么东西。而那条凶獒还在挣着锁链盯着众人。

寻找还在继续，此时他们的注意力已经集中到教堂西侧的一栋由石块与灰泥混合修筑的房子上。这座圆形的房子大约有十英尺高，三十英尺宽，由底部到顶部略微呈锥形。在房子一侧的高处，他们还能看到一些铁框残留下的痕迹，锈迹斑斑，之前那里一定是一扇窗户，如今却已经被砂浆封死了。那扇用铁皮一圈圈箍住的大门紧锁着，艾提克斯上去捶了一拳，大门纹丝不动，连点儿声音也没有发出来。

“你们怎么看？”艾提克斯望着乔治和利蒂希娅问道，“关在这儿的话是不是也太明显了？”

“各位需要我帮什么忙吗？”

一位头发火红、面容苍白的女人出现在他们面前。乍一看到，艾提克斯的第一个想法是她肯定是威廉的亲戚。第二个想法是她看起来可真像那彩色玻璃画里面的夏娃，唯一的区别就是她穿着衣服：长袖棉制衬衫、牛仔裤、皮靴。腰间一个圆环上挂着大大小小的各种钥匙，随着她一步步走近，钥匙在她的屁股上叮当作响、来回碰撞着。

“早上好。”艾提克斯报以微笑，“我叫艾提克斯。这两位是乔治和利蒂希娅。我们住在上面的庄园里。”

“我猜也是。”女人应答道，脸上也露出微笑，然而那笑容之中，似乎总有那么几分嘲弄之意。“我叫黛儿。”

“你负责这里，黛儿？”她点头回应着这个问题。艾提克斯指指她腰间的钥匙，然后朝着那石头房子颔首道：“这儿是监狱，没错吧？”

“监狱？”黛儿冷哼了一声。她从艾提克斯面前掠过，将钥匙环从腰带上取下，用其中最大的一把打开了这间屋子的门锁，然后双手用力一拽，门开了。她站在门口，招呼艾提克斯他们进来。“小心第一步。”

进门的时候，身材高大的艾提克斯不得不低下头才能通过。往里迈的第一步就差点儿一脚踩空。室内的石头地面足足比门口低了八英寸。屋子里面清凉干燥，空气之中满是香甜的气味。等艾提克斯的双眼逐渐适应了屋内的昏暗，发现眼前是一条已经被切下的动物的腿：那是一条鹿腿，悬挂在一条搭在屋顶木梁上的铁链上。屋里同样的铁链还有许多，挂着各种各样的肉类，有风干的，有烟熏的，有完整的，还有一块块分割好了的。

艾提克斯从门口来到墙边，挨个检查放在墙根下的各种容器。他那灵敏的嗅觉往往在眼睛看到之前就能根据气味分辨出物品。身后传来急促的脚步声，是利蒂希娅和乔治跟着进来了。利蒂希娅在屋里来回跺脚，想检查一下这屋里还有没有地窖。不过地面的声音听起来很结实，艾提克斯也没发现有什么活板门。

“动物。”黛儿的声音从门口处传来。

“什么？”艾提克斯不明所以。

“村子里总是有动物来找吃的。偶尔会有浣熊、狐狸、熊什么的。要是饿极了，熊甚至会直接破门而入。不过它们可进不来这里。”

“听说外面的森林里有灰熊。”艾提克斯说。

“灰熊！”黛儿又哼了一声，“不，这里没有什么灰熊，只有黑熊。”随即又漫不经心地说，“不过就算是黑熊也够坏的了。它们很聪明。不是我们说的那种聪明，它们是野兽。不过在搞破坏方面，它们也够聪明的了。而且它们对此简直是有些锲而不舍。我们养了狗来驱赶它们，可有时它们就是赖着不走，即使受了伤也不走。不过，其中一些到了这里可就交待了。”说罢，她朝着一大块儿腰腿肉点了点头。

就在三人还在琢磨着那黑熊的最终命运之时，黛儿又走回到门口，一只手已经扶到了门边。在那一瞬间，仿佛是要把三个人跟这一屋子肉关在一起一般。不过她却并没有那么干，还是等在那里，静候三人从屋里出来。

“准备走吧？”她说。

黛儿陪同他们三人来到村西边的一处山坡上的苹果园里。在那里他们遇到了一位养蜂人。果然又跟他们在村子里遇到的其他人一样，这位养蜂人只顾低头摆弄蜂巢，对于几个陌生人的到来无动于衷。至于黛儿在阿达姆所扮演的角色，她本人则是如实描述——村落守望者。这个有些像管理人员的身份所要从事的工作就包括充当村子与庄园之间的联络员。当她听艾提克斯说起以为自己跟威廉有什么沾亲带故的关系时，不禁哈哈大笑起来。“当他的亲戚？我哪有那身份高贵、有权有势的命啊。”艾提克斯原本还想跟她打听打听此间教堂的掌故以及她在教堂中的身份，可是一看黛儿的容貌他就禁不住想起那彩色玻璃上的夏娃，这两人实在是太像了，艾提克斯发现自己根本就问不出口，况且黛儿似乎也根本不打算主动说些什么。

离开果园，他们来到下面的河边，倒是把河边的渔夫吓了一跳，随后他们转了一圈又回到了先前那个广场上。艾提克斯其实是想去那些村舍里查访查访，可又实在不愿意身边跟着这么个盯梢的。于是他向黛儿这一路的指引表达了充分的感谢，然后假意往回程的山道上走去。见这几个外人离去，黛儿就走向那个工坊。里面仍然传来那工匠敲敲打打的嘈杂声，不知他到底在捣鼓些什么东西。一见黛儿走进屋子，艾提克斯立马就调整了自己的路线，带着乔治和利蒂希娅朝通往村舍的路走去。

然而，他们并没能走太远。那只獒一见几人居然还想绕到别的地方去，立即狂吠起来。艾提克斯加快了脚步，绝不回头看上一眼。然而眼前一晃，突然从最跟前的村舍后面窜出了一群狗挡住了去路。别看只有四条狗，其中两条是中型的杂种狗，一条捕鼠梗，还有一条体型硕大，应该是猎狼犬和大丹狗的串种，一看就是凶兽。不过，这几条狗并没有向他们发起攻击，只是走到路中央就停住不动，嘴里喘着气，就看艾提克斯、乔治和利蒂希娅会不会靠近过来。

那只獒的叫声忽然停了下来。艾提克斯扭头看去，发现黛儿已经从屋里走出，正双手抱臂站在门廊处。只见她唇角翘起，露出一丝轻蔑的笑意。不是我们说的那种聪明。他想起了先前她说过的话。我们养了狗来驱赶它们。

“好吧。”艾提克斯无奈道，“真棒。”

他们又重新退回山上。其实他们刚一走回山路，那群狗就不怎么在意他们了。不过等来到山巅再往下看的时候就会发现，那只猎狼犬和大丹狗的串种还有其中一只杂种狗还一直在村舍间的小路上来回溜达着，就像是总在海岛周围的海岸边游弋的群鲨一般。

“你们怎么看？”艾提克斯问道。

“那个工坊也是石质地基。”利蒂希娅指出，“除了那间贮藏屋，也就这工坊是这样的建筑方式了。”

“你觉得那下面可能会有地窖？”

利蒂希娅点点头。“就那叮叮当当的打铁声，任谁在下面喊破喉咙，外面也肯定听不到。”

艾提克斯看向乔治，乔治耸耸肩。“如果今晚蒙特罗斯没有现身的话，那咱们晚饭后不妨再潜回去看看。”他提议道，“给那群狗带点儿排骨说不定能管用。”

“或许吧。”艾提克斯说道。此时他想起了还放在帕卡德里面的那两把猎枪。旋即，他又想起一件往事。那是一个月黑风高之夜，一队士兵潜进平壤城外的一个村庄执行搜救任务，最终却只是搭进去四条黑人士兵的性命。“或许咱们该想点儿别的办法。”

“你有什么主意吗？”

“现在还不确定。让我再琢磨琢磨。”

“要是我们现在回庄园里面的话，”乔治建议道，“咱们是不是可以一边想，一边再叫点儿房间服务什么的？”

“当然，”艾提克斯应道，“或许，我还会看会儿书。”

布雷思维特邀请的其他客人是从午后开始陆续抵达的。艾提克斯在楼上的房间里一直在研究那本章程，注意到有人来后，他就透过窗户挨个统计前来山庄的成员数量：前后一共来了十四名白人男子，年轻的有五十几岁，最年长的至少得七旬开外。他们或是亲自驾车，或是有专职司机，其座驾全是价格昂贵的轿车及加长豪华轿车。从车牌上看，半数来自马萨诸塞州，其余的多是来自相邻各州。只有一辆晚些才抵达的车例外，它是从华府远道而来。所有这些成员的手指上无一例外地戴着一枚宽大的银质印戒，那是结社使徒身份的象征。

所谓使徒：那本红皮书上把他们称作“黎明探索者”“亚当之子”以及“黎明行者”，这个名字可以理解为“旧日旅居者”（书里提到的类似人类堕落之前的掌故，也就是阿达姆版的伊甸园的传说，可是跟艾提克斯在主日学[①]里了解到的大相径庭）。这本书里从头到尾都没有出现“巫师”这个词汇，但是很显然他们这些人就是巫师，或者说立志要成为巫师。艾提克斯一个个地观察着这些来客，他想看看凭自己能不能看出来他们到底有没有真正的法力。不过很显然，巫师这个工种，就跟那些社会主义者一样，想靠双眼就识别出来实在是有些痴心妄想。

七点一刻的时候，屋里的电话响了起来。不久前最后一位亚当之子刚刚抵达了庄园。是威廉打来的电话，询问艾提克斯及其同伴是否打算移步餐厅享用晚餐。“我们确实有这个打算。”艾提克斯如实告知，“有什么问题吗？”

“完全没有问题，特纳先生。”威廉答道，“烦请您各位做好准备，八点的时候我会上来邀请诸位。”

艾提克斯从自己房间的衣橱里挑选了一身工艺精良的定制西装。他试了试，竟如同量身定做般合适，就连鞋子也是尺寸刚好。乔治则选了套半正式的西装。等他们敲开利蒂希娅的房门时，这位站在门口的姑娘正身着一套优雅华贵的白色晚礼服。先前，利蒂希娅说她打算把那件紫色的灰姑娘礼服连同衣橱里其他一些物品都顺到帕卡德里面去。“要是咱们最后真的要跑路的话，”她说，“那为什么不带着这些漂亮衣服一起跑呢？”可是如今一看她脸上的表情，艾提克斯就猜到计划肯定是出了问题。

---

① 主日学（Sunday school），是基督教会于礼拜日进行的宗教教育，内容多以查经、教授基本圣经内容为主。

“怎么了？”他问道，“你从后门溜出去的时候让威廉给抓了个现行吗？”

“才不是呢。我顺顺当当地就把那件衣服弄上车了。”她说，“可是出了个问题。”

然而利蒂希娅还没来得及解释事情的原委，威廉就出现在了走廊的尽头。“晚上好，特纳先生、贝里先生。”他问候道，“丹德里奇小姐，您看起来美极了。希望到目前为止诸位都对这里感到满意。”

“今天这一天都相当有趣。”艾提克斯应道，“不过，你其实真的不用上来接我们的。我们自己下去就行了。”

“我明白，先生。不过恕我直言，我是怕山庄里的某些人对于陌生访客会有些许的……轻慢无礼。所以在正式对诸位进行介绍之前，我想最好还是由我陪着诸位比较稳妥。”

“你不想让我们被当成工作人员，对吧？”

威廉露出了笑容。“您的餐桌正在期待您的到来呢，特纳先生。”

一众亚当之子此际都聚在楼下的客厅里。仆从们正在有条不紊地传递着一盘盘的饮品和餐前开胃菜，然而有几位年长的结社成员对于一直还没能到餐厅就座一事大肆抱怨着。那位从华府来的成员是一位颤颤巍巍、老态尽显的长者，艾提克斯已经给他起好了外号——普勒斯顿·布鲁克斯，因为他挥舞手杖的样子实在是像极了那位来自南卡的众议员。此时，那老头正在房间里大声叫嚷着说至少他自己不应该就这么被安排在屋里傻站着，看起来像是男佣一样。

当艾提克斯步入房间的时候，所有人忽然齐齐安静下来。然而跟山下那些村民的反应不同，这些山庄成员们就这么直勾勾地盯着几人，目光里没有丝毫的歉疚。相反，大部分盯着他们的目光都充满了好奇，尽管在一定程度上这样的目光有些粗鲁。不过普勒斯顿的脸色却是瞬间变了三变：最初是好奇，可一看到乔治和利蒂希娅的出现，那好奇就变成了疑惑，继而又变成了愤怒。“三个？”他大吼着，手杖高高地举起。“为什么会是三个人？”

“这边请，特纳先生。”威廉一边说着，一边装作根本没有看到普勒斯顿一般，同时巧妙地移动着身形，替艾提克斯几人挡住了那个暴躁的老家伙。几人从普勒斯顿身旁飘然而过进入餐厅之时，利蒂希娅还朝他轻轻地挥了挥手。

威廉将三人领到一张桌前。桌子正上方挂着一条红色与银色相间的条幅，一眼就能注意到上面的那个半日徽记。这张桌子位于整个餐厅的中心位置，与四周各不相连，是个独立的区域，这份超然显示出这个位置所代表的尊崇地位，当然，也有可能是想让他们出出洋相。两位静候在旁的仆从为乔治和利蒂希娅拉开了座椅，而威廉则专门侍奉艾提克斯入座。然后，仆从们开始往桌上的杯子里倒水斟酒，其他更多的仆人开始从厨房中端出一道道汤品上桌。

与此同时，那些之前等在外面的亚当之子也被引领进屋，他们三三两两地坐在一起，唯独那位普勒斯顿自己独享一张桌子。进屋入座后，他们之中的好几个还在盯着艾提克斯看个不停，直到利蒂希娅开始故意朝他们挤眉弄眼，他们才悻悻然将自己的目光挪到面前的汤上面。

开始上沙拉的时候，一个年轻人出现在餐厅里。他是个二十出头的年轻白人，棕色的头发，一身帅气得体的西装看起来跟艾提克斯身上那件一模一样。一进餐厅，他就朝着离厨房门口不远处的拐角边那张唯一空着的餐桌走去，尽量保持着低调。其他黎明行者们有一搭没一搭地看了他一眼，对他的到来颇不在意，倒是那些仆从的表现着实大相径庭，那年轻人刚一落座，他的面前就摆好了菜品和酒水。

这时主菜端了上来。“你要是饿了，”艾提克斯建议道，“现在就赶紧都吃掉。”

“为什么？”乔治疑惑道，“你打算在上甜品之前就溜走？”

“我想我可能马上就会让在场的诸位都恨得牙根痒痒了。”艾提克斯说道，“然后就让我们看看事情还会怎么发展。”

此时，多数用餐者还在享用着自己盘中的沙拉。艾提克斯等了片刻，直到包括普勒斯顿在内的一撮人都准备开始转战主菜的时候，他忽然站了起来。

“打扰各位！”他大着嗓门喊了出来，同时用手中的勺子敲打着自己跟前的水杯。“打扰各位片刻，大家现在能看我这里吗？”

所有的目光立即都集中在了他的身上。大部分黎明行者依旧充满了好奇，不过看得出其中几个还是因为被突然打断了用餐而满脸不爽。

艾提克斯朝着整个餐厅开始了自己的发言。

“鄙人艾提克斯·特纳，”他说道，“我跟诸位一样，都是布雷思维特先生邀请的客人。不过现在我还搞不清楚为什么我会被邀请来这里。我之所以来阿达姆是为了寻找我的父亲，但是到目前为止还没找到他。我不知道布雷思维特先生到底想从我身上得到什么东西。”他顿了一顿，目光扫过在场诸人那一张张扬起的面孔，心道要是此时有谁能主动站出来透露一些关于此事的蛛丝马迹就好了。可惜事与愿违，场间诸人只是默不作声地紧皱眉头盯着他。

“我不知道布雷思维特先生想从我身上得到什么东西，”他只得继续道，“不过我自己得出一个推论。而且我希望在座诸位先生不介意协助我一起来验证这一推论。

“我知道你们全都隶属于一个叫远古黎明结社的组织。今天早晨我碰巧看到了一本贵组织的章程，就一直在翻看。”说着，他从怀里掏出了那本红皮书，然后举了起来。“我希望这么做并不算什么泄密之举。”他又说道。这一举动让在场众人都不禁面露惊恐之色，艾提克斯将他们的反应尽收眼底。“我知道像这样兄弟会式的社团或多或少都有些隐秘。对此我还是挺有经验的。因为我的父亲和我伯父乔治，就是这位，他们都是普林斯·霍尔共济会的成员。所以确实有些东西他们从来不会在人前提起。

“不知道诸位先生是否熟悉这个普林斯·霍尔共济会？我知道你们肯定听说过共济会。不过普林斯·霍尔这个名字或许会让诸位感兴趣吧。普林斯·霍尔是一位废奴主义者。美国革命时期，他生活在波士顿。当时他加入了马萨诸塞州民兵部队，为了美国人民的独立而战。他当时想加入当地的共济会，不过由于他是有色人种，所以被共济会拒之门外。结果他与其他一群自由黑人一起成立了属于他们自己的黑人共济会组织。

“不得不说，通篇看完贵组织的规则手册之后我还是挺失望的。因为按照贵组织的条例，普林斯·霍尔想加入的话是门儿也没有的。当然，对此我并不意外。”他看向普勒斯顿，接着说，“但是，我很失望。

“不过，等我一遍遍地读下去之后，我忽然发现了其中的一个漏洞——有一则成员条款，如果满足条件的话，就可以无视其他所有的条款。那就是如果谁与提图斯·布雷思维特有血缘关系的话，那么他们自动就被视为是结社的成员了。不是说符合成员的申请条件，他们就是成员。而且根本用不着去申请。

“当然，所谓的有血缘关系，界定起来也是件挺闹心的事。在这本章程里面得有十段文字的内容详细叙述了如何来界定这种血缘关系。不过通过阅读，我发现提图斯·布雷思维特的直系后代肯定是符合要求的。我猜肯定存在这么一个直系后代。

“而且不仅如此。布雷思维特家族的成员在结社之中还有着特殊的地位。这本章程里是怎么说的来着。不仅仅是亚当之子，而且还是众子之嫡。”艾提克斯抬眼望向挂在头顶的那条横幅。“众子之嫡，这咬文嚼字的还挺有意思。不过这个词的含义是，布雷思维特家族的人，是组织的管理者。他们有权召集组织会议，他们有权向其他成员发号施令。而且组织内部谁都不能违背他们所发出的命令。

“那么就让我们回到我一开始提出的那个推论上。”艾提克斯说，“我觉得此刻之所以我会身在这里，真相就是，我是提图斯·布雷思维特的直系后代——而且，有可能还不仅仅是一个后代这么简单，我是他的最后一个后代。对此，我其实不是百分之百确定。这是我的假设。但是我觉得在座诸位肯定知道事实的真相，我相信这也是你们此刻身在此处的原因所在。

“如果我所言不差，那么我就可以命令你们回答我的问话。你们的规矩就是如此，你们必须这么做。不过，问题是这几天来我一直在赶路，我真的很累了。所以，我更愿意直接跟布雷思维特先生谈谈。所以接下来我会做什么呢？作为这个结社的众子之嫡，我要你们都给我站起来，现在，马上，然后都从这间房里出去。杯盘碗碟统统放在原处，你们自己出去。从那扇门出去，穿过门厅，统统都到屋外的草坪上。愿意的话可以在长凳上坐坐，悉听尊便。但是必须老老实实待在外面，没有我或者布雷思维特先生的同意，谁都不能进来。

“先生们，”艾提克斯最后总结道，“这是命令。”

话音落下。屋里一阵沉默。普勒斯顿僵直地攥着自己的手杖，那神情看上去就像是被人死死地扼住一般。在场的众人之中，露出这种愤怒却又透着卑微神情的，可不仅仅是这老头子一人。这份尴尬的沉默在继续着，倒是让艾提克斯有时间去琢磨一番自己到底有没有猜错。他能感觉到身边的乔治和利蒂希娅此时正紧张无比地等待着对方的猝然发难。

忽然，传来一声椅子在地板上摩擦的吱吱声，艾提克斯转头望去，只见一众亚当之子中的一个红脸汉子慢慢站起了身。他朝着艾提克斯干脆利索地躬身一拜，然后扭头就向房门走去。这一桌上的其他两个人也随之而起，紧接着是隔壁桌上的另外两人，最后，所有的人都站了起来，包括普勒斯顿在内，不过他并没有鞠躬行礼。

当这些黎明行者朝门厅鱼贯而去的时候，餐厅里的下人们也纷纷顺着厨房离开。等到最后一位成员步出餐厅的时候，威廉才磨磨蹭蹭地把房门关紧，然后紧随着下人们一起离开了。此时，餐厅里就剩下了艾提克斯、乔治、利蒂希娅，还有坐在后面拐角处的青年。他就像是孤立于现场所有的白人之外，一直在津津有味地欣赏着艾提克斯的表演。艾提克斯朝他走去的时候，他鼓起了掌，那抬起的手上正是一枚银色的戒指。

“我知道你肯定早就知道真相了。”这位年轻的黎明行者说道，“不过章程之中确切的表述应该是所谓众子之嫡指的是现任最年长的布雷思维特直系后裔才对。按照这个标准的话，那这个众子之嫡指的就是我了。我比你大一岁零十天。”他咧嘴笑了起来。“其他那些蠢货可不知道这件事。甚至是彭德格斯特那个老东西都不敢冒天下之大不韪来坏了规矩。也好。要知道，要是随随便便哪个黑人敢那样对他讲话，他不撕烂了那个黑鬼的下巴才怪。”

“他可以试试。”艾提克斯不以为意。

布雷思维特的笑容更盛了些。“在下迦勒。哦，”他说道，“你要不要先坐坐，艾提克斯？”他轻一点头，在艾提克斯身边桌旁的一把椅子竟然自己滑了过来。艾提克斯眨了眨眼睛，但脸上却毫无惧色。他仍然站着不动，一只手搭在了椅背上。

“迦勒。”艾提克斯开口道，“那么塞缪尔·布雷思维特一定是令尊了？”

“没错。”

“那辆戴姆勒是你开的，对吧？是你把我父亲从芝加哥接到这里来的。”

“的确是我。”迦勒并无否认。“家父不耐长途劳顿。”

“为什么要把我父亲牵扯进来？”艾提克斯有些怒意。“你真正想找的是我，对吧？你父亲想找的也是我。管它是因为什么，反正就是我。那你们为什么不直接冲我来呢？”

“因为我们有自己的规矩。”迦勒·布雷思维特答道，“你必须得是自愿前来。要是我直接去邀请你前来，你很可能会拒绝。当然，这只是我的猜测。但是，我们不会拒绝自己父亲的邀约，对吧？”

“我父亲在哪儿？”

“他现在很安全。只要你按照我们要求的去做，他就会一直很安全。”

“我要见他。”

“当然可以。”布雷思维特突然停了下来，嘴巴张得大大的。此时，乔治和利蒂希娅都站到了艾提克斯身边。“好吧，好吧。”布雷思维特说道。只见乔治嘴里咕哝了几句什么，然后把刚刚攥在手里的餐刀扔在了一旁。那餐刀掉落在地上，发出当啷一声脆响，此时布雷思维特又把目光投向利蒂希娅，她则是一直双手张开，垂在身旁。

“我要见我的父亲。”艾提克斯低吼道，“现在就要。”

而布雷思维特却仍然在目不转睛地盯着利蒂希娅。

“可你现在要先见我的父亲。”他说。

厨房里有一部服务电梯。“仅供我们家族内部使用。”迦勒·布雷思维特一边说着，一边摁开了电梯门。

“没事儿。”艾提克斯对乔治和利蒂希娅说道，“就在下面等我好了。”

“你们两位可以继续用餐。”迦勒说道，然后朝刚才一直在后面待命的威廉看去。“请招待好他们。再就是找个人去山下村子里把黛利拉找来。”

“遵命，先生。”

电梯开始慢慢地爬升。趁着这段空档，迦勒·布雷思维特又告诉了艾提克斯这里的另一个规矩。“家父为人处世一向不太圆滑世故。”他说，“待会儿他的言语可能会让你想揍他。不过我建议你不要白费力气。他有免疫的能力。”

“揍他没用？”艾提克斯问道。

“对他不起作用的东西可多着呢。”

“那我可能会揍你一顿。”

迦勒大笑。“你可以试试。”他说。

电梯抵达了三层。电梯门打开，二人来到一间小型的私人餐厅里。一张餐桌前只摆放着一把椅子。桌面上摆放着几个碗碟，里面还有些残羹冷炙，显然刚刚有人在这里用过餐。正对着电梯口的墙壁上挂着一幅人物肖像画，不过看起来可比楼下那幅抽象多了。画上的人物头戴王冠，身着锦袍，站立在一片粉色的天空之下。国王打扮的人物伸着一只手，所指之处，一列影子从一排林木之中延伸而出。离树木最近的那些影子就是些并不怎么大的斑点，而靠近国王所处位置的竟像是已经生长出肢体、头还有尾巴的样子。国王脚边的那个影像不怎么分明，看起来可能是只狗。

“父亲？”这间餐厅有两扇门，迦勒·布雷思维特站在其中一扇前轻声叫着门。门的另一边传来砰的一声，随即是什么东西掉落到地上的声音。短暂的宁静之后，一阵脚步声由远及近。

塞缪尔·布雷思维特看起来并不像巫师或者国王。他给人的第一印象倒像是个刚刚下班的银行家，或者是像爱迪生那种类型的发明家。衬衫的袖子向上挽起，领口就那么敞开着，手里拿着块儿布在来回擦拭着。对于此刻出现在餐厅之中的艾提克斯，他看起来既不惊讶，也没有什么欣喜。不过似乎是为了表现出自己对于这个不速之客的重视，他上下打量了艾提克斯好一阵子。

“他比我预想的可还要黑不少。”塞缪尔·布雷思维特最后忽然冒出这么一句来，“你确定没找错人？”

迦勒点点头。“就是他。”

“我的客人现在可都在外面的草坪上喝西北风呢。”

“是的，先生。那个——”

“威廉已经打电话告诉我事情的经过了。他怎么会有那本章程呢？”

“我不知道，先生。”迦勒答道，“他一整天都在庄园里自由活动。我想他是无意中在哪儿碰到一本吧。”

“嗯。”布雷思维特眯着眼睛盯着自己的儿子。“你眼睁睁地看着刚才楼下的那一幕，为什么不阻止？”

“我——”

“算了，别管它了。我知道原因。”布雷思维特叹了口气。“那么……你就是特纳，对吧？”

“你应该叫特纳先生。”艾提克斯回了一句。

“你知不知道你刚刚的行为会给我带来多少麻烦？那群亚当之子，就算给他们提供最舒适的环境，你都会受不了他们那些挑三拣四的臭毛病。可现在呢，我不得不在他们连晚饭都没吃的情况下去见他们。”

“那我真是抱歉给您添麻烦了。”

“你还是不明白道歉是什么意思。”布雷思维特最后又擦了一下手，然后把那块儿布随手扔到桌上。“那么，特纳先生你是想知道为什么要把你弄到这儿来是吗？”

艾提克斯点头应道：“我猜该不是有什么家族财富能让我来分一杯羹吧？”

“不。”塞缪尔·布雷思维特厉声道，“你，就是这个家族的财富。”

“啊？你再说一遍？”

布雷思维特并没有重复自己刚才的话，而是指了指挂在墙上的那幅画，“你觉得这幅画怎么样，特纳先生？”

艾提克斯耸了耸肩。“这我可真不在行。”他说道。

“创作这幅画的画家叫约瑟夫·唐豪瑟。他跟提图斯·布雷思维特生活在同一时代。他并不是结社的成员，不过他跟结社的那群人兴趣相投。1801 年，他死在了波士顿的一家精神病院里。这幅画，就是他其中一幅绝笔之作。这幅画名字叫《〈创世记〉2:19》。你熟悉《圣经》里的这一节吗？”

艾提克斯摇了摇头。

布雷思维特开始引经据典：“‘耶和华神用土所造成的野地各样走兽和空中各样飞鸟都带到那人（亚当）面前，看他叫什么。那人怎样叫各样的活物，那就是他的名字。’唐豪瑟认为，命名这一行为绝不仅仅是给每样事物贴上标签这么简单。在创世造物的过程中，亚当也参与其中分担了重要责任，包括确定每个物种最终的形态，及其在大自然之中的等级地位。”

“各归其位，各司其职。”艾提克斯说道。

“非常正确。万物伊始之时，就有那么一刹那，万事万物就处于他们应该所处的位置之上，从神，到男人，到女人，最后到最底层的蠕虫，一切物种尽皆如此。”他看着艾提克斯，继续说道，“然后，全世界就开始陷入一片混乱，当然，这是早晚的事。伊甸园中的堕落；大洪水与巴别塔为尘世带来一片无序的混乱；原本尊贵高洁的等级制度被搅得一塌糊涂，最终成为乱糟糟的一堆族群与邦国。当然，”布雷思维特又说道，“实际情况并非如此。《圣经》如此直白是为了简单易懂。不过这样的比喻确实行之有效。”

“关于那场乱世之灾，”艾提克斯应声道，关于乱世之灾、历史，以及社会的进化或者退化等这些话题，那本红皮书里所言甚多，“这就是你的目的吧。你，还有你的结社，你们打算改天换地，逆转乾坤，你们在想办法让这个世界重回伊甸园时代，对吗？用魔法来实现这一切。”

布雷思维特努了努嘴。“这个词可有点儿粗浅。”他直直地盯着艾提克斯，说道，“只有凡人才会用这样的词。我们不是魔法师。我们是科学家，是大自然的哲学家。大自然——”他一边用指节不断敲着餐桌，嘴里一边重复着，“大自然以实体的状态存在，有属于自己的法则。总是对魔法这东西念念不忘的人相信万事皆有可能。其实并不是这样。你并不能挥挥手就点石成金。大自然的法则并非如此。”

“那么到底是什么样呢？”

“对于绝大多数人而言，大自然的法则看似是并不存在的。大自然对于那些想要成为魔法师之流的愿望无动于衷。但是，”他再次把手放到了桌子上，慢慢地摩挲着桌面上的木纹，“缝隙总是有的。大自然的法则也不例外，明白吗？本来不该有这种情况，但是在一些非常非常特殊的情况下，某些大自然的异常状况是能够被人所发觉并加以利用的。当然，只有真正胸有丘壑、腹有乾坤之奇人才能有此机缘。就是对于那些世俗的探索而言，只要有实现的可能，即便条件限制再怎么苛刻，探索者们仍然会趋之若鹜，毕竟万一有什么惊人的建树，那可就能光宗耀祖、流芳青史了。然而，只有最最杰出的自然哲学家，才能在此基础上再实现一次超越，来成就真正的无上伟业。”

“你说的奇人就是像你这样的人吧。”

这明显有些嘲讽的言语终于让布雷思维特变得暴躁起来。“我真正的本事还没让你见识呢。”他怒道，“就是这样，我也比其他所有还健在的使徒都要强大。给我记住这一点。”

“那提图斯·布雷思维特呢？”

“他是独一无二的。在神技方面，他就是个天才。”

“是这样啊。”艾提克斯说道，“那到最后他的下场又是如何呢？”

“糟糕透顶。”布雷思维特坦说道，“去挑战乱世之灾本就是一项危险性极高的工作。而即便是天才也并不能保证可以远离意外。提图斯·布雷思维特不是不明白其中的风险。但是他义无反顾地选择了逆流而上。”

“结果庄园就被烧毁了。”

“火灾只是其中的一部分。”塞缪尔·布雷思维特说道，“迄今为止，我们还无法确切知道那天夜里到底发生了什么事情。有个名叫托拜厄斯·富特的阿达姆村民之前一直被认为是那场灾难之中的唯一幸存者。据他叙述，当夜庄园里发生了一场爆炸，而在那之前庄园里曾经忽然霞光四射，各种颜色混杂其中，还有的颜色竟似从未在现世之中存在过一样。富特被这幅情景吓疯了。最终，他也被关进了精神病院，恰巧正是约瑟夫·唐豪瑟待的那家。就在当年，他死了。我得到了他生前的日记本。里面大部分内容都是胡言乱语，但是在这堆疯言疯语之中却隐约透露出一条重要的线索，当时那场灾难之中竟然还有第二个幸存者——一个‘黑色的女人’。在庄园开始发光的时候，她从里面跑了出来并逃进了森林之中。

“不过这件事是在很久之后才被发现的。在当年，庄园里发生的事情绝对是一场彻头彻尾的大灾难。结社中的精英人物无一幸免。当时不在仪式现场的还有那么几名成员，不过他们尽是些二流水准的门客或是马屁精之类的家伙。灾难一发生，这群家伙就作鸟兽散了。结社之中大部分秘而不宣的高深知识在灾难之中毁于一旦。结社一直从事的伟业被迫陷入僵死状态。

“直到本世纪初，家父才在机缘巧合之下重新发现了一部分散轶已久的结社秘典，于是开始将早已四分五裂的结社重新集结起来。从那时开始，我们已经取得了许多重大的进步，在某些方面也是成果显著。我们一直认为，目前时机已经成熟，是到了让那项在1795年被迫中断的伟大事业再次起航的时候。但是，我们所处的世界并非是停滞不前的。当远古黎明结社最初成立的时候，王权时代刚刚让位于民权时代。在那种时代前景之下，提图斯·布雷思维特本身所拥有的荣耀也驱使着他去为自己的事业放手一搏。而在一百八十多年以后的今天，作为一介平民，我也就仅能想象一下他的荣光到底为何物，仅仅也就是想象罢了。或许再过个几十年，他的那些荣耀会变得狗屁不是。所以，你懂了吧，我们必须要抓紧行动了，我们没有多少时间了。”

“好吧，听起来真的是相当重要。”艾提克斯应道，“但问题是，我还是不明白这跟我有什么关系。”

“亚当之子，特纳先生，”塞缪尔·布雷思维特接着说道，“什么是亚当之子！对于真正的贤者而言，其力量是在血脉之中代代传承的。提图斯·布雷思维特，他就是一位众子之嫡，在那个时代，他强大无比。至于你，你就是这种力量的容器。当然，如今存于你血脉之中的这种力量已经稀释了，或许在某种程度上已经被污染，不再纯粹了，但是它对于我们目前这项刻不容缓的事业而言是大有裨益的。这是远古黎明结社对你的需要，也是对你的要求。”

艾提克斯傻愣愣地看了看布雷思维特，视线又转向他的儿子。想让他们的表情告诉自己，这一切只是一群富翁煞费苦心自导自演的一场惊天骗局。而且真正搞笑的还在于，他对此一点儿都不觉得惊讶。在读那本红皮书的时候，他就隐隐约约地猜想到了事情的走向，跟现在所听到的真相八九不离十。只是此刻真的就这么被堂而皇之地说出来，才让他觉得荒谬无比。

“你们需要我，”艾提克斯揶揄道，“来当你们的魔力小黑鬼？”

不过，显然布雷思维特可没有在意其中的幽默意味。“我觉得你还是没搞清楚自己目前的情况。”他说道，“我或许能理解你感到困惑的原因。问题在于你自己同时具有两种完全不同的身份。一方面，你是提图斯·布雷思维特的化身，是目前仍在世的最接近他的人。也正是出于对这一身份的敬重，我给予了你如此方式的招待：郑重其事地邀请你前来，而不是生拉硬拽地把你绑来；在这里不仅保证你的安全，还让你舒舒服服地享受；热情欢迎你，盛宴款待你，华服装点你。

“所有这些，都是为了提图斯·布雷思维特。但与此同时，没错，你又是特纳，一个黑鬼。你的这重身份，配不上我的半分尊敬。知道吗？在这间屋子里，在我的面前，我是忍了又忍，就是看在你的另一重身份的面子上。但是，我的忍耐是有限的，你已经在触碰我的底线了。”

免疫是吗？艾提克斯心里寻思着，手上真有些发痒，他攥紧了拳头。看来去碰碰他所谓的底线也应该挺有意思的。不过再一思忖来此的目的，他还是打消了这一念头。

“我想见见我父亲。”

“如果我如你所愿，你能不能别再给我其他的客人找麻烦了？你能不能规矩点儿？”

“我会离他们远远儿的。”艾提克斯说道，“只要他们别来烦我就行。”

布雷思维特又努了努嘴。不过先前的怒火既然已经平息下来，那么也该终止此次对话了。“交给你了。”他对自己的儿子说，“看好他，别让他再捅什么娄子了。”

“遵命，先生。”迦勒·布雷思维特答道。

“通知威廉，可以开会了。让他去外面的草坪上把大家都带到这儿来。”

“遵命，先生。”

“至于他。”老布雷思维特朝艾提克斯那边一点头，“明天的仪式我们需要他。在那之前，我不想再看到他，也不想听威廉再汇报他又闹了什么事情出来。都听明白没有？”

“遵命，先生。”迦勒应道。这一会儿，同样的话都说了三遍了。说罢，他躬身一礼，就像山下那些村民一般。他的脸上此刻已经换上一副庄严尊崇的表情。直到他和艾提克斯上了电梯向下移去的时候，他眉宇间才又流露出欢快的表情。

“黛儿会带你去见你的父亲。”迦勒·布雷思维特告诉艾提克斯。此时，他们一群人都站在门厅处，有乔治、利蒂希娅、黛儿、威廉，还有几个庄园里的男仆。他们个个人高马大，把他们安排到这里倒像是为了防止某些人调皮生事一样。那些黎明行者们已经到楼上去了。餐厅的门此际还敞开着，艾提克斯朝里面看去，仆从们正在清理餐桌。

“你们得留在这里。”迦勒告诉乔治和利蒂希娅，“威廉会带你们回房间。”然后他又笑着冲利蒂希娅说道，“除非你愿意和我一起享用点儿餐后甜品。”

“谢谢你的好意，心领了。”利蒂希娅应道，然后冲艾提克斯说，“我们等你。”

艾提克斯点点头。迦勒又开口道：“你明白的，再惹出什么麻烦，后果自负。”

“没错，我明白。”艾提克斯应道，随即转向黛儿，“走吧。”

二人下山的时候，夏日的暮色已经笼罩了整个阿达姆。村民们已经收工回家。村舍之中已经亮起烛火。那座通向外面的石桥上也挂起了一盏又一盏油灯，灯光朝着东面延伸而去。小广场上一片漆黑，除了那间工坊之外，已经杳无人迹。

“是我。”黛儿迈步走进门廊，叫了叫门。那条獒已经摘掉了锁链，站在门口看着黛儿的到来。她随手一抓獒的后颈，把它硬拽到一边。它随即朝门边的角落里一缩，蹲坐下来。只是它还是保持着警觉，双眼不放过艾提克斯的每个动作，喉咙中一直发出沉闷的低吼。

那位工匠正坐在工坊的中央，身下一把凳子斜靠在屋中的一根立柱上。他身边的工作台上摆着那把刚刚磨好的长柄镰刀；一个高高的马克杯里不知盛着什么饮料，表面都是泡沫；桌面一隅刻着些纵横的网格，一堆小石子摆放在上面，看起来像是跳棋。“有情况吗？”黛儿问道。他摇了摇头，眼睛却一直盯着艾提克斯。

地窖的翻板门隐藏在工坊后面一角的一个大箱子底下。黛儿把门掀开，露出一段陡峭的木质楼梯，一直通向地下的黑暗之中。

艾提克斯站在一旁，注视着这个出现在眼前的黑不见底的洞。“你们就把我父亲关在这底下？”他抬起头来质问道，将那工匠也一并拢入自己的目光之中。

“我只是奉命办事。”黛儿冷冷地答道，脸上连半分羞愧或是尴尬都欠奉。她从墙上的钩子上取下一盏提灯，打火点燃之后递给了艾提克斯。“你用得着这个。”

“你不跟我一起下来？”

“他讨厌我。”她说道，“他还总是乱扔乱砸一通。”

“这对他来说还不算坏。”艾提克斯应道。

他沿着楼梯来到了下面。这个地窖跟那个储藏室一样清凉干燥，不过空气中却弥漫着一股发霉的味道。在灯光的映射下，眼前一排排瓶瓶罐罐摆满了木架，里面盛放着果酱一类的东西。再循着灯光朝四下望去，地上散落着各种工坊里杂七杂八的玩意儿。有个辐条损毁的货车轮子，还有把木槌，槌柄已经裂了。

“爸？”艾提克斯喊了一声，然后听到什么声音从地窖远处的尽头传了过来。再往里走去，眼前的地面上又是另一番模样的碎屑弃物：一条条印迹甩得到处都是，看上去像是甩溅的稀饭，早已经干了；一个碎了的苹果核；还有一地的玻璃碴。艾提克斯心想：他有喜欢乱扔乱砸一通的毛病真是不假。

又往前走了几步，灯光落在一个简陋的木板床上。有个人正蜷缩着身子坐在床垫一边，肩头裹着一条毯子。地面上反射出些许金属的光泽：一条铁链正锁在他的左脚踝上，另一头则固定在墙里的一个铁环上。

“爸？”他的父亲抬起血丝密布的双眼。黑暗中突然出现的光亮让他本能地抬手挡在面前，那露出的手掌上布满一道道老旧的伤痕。艾提克斯赶紧把灯往后撤了撤，提起来照亮了自己的面孔。“是我，爸。”

盯着父亲的眼睛，他看得出父亲已经认出了自己，可随即，那眼神又换成了另一种意味，同样，对他而言也再熟悉不过：失望，还夹杂着厌恶。然而，在回应父亲那目光的时候，他忽然觉得内心之中也升腾出一丝厌恶，就像胆汁堵在自己的喉咙里一样。

“怎么了？”艾提克斯问道，“怎么了，爸？”

“二十二年了。”蒙特罗斯·特纳开了口。“二十二年了，你什么都跟我作对。就这么一次，我就是想你能不能别听我的。你看看，又怎么样了呢？”

“你是想跟我翻翻旧账吗，爸？都多少年了，妈让你别再管这事？可你为什么就是不听她的？”

蒙特罗斯一下子从床边一蹦三尺高，一下将肩头的毯子抖落在地。“你现在要跟我讨论你母亲的事是吗？”他吼道，“给我靠近点儿。”

然而艾提克斯却摇了摇头。“我来这儿不是为了跟你干架的，爸。”他低头看了眼地上的铁链，又抬头看向父亲的面容。“你还好吧？”

“我当然好了！”蒙特罗斯依然须发皆张。“你怎么来了？”

“是你让我来的啊。”艾提克斯答道，“为什么不等我一起呢。你给我寄了那封信以后……”

“噢！”蒙特罗斯又把手举到了面前，眼光游移到了别处，似乎这样就可以阻挡儿子提出的问题。过了一会儿，他才慢慢说道：“是迦勒那个小子。他不知用了什么办法控制了我的脑袋。”

“什么？他把你催眠了？”

“不！不是那样。就像是……我不知道应该怎么说。我知道他满嘴胡话，一点儿都靠不住，对吧？——我可还没有老糊涂——我一直都在跟自己说，既然我已经知道他是在骗我，那我是不是可以将计就计呢？我可以就这样一直配合着他来演戏，直到真相大白为止。而且，我一定得知道真相，不是为了我，是为了朵拉，是为了你……所以，当他提出要带我跟他一起到这里来的时候，我就满口答应下来。为什么不呢？”他盯着脚下的铁链眉头紧皱。“为什么不呢？”

“所以他就把你带了回来，然后就把你关在这儿了？”

“不，是他父亲把我关在这儿的。”蒙特罗斯说道，“一开始他们是招待我住在上面那个大宅子里的。也就住了个把钟头。然后，这戏似乎就演不下去了。而且，那个老家伙的骗人伎俩可比不过他儿子。也可能是他根本就不愿意我住在他家的屋檐下。总之，我跟他一见面，就像是咒语还是什么别的玩意儿被解除了一样，我就爆发了。”他勉强地笑了笑，旋即又严肃下来，“然后，他们就把我交到这帮农奴手里了。”他最后说道，“今天是星期几？”

艾提克斯一下也没立即反应过来，他想了一会儿，说道：“星期一，现在是晚上。你已经从家里出来八天了。”

“八天了。然后呢？”

“一收到你的信我就赶过来了。”

蒙特罗斯摇头叹息道：“我多希望一个月都见不到你啊。要是那样就好了。我一直都在祈祷着再也见不到你。”先前的那种厌恶又从他的语气之中流露出来。“二十二年了。”

“是的，二十二年。爸。你可好好记在心里，可别改了主意。”言罢，他把手里的提灯放在地上，然后转身蹑手蹑脚地朝楼梯那边摸去。

黛儿正站在上面的翻板门边等着。她刚想要张嘴说什么，冷不防艾提克斯突然冒出来，一记木槌正敲在她的脑门上。她眼珠朝上一翻，像块儿石头一样倒在一旁。恰在此时，艾提克斯一个箭步闪身错过这个倒下的女人，正对上那条猛冲过来的恶獒。就在它扑过来的一瞬，艾提克斯眼疾手快又是一槌，结结实实地砸在它的头上。

那工匠似是才回过神来，赶紧从桌边爬起，一把抄过桌上那柄镰刀，慌忙之中把杯中的饮料洒了一地。艾提克斯扔下木槌，从墙上摘下一把铁铲。冲着迎面而来的镰刀，他举起铁铲向外一磕，那工匠收不住自己，随即一个趔趄，那刀锋也转了方向。然后艾提克斯顺势将铲柄一横，正勒住了他的脖颈。那工匠突然被制住，一时之间喘不上气来，被艾提克斯一把攥住额前的头发，朝着桌面上狠砸下去。他被这几下撞得七荤八素，哪还有力气反抗，被艾提克斯半拖半拽地弄到翻板门边，一下就被顺着楼梯扔下了地窖。

这时，那只恶獒又挣扎着想要爬起来，可是四肢怎么也不听使唤。艾提克斯上来，又招呼了它几铲，直到它不怎么动弹了才停手。做完这一切，他停顿了下来，侧耳倾听着自己的呼吸声和村子周围的动静。不知从哪边的村舍间传来另一只狗的叫声，幸好那叫声并没有靠近，过了一会儿便安静了下来。

艾提克斯从黛儿的腰间取下那个钥匙环。四下看了看，又找到一把断线钳。

工匠倒在楼梯底下，一动不动。艾提克斯从他身上一跨而过回到父亲身边。他把钥匙和断线钳都交给父亲，然后又回到楼梯口。艾提克斯把工匠拖拽到盛放果酱罐子的木架一旁，让他靠在上面。然后又返回上面，把黛儿横扛下来，扔在工匠一旁。这时蒙特罗斯已经解开了束缚。他手里提着灯走上前来，看了一眼这两个看守他的人。“我来解决剩下的两个。”他不屑道。

“你能解决剩下的五十个。”艾提克斯无奈道，“要是我们不赶紧离开这里，可能还真需要你去解决这么些呢。”

“有车吗？”蒙特罗斯问道。

艾提克斯点点头。“伍迪。”

“伍迪？”蒙特罗斯一愣，“乔治也来了？”

“你的家人可都关心着你呢，爸。事实就是如此。”

二人爬上楼梯，把那条燊也丢进地窖里，然后关上翻板门，重新把大木箱推到上面压好。他们吹灭了屋里所有的灯，然后摸到前门口，又探听起了外面的动静。

“乔治在哪儿？”蒙特罗斯悄声问道。

“去开车了，希望是吧。”

“你希望？”

“等着吧。”他忽然一举手，“听到了吗？”

一辆汽车正沿着村路驶近。艾提克斯向着门廊探出身子，想看看是不是帕卡德驶过来了。结果却被突然亮起的大灯闪个正着。

出现在面前的并不是帕卡德，而是那辆戴姆勒。等到艾提克斯彻底明白过来，这辆银色轿车已经停在了工坊门前。利蒂希娅从驾驶室探出脑袋，喊着艾提克斯的名字。

“你们还带了个姑娘一起？”蒙特罗斯更觉得有些不可思议。

“咱们路上再说这事，行吗？”艾提克斯建议道。

两人钻进车后座。艾提克斯在利蒂希娅的背后，蒙特罗斯在他哥哥身后。“蒙特罗斯！”乔治转头看着他，激动地叫起来，“你没事儿吧？”

“你们居然还带了个姑娘一起？”蒙特罗斯依旧不依不饶。

“你好，特纳先生。”利蒂希娅语气温和地打着招呼。她一边调头，一边冲着后视镜露出一个大大的笑容。“他们本是绞尽脑汁想不带着我一起的。可惜，耶稣基督和我自己不同意。”

艾提克斯看向乔治：“你们出来得顺利吗？”

“我觉得还行。”乔治举起了左轮手枪。“我们把威廉关在小娅娅房间的浴室里，把衣橱放倒堵在了门口，还把电话线给拔了，客厅的门也锁上了。不过，有个大块头的家伙跟他在一起，所以他们可能用不了多久就能逃出来。幸好，我们离开庄园时，还没有人示警。”

“伍迪呢？”

“只能把它留在那儿了。”乔治一脸难过。“那些豪车把它堵了个严严实实。其实之前在外面时，小娅娅就注意到了。不过这辆车还一直停放在外面。”

“而且钥匙居然还在车上。”利蒂希娅插话道，听她的语气，这车钥匙倒像是天赐的礼物一般。不过不管别人怎么想的，艾提克斯是觉得开着这辆戴姆勒逃跑还是有不少优势的。至少驶过村庄时没有哪个村民会跳出来盘问。连狗都不会乱叫。

“没错。”乔治说道，“不过，我还是会惦记那辆车的。或许等咱们回家后，我可以用这辆车换辆新的帕卡德。”

“你打算怎么弄？”蒙特罗斯问道，“你还有什么我不知道的地下渠道吗？”

“说不定我能帮得上忙。”利蒂希娅接话道。说着，她向右一打方向盘，拐过这个弯儿，前面就上桥了。

弯儿正拐到一半的时候，引擎突然罢工了。不是熄火，也不是故障，反正，它就是突然关了。眼看着车子慢慢就要停下来，而出去的桥就在面前。利蒂希娅握住车钥匙，往回一扭，又立刻打火，可是却毫无反应。

“真他妈的见鬼，这是什么情况？”蒙特罗斯急躁起来。众人向不远处的石桥望去，只见桥面两侧的铁钩上挂着一对一对的路灯。一共有五对，现在亮着的只有四对了。最远处的那对刚刚熄灭了。才一会儿工夫，另一对也灭了。见此情景，众人觉得就像是有一波暗流正从远处的森林之中朝着这边涌过来。

等到那片暗影吞没了第三对路灯的光亮之时，众人才发觉眼前的一幕绝不是视觉上的错觉。戴姆勒的大灯还没有罢工，灯光一直照到桥的中央，可再往前就忽然凭空消失了一般。

利蒂希娅的手从车钥匙上拿开。那片黑暗已经不再向前侵袭，不过就像是形成了一种实体似的，占据着桥的中心位置，就像是一团有生命的暗影一般，阻挡着他们的去路。《〈创世记〉2:19》，艾提克斯有些麻木地在心里念叨起来。亚当命名的时候肯定是忘了一样东西。

“噢，该死的！”蒙特罗斯忽然惊声尖叫起来。他猛然朝前探身，一把从乔治手里夺过左轮手枪，随即夺门而出。

“爸，等等！”艾提克斯叫道。他以为父亲是要冲上桥去对付那团东西，可是父亲一下车却奔着相反的方向去了。艾提克斯赶忙扭身朝后车窗看去。

迦勒·布雷思维特正沿着庄园下山的那条路走过来。他就那么慢悠悠地朝这边踱着步子，看起来一点儿都不着急。尽管还隔了一段距离，可是艾提克斯却能清清楚楚地看到他的面容，就像一束光把他照亮了一般。他正在笑。

艾提克斯咒骂起来。他也拉开了车门，从车里爬了出去。可是他刚一沾地，双脚竟然定在了原地，就像是一脚踏进了速干水泥里一样。

他的父亲同样也没能走太远。蒙特罗斯此时就站在戴姆勒车身后五步远的位置。只见他身子前倾，如同置身狂风之中，右臂大开举在身前。手里的左轮手枪朝前指着，击锤已经拨起，他的食指已经扣在了扳机上。但是他却没有射击，不是他不想，是做不到。

迦勒·布雷思维特就这么一直向他们走过来，丝毫没有想躲开射击弹道的意思。艾提克斯伸手抱住一条腿，想让腿动起来。可惜他的腿此时麻木疲软，纹丝不动。身后传来乔治和利蒂希娅的声音，他们在车里使劲敲打着，却似乎根本出不来。

迦勒在蒙特罗斯面前停了下来，就站在枪口之下，脸上还是笑容依旧。艾提克斯心里不住地祈祷着迦勒会拿过枪指向他，然后别住扳机。迦勒确实缴了蒙特罗斯手里的枪，只见他小心地把拇指伸到击锤底下，防止意外走火，然后把枪口扭到一边。

枪就在他手中。他把左轮朝外一摆，确认子弹确实是上了膛，然后将左轮往枪身里一扣，重新又扣上了扳机。

“不！”艾提克斯绝望地哀号着，“不要！”

迦勒瞥了他一眼。“我早就告诉过你。”他淡淡地说，“后果自负。”

他举枪指向了蒙特罗斯的胸前，然后扣响了扳机。

又是一个早晨。

艾提克斯一整夜都守在父亲的床边。此时，山下村庄里突然传来一声公鸡的啼鸣，他一下从瞌睡之中惊醒过来。朝床上探过身去查看，蒙特罗斯依然呼吸平稳，他轻轻地拉下父亲身上的毯子。蒙特罗斯的前胸在灰色晨光的映射下，上下起伏着，艾提克斯愣愣地盯着那里。

那里，竟然没有伤。

即便已经到了此刻，艾提克斯仍然觉得匪夷所思。当时，枪确确实实响了。那是他亲眼所见，亲耳所闻。而且当时父亲的确是一头栽倒在地。随后，从山庄里跑下来好几个仆从。早已出离愤怒的艾提克斯不顾双腿无法动弹，与他们大打出手，无奈很快就被制服。他自己与其他人被带回了东侧楼，都被锁在了那个双人套间里面。刚一恢复行动能力，他就冲乔治和利蒂希娅大喊快去拿水和毛巾来。然而等到他撕开父亲的衬衫，本以为会鲜血淋漓的胸膛，居然毫发未损，无论是皮肤还是筋骨，完好无恙，他的心脏依然在有力地跳动着。

没受伤。衬衫上既没有弹孔，也没有火药灼伤的痕迹。唯一能见到的血迹，却是从艾提克斯自己指节上的擦伤处流出来的。

就在众人手忙脚乱地检查伤势之时，蒙特罗斯睁开了眼睛。他让艾提克斯不用管他，他很好，不过他的声音听起来却并不比自己儿子的动静要好到哪里去。事已至此，大家都觉得无比沮丧心慌。蒙特罗斯试着想坐起来，可突然一阵疼痛，一下就把他击倒回去。稍待片刻，他觉得已经做好了充分的准备，于是又试了一次。这次他终于站了起来，可惜他前胸之中似乎真的有颗幽灵一般的子弹，又是一阵钻心的剧痛袭来，蒙特罗斯再也承受不住，一下昏了过去。艾提克斯赶紧一把扶住，轻轻地将父亲放回床上。此时，他不得不接受这个现实。眼前这一幕无疑是个奇迹，却犹如一把双刃剑：父亲还活着，却哪儿也去不了。

思绪回转，艾提克斯抬手把毯子给父亲盖回去，这时父亲眼皮微动，眨了几下后，他醒了过来。“嘿，老爸。”艾提克斯轻柔地打着招呼，手上却在暗地里随时准备着，一旦父亲想爬起来，就要把他按在床上。

不过这次蒙特罗斯看来是吃一堑长一智了。他只是贴着床垫稍微调整了一下自己的姿势，却始终不敢抬起身子。“我刚才梦见你母亲了。”他说道。

“是吗？是个美梦吗？”

“至少梦里她没说‘我早就跟你说过会是这样的’。”蒙特罗斯小心翼翼地转着头扫视整个房间，“乔治和利蒂希娅在哪儿？”

“在乔治屋里呢。”艾提克斯边说边指了指那道通往隔壁的门。

“他们没事吧？”

“小娅娅跟那个抓她的人比划的时候，让人家揍了个黑眼圈。乔治也稍微有点儿碰伤。不过，他们都没什么事。”

蒙特罗斯又把头扭向了另一边。“你还想着要弄破那扇窗户吗？”

“我们不会丢下你不管的，爸。”

“你好歹想办法让那个姑娘逃出去啊。”

“你要是觉得能说动利蒂希娅自己逃走，我现在立马把她叫起来。”

“算了。”蒙特罗斯答道，“我觉得说服工作可不是我的强项。”他皱眉看着自己的儿子，“你知道布雷思维特那家伙要对你做什么吗？”

“具体的我不是很清楚。”艾提克斯说道，“不过大体上我能猜出来。”

蒙特罗斯点点头。“他打算召唤出一个远古3K党，很可能也是个能驾驭修格斯的人啊。他们要用你去献祭。”

“爸，看来你身体确实是好多了，你都能开玩笑了。我很高兴。”

“我可没说我很高兴。不过，你的那些故事我可看得多了，我知道一般结局都会怎么样。那大法师跟他的奴隶们最后也会被吃掉，要么就都发疯。”

“一般都是这样。”艾提克斯说道，“不过我在跟布雷思维特交流时发现他似乎并不怎么在意这些。也许，他确实是很清楚自己在做什么吧。”

“那父子间，父亲就是个蠢货。”蒙特罗斯不屑道，“他儿子才是个危险角色。你要是有机会能把他推下深渊置于死地的话，可千万别有什么妇人之仁啊。”

过了半个小时，蒙特罗斯刚刚又睡了过去，艾提克斯听见走廊那边开门的声音。是迦勒·布雷思维特来了，就他自己一个人。

“你是来把我带上去的？”艾提克斯压低声音问道。

“不。”布雷思维特就那么随随便便地往门口一站，不像是要进来的意思。“仪式估计还得几个小时后才能进行。家父还在和其他人讨论具体举行的时间。”

“时间很要紧吗？”

“家父倒是觉得无关紧要。不过彭德格斯特那些家伙们一直在为一些他们觉得相当重要的什么天文学和理论学说吵个不停。从早饭开始他们就一直在争论。要是他们没有因为这事闹出什么人命的话，我觉得中午前后他们就会来找你了。”

“他们？”艾提克斯有些意外，“到时你不来吗？”

“不，家父命令我在整个仪式完成之前都不准待在庄园里面。”

“这是怕一旦有所差池，要给家族留下点儿血脉吧。或者那些大人们就是不想你在跟前碍眼？”

“两者都有那么一点儿吧。”迦勒·布雷思维特答道，“我是来跟你们告别的——也是来致歉的。”说着，他朝躺在床上的蒙特罗斯点了下头，“我真的非常抱歉。”

“是啊。昨晚你开枪的时候，我看到你有多么难过了。”

“是你们逼我这么做的。我先前就告诉过——”

“得了吧，别再白费唇舌了。”艾提克斯打断了他，“现在你是想弥补什么吗？那就把利蒂希娅带走，还有乔治。如果你能的话。”

“我做不到。”

“你知道的，把他们留在这里一点儿用处也没有。我不会再惹麻烦了，我爸都这样了，我还能捅什么娄子？”

“你确实是很可能不会再惹什么麻烦了。”布雷思维特应道，“但要是我就带着利蒂希娅自己离开的话，我可不确定利蒂希娅会不会再惹出什么事端来。再说，家父给我的命令相当明确：就我自己离开，其他人都不能走。”

“那咱们就没什么好说的了。”

“好吧。”布雷思维特点点头，“那我就走了。”言罢，他握住门把手，却稍一迟疑，说道，“我让下人们把早饭送上来。”

“不必麻烦了。”

“不，相信我，你肯定想吃点儿什么东西。”迦勒·布雷思维特说道，“为了那场仪式，你肯定要保证体力旺盛。再说了，你永远也不知道哪顿饭会是自己的最后一顿饭。谁也不会知道的。”

等他们来的时候，艾提克斯已经准备就绪了。他把皮鞋擦得锃亮，换上了一条新裤子，还有一件洁白的衬衣。衬衣的袖子已经挽了起来，看那样子，他倒像是要去干什么体力活一样。

房门打开，威廉微笑着站在门口，就像是要护送艾提克斯去享用午餐。不过，客厅之中侍立在威廉身后的仆从们，那表情看起来可不怎么友好，昨夜的扭打让他们当中好几个都挂了彩。

艾提克斯朝床上的父亲和床边的乔治与利蒂希娅投去最后的目光。“你们好好相互照应。”他说道，“为我祷告吧。”

举行仪式的地方在三楼的中央。那是个巨大的长方形房间。虽然四周没有窗户，不过屋顶处的天窗和六盏闪亮的壁灯让整个房间一点儿也不显得昏暗。从地板上的拖痕和其他一些痕迹来看，这间屋子可能是个工作间，平日里一定摆放着不少笨重的家具和设备，不过今天为了这个即将到来的时刻，所有不相关的东西都被清理一空了。

房间的东边立着一道孤零零的大门。木质门框上刻着一个个古怪陌生的字母，艾提克斯猜想这应该是些咒语之类的东西。这道门通体乌黑，表面光滑，门的合页和把手闪烁着银色的光亮。

门的四周早就用粉笔画了个圆圈，白色的粉笔印记里面还有些银色的小亮点。这个圆圈并没有闭合，西面的圆弧处留有一个缺口，两端延伸出两条平行线，形成了一条一英尺宽的通道，一直连接到房间对面的另一个圆圈。这第二个圆圈中间有台样子奇怪的装置：那是个等腰高的圆柱，顶上摆放着一大块剔透的水晶。连接门与圆柱体那条通道的中间画着第三个圆圈，抬眼望去，正对着屋顶的天窗。在这个圆的周围写着更多古怪的字母。圆圈的中心处是个很大的符号，由几条弯曲的线构成，看起来像是个破损的五角星。艾提克斯心想，这里一定有个磁场，让原本正常的五角星变了形。关于磁场的这个想法可不是一拍脑袋的灵光一现。这套圆圈让艾提克斯想起了电路图，看明白这点他就能猜到接下来的仪式会怎样来进行。那道门打开的时候，会接收到自天外而来的某种力或是能量。那个圆柱肯定是个电容器之类的东西，用来捕获这来自天外的能量。要想完成这套回路，还需要一个导体来引导能量朝它该去的地方流动，而且如果这股能量恐怖到无法容纳的地步时，这个导体又要像保险丝一样，及时熔断来确保安全。

"你要我站到那儿吗？"艾提克斯问道。

"没错。"塞缪尔·布雷思维特应道。只见他身着一件仪式感十足的长袍，不过那形象看起来不怎么跟巫师沾边，更有些凡夫俗子的味道，像是个不知把头顶的学位帽丢到哪里去的哈佛教授。其他的亚当之子也都穿着相似的服饰，在放有圆柱的圆圈后面站成一堆，而那个位置恰巧离房间出口最近。威廉和其他仆从已经离开，都被勒令待在楼下。艾提克斯倒是有些好奇他们之中有没有谁想到山里去躲躲。

“一会儿我们还需要你来吟诵出一段咒文。”布雷思维特说道。说罢，他朝站在那边看起来紧张兮兮的一位黎明行者使了个眼色，那人便拿着一卷羊皮纸走上前来，展开之后让艾提克斯观看。

“我看不懂啊。”艾提克斯坦言，“上面这是哪国话我都没弄明白。”

“这是亚当的语言。”布雷思维特解释道，“其实每个人都能看得懂。你需要的只是回忆起来怎么去理解它。”

“要是你这么说的话，那么……那道门里面会出来什么东西啊？”

“光。创世之始的第一道光。”

“创世之始的第一道光。”艾提克斯嘴里重复着，“那它会把我怎么样呢？”

那边普勒斯顿把手杖在地板上杵得砰砰作响。“注意时间！”他嚷道。

“你马上就知道了。”布雷思维特告诉艾提克斯，“现在，站进去吧。”

布雷思维特的腔调让艾提克斯有些恼羞成怒。他再次在心里思忖着干脆现在就甩手不干，再一拳放倒眼前这个人，然后跑路。不过此刻他心里清楚，自己的拳头不见得会听从指挥。而且他还得考虑父亲、乔治和利蒂希娅的安危，他们唯一能够得以幸免的机会就是看艾提克斯能不能挺过这一关。

所以，他还是走进了那个圆圈里。

“面朝大门。”布雷思维特命令道，“把手伸出来。”

艾提克斯从命地把手伸到面前。布雷思维特从长袍中摸出一把刀子来，唰唰两下就割破了艾提克斯的双掌。这把刀锋利无比，血已经汩汩地涌出，艾提克斯这才感觉到了疼痛。

“注意时间！”普勒斯顿又在那里叫嚷。一个黎明行者吹响了号角。那声低沉冗长的嗡鸣让艾提克斯的后脊梁从下往上一阵紧张。殷红的血从他的手上落下，流淌到地板上，就像水银一般，一滴滴地流过五角星符号。那一条条扭曲的线条将血全都吸了进去。正午的阳光透过天窗射进了房间。五角星也像是吸收了那些光线，此时竟开始有些发光。

布雷思维特手里攥着一支银色的粉笔，此时正蹲在圆圈的一旁。他提笔在其中一个字母上画了一下，将它改成了另外一个字母。与此同时，艾提克斯的双腿又被那种麻木感所侵袭。布雷思维特朝身边的助手点头示意，他把那卷羊皮纸交给了艾提克斯。艾提克斯接在手里定睛观瞧，却发现那咒文对他来说依然是天书。

布雷思维特站起身，快步绕到门后，然后又退到艾提克斯所站立的那个圆圈的另一边。号角声再次响了起来。他躬身又改动了另一个字母。就在这一刻，艾提克斯就像开了窍一般，突然思如泉涌。再看那羊皮卷，上面的每个字他竟然都认识了，每个字的读法与含义都在他脑海之中回荡。他想把这些字大声读出来，可是自己的舌头却像是被什么重物堵住了一般，就如同一根看不见的手指抵住了自己的嘴唇。

“时间！”普勒斯顿吼叫着，“时间！”号角声再度响起。布雷思维特画下了第三笔。艾提克斯的嘴张开了。

等到开口言语之时，艾提克斯注意到布雷思维特和他的助手一溜小跑匆忙回到那群黎明行者之中。随着艾提克斯一点一点将羊皮纸上的咒文吟诵而出，整个房间似乎正在慢慢地消失，到最后整个世界似乎只剩下面前那道门和地上正在闪烁着的五芒星图案。

门缝里开始透出光来。那种光的色彩艾提克斯觉得从来都没有见过，甚至都没法形容那到底是什么颜色，然而与此同时，他又觉得那道光竟是如此亲切熟悉。随着门缝里透出来的光越来越亮，艾提克斯觉得自己脑海中那么多的事物逐渐清晰明了起来。噢，他有种顿悟的感觉。此时，那道门上的银色把手已经开始不停地摇晃转动起来。噢，我明白了。

艾提克斯随部队驻扎朝鲜半岛后不久，他参加了一次军营中的礼拜。那天，随军牧师被关在栅栏之中，被关在一起的还有几个黑人士兵。他被指控怂恿他们与白人士兵闹事。事情的起因是那些白人士兵不愿意黑人与他们共用帐篷。另一个牧师替补而上，他在那次礼拜中向在第 24 步兵团服役的全体黑人士兵晓以大义，对种族宽容政策的重要性大说特说。他告诉士兵们，在尘世之中应该好好活着，就像在天堂之中一样。身在教堂，他们就应该舍弃自己的肉体。在教堂的圣光之中，没有种族，没有男女，只有纯净的灵魂，与上帝同在。

然而黑人士兵们对这番循循善诱的传道解惑之词却并不买账，牧师之言的确在理，不过是不是找错了对象？因为不是这些黑人士兵公然违抗杜鲁门总统颁布的废除种族隔离的命令。而且不管那些宪兵队的怎么说，反正他们确实没有因为帐篷的问题挑起事端。还有些艾提克斯的战友对牧师那套神学理论颇不以为然。“天堂里没有男人和女人？”他听见后面的一位战友小声嘀咕道，“要是我连人都不是了，那跟死了有什么分别？”

现在，艾提克斯总算是知道那个问题的答案了，也知道了他之前询问塞缪尔·布雷思维特那个问题的答案。当自己毫无遮挡地完全暴露在创世之光的照射下时，一个经验老到的自然哲学家或许还希望能够觅得一线生机，而对于艾提克斯而言，却是必死无疑。艾提克斯会被那道光夺走自己的身份，夺走使自己成为艾提克斯这个人的一切：他将不再是一个人。至于他到底是什么，连名字都没有，他也无法界定。从某种意义上说，这种状态算是死了。不过更确切地说，应该是湮灭，就如同从未存在过一般。当然，这种湮灭是正面意义上的，而非负面的含义。那是一种回归，回归到创世之初那一瞬间的状态，回归到无限的可能之中。

正面意义的湮灭。一念及此，艾提克斯倒是没有想象中本该有的那般恐惧。他能够明白，对于可能会成为的某种类型的人来说，这件事一点儿也不可怕，反而会是一种值得去探索的命运。

成为某种类型的人。但不会是艾提克斯这个人。他喜欢现在这个自己，一直如此。他确实偶尔会跟上帝创造的其他物种不怎么对路，不过对自己他绝无此意。

正因为他并不想寻求什么湮灭，正因为他现在还并不准备就这么慷慨赴死，所以就在这一紧要关头，他把手伸向了左边卷起的衣袖，从里面抽出一张早已藏好的小纸条。在今天的早餐中，他发现了这张没有署名的纸条。

“致艾提克斯，”纸条上写着，“峰回路转哦。等你能看懂下面的内容时，照做就好。”后面跟着三个词，都是亚当的语言。

就是此刻了！艾提克斯想到。

他高声喊出了那几个词。话音未落，地板正在发光的图案突然起了变化。围绕着门的那个圆圈破碎了，那条通道开始渐渐消失。艾提克斯所站立的那个圆圈闭合了起来。就在圆圈完全闭合的那一刹那，门开了。

不知从哪里落下一块黑纱护住了艾提克斯的双眼，将光挡在了外面，否则他所站立的位置肯定会被那道光一烧而尽。眼前是无尽的黑暗，等他发现这片黑暗对他没什么坏处，他便索性由着那黑暗将自己的思维意识也逐渐吞没。

就在自己慢慢失去意识之时，他听到了亚当之子们的惨叫。

当那片黑暗退去的时候，艾提克斯蜷缩在地板上。手掌上的伤口已经愈合，只留下几条模模糊糊的疤痕，除此之外，他毫发无伤。

然而除了他之外，整个房间可就没有这么好的运气了。在艾提克斯所站立的保护圈之外，所有的地板，连同整个墙壁和天花板都是焦黑一片。

再看亚当之子们，此刻他们已经变成庞贝之子了：每个人从头到脚都是灰白一片，所有人都定格在了同一种情绪的姿态之中——恐惧。艾提克斯从地上站了起来。随着他双脚落下，地板的振动终于引发了最后的崩溃。黎明行者的躯体统统粉碎，顷刻之间化作了一堆堆苍白的齑粉。最终，他们还是输给了那乱世之灾。

艾提克斯左顾右看，小心翼翼地走出了房门，生怕自己的鞋子蹭到一点儿灰烬。

他发现乔治、利蒂希娅还有父亲都等在门厅处。所有的行李都已放在了脚边，此时的他们看起来倒像是正在退房的旅客，一看就是满腹牢骚，显然是对自己此次选在这里落脚一事后悔不迭。万幸的是，大家一切平安，毫发无损。

“爸！”艾提克斯喊道，“你没事吧？”蒙特罗斯朝他耸耸肩，看起来有些愠怒之色。

“几分钟前，威廉打电话到房间里，告知我们可以走了。”乔治在一旁解释道，“那些仆从把房门打开的时候，蒙特罗斯已经可以下床活动了。”

“布雷思维特先生和结社怎么了？”利蒂希娅问道，“他们——”

“死了。”艾提克斯答道，“全死光了。”他看向父亲，“是小布雷思维特搞了场政变。”

“我之前说什么来着。”蒙特罗斯自得地点点头。

“那现在我们该怎么办呢？”乔治有些茫然。

这时门外传来了汽车的声音，他们走出门去。只见是威廉把乔治的帕卡德从车库里开了过来。先前被砸碎的车窗玻璃已经换上了新的，除此之外，整辆车经过了一番精心抛光打磨，看起来就像一辆新车无疑。

“特纳先生。”威廉迈步下车，轻声地问候道，“真高兴看到您从这场生死考验之中安然脱险。”

“是啊，我也很高兴。”艾提克斯应道，“修车的手艺可真不错。”

“是布雷思维特先生的功劳。”威廉说道，“今天早晨离开之前，他亲自修的车。他托我转告您，他很抱歉不能亲自送别各位。而且，对于此次让您所经历的一切，他再次向您诚恳致歉。他提供了一些补偿，希望各位一定要收下，这样才能稍稍弥补他心中的愧疚。这里有几箱书，是送给您和您伯父的。至于您，特纳先生。”——他看向蒙特罗斯——“这是一份关于您太太家族的家谱资料，这可是布雷思维特先生费尽心机才搜罗整理出来的。丹德里奇小姐，没经过您的允许我擅自把您的衣物重新整理打包了一下，希望您能原谅我的冒昧。哦，还有，贝里先生，在修车的时候，布雷思维特先生给您的爱车做了一点小小的改动，他相信对此您一定会满意的。”

“什么改动？”乔治疑惑道。

“一点儿免疫的功能。您会发现从今以后在马路上开车想遇见麻烦都难。尤其是对于那些执法官员来说，他们会像完全看不到您的车一样，什么都不会管的。”

“就是说乔治随便超速也不会被抓到？”蒙特罗斯问道，“可以选择直接跑路？”

“是的，先生。我承认在机械方面我是一窍不通。不过，布雷思维特先生所有的车上都有这个功能。他要是有什么急事的时候，这功能绝对有用。找不到地方停车的时候，这功能也有用武之地。”

“那亨特治安官怎么办？”艾提克斯问道，“他也会看不到我们吗？”

“可以这么说，”威廉说道，“我觉得现在亨特治安官正在忙着招聘新的副手呢。他已经完全忘记那天晚上遇见你们的事情了——只要你们别再出现在他的地盘上，他还会一直忘下去的。等会儿你们离开后，只要遇到岔路就走左边那条。等过了第三个岔路的时候，你们就能离开森林，当然也就离开德文县了。这样走就能避开比迪福德。”

“这样就行了？”艾提克斯有点儿不确定，“我们这样就能回家了？”

“除非您还想去别的什么地方，特纳先生。”说罢，威廉朝艾提克斯的身后看去，然后伸手打了个响指。仆从们拎着众人的行李从门内鱼贯而出。

“布雷思维特先生呢？”乔治忽然问道。此时行李已经都搬上了车。

“布雷思维特先生？他怎么了？”

“我觉得乔治伯父是想问问布雷思维特先生到底打的什么算盘。”艾提克斯接话道，“现在，他可是这座庄园的主人了。”

“我的的确确对此一无所知，特纳先生。”威廉答道，“刚见面时我就告诉过您，我只是帮布雷思维特先生打理庄园，他的生意不归我管。”

“我也告诉过你，我觉得你对他的生意之事可是知之甚详。比方说刚才我经历的那场生死考验，要不是你之前偷偷给我的纸条，我就死定了。”

“这都是布雷思维特先生的安排，特纳先生。我只是听命行事罢了。”威廉忽然住了口，像是考虑了片刻，这才开口继续说道，“我知道自己应该跟随哪一位布雷思维特先生，这点儿智慧我还是有的。当然，这个选择并不难。”他脸上露出了笑容。“好了，诸位，”他准备结束这次谈话了，“我还要上楼去清理一下，请恕我不能远送了。希望各位一路平安。”说完，他朝众人礼貌地一点头，然后转身快步走回屋里，大门在他进去之后重新紧紧地关闭。

剩下四个人就这么站在午后的阳光之中，心里想着同一件事：解散回家咯！

“老是这样。”蒙特罗斯念叨起来，“无论他们对你做了什么，到最后还是跟什么都没发生过一样。真该庆幸啊，自己还活着。”

“我确实很庆幸啊。”乔治承认道，他走到车边，伸手摸着车身上木质的装饰。“免疫功能。呵呵。”

“咱们回马文那儿的路上可以好好试试呀。”利蒂希娅兴奋道，“要是你不介意的话，就由我来开车好了。”

乔治大笑道：“想得美，我有权先开。”

利蒂希娅和蒙特罗斯一起随着乔治都坐到了车前排。艾提克斯则好不容易从那一堆行李和布雷思维特送的那些临别礼物之间找了个空挤了进去，这样他还能看到车后面的情景。

汽车慢慢驶离庄园。艾提克斯透过后玻璃，一直看着那个地方，直到它消失在自己的视线里。汽车开过石桥进入森林，他一直都在警觉地注意着路况，想看看在身后的路口和转弯处会不会忽然闪过那一抹银光。所幸布雷思维特的戴姆勒并不见踪影。然而等车子到达第三处岔路口的时候，艾提克斯瞥见一大团影子正在树林之中向后移去。是来告别的吗？艾提克斯想着。或者，只是暂时的告别？

车子又前行了几英里，一块路牌出现在眼前——由此出德文县界。“赞美基督！”利蒂希娅欣喜地脱口而出。“哈利路亚。”乔治附和道。蒙特罗斯念叨着："终于解脱了。"而艾提克斯却什么都没有说。他只是直直地盯着前路，心中只盼着，前面要去的地方可千万别跟刚刚离开的地方一样了。

地主婆之梦

上述约定中的任何区域不准以任何形式由黑人个体或团体以直接或间接方式使用或占用。在如下情况中：黑人受雇为清洁工、司机、佣人期间，位于地下室、仓库、后院车库之中的相对应的相关活动区域，不在此项禁令的限制之内。上述约定中的任何区域不准向黑人个体或团体出售、赠予、转让、租赁。此外，除上述受雇的黑人佣人、清洁工、司机之外，任何黑人禁止使用或占用上述约定之中的任何区域。

——“限制性条款之标准形式”，

由隶属于芝加哥计划委员会的

内森·威廉·马克切斯尼，

为芝加哥房地产管理局起草，1927 年

眼看着夏天就要这样一天天地过去，利蒂希娅一直向上帝祈求的愿望竟然真的实现了。此时，阿达姆事件已经像是很久远的回忆了。从六月到七月，从七月到八月，这件事在利蒂希娅心中纠结了不知多少次。之前她总觉得上帝肯定有什么特别的礼物要留给自己，难道是自己搞错了？她帮助艾提克斯寻回了父亲。或许这份善心本身就是她所作所为的报答呢？况且，后来他们都好好地平安归来了。

如果这真是上帝的安排，那么她就会欣然接受并且心怀感念。利蒂希娅自然明白，上帝可不亏欠她什么，尽管他哥哥马文或许并不这么认为。但是她也明白，上帝的心思岂是她一介凡夫俗子能够妄加揣摩的呢。当上帝要对我们有所赐予的时候，我们也必须付出一定的代价，而耐心常常是这代价的一部分。

而当自己的祈祷最终真的化作现实的时候，她惊喜地发现自己所得到的竟然比原先期盼的还要多。只是利蒂希娅一直搞错了一件事：她所经历的生死考验，还远没有结束。

她刚把支票存入银行，当天就迫不及待地来到黑人安全旅行公司。办公室里只有乔治一人，他正在审阅秋季版《指南》的书稿校样。利蒂希娅一进门就直奔主题。

“买房？”乔治奇道，“你中彩票了？”

“算是吧。”利蒂希娅娓娓道来，“上周我收到一封挂号信。”事实上，信封上写的是“丹德里奇小姐亲启”。不过，利蒂希娅一直住在姐姐露比家，所以公平起见，这封信应该是寄给露比的才对。但是收到信的那天上午只有利蒂希娅自己一个人在家。终究还是好奇心战胜了理智。“信是一位律师寄来的。他说父亲的一位生意伙伴留下了一笔钱，说是用来偿还一笔旧账。”所谓“生意伙伴”，对于华伦·丹德里奇而言，就是“赌友”的意思。利蒂希娅的父亲终日以玩牌为生：主要是扑克和金拉米[①]，当然只要是能赢的赌局游戏，他样样不落。

“我知道你在想什么。”利蒂希娅说道。

“我可什么都没想，亲爱的，我可是一直对你的父亲尊敬有加。”

“我当然知道你对他的态度。但要是你没想过那个方面的话，你才是个傻子呢。爸爸不是个骗子，不过他的确一天到晚跟那些坑蒙拐骗的家伙混在一起。露比当时就想把那封信一烧了事。”

“但是你不愿意，对吗？”

“我得去弄个明白。”她心里的如意算盘是，万一是个骗子，说不定她还有办法给自己捞点儿好处。“那个律师的办公室就在拉萨尔大街上一座豪华气派的大楼里面。门口的保安牛气哄哄的，甚至连大楼的门厅都不想让我进。”保安让她搭乘服务电梯上楼，这倒是让她心安了不少。将欲取之，必先予之。这一向是行骗老手的伎俩。但是一个白人律师在这么一座满是白人的大楼里如此大费周章，就是为了

---

① 一种双人对战的扑克牌游戏。

骗个人，是不是也有点儿太过小题大做了。况且，她实在不觉得自己父亲的朋友会如此看重女性的智商。

“律师告诉你这位合作伙伴是谁了吗？”乔治问道。

“没有。这就是他要通过律师来办这件事的原因了。他并不想让我们知晓自己到底是何方神圣。”

“嗯。”

“我知道。”她接着说道，“律师一告诉我是怎么回事，我当时就觉得他肯定会让我先交一笔钱，比如说是相关的什么费用。可谁知他什么都没要，甚至都没让我签名。他就是要我的驾照看了一眼，然后就把支票给我了。”

“支票上一共多少钱？”

“你不会告诉别人吧？”

“当然不会。”

她告诉了他这笔金额。

“噢，好吧，”乔治叹道，“有了这笔钱，你真的可以买套公寓了——当然，也就能买个小点儿的。如果——”

“如果这笔钱是确有其事的话，当然可以了。我很快就能知道了。不过，我来这儿找你，是因为我不光想买套公寓。”

“独栋的房子？”

她陷入了犹豫之中，不知道该怎么形容自己心中所想。“一个地方，”她寻思了半天最后说道，“这个地方能有我和露比各自的空间，这样我们就不用像现在这样一天到晚挤在一起。还要给马文留出一个房间来，他来的时候可以住。此外再有几间空房可以出租。”

乔治笑了起来。“你这是要当个地主婆啊？”

“我知道这事听起来不怎么光彩。”她说道，“不过没错，这就是我想要的。”利蒂希娅用审视的目光扫了周围一眼。“或许我还能在那地方开始自己的事业。”

“好吧，我很欣赏你的雄心壮志。”乔治说，“不过你说的这样一个地方，就算你付得起首付，也没有哪个银行愿意给你提供抵押贷款啊。”

利蒂希娅点点头。在当时，银行都不愿意把资金投入到有有色人种居民区或者可能会成为有色人种居民区的地方，因此对于黑人而言，几乎就不可能申请到银行的抵押贷款。这种情况下，他们就只能被迫采用分期付款契约的方式进行房产融资。这种支付结构看起来跟银行的抵押贷款差不多，但是很要命的一点是只有根据契约全部付清款项之后，才能够取得房产的所有权。一旦购房人违约——哪怕是在支付最后一笔款项时违约——不但得不到房产，连之前所有的投入都会打了水漂。当然，这种融资方式也并非一无是处，它并不存在任何限制，谁都可以采用。卖房者其实更愿意跟那些他们认为会违约的买家签订这样的契约，这样他们单指着一套房产就能挣许多份预付款。

“另一个问题，”乔治继续道，“是要找到合适的地方。我想我不用说你也知道现在的房地产是个什么情况。”

“嗯，关于这一点，”利蒂希娅说道，“我在想是不是可以把步子迈得大一些呢？”

“你想在白人区买房？”

“我知道你认识这么干的人。就像鲍威尔夫妇他们。当初伍德劳恩那地方根本就没有黑人居住的时候，不就是你帮他们在那里安家落户的吗？”

“那……倒是没错。”乔治犹犹豫豫地承认道，“说起阿尔伯特和西娅夫妇的这件事来，他们前前后后的经历确实是个成功的典范，当然要说是警世寓言也丝毫不为过。”

“那就跟我说说呗。”利蒂希娅兴致大作，“到底是怎么运作的？”

“好吧，”乔治开始讲述道，“那是六年前的事情了，就在联邦最高法院刚刚裁定基于种族主义的房屋契约违宪之后。当时阿尔伯特和西娅手头有一大笔积蓄，他们一直以来最大的心愿就是买房。而最新出台的裁定让他们觉得出手的时候到了。于是阿尔伯特就找上我，问我有没有相熟的信得过的房产中介。”

“要知道，关于这件事大法官们其实是这么说的，法庭上不再强制执行有种族限制的契约条款。当然，房产持有者完全可以自愿地遵守这一裁决。但是，对于大部分白人而言，除非到了山穷水尽的地步，他们是绝不会付出众叛亲离的代价把房子卖给有色人种的。所以，阿尔伯特就需要找个房产中介来布一个局。他还需要物色个白人替他出来抛头露面。”

“你是说，让这个白人给他买房子？他得雇人来干这事？”

“一般来说就是这么回事。”乔治答道，“不过阿尔伯特运气不错。他妹妹嫁了个白人，犹太人。”为此他进一步说明了一下。“不过他看起来就像是个地地道道的德国人，以致于被当作路德宗的教徒。所以，阿尔伯特就找来了自己这个妹夫帮自己买房。他用阿尔伯特和西娅的钱去买房，一旦交易达成，由他们夫妻二人获得房产的所有权。

“下一步就是让他们夫妻二人住进去。尽管从法理上讲，联邦最高法院是站在他们这一边的，不过阿尔伯特和西娅还是担心新邻居可能会阻止他们搬进去。所以，他们是私下里偷偷搬进新居的。他们先是去参加了一场星期六晚间的弥撒，祈求圣犹达[①]能够看住那些邻居们。第二天一早，趁着所有的邻居都在教堂做礼拜，他们就开始了自己的搬家大计。等他们把所有的家具物件都从货车上卸下来，阿尔伯特立即致电当地警方，通知对方他们的辖区内如今住进来一对黑人夫妇，而且极有可能需要得到警方的保护。

“警方随即就把此事通知了他们的一干邻居。结果在周一早晨，阿尔伯特和西娅要出门上班的时候，这趟街上所有的住户都亮出了同一个标语：我们这里是白人居民区——不受欢迎的人必须滚蛋！

“这是星期一。等到星期二晚上，不知道是谁朝阿尔伯特和西娅家的前窗扔进一块砖头来。阿尔伯特随即报了警，警察却袖手旁观。随后他又把电话打给了全国有色人种协进会和市里的人际关系委员会。我也帮他打了几通电话。最后，警察派了辆巡逻车停在他们家门口。结果是什么呢？他们住过去的第一年，家里一共遭遇了三十九起故意破坏他人财物案，其中还包括两起纵火未遂案。阿尔伯特的狗还让人下了毒。他和西娅每次出门上街，身边总是骂声不绝。”

利蒂希娅点点头，她自然明白乔治跟她说这些是什么意思，不过她更希望表达出自己的观点：“无论如何，最后他们还是保住了自己的房子，对吗？”

---

① 天主教信仰中处于绝境之人的主保圣人。

"哦，没错。"乔治有些惋惜地答道，"阿尔伯特一整年都没睡个安稳觉，未老先衰，满头白发。西娅还弄得心脏病发作，不过他们确实保住了自己的房子……"他无奈地摇了摇头，"你是认真的？"

"当然了，乔治。"利蒂希娅答道，"要是上帝并不打算让我去试试，那他为什么又要给我这个机会呢？"

"那马文和露比他们都同意吗？"

有一点是那位律师当时一再声明的：这张支票是给华伦·丹德里奇的女儿"们"的。所以，马文和他那满脑子的怀疑主义跟这事可一点儿关系也没有。至于露比嘛……

"没错，"她说道，"他们当然同意。"

贴在磨砂玻璃窗上的字是：哈罗德·贝里，Realist。"Realist"这个词特指黑人房产中介。之所以有这么个名字，是为了跟"Realtor"——白人房产中介这个名字区分开。全国白人房产中介协会决不允许黑人的加入。除此之外，窗上贴着的其他标记还表明，贝里先生还是普林斯共济会和新麋鹿会的成员。

贝里先生的办公室没开灯，门也锁着。利蒂希娅努力克制着内心的焦躁，她和露比二人此刻就站在三楼的走廊上。

此时要是有外人路过，可能真的猜不出她们二人是姊妹。利蒂希娅身材苗条，皮肤并不太黑，长得像父亲。而露比身材凹凸有致，肤色更深一些，看起来像是位年轻的妈妈——不过现在还是个可以被人呼来喝去的妈妈。现在她这种母性的可塑性还毕竟有限，不过在她的内心深处，却拥有一个真真正正的欲为人母的内核，假以时日，必定会破茧而出。这当然是个小把戏，必须得在被戳穿之前发挥作用。至少到目前为止，露比还是愿意配合着利蒂希娅的目的去演戏。但倘若今天上午的会面要改期的话，她可能就得另想主意了。

“他说过是九点的。”

“我答应过帕克太太会在十一点半之前过去照看克拉丽丝。”露比说道，“我原本还想去趟曼德尔兄弟的地下室里去找双鞋，我找的那份餐饮店的工作需要穿，之前跟你说过的。”

“我真不明白你为什么又要做一份新的工作。”利蒂希娅说道，“既然咱们现在有了——”

“你当然不明白了。你需要明白的是如何保住一份稳定的工作，然后才有资格去谈论另一份工作。”

“我现在就要得到一份稳定的工作了，露比。我们现在所做的一切就是为了这个。我们的住处得先得到保障！”

“好的，我们腰缠万贯的逍遥地主婆。”露比叹了一口气，“我们还可以把钱捐给教堂。”

“露比！”这话可把利蒂希娅吓得不轻，“你没跟教堂里的人透露过这事儿吧？”

“没有，放心吧，大富翁，我才没有泄露你的秘密呢。”

“你最好没有。爸爸希望我们来得到这笔钱。”

露比哼了一声。“就跟你多么在乎爸爸的想法一样。”

“我当然在乎。我也在乎你。”又是一声冷哼传来。“你就愿意下半辈子住在那么个小破地方？”

“我当然不愿意了。但是——”

“而且继续这么累死累活地玩命工作？你什么时候还继承过这样一大笔遗产吗？”

“从来没有。”露比坦率道，“这也就是我不怎么相信的原因。”

此时，走廊另一头的一扇房门打开了。姐妹俩齐齐转头看去，一个白人从屋里走出来，正在看着她们二人。

“是丹德里奇小姐吗？”那人问道。

“我就是丹德里奇。”利蒂希娅抢着应道。忽然感觉到身边的露比隐隐有些发怒，她赶紧补充道：“我们两个都是。”

“鄙人约翰·阿奇博尔德，是贝里先生的朋友。他托我转告两位今天他怕是没法跟你们会面了。”

“哦……”

“他跟我说过你们的来意，如果你们愿意的话，我十分乐意为二位效劳。”一边说着，他一边朝前多走了几步。利蒂希娅朝他的背后望去，只见那扇打开的门玻璃上贴着几个字，此时看起来是反向的：白人房产中介。“当然，”注意到利蒂希娅面露迟疑，他又说道，“如果你们愿意等贝里先生回来也没问题。”

露比挽着利蒂希娅的胳膊，用力拽了拽，那意思是走吧，下次再来。但是要等到露比下次有时间就得另一个星期了，那也太久了。“您和贝里先生，”利蒂希娅问道，“你们仅仅是朋友，还是……”

“合伙人，”阿奇博尔德说道，“我们是隐名合伙人。”

“这些都是白人居民区啊。”

“是的。”阿奇博尔德先生应道，“哈尔跟我说你们正是对白人居民区有意向。”

“怎么没人告诉过我白人居民区这回事啊。”露比直勾勾地盯着利蒂希娅，而利蒂希娅则像是浑然不觉一般，还在翻看着阿奇博尔德先生刚刚提供给她的那本三孔档案夹。

“有些价格我不是很明白哎。”利蒂希娅问道，“比如像这两栋楼，无论是建筑面积还是使用面积，看起来都相差无几嘛。可为什么第一栋的价格会便宜这么多呢？”说罢，她把手里的房源介绍递给了他。

“是房源位置的原因。”阿奇博尔德先生解释道。

“可它们是在同一条街上啊。”

“是在同一条街上，但是所处的街区不同啊。第一处房产所在的街区完全是个白人居住区。相信不用我说你也知道，要让第一个黑人能住进这个街区得有多难。”

“我们可不要应付什么难题。”露比插话道，“坚决不要。”

“所以呢，这处房产的卖家同意给个折扣，我们称之为‘先到先得大优惠’。这位卖家是个做投资的，我和哈尔都认识。一旦这个街区的第一单生意开张，那么后面的销售就容易多了。至于第二处房产，那个街区的黑白居民比例现在已经处在一个临界点上了，要不了一两年工夫，那个街区就会变成黑人居民区了。”

“那你得赚一大笔佣金了。”利蒂希娅说道。

“是我和贝里先生两个人一起赚一大笔佣金。”他纠正道，“许多黑人家庭也会有自己的新家了。”

利蒂希娅点头应道：“有道理。”当然，在利蒂希娅心中，这没什么道理。但是她也希望从中获利，所以就算心里有气她也得憋着。她真正需要面对的问题在于，即使是有这么个“先到先得大优惠”，她也觉得自己够呛能买得起。无论这位阿奇博尔德先生在她们面前表现得是有多么忠直淳厚，等到自己资金乏力最后不得不违约的时候，他都会毫无愧疚地欣然赚走自己先前的投入，对于这一点，利蒂希娅毫不怀疑。

她又翻了一页手中的文件。

“这个肯定是搞错了。”她注意到一条房源信息，疑问道，“这个价钱肯定是搞错了吧？”

阿奇博尔德探过身子，这才看清了利蒂希娅正在看着的那处房产。“噢，”他说道，“是温斯洛普公馆啊。”

“什么公馆？”利蒂希娅问道。

“这房子丑死了。”露比吐槽道。

“等它成为咱们自己的就漂亮了。”利蒂希娅应道，“就像孩子一样。”

第二天是星期天，中午姐妹二人做完礼拜，连衣服都没有换就来到约定的地点。面前是一座四四方方的低矮建筑，那砖砌结构的外墙让整栋房子越看越像座公立学校。不过，利蒂希娅在意的还是房子内部。抬头看去，房顶有个帐篷状的玻璃天窗，根据中介提供的房源信息，天窗底下应该是个两层高的中庭，中庭周围一共有十四个房间。足足十四个房间啊。利蒂希娅兄弟姐妹几人从小也就挤在两个房间里长大，卫生间在另一层楼上，还是公用的。

温斯洛普公馆所在的街区并不宽敞，狭窄的区域内还有一座早已停业的酒店和一片杂草丛生的空地，这里曾经是个公园，如今也废弃不用。整个街区位于一条双车道街道的西侧，而东侧则是一排单户型的小房子，全都住着白人。温斯洛普公馆的正对面，一位妇女正坐在自家小屋的门口朝这边看着。刚才注意到利蒂希娅姊妹二人靠近这边，她没由来地一阵哆嗦，此时则是目露凶光，直直瞪着她们。

“从这里去工作的地方可真是好远啊。”露比抱怨道。

“确实是，不过等你回了家，就可以想怎么活动就怎么活动，那才叫一个舒服呢。”

“我待在现在的地方就挺舒服。”

“搬到这里来会更舒服嘛。”利蒂希娅坚持己见。她又抬头朝上面看去，房顶的东北角上放了把椅子，风吹雨淋下早就锈透了，看起来实在是不怎么协调。“那里肯定景色超棒。你说从那儿能不能看到密歇根湖呢？”她转了个圈，脸上笑意盈盈，中途还跟那个充满敌意的白人妇女对视了一眼。

“是呀，景色超棒。”露比满脸不以为然，视线掠过整条街道，“我很确定咱们住在这儿可就真舒服了。”

几分钟后，阿奇博尔德也到了。他朝对面那位怒目而视的白人妇女脱帽致意一番，随即就赶紧把利蒂希娅和露比推进了屋里。

午后的阳光顺着天窗直射入中庭，落在那棋盘样的地板上。无数的灰尘在那光束中涌动。一进大门，左右两边各有一条拱道通向两个房间，按阿奇博尔德先生的说法，一间是餐厅，一间是客厅，然而房间里什么家具也没有，就当阿奇博尔德先生说得是那么回事吧。楼梯从中庭的右墙上一直延伸到二楼后面的走廊之中，可以看到上下都有好几处房门。

利蒂希娅朝中庭中央位置的一处装饰物走了过去。那是一个人像一样的摆设，从上到下盖着一条床单，就立在一块隆起的大理石圆台之上。房源信息上提到这里有个喷泉，不过她还真是没想到那东西居然会在屋里。

“我能看看吗？”她问道。

“当然可以。”阿奇博尔德毫无异议。

利蒂希娅拽住床单的一处褶皱用力一拉，一尊铜制的赤裸女神像就露了出来。

“上帝啊。”露比满脸的惊愕。这尊铜制神像长发挽起，头戴一顶新月状的冠冕，双手各握着一个巨大的火炬，两束火焰比她的肩膀还要高上些许。在她袒露的双乳之间，挂着一把万能钥匙。在她脚下的篮子里，几条铜蛇在嘶嘶作响，正是一根根盘绕的铜水管直通到喷泉的内部。

“赫卡忒。”阿奇博尔德出言提醒道，“是月之女神。”

“我看到那个月亮了。”利蒂希娅说道。她绕到喷泉的后面，只见在赫卡忒头部的背面还冒出两张脸来，活脱脱像是从狂欢节上的畸形秀里出来的东西。神像的脚跟处还摞了一堆难看的铜蛤蟆，嘴巴和前面是像蛇一样的水龙头。“这玩意儿必须得弄走。”

“我一定会把你们的要求跟卖家说明的。”阿奇博尔德说，“不过昨天我也跟你们解释过了，根据交易合同中的相关条款——”

“没错，我当时一直在注意着。”由于只有在房款两清之后利蒂希娅才真正拥有这套房子的产权，故而在此之前，她若是想在房产之中进行任何“重大的改动”都需要经过卖家的许可才能执行。“你确定我不能直接跟他们交涉吗？”

“是的，恐怕不行。”房源信息上写着这栋温斯洛普公馆的所有者是一家叫半影的房地产公司。利蒂希娅觉得这家公司的老板就是阿奇博尔德搞投资的那个朋友，或者就是阿奇博尔德本人也说不定呢。她们与半影之间的交涉全都要通过他来进行传达。“我一定会转达你的问题。”

“千万别忘了啊。”利蒂希娅抽了抽鼻子，“我们未来的目标房客基本都是有家有室，以及经常会去教堂的人，他们不会喜欢这东西的，绝对不会喜欢的。”一边说着，她忽然想到生活在南区的黑人。只要能给他们个容身之地，就算要在那里天天看着比异教徒的雕像还要糟糕的东西，他们也会忍下来。不过他们本就不应该逼着自己去容忍，她心想。而且，她的的确确也不愿意每天都看到赫卡忒的月亮。

她把自己的注意力转向两处昏暗的门洞。一个在楼上的长廊里，另一个就在这层它的正下方，这两处门洞外面都拉着一道铁质折叠门。“那是电梯吗？”

“是的。”阿奇博尔德答道，“这栋房子的建造者海勒姆·温斯洛普为她的妻子安装了这部电梯。她有脊髓灰质炎。”他解释道。

“听到了吗，露比？”利蒂希娅说道，“脊髓灰质炎，跟马文一样。”

“马文上楼梯可没什么问题。”露比应道。

“不是每个人上下楼梯腿脚都那么利索。这可以成为咱们出租的卖点啊。”老年人，这就是她心里最佳的目标租户。不吵不闹，易于相处，按时交租。

“这部电梯，需要修理一下才能用。”阿奇博尔德此时出言提醒道，他的措辞倒真的是下了一番功夫，该是谁的责任表述得“明明白白”。

露比哼了一声。“当然得修理了。说吧，这房子还有什么问题。”

“这里的电路需要检修一下。现在这里的电源没开。最近一个房客之前说过这儿的保险丝总是烧断。还有……”

“别说了。”露比叫了起来，“到底是什么情况？”她眯着双眼紧盯着阿奇博尔德。那绝对是妈妈一样的眼神，仿佛是来自灵魂深处的凝视一般。“这么大的一栋宅子，就这么个价钱，你就想让我们买下来？你以为是买个保险丝盒这么简单的事？你到底还有什么瞒着我们？”

阿奇博尔德一时语塞。从他的表情一眼就可以看出来他一直在等着被问及这个问题，而且似乎终于等到有人把这件事问出了口，他反而是松了口气。但即便如此，他还是有些难以启齿。

利蒂希娅给他解了围。“这儿闹鬼吧？”

“什么？”露比一脸的不可思议。

“这肯定是个鬼屋。除此之外，还能有什么呢？”她看向阿奇博尔德。后者并没有否认，这证实了她的猜测。“那么，这鬼到底是何方神圣呢？温斯洛普太太？她摇着轮椅半夜三更地楼上楼下到处转悠？”

“这个我真不清楚。”阿奇博尔德答道，“我——”

“稍等一下，”露比插话道，“你们不是在开玩笑？”

“我只是听过些传闻，”阿奇博尔德一边说着，一边举起三根手指，以童子军的名义发誓道，“我自己在这里从来没有碰到过任何异状，当然我也不想碰到。但是之前住过的一些房客的确报告过一些……诡异的事件。半夜里有东西碰撞的声响。最近几次有客户想买下这栋房子，都因为这事而最终变卦。”

“那你原本打算什么时候把这事告诉我们呢？”

“丹德里奇小姐，求你别往坏处想。我从来就没想过要对你有任何隐瞒。但是我一直都认为自己非常理性，我并不相信——”

“好啦，”利蒂希娅打断了他的解释，“死人有什么可怕的，我们才不怕呢。”

“利蒂希娅！”

“既然真相大白了，那么就剩一件事情了，你觉得卖家还能再降价吗？”

“利蒂希娅！”

“露比！”利蒂希娅的声调不甘示弱，“这里有电梯！”

乔迁之喜大派对的当天，最先到的是乔治的夫人希波吕忒。她带着贺拉斯一起，开的是自己那辆别克路霸。车顶上还绑着一个二手的床架。

因为电梯现在还不能用，所以他们只能靠自己顺着楼梯往楼上搬运。利蒂希娅和贺拉斯抬着一边，身高六英尺的希波吕忒抬另一边。费尽九牛二虎之力后，他们终于把这个大家伙生拉硬拽到楼上那个利蒂希娅给自己选的房间之中。房间里此时已经有了一张弹簧垫、床垫，还有床单，就缺这么个床架了。七手八脚地把床安装好，利蒂希娅后退了几步，看着自己的房间，深深地喘了一口气，不知为何竟隐约有点儿期待在这张床上一觉醒来，发现自己还是在露比的老房子里。然后，眼前实实在在就是这间自己梦寐以求的居所。她又做了一次深呼吸，脸上随即绽放出笑容。她转向希波吕忒。“来吧，”她兴奋道，“我带你们参观参观。”

二人从屋里出来，发现贺拉斯此时就在楼下，正掀起盖在赫卡忒外面的床单一角，朝里面鬼头鬼脑地偷看。“当心！”利蒂希娅突然出言警告，贺拉斯吓得一蹦三尺高。“你会瞎的！”利蒂希娅吓唬他道，然后又哈哈大笑起来，“快上来，我带你们去看样东西，你和你妈妈绝对都会喜欢的。”

她领着二人来到位于二层西南角的一个房间。屋里摆满了书柜，以前这里应该是书房。利蒂希娅是考虑把这间屋改造成可供出租的卧房的，不过面临的一个问题是，此时这间屋里还有个特大号的供富人享乐的玩具。

阿奇博尔德先生把这台装置称为星象仪。这是个类似太阳系的星系模型，说是类似当然是因为它并不是太阳系的翻版——这套模型里有两颗恒星。这对双子太阳一金一银，安装在模型中央的中枢轴上。围绕在它们四周的是远近距离不一的十一颗行星，由铜制的杠杆臂所连接。其中几颗行星还有环绕自身的卫星。模型之中居然还有一颗用一大块乳石英刻成的彗星环绕其间。整套装置固定在一张低矮宽大的金属桌上，透过桌面上的玻璃，可以一窥其内部复杂的机械构造，正是这些机械装置驱动着整台星象仪的运行。

“哇哦！”贺拉斯禁不住发出一声赞叹。希波吕忒安静地站在一旁，可当她探着身子看到模型之中的一处时，也跟贺拉斯一样，眼睛不可思议地瞪得老大。那是一颗比其他星体都大上许多的行星，玻璃材质，里面灌满了液体。神奇的是那些液体居然形成了跟木星表面大气一样的带域和气旋。

“我就说你们一定会喜欢吧。这玩意儿还会动呢。贺拉斯，你低头看看下面，底座上有个小杠杆，你轻轻拨一下。”一听利蒂希娅此言，贺拉斯急切地照做。一瞬间，整座星象仪就像拥有了生命一般，太阳随着中轴旋转舞动，铜臂也跟着转动起来。露在外面的机械装置发出滴答——滴答——滴答的响声，但是各个行星运行得却十分平稳流畅。如果站在合适的位置眯起眼来看，铜臂就像是凭空消失了一般，如此一来，这些星体就像是自由地在空中飘浮。

利蒂希娅侧头看去，此时的希波吕忒就像是圣诞节的早晨一觉醒来看着面前的圣诞礼物的孩子一般，当然，她一定是全世界个头最高的孩子。“要是想要的话，就归你了。”

“妈妈！”贺拉斯兴奋地叫嚷起来，“快同意啊！”

“噢，不……”希波吕忒的表情却是在说：要是能给我有多好啊。

“我没法去古董商店把这玩意儿倒卖出去。”利蒂希娅解释道，“因为这东西不是我的，所以不能卖。不过房产合同里并没有说关于贷款抵押之类的事项。而且，我知道放在你们手里才不会暴殄天物。”

“妈……”

“可是我们要把它放在哪儿呢？”

“放我屋里啊。”贺拉斯喊着。

“呃，那要是我们为了给这东西腾地方把你的床搬走了，你睡哪儿呢？”

“地板上啊。”贺拉斯据理力争，此时他就那么仰面朝上躺在硬木地板上，看着那些行星在他头顶旋转。

“那些图片你也可以都拿走。”利蒂希娅又说道。书柜对面的墙上装饰着厚玻璃框，里面是一张张底片，全是各种星团。

希波吕忒走上前去靠近了细看。“真有意思，这里面的星座我一个都不认识。”看了一会儿，她说道。她颇感兴趣地盯着一个螺旋状的星系图看了好半天，那图片旁边标示着《溺水的章鱼》。“你知道这些照片是从哪儿拍的吗？”利蒂希娅摇了摇头。

贺拉斯从地上爬了起来，打开了书柜旁边的一扇小窄门。“这里面是什么？”

“去屋顶的楼梯。”利蒂希娅告诉他，“别上去了。”她又转向希波吕忒，说道：“我是真的想把这东西送给你。或许你可以把它放楼顶。”

“要是能把这玩意儿弄上我们家楼顶的话，那可真是一大壮举。”希波吕忒大笑了起来，“别的先不用说，就是想把这玩意儿弄出这间屋子，也得把它都拆了。”

“我能拆！”贺拉斯自告奋勇，“我还能替你把它拼装回去！我们能——”

正说着，房门忽然砰的一声重重地关上了。贺拉斯吓了一大跳，连他的母亲都禁不住要跳将起来。只有利蒂希娅面不改色，至少表面上看是如此，连眼皮都没眨一下。

“老房子的穿堂风就是好啊。”她淡淡地说道。

越来越多的客人陆续到达了。有的带来了家具，还有的为派对带来了食品和饮料。特里·霍金斯，就是那个丹麦·维西酒吧的保安也来了，还带了三个跟他块头一样大的朋友。他们开着一辆破破烂烂的看起来快要报废的凯迪拉克，车子的消音器还坏了一个。他们车子还没有开到，那动静就让在场的每个人，但凡是耳力还可以的都听到了。利蒂希娅心里的小算盘是当天晚上派对结束以后，让他们从后面偷偷溜走，把那辆破车留下，算是给所有的邻居一个警告：想找麻烦吗？放马过来吧，看看跟这几个巨汉比，你们谁能吵过谁！

夜幕降临的时候，这座大宅子里已经聚集了不下五十个人。这些年里，温斯洛普公馆里可能还没来过这么多人，或许从来都没有过。利蒂希娅在餐厅检查着早已布置妥当的自助餐，在这里她遇见了艾提克斯的父亲，他送上的乔迁礼物是一把猎枪和一盒子弹。

“三个人啊。”蒙特罗斯朝餐厅壁炉上方挂着的那张全家福照片点了点头，照片上是海勒姆·温斯洛普，他的妻子，还有个跟贺拉斯差不多年纪的小男孩。“这么大的地方，就他们一家三口住啊。”

“事实上是两个人。”利蒂希娅说道，“我做了些调查，发现温斯洛普太太在他们一家准备搬进来的时候去世了。所以，住进来的就是他们父子二人。当然，还有些下人。”下人都住在地下室里，位置就在餐厅和洗衣间的下面。

“你知道他怎么赚钱吗？”

“他们家在东部地区开了好几家纺织厂。不过我觉得老海勒姆在这边更在意的是怎么花钱而不是赚钱。”

“纺织厂。”蒙特罗斯嘴里嘟囔道，“把棉花变成钱。”

“没错，不过如今却是风水轮流转了，很有意思，对吧。”

此时在中庭里，特里和其他几个保安已经开始演奏乐器，一些宾客纷纷开始闻乐起舞，或者说努力地闻乐起舞。不知为何，乐队的演奏一直卡不上节拍，就连那些脾气温婉的好好先生们也忍不住抱怨起这蹩脚的节奏来。

利蒂希娅朝坐在喷泉外沿上的查理·博伊德走了过去。盖在赫卡忒身上的床单如今已经换了种方式包裹在她身上，看起来就像是古罗马的托加长袍。不知道是谁把霍华德大学野牛队的队旗粘在了其中一个火炬上。“特里什么情况？”利蒂希娅问道，“他们平时的水平可比现在棒多了。”

查理耸了耸肩。“这可不是今天他们参加的第一个派对了。不过特里一直说老有震动在给他们捣乱。”

“震动？”

“地板那里传来的。”查理模仿了一下拿着扫帚往上捅天花板的动作。“你还没让人住在楼下吧？”

“还没有啊。不过，楼下倒是有几张很不错的双层床，要是你有兴趣的话……”

“谢了，我已经住在地下室里了。要是你愿意租给我个楼上的房间的话……”

“等改天咱们专门聊聊这事。”利蒂希娅给他打了保票，“你瞧见艾提克斯了没？”

“他先前说要到楼顶去。”

摆放星象仪那间屋子墙上的开关坏了，怎么按灯都不亮。借着楼下客厅里透过来的灯光，利蒂希娅发现去屋顶的那扇门开着。她小心翼翼地绕过星象仪时，瞥见那颗气态巨行星玻璃模型里面的液体中，像是有个什么小东西，长着很多条腿，正在水中游来游去。等到她直直地看向那里时，那个东西却又消失不见了，也许是影子捣的鬼吧。

屋顶之上，一个个烟囱就像是史前巨石阵一样分布在天窗的周围。艾提克斯就背对着她，坐在远处的一把椅子上。利蒂希娅正想开口叫他的名字，一阵突如其来的疑惑却让她怔在了原地。也许是错觉作祟，她分明觉得坐在椅子上的那个身影竟然留着一头顺直的秀发，从前往后梳理得整整齐齐，而再往下看，头发下面露出来的脖颈竟然是苍白的。

这时艾提克斯转过身来，脸上露出了笑容。

“嘿，”他说道，“之前我有没有说你今晚看起来真漂亮？”

她敷衍了事一般地在天窗旁边转了个圈。这一动作让她忽然想起了自己是在哪里得到的这件特别的礼服。他显然也记了起来，脸上的笑容逐渐消失了。

她走上前来，站到了他的身边。朝着下面的街道举目望去，正在办派对的并不止他们一家。音乐不行，喝酒也不行。回忆起父亲当年观察过的白人的庆祝方式，利蒂希娅心里抱怨着。

“那群家伙已经表现得很不错了。”艾提克斯率先打破了这有些尴尬的气氛。“刚才有几个小子还跑到草坪上，妄图用眼神就掀翻特里的凯迪拉克呢。不过最后他们还是蔫头耷脑地撤了回去。我想今晚你肯定不会有什么麻烦了。至于明天……”他耸了耸肩。

“我一点儿也不担心。”利蒂希娅下意识地说道。

“露比会担心啊。不过，也不能怪她。”

“露比跟你说过什么吗？什么时候，刚才？”

“前几天在街上碰到过她。利蒂希娅，我知道其实这不该我瞎操心——”

“你说得没错。”她声音里带了怒气，“你要是真的关心我们，怎么会等到露比需要在街上碰到你你才会知道这些事？从我们回来到现在整整三个月了，到底发生了什么事？这段时间你给我打过几次电话？来看过我几次？”

“我明白，”他点点头，“我都明白。对不起。但是在发生了那么多事以后，我觉得我应该跟你保持距离，或许这样才会让你更安全一些。我怕那件事并没有结束。”

“没错，我理解。但你是不是应该先问问我，我到底愿不愿意接受这样的方式来安身保命！我不配吗？”

艾提克斯无言以对。他的双眼飘向了夜色之中，空中正有一架客机穿行而过，他强装着自己是在对着飞机的航行灯出神。

好一阵的沉默之后，还是利蒂希娅岔开了话题。“听说你现在在给乔治打工？”

“看你怎么想了。”艾提克斯答道，“我一直在帮他做一些奇奇怪怪的工作，当然大部分是给《指南》做调查工作。他一般安排我去各条旅行路线探路。”

“就像希波吕忒那样？”

“希波吕忒伯母的路线是她自己说了算。乔治则会给我一张表，然后给我报销汽油和路费。”

“听起来这工作倒是挺适合我干的。”

“老爸说我这就是为了工作而工作，纯粹是为了打发时间，毫无意义。他一直唠叨着让我别再这么胡闹下去了，我不是还符合《退伍军人安置法案》优惠政策嘛，他想让我去大学念书。他这么想也没错。”艾提克斯说道，“不过，我也不知道……我总觉得事情还没了结。”

“你要是还想再找点儿什么别的打发时间的工作，”利蒂希娅提议道，“我这儿倒真是需要帮手。你会修电梯吗？”

“听起来这活儿倒是更适合老爸。你可以去问问他啊。”

“我现在是在问你。先说好了，我可付不起工钱，不过你不在外面帮乔治跑路线的时候，我可以食宿全包。这样还能让你和你父亲之间拉开点儿距离，如果你愿意的话。”

艾提克斯琢磨了一会儿，然后开口道：“这么说我就成了你随叫随到的勤杂工了？还能帮你看家护院，对吗？”

“又不会让你少块儿肉。”利蒂希娅并不打算隐瞒自己心里的小算计，“或许你偶尔还可以再穿穿军装，好让街坊四邻都知道有个大兵住在这儿呢。”

“好吧。”他点头应道，“就有一件事，我明天要去趟卡罗拉多。那儿有个新的连锁汽车旅店我得去看看，还要去跟几位加油站老板谈谈销售《指南》的事。星期五才能回来。在这之前，你跟露比俩人没什么问题吧？”

“当然没问题。况且我们也不是孤身在此啊，圣灵与我们同在。”

老妈要来这里看看宅子！不知道怎么回事，利蒂希娅居然把这事儿给忘了。星期一一早她突然惊醒过来，马上意识到快没时间做准备了。

她冲进走廊，随即变得一脸沮丧：她居然还忘了收拾星期六晚上派对之后的烂摊子。中庭的黑白格瓷砖已经淹没在成堆的彩色纸屑里，屋里到处都是彩纸带。她抬眼朝餐厅看去（餐厅已经挪到了一层），噢，那里更是一团糟：桌面上杯盘狼藉，污渍甩得满墙都是，不使劲擦是别想清理干净了。

还有赫卡忒。那女神像又让人给扒光了，而且样子变得更加香艳。胸部变大了，臀部也更加丰满。她的嘴角向上翘起，露出一抹幸灾乐祸的笑意，仿佛是预见到了老妈看到这一幕时的反应。利蒂希娅的一只手紧紧地捂住了自己的嘴巴，心里万分的惊恐：老妈不得打死我啊！

她转过身，想赶紧去厨房里找把扫帚，把这堆烂摊子——纸屑、彩带、餐具、赫卡忒，总之所有这一切——统统打扫干净。然而就在此时，女神像的一只铜制手臂重重地拍在了她的肩头，将她紧紧地抓住。而门外传来了出租车的关门声。利蒂希娅听见老妈在跟出租车司机嘱咐着千万小心她的行李箱。

楼下的走廊中突然闪过一片光亮，电梯居然从地下升了上来，电梯轿厢里闪烁着惨白的光，就像个灯塔似的。海勒姆·温斯洛普就站在里面，身着宇航服，透过玻璃面罩，他直勾勾地瞪着利蒂希娅。眨眼之间，温斯洛普的头竟然变成一团打着旋的黑影，里面有一种许多条腿的东西在游来游去。

电梯一直往上升，赫卡忒抓着她的手也越攥越紧，利蒂希娅的肩膀都快被捏碎了。老妈在外面砰砰砰地敲着门。“利蒂希娅！”她大声喊着，“我知道你在家！利蒂——”

“——西娅。”

她猛地从床上坐起来，黑暗之中，姐姐的手正扶在她的肩头。“怎么了？”她问，“出什么事了？”

“屋里有人。”露比对她耳语道。

利蒂希娅侧耳倾听，一开始什么声音也没听到，随后察觉到远处隐约传来一阵富有节奏的声音。“什么声音？”没等回答，她一耸肩甩掉搭在肩头的手，一摆腿就下了床。她光着脚丫踩在地板上，一阵凉意从脚底涌上全身，让她睡意全无。她把手探进床底拽出了那只猎枪，一使劲把枪管掰开。她用大拇指在子弹的外壳上摸了一下，子弹早就上好了膛。检查无误，她把枪管往回一扣，大步走上了长廊。

月光顺着天窗洒了进来，照亮了整个中庭——利蒂希娅注意到地面上已经打扫得干干净净——而赫卡忒也依然肃穆地立于原处。目光转向右侧，利蒂希娅看到了跟刚才的梦境里同样的一幕情景：电梯停在了二楼，电梯门敞开着。“就是它把我吵醒了。”露比惊恐地说道，“我听见它在动。”

利蒂希娅把脑袋探进电梯的轿厢，里面空空如也，弥漫着一股木头和皮革发霉的味道。她稍作停顿，继续听着动静。那富有节奏的响声越来越大了：滴答滴答啪嗒，滴答滴答啪嗒。

放置星象仪的那间屋子的房门虚掩着，一抹温暖的灯光从里面顺着门缝透到了走廊上。利蒂希娅默数了三下，在心里反复念着救世主的名号，然后鼓起勇气推门而入。滴答滴答啪嗒，滴答滴答啪嗒。星象仪上的星辰与行星在有规律地旋转着。利蒂希娅也在转悠着。她端着枪从一边检查到另一边，每个角落都不放过。不过这里貌似什么人也没有。

“是什么东西？”露比的声音从十步开外的走廊上传了过来。

“没事。”利蒂希娅应道。她向后退出了房间，手中的枪也放了下来。可就在这时，房门忽然砰的一声关上了，门外的露比一声尖叫。紧接着是那部电梯，电梯门猛地关上，发出一声巨响。随即就像引发了连锁发应，好像整栋房子里的每一扇门都在发生着同样的状况：砰、砰、砰、砰、砰……摔房门的声音一时之间不绝于耳。

“噢，天哪！噢，天哪！”露比惨呼连连。可她的惊慌失措却将利蒂希娅的情绪由恐惧推向了愤怒。

“该死的，露比，”她喊道，“别在那儿鬼叫了！那就是些杂音！”

话音未落，这一夜最剧烈的那声巨响传来。整栋房子都陷入剧烈的震颤之中，像是被整个搬起又一把扔下。利蒂希娅使尽浑身解数控制着自己的平衡，而露比则被晃到了墙上。“利蒂希娅。”她哀号着。若不是害怕会被这“天塌地陷”掀翻在地，她早就逃走了。“我想回家。”

“你就是在家里。”利蒂希娅喊道。等到温斯洛普公馆第二次震荡之时，她已经做好了准备，双脚紧绷，就像是位船长仍然坚守在即将倾覆的轮船甲板之上。这里就是她自己的轮船。

“我们才不会走呢，”她厉声喊道，“这里现在是我们的家。”此时的她就像是那个直面风暴的船长。“现在是最紧要的关头，咬咬牙挺过去就没事了。”

但是露比还是不肯留下来。

刚过破晓，利蒂希娅就眼巴巴地瞅着露比把匆匆打了个包的行李箱塞进了出租车的后备箱里，这一幕看起来倒真像是把她那场梦的情节倒过来了一样。“你去哪儿啊？”利蒂希娅问道，然后传来了她姐姐的答案：“离开这儿就行。”

出租车绝尘而去。利蒂希娅忽然觉得一双眼睛在盯着自己。她抬眼望去，正好瞧见街对面房子门廊下的那个白人妇女，看着她那一副装模作样的表情，利蒂希娅有些疑惑，莫非她还知道些什么自己这栋房子里闹鬼的内幕吗？然后，她的注意力就落到了特里的凯迪拉克上。车还是停放在门外的马路牙子上，但是四个轮胎都瘪了下去，引擎盖上粗乱地画着两个扎眼的大字“黑鬼”。原来如此，利蒂希娅心中了然。你以为露比是因为这事儿跑路的啊？她扬起轻蔑的目光狠狠地回瞪过去，对面的那位邻居没坚持一会儿，脸上的嘲讽之色就像被扎破了的轮胎一样泄了气，然后似乎是想起了有什么要紧事还没做，赶紧跑回了屋里。

“我绝不会走的！”利蒂希娅冲着空空荡荡的大街呼喊道。

回到温斯洛普公馆之内，一切都很平静。之前那番震荡持续了一刻钟左右，然后突然就停了下来，让人一阵恍惚，就好像这房子是一节电池，此际电量忽然耗光了一般。多久充一次电呢？利蒂希娅心里琢磨着，嘲弄的眼神落在赫卡忒身上。每天都会来这么一出？还是一个星期两次？还有什么本事，尽管放马过来吧。但还是需要有人来租我的房子啊。就眼下这种情况，恐怕就是南区的那些家伙也容忍不了动不动就来场半夜地震吧，还不如在高架地铁线路附近租房子。

还是吃完早饭再来考虑这些烦心事吧。她迈步朝厨房走去，忽然发现买房子时就自带的锅碗瓢盆居然在这么强烈的震动之中毫发无损。看到这情景，利蒂希娅马上想起来，楼上星象仪那间屋子里墙上挂着的底片相框也是一个也没掉到地上。看来，这鬼魂倒是不愿意弄坏它自己的东西呢。这倒是挺有意思。

利蒂希娅拿出了一个碗和一盒煎饼粉。她正要再去拿量杯的时候，身后忽然传来轻微的一声房门合页的吱嘎声。她循着声音来到洗衣间和厨房之间的过道里，发现地下室的门被打开了。面前那一蹬一蹬的台阶通向下面的黑暗之中。她小心翼翼地往前探着身子，同时拍了一下墙上的电灯开关。什么反应也没有。她想到了位于楼梯底下的保险丝盒子，心里犯起了嘀咕：算了，还是晚点儿再说吧。她把地下室的门一关，又回到了厨房。

利蒂希娅重新拿起了那盒煎饼粉，马上注意到盒子里面似乎有什么乱七八糟的东西，很是奇怪。她把盒子倒扣进搅拌碗里，一大堆恶心的东西倾泻而出：蟑螂、蛆、蜘蛛，还有其他什么东西，在碗里或是来回蠕动，或是爬来爬去。一条肥腻的马陆从量杯里窜出，爬到了她的手背上。利蒂希娅惊叫一声慌忙向后跳去，一边狠命地甩着胳膊。盒子掉落到地板上一阵颤动，几个侧面眼瞅着胀了起来。利蒂希娅向下一瞥，只见一大堆红色的蚯蚓顺着纸壳的裂缝涌了出来。她吓得后退连连，穿过一道旋转门，退到了中庭之内。

她站在二楼走廊，直直地看着旋转门底下的缝隙。刚刚心脏都快跳到嗓子眼儿了，可才平静下来，又不知从哪儿传来流水的声音。她看向赫卡忒那边，喷泉里是干的。她从廊檐底下走出来，朝上面看去。

她小心翼翼地顺着楼梯爬上去。水是从她卧室旁边的浴室里流出来的。浴缸里面的水眼看就要溢出来了，里面飘着什么东西。利蒂希娅乍一看还以为是个人，鼓鼓囊囊的，一身紫色。然后她就看到了上面亮片上的一丝反光。她在浴缸边跪下身子，拧上水龙头。伸手从滚烫的水里将那件湿透了的礼服一把捞了出来。指缝里滴滴答答地往下淌着紫色的水，里面还掺和着其他几件礼服被浸泡下来的颜色。这些衣服全废了。

她呆愣愣地跪在那里，泫然欲泣。过了一会儿才像是想起了什么，她扭过脸来看向水盆上面的镜子。镜面上凝结了一层水雾，不知被谁用手指在上面写下了跟画在特里的那辆凯迪拉克车身上一样的字。在那两个字底下还有句污言秽语，更是不堪入目。利蒂希娅快速地眨着眼睛，像是被人扇了一巴掌。在那一刻，她感觉整个人都被抽空了一样。

旋即，她怒火中烧。呼的一声站起身。绝不能坐以待毙！

她抓起猎枪，一头冲向星象仪那间屋子。人还没到，房门砰的一声关上了。可利蒂希娅却丝毫没有犹豫，她一个箭步冲过去，抬手冲着门锁就是一枪，门把手直接被一枪崩飞，上面还连带着一块直径六英寸左右的门板。一把推开门，她冲进去就举枪瞄准了星象仪。

就在手指扣动扳机的刹那，一股无形的力量忽然将枪管猛地向上一推。这一枪在天花板上开了个窟窿。眼前全是从上面不断落下的石膏粉末，利蒂希娅不停地挥着手，总算恢复了视线，随即像握棒球棍一样把枪抓在手里。可是那鬼魂却轻而易举地把枪夺了过去，接着利蒂希娅就感觉到一双手落在自己的肩上，连推带搡地把自己弄到了走廊里。刚一退出房间，房门再次被猛地一甩关了个严实。

“你不可能永远把我赶出来！”利蒂希娅嘶声喊道。她朝着房门连踢带踹，然后又矮下身子，顺着门上的窟窿怨毒地盯着里面。“等我进去了，看我不把你那小玩意儿一个一个地连零件都拆了。看你有什么本事来拦着我！”

又传来吱嘎一声响，接着又是砰的一声，电梯的门再次打开了。利蒂希娅挺直身子，循声望去，心中突然涌起些许惊恐。这时那幽灵的双手再次出现在了她的肩头，她奋力反抗，可惜就算她挥拳反击，也都是落在空气里。就这样，她被生生拖拽到走廊里，纵使一通拳打脚踢也无济于事。

此时，电梯的轿厢既不在二层也不在一层。那鬼魂把利蒂希娅推到电梯井的边上，眼看就要把她推下去。利蒂希娅一只手抓住电梯门，拼命地紧握不放。

“你到底想干吗？”她的嗓音里都带上了哭腔，“你弄断我的脖子了。我要是死了怎么办？你以为我做了鬼还能放过你吗？那就来吧，把我也变成鬼，看看你能有什么好处！”

那推着她的力量松了下来。满满的怨恨之意在周围的空气中波动，不过她感觉到这情绪之中出现了一丝不确定的犹豫。

“我知道咱们之间有个先来后到。”利蒂希娅游说道，“我知道在你心里这就是你的地盘。但是现在你已经不能自己独享了，以前或许可以，但以后再也不可能了。我就待在这儿不走了。管它是死是生，是战是和——随你的便。”

突然传来一阵摇晃，她的手再也抓不住电梯门。利蒂希娅大口地喘息着，眼睛也紧紧闭上。听天由命吧，她把自己的灵魂托付给了上帝。

然而，那鬼魂并没有把她推入万劫不复，而是把她拽离了电梯井口。利蒂希娅重重地跌落在走廊的栏杆上，然后她听到电梯门吱吱嘎嘎地关上了。

星期三晚上。

国家大道上的一栋公寓刚刚发生了一起火灾。公寓里的房客们此际都聚在外面的人行道上，就等着消防员撤离后可以回去——要么是去抢救自己的财物，要么是重新规整一下刚刚经历了水深火热的房间，继续将就着住下去。对于别无选择的人来说，还能怎么办呢？

利蒂希娅就站在人群旁边的公交车站，她的思绪早就飞到了别的地方。此前，她花了一天多的时间才在以前那个单间公寓里找到露比。结果发现露比根本就没把这房子交出去，还一直留在手里。利蒂希娅原本是打算心平气和地好好跟姐姐谈谈，希望她能再给温斯洛普公馆一个机会。结果却发现原来露比居然一直筹划着逃离那里。即便露比再三赌咒发誓，这仍然对利蒂希娅打击甚大，对她来说这跟背叛无异。

露比从今往后跟那栋房子什么关系也没有了。“你还生我的气？”她说道，“你把我生拉硬拽进一栋鬼屋。现在这事解决不了，居然是我的错吗？”

“你自己都不愿意为它付出，还怎么指望着解决问题呢？”

“你为它付出好了。”露比告诉她，“房子和钱都是你来管的，我不在乎——现在都是你的了。反正本来你也是这么想的。”

“我才不是这么想的呢！这房子是为咱们俩买的，露比！为了咱们俩！”

“是的，没错，你也继续为这个愿望付出好了。什么都可以，只要能让你在夜里睡个安稳觉就行。”

这不公平。利蒂希娅心里耍起了小性子。当然，她确实是想要自己独享这栋房子——的确如此——但是，这并不仅仅是她自己一个人的事情，为什么露比就不明白呢？

此时，她注意到在那群房客之中站着一个高个子但肤色并不怎么深的黑人。他手里握着自己的帽子。抬眼望着公寓楼上面一层其中一排被烟熏火燎的窗户，他的手越攥越紧，仿佛那顶帽子是一块儿抹布。看他那一脸的迷惘，利蒂希娅心里忽然涌起一阵冲动，此时仗义援手是不是也算是种补偿呢？可惜她还没来得及诉诸行动，那男子身边的一个小姑娘突然朝她开炮了。“你看什么看？”她语气不善地质疑道。

“塞莉娅！”男子厉声呵斥道，然后迅速投给利蒂希娅一个抱歉的眼神。公交车此时正好进站了，利蒂希娅不发一言地上了车，心里觉得像是被人训斥了一般。

等她到站下车的时候，天已经黑了。从车站回去还得走一英里，而且她需要穿行而过的街区住的几乎都是有色人种，所以她一路保持着警惕，一只手始终不离衬衫口袋里的一把折叠剃刀。

眼看就快到家了，一辆薄荷绿色的奥兹莫比尔轿车跟了上来。利蒂希娅认出这是街对面一户邻居家的车。开车的是个十八九岁的金发小子，他跟过来后冲着利蒂希娅叫道："嘿……嘿……嘿。"

老妈可没生过名叫哪个"嘿"的小崽子。所以她充耳不闻，继续往前走着。

再往前走，左侧就是那家停业的酒店。酒店后面有条小巷可以直达温斯洛普公馆的楼后。利蒂希娅曾经发誓绝对不会走专供下人走的出入口，不过那金发小子却不知道这件事，看来今天是要破例了。就在她要到达小巷的路口时，那辆奥兹莫比尔突然加速，转头冲上了马路牙子，一下拦在了利蒂希娅身前，挡住了她的去路。

"嘿！"金发小子又招呼了一声。他从驾驶室探出身子，一脸不怀好意的笑容。"今晚有什么安排？要不要带你去兜个风？"

利蒂希娅紧盯着他的双眼。"我要你他妈的从我面前滚！"她一字一顿地说道。

金发小子缩回身去，强作满脸夸张惊愕的神情。"喔……听你的还不行嘛。"另一边的车门打开了，下来另外两个小青年。金发小子也下了车。三个人把她围在当中。利蒂希娅比他们三人矮了不少，可她依然直挺挺地立在那里，口袋里的手紧紧地攥着那把剃刀，心里发着狠劲儿：谁敢第一个上来我让他血溅当场。

"你应该学着懂点儿礼貌。"那金发小子开口说道，"我的意思是，我们是要以礼相待的。你看看，你自己一个人，这大晚上的，走在别人家的街区。”

“我也住在这个街区。”

“不，这不是你住的街区。”他举起一只手朝她脸上挥去，眼看差点儿就要扇上去了，却及时地止住了动作。“这里不是你该住的地方，你——”

一声低沉的咆哮打断了他的话。他下意识地后退几步，半转过身子，那只手还停在半空中。一条大狗从小巷的阴影之中窜了出来。是条德国牧羊犬，身材健硕，正呲着獠牙，一对耳朵紧贴着脑袋。

“这位是小查理·博伊德。”利蒂希娅此刻心里有了底气，“现在跟我住在一起，帮我看管这栋宅子……查理，这小子说这里不是咱们该住的地方。你说该怎么办呢？”

牧羊犬闻言朝前一窜，目露凶光，犬吠大作。那金发小子吓得往后连蹦带跳，嘴里一直“嘿……嘿……嘿！”地不停叫着。那声调比之前高了许多。利蒂希娅一直等到狗儿把金发小子逼得靠在自己的车上一动也不敢动，心里不紧不慢地数了十个数。等数到十的时候，打了个响指，狗儿马上安静了下来，溜溜地跑回主人的身边。

金发小子的眼光一直不敢离开牧羊犬分毫，手偷偷摸摸地摸向车门把手。利蒂希娅朝另外两个小子扫了一眼，两人吓得匆忙躲到车的另一边。三个人慌忙窜进车里。金发小子在驾驶位坐定，又看向利蒂希娅，嘴里不依不饶道：“小爷跟你没完！”话音未落，小查理·博伊德的前爪就已经摁到车门上，扒着车窗又是一通咆哮。金发小子大骇，一把挂上倒档踩下了油门。车子一路猛退，穿过整条马路，一下子撞上了对面人行道上的路灯杆。当场撞碎了一边的尾灯，挡泥板也凹进去好大一块儿。金发小子咬牙切齿，面色铁青，终于调整好了车子，加速驶离此地，高速的摩擦在柏油路上留下一大片轮胎印。“这事儿没完！”奥兹莫比尔一路呼啸，狼狈地消失在夜色之中，金发小子的咒骂还在空气中飘荡，另外两个家伙的威胁声也渐行渐远。

利蒂希娅只是笑了笑。那撞坏的车尾灯和挡泥板还抵不上特里的凯迪拉克，不过这只是个开始，等着瞧吧。

她看向小查理·博伊德，狗儿也满眼期待地回望向她。“很好，”她说道，“现在你家爸比已经上升到优先房客名单的第一位啦。”

这回小查理·博伊德的叫声里明显有了许多欢愉之色，它一路跟着利蒂希娅来到屋子的前门，但是却不肯跟她一起进屋。等利蒂希娅把钥匙插进锁眼，这条牧羊犬的两只耳朵又重新支棱起来。门一开，他立马调转方向，一路小跑回到屋子旁边的车库里那处临时搭建的狗窝，留下利蒂希娅一个人面对赫卡忒。

星期四。

霍金斯先生是妈妈的一位老朋友，经营着一家救世军商店。这天他要过来拜访一趟，看看利蒂希娅还缺不缺什么家具。他提出要是利蒂希娅能租给他母亲一间房并且免除半年房租的话，那么利蒂希娅需要什么他都能给弄来。利蒂希娅有十足的把握能跟他把免费的租期讲价到三个月。不过即便如此，她还是得精打细算一番。这种用来搭人情的房间已经快被她用光了。

她坐在餐厅里等着霍金斯先生，手里拿着一副扑克在配着牌。父亲曾教过她，玩儿牌也是一种向上帝展现自己虔诚的特殊方式。华伦·丹德里奇一直坚信，打扑克是属于基督徒的一种游戏。在牌桌上践行美德的玩家——懂得学习并尊重胜机，会控制好自己的情绪，能理智地管理分配手头的筹码——往往会无往而不利。而那些在赌场上恶行不断的家伙——总想一笔捞个大的，意气用事，利令智昏——最终都会万劫不复。

尽管他是在浸礼宗的生活环境中成长，但教会方面似乎并不怎么在意他的这种想法。特别是有一次，他和一位牧师的儿子一起打牌，那家伙一番虚张声势，诈称自己已经顺子听牌了。最后他从那小子身上赢走了五百美元。不过自从他邂逅了妈妈以后，他就懂得以后绝不跟可能会与自己在教堂一起做礼拜祈祷的任何人玩牌了。没了周边人一起打牌，他就像是摇身一变成了个到处巡回的传教士，在旅途中讨生活，一路上在一个个后院密室和地下赌场之间转悠。他一向赌品正直，总是跟由老千、小偷、警察所组成的罪恶铁三角势不两立。他回家时常常鼻青脸肿，但无论如何，他绝不会囊中羞涩。他，养活着全家。

那是1944年的一天，他正在底特律的一家地下赌场里玩牌，警察突然来查抄。那家赌场有个后门，不知什么原因，警察并没有堵住那里。在一片混乱之中，他和一个朋友居然从那里溜了出去。他们一路逃命，都跑出一个街区了还不打算停下。此时正好遇到一个早就下班的巡警从酒吧里晃悠出来。他对于查赌之事一无所知，可是见此情景他就掏出了配枪，一枪正中华伦·丹德里奇的后背，华伦就这么死了。

利蒂希娅非常想念父亲，不过她知道父亲一直在天上看着他，只要有一副扑克牌在手，她随时都可以将父亲召唤到人间来。此刻，她在桌上摆弄着扑克，父亲的声音就在耳边回荡，倾囊相授一个专业扑克玩家的具体“参数设置”——什么赌局、赌注、每局赌多大、针对其他对手如何选择自己的位置——然后，提出一个问题：一名虔诚的基督徒此时此刻应该如何表现呢？利蒂希娅就会如实给出答案，随后面带微笑，感受到他就在自己身边颔首赞许。

她把桌面上的牌归拢到一起，再次洗牌的时候，她察觉到身后又出现了另一个人。她并没有回头。

“你好，温斯洛普先生。”她随意打着招呼，“要玩牌吗？”

并没有什么答复声响起，不过从后脖梗子上骤然生起的鸡皮疙瘩就能知道他正紧贴着自己站着。要是他还能喘气的话，她都能感觉得到他的呼吸。

利蒂希娅将手里的扑克又洗了一遍，然后发了一手牌：一张方块三，一张梅花三，一张梅花六，一张红心六，一张黑桃七。“上家顺子听牌，小盲注一块钱，大盲注两块钱，每轮加注限两块钱或四块钱。”她说道，“买定离手，还有四个人在你后面等着。你是跟还是不跟呢？”

空气中闪过一丝电流。那张黑桃七在桌面上抽动了一下，与另外两对牌拉开了距离。

“嗯哼，”利蒂希娅轻声道，“你想做成三条一对的牌面可只有十二分之一的机会啊。当你不——”

那张黑桃七又抽动了一下。

“好吧，要是你这么急着想破产的话……”利蒂希娅又发了一张牌。方块六。“呃……”利蒂希娅拿起那张牌，在背面来回检查着是否有记号之类的东西。什么记号也没有，不过可能他根本就不需要什么记号吧。“有点儿意思……我要请你就座了，不过咱们是不是应该玩个偷窥也起不了什么作用的游戏呢？西洋跳棋怎么样？你跟你儿子玩过吗？我爸——”

一只看不见的拳头突然砸在了桌子上。利蒂希娅手中的扑克被一把揪走，纸牌被甩得满屋乱飞。

“什么情况？”利蒂希娅叫喊道，“我说什么了？”

咚的一声巨响！

那动静就像一只飞鸟一头扎到前窗玻璃上一样。利蒂希娅扭头看去，就见一块像泥巴一样的东西甩溅到窗户上，然后顺着窗格滑下，落到窗台上。紧接着，第二块更大一些的土块砸中了窗口，引得窗玻璃一阵乱颤。利蒂希娅一把推开椅子站起身来，此时屋里其他地方的窗户还有屋外的墙皮上，都传来咚咚咚的击打声。等她冲进中庭，那噪声已经不绝于耳。就如同一阵棕褐色的冰雹风暴一口气全都倾泻在温斯洛普公馆的正脸上。

她乍一开前门，一阵粪肥的恶臭扑鼻袭来。两辆农场卡车停在街上，几个头戴兜帽的身影站在敞开的后车盖前，正在从一个个大桶中捞新鲜的牛粪。其中一个人瞧见了利蒂希娅，朝她一指，那些家伙就开始朝利蒂希娅集中火力。幸好利蒂希娅及时地向后一跃撤进了门里。门刚一关上，一坨坨的牛粪就噼里啪啦地在门板上炸开了花。

小查理·博伊德在屋子边乱窜，被一阵牛粪弹堵了个正着。其中一块说巧不巧正砸中它的眉心，疼得它扯着嗓子嚎叫不止。

屋外的狂轰滥炸还在继续。利蒂希娅一个箭步冲上二楼。刚把猎枪握在手里，就听见一间卧室的玻璃被砸破了。可千万别是已经放了床的那间啊，她心中祈祷着。随后，外面传来了卡车发动机轰轰的加速声。“别跑！”她高声喊道，飞身冲下中庭。她一把拽开前门冲了出去，在门口差点儿一脚滑了个跟头。牛粪已经堆满了门阶。“滚回来！”她叫道，“你们这帮孙子有种滚回来！”她冲上街去，眼看着卡车在面前离去，端起了手里的猎枪。

大部分肇事者一见她冲出来就一哄而散。不过其中一个家伙跑错了方向，于是立即就成了利蒂希娅的首选目标。那双管枪筒稳稳地瞄准了那家伙兜帽之下肩胛骨之间的位置。就在那一刹那，时间仿佛停止了一般。父亲的声音又在耳边响起，提醒她不要忘了这场特殊游戏的规则：并不是每个从背后朝人开枪的人都能逍遥法外，你要是搞不清这一点，可就危险了。

应该扣动扳机的那一刻就这么过去了。利蒂希娅放下了枪。她并没有开火。那个被她饶过一命的家伙大声嘲笑着并嚣张地挥舞着手臂，随后卡车渐渐驶离。

温斯洛普公馆之内，电话铃响了。耳朵里血液似乎在砰砰地撞击着鼓膜，电话足足响了二十来声，利蒂希娅才听到。又是二十多声响，利蒂希娅才拖着僵直的双腿走到近前，拎起了话筒。

她冲着话筒沉重地喘息着问道：“哪一位？”

听筒里传来一个男子的声音。“这次只是个警告。下次我们可就要进屋了。”

他挂断了电话。利蒂希娅撂下了话筒，脑海中一片空白，她已经出离了愤怒。双腿似是毫无意识地把她又带回到餐厅。

餐桌上刚刚散落得乱七八糟的扑克牌已经被整整齐齐地码在桌边。桌面上多出了个她从没见过的棋盘，在她这一侧已经摆好了黑子。对面白子的一个兵已经从原本的位置前移了两格。

利蒂希娅目不转睛地盯了棋盘好一阵。然后小心翼翼地把猎枪靠墙放好，接着一屁股坐在桌边，手肘往桌面上一撑，双手托着下巴。“好，”她点头自言自语着，“好！”

然后她问道：“你想怎么玩儿？”

星期五，黄昏。

他们是从厨房潜进屋里的。日落前，屋子里一直保持着安静，直到咔嚓当啷的一声，打破了这份宁静。厨房洗碗池上方的窗户玻璃碎了，一只撬棍伸了进来。一个小子费劲地顺着窗户爬进了屋。只见他头上罩着一个盛放粮食用的麻袋，双手戴着的手套还在隐隐散发着一股粪肥的臭味。他一只脚踩着窗台，另一只脚落在洗碗池的后沿儿上，心里仍然在不安地发着牢骚。他从腰间拽出了一把短管左轮手枪。先前从父亲的橱柜里摸出这把点三八的时候，他还觉得这枪可真够劲儿，可现在越看越觉得它又小又不中用。他把枪举到了面前，手一直在抖个不停，那条德国牧羊犬会不会又从阴影里窜出来呢？

牧羊犬显然并没有出现。害怕头上的麻袋会干扰自己的听力，他一把将这玩意儿扯了下来，露出一头金色的头发。从他背后的小巷之中，一个嘶哑的声音悄然传来：“上帝啊，道基！”

“闭嘴！”他斥道，然后屏息听着整个屋子的动静。什么声音也没有。他笨手笨脚地从洗碗池上爬下来，手指没敢离开手枪扳机分毫，还差点儿朝自己的大腿开上一枪。

后门上着锁，还扣着门栓，卡得严严实实。不得已，他抄起手枪的手柄一阵猛敲，发出一声令人毛骨悚然的声响，才把门栓弄开，还把枪柄弄碎了一小块儿。他打开后门，另外两个小子闪身进来，一个拎着一桶汽油，另一个握着撬棍。

“那条该死的狗在哪儿？”拎着汽油桶的小子问道。

“谁知道呢。”金发小子应道，“估计在屋后面，要么就是让她带走了。”

“她没带着狗。”拿着撬棍的小子说道，“我之前说过了。一个小时前她跟另一个黑鬼开车走了。狗没在车上。”

“看来它也不在这儿。”金发小子松了口气，在他的眼睛适应了屋内昏暗的光线后，他开始在厨房里东张西望。这厨房可比他家的大多了。“你们能相信这地方有这么大吗？”他一边摸着操作台的台面，一边朝餐厅门走去。

“道基，你要去哪儿？”油桶小子急道，“咱们赶紧做完了事，别节外生枝。”

“我先溜达一圈看看。”

“道基……”话音未落，金发小子已经进了餐厅，没过一会儿，油桶小子也只得跟了上去。撬棍小子也要跟上去，可穿过厨房的时候，忽然感觉到一丝凉风不知从哪儿吹来。

金发小子穿过餐厅，又来到中庭。乍一看到赫卡忒，他一下就举起了枪，等看清原委，才哈哈大笑起来。

“那是什么东西？”油桶小子问道。此时，他也拽下了套在头上的东西，斜愣愣地看着那神像。“那是……是什么巫术之类的东西吗？”

二人一起朝前走去，直到赫卡忒跟前才停下脚步。金发小子咧嘴笑了起来，油桶小子却皱紧了眉头。

“赶紧的吧，道基。咱们放完火，然后赶快离开这个鬼地方。”

“别那么紧张，”金发小子轻松地说道，“达伦哪儿去了？”

“不知道，刚刚他还在我后面来着。”

“去找找他。”

油桶小子满心恼怒地叹了口气，把油桶往地上一搁，转身原路返回，朝厨房方向寻去。金发小子抬脚迈进那干涸的喷泉池子里，抬起头，一脸淫笑地看着赫卡忒的面容，然后探手一抓，捂住了她的一个乳房。“嘿，宝贝儿。”他嘴里念叨着。

忽然，一阵尖锐的嘶嘶声冒了出来，不知什么东西在他的小腿上咬了一口。他一声惊呼，倒不是因为多疼，实在是吓得不轻。他慌慌张张地向后退去，被大理石的池沿儿一绊，摔了个人仰马翻。他匆忙爬起身，赶紧去拣刚刚掉在地上的枪，心头同时琢磨着，是那条狗来了。可四周哪儿有狗的踪影，只有赫卡忒纹丝不动地立在底座上。

“罗尼！”他叫了起来，“达伦！你们他妈的死哪儿去了？”

就在长廊底下，电梯的门忽然吱吱嘎嘎地打开了。那小子赶紧闪身躲进中庭旁边的步道上想看个清楚，然而那电梯就如同隐在暗影之中的一口深井，幽暗如夜。“谁在那儿？”他颤声问道，“达伦？快别闹了。信不信我一枪打爆你的头！”

那儿肯定有什么东西。但不是达伦，不是罗尼，不是狗。突然之间，他想撒开腿逃命，可低头一看差点儿吓破了胆，他的双脚正在朝前滑动着，滑过一块块地砖，就像是地板上涂了一层油脂。“不！”他惊叫着，“没门儿！”他抬手想要开枪，可本来还抓在手里的点三八手枪居然飞了出去。然后一双手摁在了他身上，如同钢铁一般把他牢牢抓住，生生将其拖入那片黑暗之中，只留下那小子的惨叫声还在屋里回荡。

他们很晚才回家，一路上欢笑不绝。艾提克斯的科罗拉多之行出乎意料得顺利，为此乔治还特意多给了他一笔奖励。于是，他决定用这些奖金带利蒂希娅进城去乐呵乐呵。二人一起共进晚餐，相邀舞池。可以说，这一晚利蒂希娅真是玩得相当尽兴，直到他们转过街角，看到了眼前的一幕。一眼见到停在温斯洛普公馆门口的那辆消防车，利蒂希娅像是被兜头来了盆冷水，立刻冷静下来。艾提克斯甚至都没来得及把车速放慢下来，利蒂希娅就噌地窜下车直奔前门而去。

屋里所有的灯都亮着。身着制服的人员在四处搜索。一位警察正在色眯眯地看着喷泉，利蒂希娅的闯入似乎让他很不爽，他转身质问道：“你他妈是哪根葱？”

“我就住这儿。”利蒂希娅答道，“出什么事了？”

“你在这儿工作？你是女佣？”

“我住这儿！”

一楼和二楼的电梯门都敞开着。两位消防员站在二楼的长廊上正在朝电梯井下面观望着。电梯此刻悬停在两层楼之间，轿厢的底部仅仅比一层电梯门的上缘低上些许距离。一个满头金发的脑袋就从这个夹缝之中伸出来，看那样子险些就要身首异处了。利蒂希娅曾经只在一处住宅施工现场见到过类似的一起骇人事故。这金发小子估计是完了，她心里想着，他脖子肯定断了。其中一个消防员顺着电梯井一跃而下，落在轿厢的顶部，这行动也谈不上什么小心谨慎了。突如其来的一下冲击居然让那小子活了过来，紧接着就是歇斯底里的一声惨叫。

艾提克斯进来的时候，那哀号已经化为呜咽之声，不绝于耳。“出什么事了？”

“这小子闯进来想搞破坏。”警察介绍着情况，又指了指地上的那个汽油桶。“还不确定他是怎么卡在那里面的。有个邻居听见了他的号叫，然后打电话报了警。”

“应该把他抓起来。”利蒂希娅说道，“还要起诉他。”

“别担心，我们会起诉他的。”警察看着艾提克斯，“这真的是你的房子？”

“她的房子。”艾提克斯指了指利蒂希娅。

“你是刚搬进来的，对吧？”警察看了一眼地上的汽油桶，自顾自地点点头。“不知道你介不介意我问一句，你是怎么买得起这么一栋房子的呢？”

“是的，”利蒂希娅答道，“我介意。”

此时，另一名警察从餐厅里钻了出来。“我们在地下室还找到两个家伙。”他大声说着。

“在地下室？”先前的警察问道，“那他们是不是……”

“不，他们还活着。差不多算是吧。”后面出现的这位警察笑了起来，“小脸儿煞白，浑身上下被虫子咬得体无完肤。不过，都还有口气儿呢。”他稍一停顿，抬手掸着自己的衣袖，想把里面的什么东西弹出来，然后翘起拇指朝利蒂希娅和艾提克斯二人的位置一戳，问道：“这俩是谁？来帮忙的？”

“每个月一号交房租，”利蒂希娅说道，“厨房、洗衣房、楼上楼下的浴室都可以随便用。地下室禁止入内，还有楼上角落那间门上写着‘私人专用’的屋子也不能进。”

这位新房客，福克斯先生，正站在餐厅门口，一边听着利蒂希娅的介绍，一边点着头。他背后传来一阵噔噔噔的声响，有人正穿着硬底鞋在中庭的地砖上跳房子。“塞莉娅。”他张口斥责道。

“没事。”利蒂希娅毫不介意。“你们房间隔壁住着霍金斯太太。她耳背，所以不怕什么噪音，而且她还很喜欢小孩子。你去上班的时候如果需要有人帮你带带孩子，我相信她一定乐意帮忙。”

福克斯先生再次点了点头。然后朝餐桌上的棋局指了指，“你在下棋吗？”

“没错。”

“黑棋还有三步就要被将死了。”

“我知道。”利蒂希娅应道，“我正在等着我的对手算到那步呢。你也喜欢下棋吗？”

“偶尔会下两盘。”福克斯答道，“也会玩玩金拉米。”

利蒂希娅脸上露出笑容：“那你是真来对地方了。你们父女俩为什么不去看看你们的房间呢？上二楼右拐，顺着走廊一直往前，挂绿色门帘的那间就是。我随后就到。”

福克斯先生点头应下，转身叫上自己的女儿，朝房间那边去了。

利蒂希娅站起身，径直走到窗边。一辆厢式搬家货车正停在街对面那家的房门口。还有两家门前的草坪上摆放着“房屋出售”的牌子。“再见咯！”利蒂希娅朝着那边挥了挥手。在她身后的棋盘上，白方的王颤颤巍巍地晃了几晃，倒了下去。

“阿奇博尔德先生？”

这位房产中介刚下班，正从办公室走出来，就看到艾提克斯站在走廊上。“是我，请问有何贵干？”

“我叫艾提克斯·特纳。”艾提克斯开口道，“是利蒂希娅·丹德里奇的朋友。她是买了温斯洛普公馆那房子吧？”

阿奇博尔德先生锁上房门，把钥匙往口袋里一搁。“恐怕我手头再没有像那样的房子了。”他说道，“不过要是您愿意在营业的时候再来——”

“我不打算买房子。”

“哦？那我就不清楚该如何为您效劳了。”

“关于温斯洛普公馆那房子，我有个问题想请教。”

“很抱歉，”阿奇博尔德拒绝道，“要是丹德里奇小姐有什么问题，她有我的联系方式。我并不认识阁下。现在，请恕在下失陪了……”

然而，艾提克斯并没有把路让开，反而两脚一跨，把路堵得更严实了。“餐厅的墙上挂着一幅温斯洛普一家的合影。”他说道，“我老觉得那张照片有点儿别扭，可又说不出个所以然来。昨天我在地下室找到了这么个盒子，里面还有几张照片，这才发现问题出在哪儿。餐厅里挂的那张照片，看不到温斯洛普先生的右手。”一边说着，艾提克斯一边看向阿奇博尔德的手。他的手不大，肤色苍白，毫无装饰，连结婚戒指都没戴。“不过在其他照片里却能看到他的右手。你能看到他手上戴着的那个大银戒指。还有这张……”他掏出一张照片，上面有两个人站在一辆黑亮亮的跑车跟前。“看起来这应该是新款的福特跑车。不过我想说的是这照片拍了得有二十多年了。跟温斯洛普先生站在一起的这个人怎么看怎么像塞缪尔·布雷思维特。这名字你听着耳熟吗？”

这位房产中介人连看都不看那张照片一眼。“从我面前闪开，特纳先生。”

“半影房地产，”艾提克斯对他的话无动于衷，继续说道，“这是布雷思维特家族的公司吗，还是说它是结社的产业之一？你又是谁的人呢？”

“我再跟你说一遍，马上让开路，要不然我就回办公室报警。”

艾提克斯这才往旁边侧了侧身，阿奇博尔德很勉强地挤了过去。他沿着走廊快步离去，来到电梯口时又听见艾提克斯的声音从背后传来。“我跟贝里先生也聊过了。”

阿奇博尔德怔了一下，手指停在电梯按钮上。

“他确实认识你不假。”艾提克斯继续说道，“他也承认偶尔会跟你一起合作几单生意。不过对于你说的隐名合伙人这事，他可是吃了一惊。那天利蒂希娅和露比是跟他约好了见面的吧。他说从没给你打过电话。在来这儿的路上，他莫名其妙地让警察给抓了，在警车里面被铐了两个多小时，一直被盘问一起酒水店铺的抢劫案。与此同时，你横插一脚，把他的客户给撬走了。关于这件事，他还一直别扭得要命呢。”

“应该不至于那么别扭吧，至少拿走他那份佣金的时候，他不怎么别扭。”阿奇博尔德回敬道。

“是啊，他说过你为了息事宁人分了他一杯羹，不过他也一直在惦记着要不要向白人房产中介协会举报你。问题在于，他觉得协会那些人会更在意为什么你一开始要接黑人的生意，而不是欺诈黑人这事。”

“现在的世道就这规矩。”阿奇博尔德说道，同时按下了电梯按钮，“话说回来，这又怎么样呢？哈尔和我都挣到钱了，你朋友也拥有了一套豪宅。皆大欢喜嘛。”

“到目前为止算是这样。”艾提克斯说道，“不过，你给我告诉迦勒·布雷思维特，不管他想干什么，那都是他跟我之间的事，别把利蒂希娅扯进来。”

“我不明白你在说什么，特纳先生。”

“不，你当然明白。还有件事请你也明白：我在电话簿上查到了你家在哪儿。之前我没去过。但要是利蒂希娅有个什么一差二错，你就给我等着好了！”

电梯到了。阿奇博尔德却站在原地停留了好一会儿，他张开嘴，看样子是想反驳一二，但终究什么也没说。

随后，他幽幽地进了电梯，像个鬼魂一般。

阿卜杜拉的书

至于我的自由问题，您说过我可以拥有的，现在这也没什么好说的了。因为在1864年我就已经从纳什维尔宪兵司令那里拿到了自由文书。曼蒂说她害怕回去，除非您能证明会对我们保持公正、亲和以待。所以我们决定考验一下您的诚意到底有多少。请把我们之前为您效劳所应得的报酬都如数付清——我的工资是每个月25元，曼蒂是每个星期2元。我们两人的工资合计是11680元。加上这些年应该有的利息，减去您为我们购买服装的费用，三次为我请医生看病的费用，还有给曼蒂拔了一颗牙的费用，两相抵扣，剩下的就是我们理应得到的报酬。请用亚当快递把这笔钱转交给俄亥俄州代顿市的V.温特斯先生。

——1865年8月7日

乔丹·安德斯致旧主的信件

感恩节前的那个星期一，乔治和蒙特罗斯前往银行去取回存放在那里的《记日之书》。这本书其实是本账册，里面记录了他们的外曾祖母艾达当年遭受奴役时被欠下的每笔账：她所付出的每次劳作，她所遭遇的每次屈辱，以及她被拖欠的每笔工钱与赔款。艾达早在1902年就去世了，但是整个家族却一直保管着这本账册，每年都会为此一聚，核算出欠账所产生的年利息并逐一记录在册。

每年在里面记录下新内容之后，他们都会一起念叨念叨这本书的来历：1840年艾达是如何降生在佐治亚州的一个种植园里；她是如何在七岁的年纪就被迫下地干活；她是如何日夜辛劳才熬到1864年11月22日北方联邦军高举火把冲进种植园的大门；她是如何与其他成千上万被解放的奴隶投入谢尔曼将军麾下；她是如何由于感染伤寒在1865年2月被托付给位于萨凡纳郊外的一家由旧疗养院改建而成的战地医院；她是如何挨过高烧，逐渐发现这里原来不是为了给人治病，而是一个阴谋——削减解放黑奴人口数量的死亡陷阱；她是如何拖着病体与另一位曾经的黑奴诺亚·普莱德韦尔筹谋逃脱之法；他们二人是如何一路西行，克服重重考验，最终到达堪萨斯，最终在那里定居并喜结连理；以及最终又是如何在1878年，也就是获得自由的第十四年，开始撰写这本书的。

这本书大部分的内容由艾达的女儿露丝来执笔。艾达并非目不识丁，但是却不会写。她所要做的就是完美地进行回忆。一旦专注于某个日期，她就能回忆起那天她做过的每件事，她所遭受的每件事，从醒来之时到入睡之际，所有事情件件不落。

露丝把每天的劳作都一行一行地单独记录在册，而艾达自己则会亲手画上一些相应的符号，来表示她所遭受的凌辱：鞭笞、拳打脚踢，凡此种种。

关于工钱，艾达则遵从了她的旧主人吉尔克里斯特·伯恩斯的明智之举。伯恩斯有个习惯，自家种植园不需要人手之时，他会把自己的奴隶对外租赁，并且明码标价。所以，他的奴隶们都明确知道自己的劳力值多少钱。还是个孩子时，艾达劳作一整天能“挣”二十美分。等到十六岁之后，她每天的身价能涨到一美元，跟男性劳力的价格一样。主人伯恩斯在往自己口袋里捞钱这方面还是十分讲求男女平等的。

至于赔偿，艾达则参考了《圣经》。每挨一鞭子，她就要索赔二十七美元二十六美分。《马太福音》中主耶稣遭受鞭刑就是在第二十七章二十六节。至于“除此之外”的大部分普通侮辱，她定价二十二美元二十五美分，这个数字则来源于《申命记》[①]。

露丝把所有数据都整整齐齐地排列好，每阶段小计，最后合计出结果。在减掉生活开支之后，计息前的总账是八千八百一十七块

① 《圣经·旧约·申命记》22:25，若有男子在田野遇见已经许配人的女子，强与她行淫，只要将那男子治死。

二十九分钱——这数目在当时可算是一笔小财了。

但是对于艾达而言，将这些日子清算并记录下来这件事本身的意义更大。将这完整的一本账册握在手里，她意识到自己就像是施展了一种驱魔大法，尽管身为黑奴时的回忆仍然历历在目，然而那份沉重感已经转移到了这本账册上的字里行间。而今，她才算是真正得到了解放，双重的解放。她将在一种自己从未感受过的宁静与平和之中，安度自己的余生。

这本账册传给了露丝。在接下来的四分之一个世纪之中，她费尽心力却又徒劳无功地追讨着属于母亲的债务。伯恩斯家族还健在的人认为随着自家种植园的毁灭，他们对于过往黑奴的责任就已经不存在了。所以，对于露丝一封又一封的来信，他们根本就不屑一顾。持同样态度和行为的还有第十一任佐治亚州州长和第六任美国总统。

最终，露丝将账册传给了自己的长女露西。露西后来又转而把它传给了乔治。不过，下一位管理人将是贺拉斯，他在自己五岁的时候任命自己为下一任的账册管理员，除非蒙特罗斯率先从乔治手里把它撬走。至于乔治和蒙特罗斯二人的姊妹奥菲利亚，这个三兄妹中的老二，她早早就把自己从这本册子的继承序列中挪了出去。感恩节那天她也会回来，由她来动笔计算、填写相关的内容。三人之中，属她最老实本分，不过安全保管一事她还是留给了自己的兄弟们。

她知道，他们是绝对不会让这本账册出什么差池的。

中午时分，乔治和蒙特罗斯在银行门口碰了面，他们并没有相约一道，而是各自前来的。自从 1946 年以后，这已经成了定式。那一年感恩节的头一天，二人一道开车去银行取账本，结果路上却被警察拦住。祸不单行，他们随后被扭送到辖区警局。费尽唇舌也于事无补的情况下，还是有钱能使鬼推磨，好一通上下打点，二人才被捞出来，最后勉强赶在银行放假歇业之前赶到。

今天，两人一路上都太太平平，可一进银行大门，他们都察觉出一丝不对劲。银行大厅里人满为患，一条条长队从柜台一直排到门口，这还哪里像是往常中午的样子。以往这个时候，银行经理本·罗森菲尔德肯定早早地就出来接待他们了，而今天前来照面的只有保安怀迪·邓拉普。

“出什么事了，怀迪？”乔治问道。他的目光穿过大堂，发现经理与副经理办公室的百叶窗都拉了下来。

“之前警察来了。”他解释道，声音压得很低，“是有组织犯罪调查小队的人。”

“他们来干吗？”蒙特罗斯问。

怀迪耸了耸肩。“他们就让我待在过道上，所以我也不知道具体是什么情况。不过，今天银行晚了一小时才开门，而且不知从哪儿传来个谣言，说银行发生了挤兑。罗森菲尔德先生一上午都在跟储户通电话，想把事情平息下来。他托我向你们说声抱歉，他没法亲自为二位效劳了。不过我会为你们服务的。”

银行保险库位于地下室。怀迪打开保险库大门，领着二人进去。他忽然弯下腰，捡起地上的一个烟头，眉头皱了皱。他在保险库四周的角落里检查了一圈，就像是那个乱丢烟头的家伙还躲在现场一样。

乔治拿出了自己保险箱的钥匙。“现在可以吗，怀特？”

“当然没问题。”怀迪两根指头捏住烟头，掏出了自己的钥匙。

乔治从墙上的柜槽里把保险盒抽出来的时候，蒙特罗斯靠前站近了几步，生怕乔治这时突发中风或者乍一激动再让盒子有什么闪失，随时准备冲上去支援。这时，他发现乔治的脸色变了，因为乔治发现盒子居然轻了许多。

“怎么了？”蒙特罗斯问道。乔治打开了盒盖。盒子里放着一个皮质的文件夹，里面是贝里家族1833年获得解放的文书。此外，还有一部分近年的档案，比如贺拉斯的出生证明之类。然而，本该放在最上面的《记日之书》却不见了，取而代之的是一张简单的手写字条：

女巫之锤

西伯威克大街750号

速来

“狗娘养的。”蒙特罗斯骂道。

字条的签章处画着一个半日的图案，正是远古黎明结社的标志。

他们两人一起上路了，开着乔治的帕卡德。

“别跟我说你没带枪。”乔治发动汽车之时，蒙特罗斯说道。

“就在我车座底下呢。”乔治答道。蒙特罗斯伸手去够，却被乔治一把拦住。“这次我来。”

“你会朝他开枪吗？”

“我会把艾达的书拿回来。”他本想说蒙特罗斯本来已经有一次朝迦勒·布雷思维特开枪的机会了，可惜他并没有把握好。不过，他还是忍住了这丝冲动，没有宣之于口。“要是想帮忙的话，就帮我从杂物箱里把地图拿出来，然后找到那个地方。”蒙特罗斯嘴里抱怨了句什么，不过还是照做了。

乔治对他这个弟弟总是试着耐心以待。对于蒙特罗斯，他总是如此思量，也如此将他介绍于人：就是他的弟弟，不是什么同母异父的弟弟之类的。以乔治的思维方式而言，亲缘关系无非就是个内或外的命题。当然，他们二人并非一父所生这个事实有时会不可避免地造成一些影响，在艾达的账册这件事情上也是如此。

贝里一门是有些福气的。他们的最后一代主人，卢修斯·贝里，在那些号称虔诚无比的基督徒之中，也是一位真正难得的信徒。在1832年的霍乱大爆发中，卢修斯的父母和兄弟姊妹皆不幸染病去世。剩下卢修斯一人，成了家族烟草种植园以及七名黑奴劳工的唯一所有者。卢修斯对于自己家族的所作所为心知肚明。至于这场传染病，他认为是上帝通过一种神圣的方式对此予以确认罢了。所以，为了给自己的家族赎罪，卢修斯变卖了留给他的所有遗产，将自己家的奴隶送上马车，陪他们一起安全地抵达西部。在新的地方，他不仅给了他们自由，还给了他们金钱和土地，他将新生赐予了他们。他证明了这样的做法在当时的的确确是可能实现的。

当然，这种“赐福”并不意味着从此就能高枕无忧。获得解放的贝里家族依然经历着种种苦难。最初的七个人之中，有一个死于白人定居者的谋杀，只是因为白人不愿意自己所处地界线的另一边住的是个有色人种。贝里一门以自由之身降生的第一代之中，三个儿子和一个女儿在南北战争中殒命。接下来就是乔治的父亲，雅各布·贝里。他是一位成功的商人，可惜在二十四岁就英年早逝。他短暂的一生饱受哮喘之苦，即便事业有成也没能阻挡住病痛的折磨。那年乔治才三岁，奥菲利亚还在襁褓之中。当时一辆马车驶过，漫天卷起的烟尘引发了雅各布·贝里肺脏的致命痉挛，当然，这也是他的病最后一次发作了。

丈夫去世后，露西·贝里改嫁给了尤利西斯·特纳。他的家族历史与贝里一族截然不同。正如乔治的继父不厌其烦地絮叨的一样，特纳一族一穷二白，什么都不曾得到过。不曾得到自由，甚至没名没姓。尤利西斯的祖父出生在北卡罗来纳州的司温斯古德种植园里，所以就取名为西蒙·司温斯古德。1857年，他只身逃进了迪斯莫尔大沼泽，以一名逃亡黑奴的身份在那里生活了六年。后来他加入了北方联邦军。正是在沼泽中生活的这段时间，他给自己取了个新名字——纳特·特纳。这个名字其实是当时在一众逃亡黑奴之间响当当的绰号。只有立下英武超凡的功绩，比如干掉前来缉拿黑奴的白人以及袭击白人定居地，才能得到这个称号。

如尤利西斯所言，特纳一族的故事就是如此。许久过后，乔治才后知后觉地意识到这些关于曾祖父的历险记算是他最早接触到的所谓低俗小说。不能称之为奇幻小说，只能说原本确实有那么些真人真事，当然绝不是有如福音书之中的圣贤真理一般，在这些真人真事的启发之下，才诞生了这些奇闻轶事。不过，蒙特罗斯对这些事情深信不疑。所以，他长大后一直觉得应该是个姓特纳的而不是姓贝里的来守护艾达的账本这件事，就不足为奇了。

乔治深知，继父有着和蒙特罗斯一样的想法。对于贝里一族轻而易举地就能担此重任，继父毫不隐晦地表现出他的鄙夷。而且他一直认为乔治太过柔弱，这种想法他也从没有藏着掖着。但是，作为特纳家的一份子，他绝对尊重这些传统。于是，就发生了1921年5月最后那天夜里的事。正是那个夜里，塔尔萨的白人向塔尔萨的黑人宣战了。动乱爆发之时，尤利西斯不顾乔治母亲的反对，答应让乔治自己孤身前往位于阿切尔大街上自己的店里，把放在保险柜中的艾达之书给抢救回来。当时情况危急，第一波白人纵火者已经开始越过铁路线了。那个恐怖的夜晚还发生了许许多多的事情，事后乔治从没有对外宣扬过自己当天晚上的所作所为，也从来没打算以此在蒙特罗斯面前邀功。但是他心里清楚，那一夜，他已经证明了自己。而且，他明白蒙特罗斯对此也是心知肚明。

“伯威克大街。”蒙特罗斯的声音此时响起，举起地图朝乔治亮了亮，“往上走，在湖景街区那里。”

“好的。”乔治应道，“坐稳咯！”随即加速向北驶去。他们现在所行驶的这条路一直通往芝加哥的白人区，有色人种是不能在这条路上开车的。不过，此时帕卡德身上仍然还有在阿达姆时被施展的魔法，所以一路行驶，无论是交警还是巡警要么对其双眼避开，要么对其视而不见。乔治心里想着，要是不知道他们这趟是在用迦勒·布雷思维特的魔法给迦勒·布雷思维特办事，那该多惬意啊。

女巫之锤外面挂着一个图标，上面画着一个戴着高礼帽的清教徒在对一名女子施以火刑。不过要是不特别留心的话，还真容易从这座建筑前一驶而过。这栋小楼并没有前窗，墙面上取而代之的是高高的一排玻璃砖。大铁门刷成了跟外墙砖一样的颜色。这种地方一看就是个适合在禁酒令期间偷偷营业的地下酒吧，或许这里本来就是。

乔治下了车，把手枪握在身侧。蒙特罗斯打开后备箱，从里面抄出一根撬轮胎用的铁棍防身。

门把手的上方贴着一张手写的字条：私人使用，暂停营业。不过，门并没有上锁。乔治推门而入，进到一处屋顶低矮、空间狭长的酒吧间，蒙特罗斯紧随其后。

迦勒·布雷思维特正坐在屋子中间的一张桌旁，身边还坐着一个正在点烟的白人。这个抽烟的男子是个身材壮硕的彪形大汉，留着平头，原本棕褐色的头发已经开始泛起了灰白。他的鼻子看起来就像是曾经被打断过多次，面颊上都是爆裂的毛细血管，一看就是酗酒多年。然而他那双蓝色的眸子透过烟雾紧盯着乔治和蒙特罗斯二人，眼光之中充满了警觉与睿智。

还有两个白人倚靠着吧台站着。身上的外套先前已经脱下，露出了挂在肩上的枪套，背心上还别着星状的警徽。二人中间还夹着个低头耷脑的黑人，双手被铐在身前。乔治差点儿没认出来眼前这个人居然是他的侄子，因为今天他本应该在爱荷华州为《指南》探访一条旅游路线的。

艾提克斯抬起眼来，满脸的尴尬与狼狈。

"你好，乔治伯父。"他说道。

"乔治·贝里，蒙特罗斯·特纳，"迦勒·布雷思维特开口道，"这两位是伯克探员和诺布尔探员。"——他朝铐住艾提克斯的两人点了点头——“这位是兰卡斯特队长，隶属于芝加哥有组织犯罪委员会。兰卡斯特队长还是结社芝加哥分社的头儿。近来，我们一直在商讨关于阿达姆和芝加哥分社的合并事宜。作为合并的一部分，我们决定集中资源开展一个研究项目。我希望你们能给予帮助。”

迦勒的一番话，乔治压根儿没有听进去。艾提克斯的出现打了他一个措手不及，这是毫无疑问的。方寸大乱之中，他握枪那只手的拇指挪到了手枪的击锤上。这个动作看似细微无比，然而两名警探却立即摸向自己的手枪，兰卡斯特队长一只刚劲有力的手也迅速滑到自己的夹克之中。

“先生们，”布雷思维特的声音轻快地响了起来，让所有人都停下了手头的动作。“请稍安勿躁……兰卡斯特队长，我记得刚才在后面的房间里看到一瓶四十年的大摩威士忌。带你的人去喝两杯吧，我来跟贝里先生和特纳先生解释清楚。”

“你确定吗？”队长问道。

“没问题。”迦勒笑着说，“在这儿我们都是朋友。”

兰卡斯特队长站起身，抬手朝乔治指了指，充满了警告的意味，然后朝两名手下一点头，三人一起离开了这间屋子。

“那么，”迦勒·布雷思维特开门见山地说道，“让我们先把那些基本的规矩扔一边去。暴力对我是没用的。我有免疫的能力。”他看着乔治：“你不能对我开枪。打我也不行。”他的目光又转向蒙特罗斯。蒙特罗斯此时已经把那根铁棍提过了腰间，手攥得紧绷绷的，却知道那也是徒劳的。“即便你能打我一顿，也要不回艾达的账册。现在，如果你们都搞明白状况了，那么我们能不能像文明人一样来交流了呢？”最后，他扭头转向艾提克斯，只是一挥手，铐住艾提克斯的手铐就打开了。

“你想怎么样？”乔治问道。

“咱们来做笔交易。”迦勒·布雷思维特答道，“一本书换一本书。还记得刚才我说过的吗，关于两个分社合并的事情？其实这并不是我们第一次尝试此事。三十年代的时候，家父就曾试图跟芝加哥分社那一任的当家达成类似的协议。”

“海勒姆·温斯洛普？”艾提克斯猜道。

布雷思维特点了点头。“那次并没有成功，原因其实再正常不过，一山难容二虎罢了。”

“这跟书又有什么关系呢？”乔治不解道。

“温斯洛普是位探险家。他去过不少很有意思的地方，每次都不会空手而回。他所找到的东西当中，最有价值的就是一本书，是用亚当的语言撰写而成的。”

“是本魔法书吗？”

“是本关于自然哲学的专著。题目用英语粗略翻译过来可以叫《正名之书》，或者叫《名分之书》。”

艾提克斯眉梢一挑。“是《死灵之书》吗？”

布雷思维特笑了起来。“你说的那是死人的名分之书。《名分之书》正好相反。它的主题是生命，是蜕变，是万物重归本源。”

“那这本书是什么情况？”乔治问道。

“海勒姆·温斯洛普亡故后，家父想方设法得到了一部分他生前留下的遗产，不过那本书不在其列。家父猜测温斯洛普肯定是把书藏在什么地方了。不过不幸的是，当时芝加哥对他而言已经不再安全，所以他没办法彻查所有可能藏书的地方。”

“但是你的那些新朋友呢？他们知道书在哪儿吗？”

“据兰卡斯特队长的调查，书就藏在自然史博物馆里面。温斯洛普是管理层之一，他在那儿有间密室。”

“那你们进去拿就是了。”

布雷思维特扭头瞥了后屋的房门一眼，然后低声说道：“兰卡斯特队长对于这本书确实有些讳莫如深，不过我也理解，他刚刚接管分社还没几年工夫，根基不稳。而且，对于前任当家的事也没人愿意多嘴多舌。总之，我和他之间的交易就是，他告诉我密室的入口，我进去拿书。”

“……或者找个人替你去拿。”乔治接话道，“如果我们拒绝的话——”

“那样的话，等到星期四的时候，”布雷思维特一耸肩膀，“你们就得决定该怎么把这个噩耗向家里人宣布了。”

那天晚上正是每月一次的普林斯·霍尔共济会的集会日。因为感恩节假期的缘故，这次会议并不会有太多人参加，不过分会秘书阿卜杜拉·穆罕默德是一定要到场的。而且，阿卜杜拉——他的教名是珀西·琼斯——有个表弟正好在自然史博物馆当夜间的保安。

乔治和蒙特罗斯一早就到了，他们想跟阿卜杜拉在会议开始之前谈一谈。不过，阿卜杜拉是卡着点儿到的。他半路还去接上了分会会长乔·巴塞洛缪。乔的一只眼睛上戴了个眼罩，所以大家都叫他海贼老乔。

当天还有个早早到达的成员——莫蒂默·杜普里。莫蒂默是名牙医，用蒙特罗斯的话说，他都快让一美元纸币背面的金字塔给弄魔怔了。当然，许多人对于共济会的纲领都有着空想而来的各种误解。有的人入会以后才逐渐学会只把它当成一个社交俱乐部、慈善互助组织，当然共济会也的确如此。入会之后发现自己无论如何也无法成为整个宇宙的秘密主宰，最终幻想破灭离会而去的也大有人在。莫蒂默属于前者，不过他也一直期许着共济会内部还有个不为人知的小圈子，说不定哪天就有个圈内人士拍拍自己的肩膀，引自己进去呢。因此，在分会之中他一直都在竭尽全力地证明自己的价值所在。

典型的分会集会都会有一个用以启迪或教诲一众会员的主题演讲。之前，乔治曾经宣讲过建立与发展一门生意的实用性问题。蒙特罗斯则发表过一次关于谱系研究的演说。莫蒂默的演讲一般都会倾向于更具有神秘色彩的主题，比如巴巴多斯的移动棺材、秘鲁的纳斯卡线条之类。今天晚上乔治和蒙特罗斯赶到的时候，他正在搭建一个图坦卡蒙陵墓的比例模型，还配有陵墓的发现者霍华德·卡特及其赞助者卡尔纳冯勋爵的雕像。

一般情况下，乔治很乐意去听听这个关于木乃伊诅咒的故事。但是，今晚他还有更要紧的事情要做。因此，会议刚一开始，乔治就叫停了常规的议程。他要发起一次特殊的求助。这一请求获得了批准，但是很快乔治就意识到自己犯了个错误：尽管他已经尽量用一种最普通平凡的方式轻描淡写地说出了关于迦勒·布雷思维特的事情，却还是发现莫蒂默随着自己的讲述变得越来越兴奋。当他说到《名分之书》时，莫蒂默立即产生了跟当时艾提克斯一样的联想，随即将那本书名脱口而出。这可把在场并不熟悉 H.P. 洛夫克拉夫特作品的诸位给搞糊涂了。

“《死灵之书》？”海贼老乔问道，“那是什么书？”

“一本黑魔法的书。”莫蒂默神情激昂地说道，“是一个叫阿卜杜·阿尔哈兹莱德的阿拉伯疯子写的。”

“这个阿拉伯人的名字读起来有点儿像结巴的感觉。”阿卜杜拉接腔道，“阿卜杜是‘仆人’的意思。阿尔是定冠词‘这’的意思。所以，他这个名字其实应该是阿卜杜·阿尔·阿尔–哈兹莱德，意思是‘这……这个哈兹莱德的仆人’。”

海贼老乔眨了眨眼：“那这个哈兹莱德又是个什么东西？”

“是个从罗德岛过来搞笑的白人。”蒙特罗斯调侃道。

“别管什么《死灵之书》了。”乔治显然已经耐不住性子了，“我说的是本真书。”

“一本真正的魔法书。”阿卜杜拉说道。

“呃，可能是吧。”

“你这是什么意思？你不相信？”

“这无关紧要好吧。”

“这对我来说很要紧。”说着，阿卜杜拉一只手按在心口，“阿卜杜·安拉。真主的仆人。我甘愿为会中的兄弟尽我所能。但如果会让一个恶人如虎添翼的话，我是绝不会加入的。听你所说，这个迦勒·布雷思维特就已经够坏的了。”

“确实如此。”乔治说道，“这就是为什么我们实际上并不打算把书交给他。本来我们是这么安排的，星期三博物馆闭馆之后，蒙特罗斯、我侄子还有我会跟布雷思维特和他的人见面。他们会把我们带进去，告诉我们密室的位置，然后由我们进去把《名分之书》拿出来。但是我的打算是提早进去——就在明天晚上——找到密室，提前把书取出来，然后——”

“然后，”莫蒂默抢着说道，“你会把书调包，做一个诱饵——一本假冒的《名分之书》。星期三你会找到这本书，然后把它交给布雷思维特，换回你外曾祖母艾达的账册。”

乔治有些恼怒地看着他。“是的。”他承认道。

“但是你从哪儿去弄一本假冒的《名分之书》呢？”海贼老乔充满了好奇。

“我还在考虑这件事。”乔治答道，“现在的事情是这么回事。我们知道，温斯洛普，就是藏起书的那个家伙，他根本就不想布雷思维特的父亲染指那本书，他对此事相当重视。所以，谁敢说那个密室本身就不是个诱饵呢？我是这么想的，要是布雷思维特发现我们给他的书是假的，那也没有关系，只要他相信这本冒牌货是温斯洛普放那儿的就行。”

“你这也是一厢情愿。”阿卜杜拉反驳道，“要是你让他识破了怎么办？即便是他上钩了，可万一他就是扣着你外曾祖母的书不放，硬要你找到真的密室所在，那该怎么办呢？”

“就像是有六道桥摆在面前，”乔治说道，“车到山前必有路嘛。”

“要抵制住诱惑，更好的办法是把它们通通拒之门外。”阿卜杜拉建议道，“咱们可以这样。明天，我让我表弟带你们进博物馆。不过我也得跟着你们。如果咱们找到了《名分之书》，你就把它给我。”

“你打算怎么处理它呢？”

“在卡鲁梅区咱们不是刚开放了一个祈祷室嘛，那栋楼的地下室里有个焚化炉……一旦事情到了万不得已的地步，你就告诉布雷思维特是阿卜杜·阿尔哈兹莱德显灵了。”

乔治不怎么喜欢这个方案，不过他也看得出阿卜杜拉决心已定。或许他是对的呢。“好吧。”乔治答应道，“书到手之后，就是你的了。但是——”

莫蒂默此时又插话了。“太棒了！”他摩拳擦掌，满脸兴奋。“那咱们几点在博物馆见面？”

“你就不能直接跟他说‘不行’？”艾提克斯抱怨道。

“他是我们分会的兄弟啊。”乔治答道。

“他可不见得怎么靠谱。”蒙特罗斯又加了一句。

还有一刻钟就到午夜了。他们三个人聚在博物馆东侧员工入口处，正看着莫蒂默·杜普里朝他们过来。莫蒂默并没有老老实实地走在人行道上，而是利用街上的景物来给自己的行动做掩护。可他那从一棵树后忽然一通狂奔冲到另一棵树背后的样子，任谁路过都会起疑的。幸好此时已临近午夜，气温也迫近冰点，大街上杳无人迹。

“你这身行头可不赖。”莫蒂默最后好不容易才跟他们汇合，看着他的装扮，蒙特罗斯说了这么一句。只见这位牙医脚踏黑鞋，下身黑裤，上身一件黑色套头毛衣，头戴黑色羊毛帽，手上一副黑色山羊皮手套，肩头扛着根皮带，下面拴着一个黑色包裹，鼓鼓囊囊，咔嗒作响。“里面都是你的夜行装备？”

“以备不时之需嘛。”莫蒂默说道，然后指了指乔治拿着的包，这个包才叫低调呢，“你搞到诱饵了？”

“没错。”乔治答道，“是本希伯来文的卡巴拉百科全书，这古旧的装帧正好合适。”他把书从袋子里拉了出来，好让莫蒂默看个清楚，“我们是在瑟伯·兰的店里搞到的。这是他那里最接近真正魔法书的书了。”

“装帧好不好根本无关紧要。”蒙特罗斯不下一次地提起这事，“布雷思维特肯定会知道这书是假的。”

“他当然会知道，”乔治说道，“只要他没发现是我们调包的就行。”

“好啦，你老是这么说。”

“等把书给他的时候，我需要做的就是不露马脚让他相信就好。”

“你该让我在这书里再设置个陷阱。”蒙特罗斯说道，“等他打开的时候就把他的脸炸飞，看他这下还能不能免疫。”

阿卜杜拉和海贼老乔在午夜前的一刻赶到了。阿卜杜拉领着众人走下一段楼梯来到地下室的一道门前，门上写着“仅限员工使用”。十二点零一分，门打开了，阿卜杜拉的表弟从里面探出头来，随即皱紧了眉头。

“你搞什么鬼，珀西，”他说道，“你这是把整个俱乐部的人都带来了？”

“嘿，我说布拉德利，”阿卜杜拉不满道，“还记得上次你让人赶了出来，治安官就给了你一个小时去归置东西那件事吧？那时候我带了一帮人过来帮忙，我怎么不记得你抱怨过？”

“那个，此一时彼一时嘛。”嘴上这么说着，布拉德利还是后退几步把门口让开，然后挥手示意众人进屋，“在到楼上之前，一定别出声，得像坟墓那样安静。”他叮嘱道。

他领着众人从一间更衣室穿过，经过走廊，又路过一间半掩着门的办公室，门上挂着“保安室”的牌子。办公室里一台收音机正放着广播，不知是谁在沙沙地翻看报纸，然后就听见一个白人男子的声音传来：“这帮该死的爱尔兰婊子。”布拉德利竖起一根食指贴在唇边。众人全都踮起了脚尖，继续前进。走廊尽头是一段向上的楼梯，爬上去之后就来到博物馆的礼品商店。

“那是我们主管，米勒先生。”布拉德利这时才出了声，想来现在所处的位置下面的人是肯定听不到他们讲话了。“夜里除非是上厕所，他一般都不会离开办公室。不过偶尔他也会出来看看我巡逻的时候是不是在闲逛。他还有在我巡逻时突然跳出来吓我一跳的恶趣味，所以我并不是每次都能听见他过来的动静。”

“不用担心，我们不会让他偷偷靠近的。”阿卜杜拉说道。

“嗯哼。”布拉德利说道，“跟我说说你们要找的那间密室。你们居然还知道它具体位于博物馆里的哪个位置？”

阿卜杜拉看向了乔治。“今天早晨，我和蒙特罗斯一起去了趟图书馆。我们俩仔细查阅了博物馆历年的年度报告。”乔治说道，“海勒姆·温斯洛普在位的那几年，博物馆进行过几次不同的改造工程。不过，我们觉得 1925 年那次应该就是我们的目标。那一年，温斯洛普赞助并亲自带领一支探险队前往苏丹，从那儿回来后他监督布置了一个新的展厅。我们猜测他就是在那时候把我们要找的东西放进密室的。所以，我们想去二楼西北角找找看。”

“二楼，西北角。”布拉德利点点头，“非常好。米勒先生可不愿意走那么远。”

穿过博物馆的中央大厅，他们上到二楼的走廊里。这个展厅曾经展出过温斯洛普苏丹之行的收获，如今则收藏着一些来自亚马孙雨林的动物标本。来到展厅入口，只见旁边的展柜里摆放着几只巴掌大小的狼蛛。“我得下楼去巡逻了。”布拉德利说道，“半个小时以后我来找你们。可别弄出太大动静来。”说着他又盯着莫蒂默那个夜行装备包，“还有，这里的藏品，一件也别弄坏了。”

“你就放心吧。”莫蒂默保证道。

他们四散而开，各自搜寻着暗板与暗门所在。大家在展厅里一无所获，倒是在展厅西端通向另一个房间的直角过道之中发现些许蹊跷。在过道的一处墙壁上，有一幅马赛克瓷砖贴制而成的装饰画：一片广袤的沙漠中央立着一道粉红色的石拱门。这道在蓝天与沙漠环绕之中的拱门，尺寸跟普通的门差不多大，门内漆黑一片，忧郁阴暗，了无生机。

“一定是那里了。”艾提克斯说道。就见石拱门的两侧都装饰着象形字母，但唯独中心的拱顶石上是另外一种独特的字母。他认出了这种字母。“那是亚当的语言。”

“看来要打开它就必须按下其中一块瓷砖。”莫蒂默说道。他上前几步，踮起脚尖按了一下拱顶石，然而那块瓷砖牢牢地固定在墙上，根本按不动。

此时海贼老乔指了指拱门侧面的一块瓷砖。这个象形字母是一个男人手持一个顶部为环形的十字，看起来像把钥匙。那是安可，是象形文字中的生命之符。“试试那个。”

可是按了安可这块瓷砖也不起作用。阿卜杜拉和乔治又接连出了不少主意，最后连蒙特罗斯都快泄气了。“别再一个一个试了。”他说道，“咱们是不是应该有点儿章法。”

“要是需要按不止一块瓷砖呢？”海贼老乔说道，“要是同时按两块或者三块呢？”

“那咱们今晚可就耗在这里了。”乔治说道，“不过话说回来，要真是这样的话——”

突然，一声利刃发出的声音吸引了所有人的注意。共济会会员们齐齐转头，发现艾提克斯用一把小刀在自己的拇指上刺了一条口子。

“你这是在干吗？”阿卜杜拉不解道。

“试试自然哲学灵不灵。”艾提克斯答道，“这可就说来话长了。”他走到几个人的前面，伸出拇指在拱顶石上画了一条血线。画的时候他非常小心，不落下任何一个字母。就在艾提克斯画线的同时，他的血液几乎立刻就被瓷砖所吸收。等到血渍褪去之时，拱顶石的颜色马上明亮了起来。这份明亮迅速扩展到构成拱门的其他瓷砖之上。而门内暗色的瓷砖此时也变得模糊并且流动起来。原本那死气沉沉的黑暗此刻变得生动起来，看起来也产生了纵深感。这片黑暗看起来就像是要打开一般，忽然就变成了墙壁上真实存在的一个大洞，而这个变化就在转瞬之间，无缝衔接。

等这一过程全部完成之时，阿卜杜拉第一个开了口。“这座楼的西北角，”他说道，“那这里应该是外墙了，对吧？”

“或者说已经很靠近了。”乔治点了点头。过道里微弱的光线透进这个门洞之中，但并没有照亮多远，看着消失在黑暗之中的光线，众人都觉得这条通道看来是要往里延伸一段距离的，那肯定已经超出博物馆的外墙了，按理说应该都到户外了。

莫蒂默再次兴奋异常。“这是另一个维度的空间！”他激动地叫道，“也许，是另一个宇宙呢。”

“没错。”海贼老乔说道，“那么，谁第一个进去？”

乔治率先跨了进去。蒙特罗斯紧随其后。其他人随即鱼贯而入。

穿过狭窄的入口，紧接着是一条笔直平坦的通道，大约有十英尺宽，两侧是漆黑的石墙，一直向上延伸到头顶的拱顶。里面的空气又干又冷，还弥漫着一股陈腐的味道，让人浑身不舒服。

乔治和蒙特罗斯每人拿着一支手电筒，而莫蒂默一人则拿了三支。然而手电筒的光柱依然照不到通道的尽头。

“咱们是不是应该找个人留下来守住出口，这样还能通知布拉德利我们的去向。”海贼老乔提了个建议。艾提克斯立刻就把目光投向一旁的莫蒂默。莫蒂默一把抱紧了自己的包。“没门！”莫蒂默抗议道，“我就要进去。”

“行了，就这么着吧。”蒙特罗斯不耐烦地说道。说完，一行人还是一起往里走去，乔治、蒙特罗斯、阿卜杜拉在前面。至于莫蒂默，别看他一副信誓旦旦、热情百倍的样子，却是小心谨慎地跟在队伍的最后边。

众人就这样沿着通道一直往前走着，没有拐弯，没有岔道，很快这种行进就变得单调乏味起来。“有谁数着步数吗？”阿卜杜拉问了声。

“如果不是身在X维空间之中的话，咱们估计现在正在爬铁轨呢。”蒙特罗斯猜测道。

“车站对面有个通宵营业的咖啡馆。”海贼老乔提到，“那家店叫马克西之仓，那儿的甜甜圈可是一绝。”

“我会去那儿尝尝的。”艾提克斯说道，“莫蒂默，你带手提钻了没？”

“啥？”莫蒂默的动静听起来像是吓了一跳，“没，我——”

“前面有什么东西。”乔治忽然提醒道。所有人都安静下来，齐齐向前看去。一丝微光在黑暗之中摇曳。他们继续前进，速度却放慢了下来。在几束手电筒灯光的聚焦下，那个发光的东西显现了出来。是一个箱子，一个银色的箱子，放置在一个齐腰高的暗色底座上。此时，众人感到四周的气氛忽然一变，脚步落下所产生的回音竟像是在一个巨大开阔的空间里那样。

“看来咱们找到藏宝库了。”蒙特罗斯说道，“把你的家伙都准备好，莫蒂默。”

“等等。”乔治出说道。他抬起手挡住了自己的弟弟，然后把手电筒放低。前面不到五尺远的地面上，黑色的石板路一点一点消失了。

乔治又把手电举起来照向那个箱子，仔仔细细地端详起来。那个底座也不见了，箱子居然就那么悬浮在了黑暗中。

他忽然觉得身边像是出现了另一个什么东西。他高举手电，又照向右侧。“噢，上帝啊！”他惊呼道。

他看到一个死人。那人生前肯定是个白人。死后，那干枯的肉体呈现出浅灰色。一身西装松松垮垮地套在那早已干瘪的躯体上。一双手伸出衣袖，露出发黑的指尖和碎裂的指甲。他的双眼紧闭，看起来甚是悲悯，然而嘴唇却向后扯着，把嘴咧得老大。从里面能够看到一节惨白萎缩的舌尖。

乔治抓着手电筒的手微微有些颤抖，在灯光的摇摆之中，那舌尖竟也像是在乱晃，看上去，这位前任结社芝加哥分社的当家就像是试着在说些什么。或者说，是在尖叫。

“那里是个球体。”阿卜杜拉说道。他用手电筒一直向前照去。光束顺着光滑的石壁向前延伸，在通道的尽头却发生了弯曲，向四周散射而去。“我估计差不多得有五十码宽。”箱子就位于球体的中心位置，球体向着通道的这一侧是打开的。那位已故分社头领的尸身就在球体的上部飘荡着。要说具体的位置，就像是在地球上的马纬度无风带，也就是北纬三十度左右的副热带高压带。他就那么慢悠悠地旋转着，如同汪洋之中的一片残骸随着缓慢的海流飘来荡去。

“他怎么就能一直飘在上面掉不下来呢？”蒙特罗斯疑惑道，“还有那个。”他朝箱子的位置点头示意。跟那飘在空中的尸身不同，箱子就位于空间之中一个固定的位置，一动不动。

乔治往前挪了几步，来到路面的边缘，试探性地往前伸出了一只手臂。“抓着我的腰带。”

“什么？”蒙特罗斯问道。

“你跟艾提克斯，从后面抓住我的腰带。”

蒙特罗斯和艾提克斯父子二人齐齐站到了乔治背后。各自伸出一只手抓住了一段腰带，另一只手从后面勾住了他的裤腰。“好了，”乔治说道，“可抓紧了。”说完，就把身子向前探去。

他并没有将身子探出去多远，差不多也就是把自身大部分的重量刚刚移进球体空间的范围之内，就在此时重力突然弃他而去。他双脚离地，顺着刚刚身子前倾的势头，变成了水平的姿势。双臂则在空中胡乱挥舞着。猝不及防之下，蒙特罗斯和艾提克斯只能死命地抓着乔治不放。

“我的天哪！”莫蒂默念叨着。

“乔治伯父？”艾提克斯问道。

“我没事儿。”乔治的声音传来。然后就是他的笑声，但在场的人都听得出来，他是多么紧张。“感觉今天的晚饭要保不住了。不过这也挺有意思的。可千万别撒手啊。”

就在此时，一股气流毫无征兆地从乔治的侧面袭来。乔治就像是被困在一阵侧风中的气球，身子一偏，猛地向右方歪去。而拽着他的两个人也都没能幸免。蒙特罗斯正冲着迎风面。乔治身子一转，他一下就被推拽到了路面的边缘，大半个身子已经探了出去，突然一下，他也失去了重力的牵引，整个人也飘了起来。只剩下艾提克斯自己一人苦苦地守在原地。

海贼老乔见势不妙一个箭步冲过来，一把抓住了蒙特罗斯的一只脚踝。阿卜杜拉也乘势拽住了他的另一只脚踝。又是一阵气流袭来，不过这次海贼老乔、阿卜杜拉和艾提克斯三人紧抓不放，终于把蒙特罗斯和乔治安全地拽了回来。当两人重新被拉回到通道之内的时候，刚才失效的重力又重新显示了自己的存在感。五个人重重地瘫倒在地，累成一团软泥一般。站在他们后面的莫蒂默则在一个劲儿地念叨着“我的上帝啊”。

乔治从艾提克斯身上翻滚到一边，刚刚落地的时候他正砸在自己侄子身上。缓了好一会儿，他的心跳才慢慢安稳下来。他双手一撑站起身来，然后将其他几人挨个拉起。他拾起了自己的手电筒，重新照在已经死去的分社头领身上，他的尸身此时仍在缓慢地绕着纬线的方向转圈。

“他就是这么着的道。”乔治说道，“探头探过了界，又没人在后面拉着他，让这气流一吹，他就只能在上面转圈了。”

“然后呢？”艾提克斯一边拂着袖子上的尘土，一边问道，“你觉得他是渴死的？”

“或者是体温过低冻死的。”乔治猜道，“当然，也有可能是在空中乱翻时一头撞到了墙上。”

“他现在可没有在胡乱翻腾。”蒙特罗斯四处观察了一下，说道，“你觉得风会不会只朝着入口这个位置刮？”

“有可能。”乔治看了看弟弟的方向。“莫蒂默。”他叫了一声，“你包里带绳子了吗？”

“当然，带来一大捆呢。”

“大家给我绑上安全背带，然后还得留出一百多英尺的富余来。”

“不，”蒙特罗斯此时说道，“你不行。”

“我可以的。”乔治说道。

但是蒙特罗斯还是摇了摇头："你太高了。我也一样。我们得找个体型偏小的。万一我们对这股妖风判断有误，体型小的才不会把我们所有人都拽进那片虚空里面。"说罢，他扫视了一圈，最后目光落在身后的莫蒂默·杜普里身上。他只有五尺四寸高。"得找个我们能扔得动的家伙。"

"等会儿我们数三下。"乔治说道。他和蒙特罗斯所站的位置距离通道的边缘只有几步之遥。莫蒂默被二人横抱着，看起来就像是个人肉破城槌。三人身后，海贼老乔和阿卜杜拉每人负责一根绳子。第一根系在莫蒂默胸前那个临时捆绑而成的安全背带上，第二根拴在他的右脚踝上当作双保险。艾提克斯站在父亲的右侧，手里举着最亮的一支手电筒。

"好了。"莫蒂默说道，同时伸手摁开了用皮带绑在自己脑门上的照明灯。"我准备好了。我准备好了。"他闭上了双眼，"耶稣保佑！"

"别担心，杜普里。"蒙特罗斯调侃道，"搞定这事以后，准保叫光照派那些人都冲着你顶礼膜拜。"

"好！"乔治此时说道，"一……二……三！"

就在被迎头扔进球体空间之时，莫蒂默又睁开了眼睛。失重状态瞬间就转换而成，然而他的脑海里还顽固地琢磨着人要是被扔下悬崖，那肯定是一头栽下去，摔得要多惨有多惨。"噢！见鬼——鬼——鬼——鬼——鬼——鬼——鬼——"

一股突袭而至的气流瞬间就淹没了他的嚎叫。不过幸运的是，刚才那一掷让他一下就冲进了球体的边缘，那股气流并没有碰到他分毫。莫蒂默的身体稍微上扬了一些，他呼扇着两只胳膊，居然就像挥动着一对神奇的翅膀一样，朝箱子那边滑行了过去。阿卜杜拉和海贼老乔一寸一寸地放着绳子，时刻小心着不让它们缠成一团。“好的，”乔治说道，“开始慢慢把绳子拉住。”

此时，莫蒂默也终于从慌乱中缓了过来，能够自己对方向的控制提出要求。“就快到了……慢点儿……再慢点儿……”阿卜杜拉和海贼老乔，一点一点地施加对绳子的摩擦力，最终让他在离箱子仅有咫尺之遥的地方停了下来。从他们的视角来看，莫蒂默此刻就飘浮在箱子的左上方。

“你没事吧，莫蒂默？”乔治喊道。

“我需要条新内裤。”莫蒂默回答道，“不过，至少我现在能明白超人的感受了。”

“那就用你的透视眼看看那个箱子呗。”蒙特罗斯建议道，“你都看到什么了？”

“箱子外面的装饰非常多。”莫蒂默说道，“各种星辰、行星之类的。我还看到更多那种怪异的字母……”他稍一停顿，“不用把我的血抹在上面吧？”

“还不用。”乔治应道，“你能不能看出来它是怎么打开的？”

“我没看到上面有锁或者是锁闩。箱子顶上周围有一圈接缝，可能是箱盖的外沿。要是我能再飘近一点，我可以试着……喔！”莫蒂默在半空中突然扭动了一下身体。“我看到一条锁链。拴在箱子背面，另一头在远处那面墙上……这条链子看起来像是铸铁的。而且，它绷得特别紧，看起来就像是箱子挂在这条链子上一样。当然，你们也看到了，是侧挂着。”

乔治扭头看向蒙特罗斯。“你说那儿会不会有什么磁场？”他猜测道，“用这种方式推着那个箱子。”

“有可能。”蒙特罗斯答道，“不过要是真有什么磁场的话，它应该对那个空间内所有的东西都起作用才对啊……嘿，莫蒂默！”他叫了一声，“你有没有感觉到什么东西在拽着你的背带扣，或许是你嘴里补牙用的东西？”

“没有。”莫蒂默答道，随即又产生了几分疑虑，“为什么这么问？”

“再多跟我们说说那条锁链的情况。”乔治说道，“你觉得咱们能把它弄断吗？”

“够呛。除非找个大号的焊枪……刚才你为什么会问我嘴里补牙用的东西？”

“别管那个了。你能不能看清楚锁链是怎么连在箱子上的？咱们可不可能把它解开？”

“等会儿啊……”说着，他又扭动了一下，用绳子当杠杆，把身子翻了个个儿。他使劲伸手去摸那个箱子，好不容易用一根手指的指尖勾到箱面的一点点银丝装饰。他勾到的可是整个箱子上最最纤细的地方，但即便如此也足够让他往前飘动少许了。几秒钟之后，莫蒂默终于牢牢地抓住了箱子，使劲一拉，让自己靠了过去。

莫蒂默碰到箱子的时候，箱子被锁链拉着上下动了动。随即，球体的远端忽然传来一声尖锐的金属撞击声，像是有什么房门或是闸门被一下打开，紧接着又是一阵什么东西从滑道之中滑下来的声音。

莫蒂默此时已经骑跨在箱子顶上。顺着声音的方向，他扭头看去。“啊！”他叫了一声。

那滑动的声音已经停下来了。现在所有人都听见一阵呼呼的轻响。那是转子叶片旋转所发出的声音。

“啊！”莫蒂默·杜普里又发出一声喊叫。

“莫蒂默？”乔治喊道，“你在对着什么啊来啊去呀？”

“我也不是很确定。”莫蒂默答道，“那东西像是个小型潜艇。”

艾提克斯举起手电筒循声照了过去。然后大家就看到了一枚漆黑的鱼雷从球体远端的阴影之中钻了出来。那家伙有几英尺长，尾部是个特大号的螺旋桨，侧面装有粗短的舵翼，这样可以使它在这片空间之中自主转向。鱼雷的顶部有一圈水晶刻面的球状凸起，看上去像是在阳光下闪闪发亮的蜻蜓复眼。这枚鱼雷绕着球体逆时针方向转着圈，快到通道口的时候，其内部零件咔咔作响的运行声，大家都能听得一清二楚。

“我觉得咱们是不是最好把莫蒂默从那里面弄出来啊。”那东西从众人面前经过之后，艾提克斯说出了自己的想法。

“没错。”乔治附和道，“莫蒂默！”他喊了一嗓子，“我们这就把你给拽回来。”

“为什么？”莫蒂默问道，“你觉得这东西有危险？”

“赶紧放开那个倒霉的箱子，杜普里。”蒙特罗斯催促道。

莫蒂默却置若罔闻，反而把箱子抱得更紧了。他趴低身子，眼睛一直盯着鱼雷的踪迹。当它运行到箱子远端的位置时，螺旋桨的转动声又高了个音调。当下一刻艾提克斯刚用手电筒的光束重新将它锁定，它就开始加速移动。眼看它越来越近，其头部忽然打开了，露出了一簇看起来样子恐怖的刀片。刀头开始加速旋转，很快就变得一团模糊。那嗡鸣声尖锐刺耳，让人一听之下就能想到牙医手里那可怕的钻头。

“嘿！”莫蒂默开始高声斥责正在逼近的鱼雷，平时要是遇见了哪只不听话的走失宠物时，他也是这副腔调。“嘿，别过来！”

鱼雷直奔绑在安全背带上的绳子而去。那旋转的刀锋从绳子中间毫不费事地一穿而过。绳子被一刀切断，两截断头孤零零地飘在空中。然而那鱼雷绕着箱子转了个圈，很快又飞了回来，眼看是要再来一次。

现在，系在莫蒂默脚踝上的那根绳索可是唯一能拯救他的生命线了。乔治将绳子牢牢地抓在手里，用力拉了一把。“莫蒂默，”他喊道，“你得让我们把你拉回来。”谁知莫蒂默还是把箱子抱在怀里，一点儿都不撒手，同时目不转睛地盯着那要命的鱼雷。

乔治松开了绳子，伸手进夹克衣兜里去掏枪。“艾提克斯，光束要稳一点儿。”

“明白。”艾提克斯立即应道。

鱼雷此时已经进入了视线范围之内，就在箱子后面。乔治仔细地瞄了又瞄，一下扣动了扳机。这声枪响震耳欲聋，可惜却打偏了。子弹打在对面的墙壁上，他能看到撞击时的火花。很快他再次瞄准，又开了一枪。还是没打中。

“见鬼。”蒙特罗斯急了。“让我来……”他伸手就去够枪，可还没等他从乔治的手里把枪夺过来，阿卜杜拉突然上前一步冲到兄弟二人之间，双手抓起了拴住莫蒂默脚踝的绳子。眼看鱼雷就要回本垒得分了，他把绳子稍微一松，然后猛地上下摇动起来，一个高高的绳浪沿着绳子向前延展而去。绳子的上下抖动迫使鱼雷不得不调整自己的行进线路，但还是偏离了目标。这一次它并没有将绳子割断，只是擦蹭到了些许。

“再开枪射它！”莫蒂默这时也高声叫喊起来，“快射它啊！”

瞄准了回撤的鱼雷，乔治又开一枪。可惜还是失之毫厘。

“真是见了鬼了。”蒙特罗斯怒道。

这时，海贼老乔的声音响了起来。“杜普里兄弟，”他高声喝道，“我以共济会成员的名义向你发誓，我们绝不会对你见死不救。但是，你需要把你那屁股从箱子上给我挪下来，现在，马上！”

这声大喝让莫蒂默浑身上下一哆嗦，他终于起身蹲在了箱子盖上，可又不动了。

“要么就照我说的做，要么你就被开除出会，你自己看着办，莫蒂默！”海贼老乔说道。

终于，莫蒂默大喝了一声，一纵身从箱子上跳了下去。与此同时，蒙特罗斯和阿卜杜拉开始使劲地往回拉绳子。绳子绷紧的同时，刚刚被鱼雷割开的地方开始磨损撕裂。“别那么用力！”乔治发出了警告。

这时的莫蒂默正在以某个角度朝上飞去，他猛然发现自己正朝着那位分社头领的死尸撞过去。“滚开！”他朝那尸身大吼着，可死人是不会动的。下一刻莫蒂默跟他撞了个满怀，二人手脚全都纠缠在一起，在空中打着转。嘣的一声，绳索之中的又一股绳子被挣断了。鱼雷此时也重新调转方向，扬起角度瞄向了上方绞在一起的两个躯体，随后开始了最后一次加速。

刀锋的嗡鸣声逐渐传到莫蒂默的耳朵里。他赶忙扭了扭身子，把分社头领的尸身当成了保护自己的盾牌。只见鱼雷一下就插进了死尸的后背，刀锋咬穿了脊柱，心脏和肺脏也未逃脱厄运，眼看就要破体而出，最后却死死地被胸骨卡住，进退不得，只听见那早已过热的转机在尖声轰鸣，像是在宣泄着抗议。“滚开——开——开——”莫蒂默声嘶力竭的吼叫声已经带上了哭腔。双手摁在死尸的肩膀上一个劲地往外推着。

好在阿卜杜拉和蒙特罗斯已经把受损处的绳子拽到了身后，再次将绳子拉直，最后终于把尖叫连连的莫蒂默拽进通道里，一把抓住。

还卡在死人身体里的鱼雷缓慢地转了个弯儿，顶着尸身朝着通道这边驶了过来。那尸身咧嘴笑着，双臂横张，像是要来个拥抱。乔治再次举枪，这次他瞄准了尸体胸前那鲜血淋漓的凸起处，连开三枪。终于有一发子弹正中要害。只听见一声并不怎么剧烈的爆炸声，然后听得出来里面的零件开始分崩离析，声声刺耳。最后，螺旋桨彻底不转了。而前进的动能并没有消失，所以那尸身依然还在继续向前飘过来。

这时又一阵风袭了过来，把那位分社头领吹得翻了个身，又朝阴影深处飘去。那枚已经熄火的鱼雷还插在他背上，屁股支棱在外面，像极了一把样子古怪的发条钥匙。

“可能咱们一直都想错了。”几分钟后，蒙特罗斯突然开了口。

“你要是知道怎么才对，”乔治说道，“我洗耳恭听。”

“咱们不应该先考虑该怎么弄到那个箱子。”蒙特罗斯说道，“咱们应该考虑温斯洛普怎么才能拿到那个箱子。这里可是他的密室，对吧，所以他绝对不会领着一帮人进来，他要是进来，肯定是自己一个人。然后他会怎么做呢？”

乔治耸了耸肩：“这人是个巫师。说不定他能自己飞过去拿箱子呢。”

“那个死翘翘的家伙就是个巫师。”蒙特罗斯抬手一指，“他肯定不会飞。要是这些家伙们个个能飞，这个诱杀陷阱就没什么意义了。”

“好吧。”乔治点点头，“那你说答案到底是什么？”

“这个空间是个机关。”蒙特罗斯说道，“必定是出于某种原因，咱们从这儿是看不到那条锁链的。要是不知道那儿有条锁链，咱们肯定会觉得那箱子就是飘在那儿，所以就会认为除了进到里面想办法拿到它，别无他法。然后，就会遇到麻烦。莫蒂默，”他扭头看向牙医，那家伙正双手托着下巴，远远地坐着，“刚才你看清楚锁链的另一头连在哪儿吗？”

“哪儿？”莫蒂默闻言抬起头，“刚才不是跟你说过了嘛，在远处的墙上。”

“就是连在墙上？是用螺栓固定在墙上，还是从墙里面伸出来的？”

莫蒂默想了一会儿。“我不太确定。”他说道，“我真没怎么看清是怎么连在墙上的。我知道那面墙上有个洞，那个飞来飞去的玩意儿就是从洞里出来的。那条锁链会是从另外一个洞里伸出来的？”

蒙特罗斯又看向乔治：“那条锁链肯定是连在一个卷轴上，我敢保证。”

“那就是说箱子能自己跑到咱们这里来？”乔治问道，“但是咱们怎么才能让箱子自己落下来呢？”

“这个问题就比较棘手了。万一需要什么魔法口令，那咱们可就真没辙了。”

“除此之外还能有什么办法呢？”乔治开始仔细打量通道尽头这边周围的墙壁和天花板，想看看有没有什么开关是他们之前没发现的。

“肯定不在通道里面。”蒙特罗斯说道，“如果是我的话，会把开关放在外面。不探头看的话肯定看不到，但是未必不能摸到。”

于是乔治跪在通道的尽头，把手指伸出通道的边缘，然后一点点地摸索着边沿的位置，他尽量小心地控制着自己的身体，不会往外探出太多。随后，蒙特罗斯也加入进来，兄弟二人沿着相反的方向寻找。

在搜索到左面墙壁三分之一的位置时，乔治发现了一小块浅浅的低洼，里面有个按钮。“我猜我找到了。”他说道。

他摁下了按钮，而那个箱子，不管有什么看不见的动力在控制着它，开始朝着众人这边滑了过来，锁链从藏在墙里面的卷轴上慢慢放开，平稳地发出一阵齿轮转动的咔咔声。箱子移到通道口处便停了下来，依然飘浮在半空中，还差一半就会从那球体空间中出来了。箱子盖自己打开了，由电动合页支撑而立。

跟外表的夺目银光截然不同的是，箱子的里面就是单调的灰色工业风。箱盖里面安着一个荧光灯泡，闪着刺眼的灯光照射着箱子里面的东西。

《名分之书》就放置在一块厚厚的皮质垫子上，由一对皮带扣固定着。看这本书的尺寸，倒像是百科全书或是什么异教邪典。书的封面是由某种兽皮装订而成的，表面毛孔粗大。上面的那几个亚当字母看上去像是伤疤，可能是在这种不知名的动物身上先刻上字，等伤口长好了，再把它剥皮做书。

“你怎么想？”乔治看着固定书的皮带扣和下面的皮垫，问道，“还会有陷阱吗？”

“鬼知道。”蒙特罗斯应道，“可能有吧。”但随即他耸了耸肩，“算了，管他呢……”

兄弟二人一起把手伸进箱子里解开了皮带扣。乔治抓住书的一头，蒙特罗斯握住书的另一头，二人一起把书从箱子里抬了出来。并没有什么陷阱，只不过这本《名分之书》比想象之中要重得多，而且一从箱子里取出来拿到通道上，恢复作用的重力让书向下猛地一坠，二人齐齐把书攥得更紧了些。

“没事儿了，”蒙特罗斯说道，“我拿到了。”

“不，”乔治回应道，“是我拿到了。”

“不好意思，兄弟们，是不是应该给我呢？”此时，阿卜杜拉走上前来接口说道。

等他们返回博物馆的时候，已经是午夜一点多钟了。乔治最后一个从通道里走出来，等他扭头回望时，通道的入口已经无声无息地关闭了起来。

“布拉德利？”阿卜杜拉走进展厅，轻声地呼叫了一声。他双手拿着《名分之书》，却让它离自己的身体远远的，仿佛那是什么污秽之物一般。因为这么拿着实在是有些费力，所以他的双臂开始微微有些发抖。“布拉德利，你在吗？”

没人应声。于是，众人开始穿过展厅。可刚走了几步，前方的阴影忽然被一根划着的火柴映亮了。与此同时，他们听见了右侧传来拉开枪栓的动静。伯克与诺布尔两位警探举着手枪，从一个展柜后面闪身而出。

“看到了吗？”是迦勒·布雷思维特的声音，“早跟你说过他们肯定能做到。”

“没错。”兰卡斯特队长应道，“我也早跟你说过，他们肯定会耍我们。”他点燃了雪茄，摇灭了手里的火柴，往边上一扔。“好了，咱们来做个了断吧。你们涉嫌非法入侵。”他冲乔治和他的一众伙伴们说道，“我现在就可以以非法强行入侵公共场所罪把你们立案逮捕。或者我现在就可以命令我的人把你们击毙，然后把书拿走。至于你——”他抬手指向了阿卜杜拉，“珀西瓦尔·艾弗里·琼斯，家住南沃巴什大街5713号2C户。你可得为你妻子拉什达和儿子奥马尔考虑考虑，要是你回不了家了，他们会怎么样。还有你表弟布拉德利，当然从现在开始，他肯定是要从这儿卷铺盖走人了。但要是你还得让我亲自动手把你的手掰开才能拿到那本该死的破书，那我可就得好好地关照关照他，给他物色一份新工作了，等着去乔利埃特监狱叠衣服吧。”

可阿卜杜拉却把书紧紧地搂进自己的怀里，然而双臂依然颤抖不止。

“拉什达，”兰卡斯特说道，“奥马尔。”

阿卜杜拉终于低下了头。“对不起，乔治。”声音之中满是羞愧之意。他往前迈了一步，却被乔治抬手拦住。

“咱们可是有约在先。”乔治向布雷思维特说道。

“没错。”布雷思维特平心静气地予以肯定，“我言出必行。”在他跟前的地板上放着一个袋子，他抬脚朝前一推。“我猜那肯定是如假包换的《名分之书》吧。”他笑道，“我可对什么卡巴拉不感兴趣。”

现在，眼前就是六道桥，乔治心道。他在苦思冥想着应对之策，可惜眼下似乎只有一条路可走：今晚一定得活下来。留得青山在，不怕没柴烧。

他撤回了自己的阻拦，挥手让阿卜杜拉上前。布雷思维特接过书，匆匆地翻看了几页。

“如何？”兰卡斯特队长问道。

布雷思维特点点头。“就是这本书，没错。”他说道。

“那咱们就完事儿了。”兰卡斯特说道。他朝两位警探使了个眼色，二人这才放下戒备，把枪收了起来。“博物馆已经关门了，”兰卡斯特告知众人，“找个消防通道，然后赶紧他妈的滚出去。”言罢，他把雪茄往嘴里一叼，转身走了，两位警探紧跟在他背后离去。

“这些都是你的了。”布雷思维特用脚尖又往前捅了捅地上的袋子，冲乔治说道，“里面还有点儿别的东西，算是对你们这么卖力的补偿吧。到下次为止。”说完，他也走了。

“下次。”蒙特罗斯嘴里咕哝着。

乔治走上前去，看了看那袋子。艾达的账册就在最顶上，用一块干净的白布包裹着。乔治检查了一番，确定它并没受到什么损坏。可再往下一看“那点儿别的东西”，顿时瞠目结舌。

蒙特罗斯就在旁边看着，他也瞧见了袋子里的东西。“这个狗娘养的。”他禁不住脱口而出。

“什么东西？”艾提克斯来了兴致。

“钱。”乔治告诉他，双眼依然直勾勾地盯着袋子里，眼神里全是不可思议。那可是一捆捆的一百美元现钞啊。“我想，这应该是伯恩斯家族欠的债吧。他都给还清了。”

“欠外曾祖母艾达的账？你是说本金吗？那最初的八千八百多块钱？”

“不，”乔治答道，“我是说所有的债，不光是最初的八千八，还有后面这九十多年的利息。”他伸手在袋子中摸索着，一捆一捆地数着，忽然觉得握在另一只手里的账本居然慢慢地变轻了，他自己的整个身体似乎也有些飘飘然，就好像重力再次消失了一般。

“三十万。”他说道，“足足三十万美元。”

“狗娘养的。”蒙特罗斯说道。

希波吕忒的宇宙大乱入之旅

这就是你的问题了。传送器根本就没插电！

——《欧列图娅·布卢》

木星已经在夜空中升起。希波吕忒此时正蹲在草地的积雪上，仰头辨认着位于巨蟹座和双子座之间那些闪亮的星星。天气实在太冷了，似乎只有这样做才能让自己稍稍忘记此刻的天寒地冻。她知道，火星肯定也已经升上了夜空，就位于西方天际线处水瓶座的附近。不过那个位置目前被希波吕忒背后那片丛林密布的山地挡住了视线，暂时看不到。这样也好，她心里想。她可不想被火星人看到自己现在这副惨样。

回到车里，她一屁股坐到一直开着的暖气旁边，随手拿起了第十一期《欧列图娅·布卢星际历险记》翻看起来。这可是贺拉斯创作的漫画。先前希波吕忒曾说过要是能有一本由女性担当主角的科幻小说就好了。于是，就有了贺拉斯的这部作品。欧列图娅·布卢，哈佛大学航天技术学院2011级的毕业生，是整个太阳系最牛的清障专家，她总是驾驶着那辆自己无比信赖的别克太空车在星际间极速遨游。每当有人请她来维修望远镜或者电脑的时候，她老是会碰到更麻烦的问题，比如水星上烈火族与暗影族之间又爆发了骚乱，比如土星的卫星上又有政治阴谋在蠢蠢欲动，再比如尼斯湖水怪的表弟又在火星的大运河里兴风作浪，种种此类。

在最新一期的故事里，欧列图娅准备返回地球回家度假。她打算中途去一趟谷神星的马歇尔百货，赶在圣诞大酬宾的最后一刻给自己的儿子买点儿礼物。可是，梅加焦耳，这个泰坦机器人霸王，还是对在第七期中被欧列图娅打败一事耿耿于怀，所以这次他再次派遣自己的爪牙对她进行伏击。于是，在广袤的小行星带之中，一场疯狂的追逐战就此上演。然而，所有人关于这场战斗关心的问题都不是“欧列图娅能活下来吗？”（在太空飞行方面，她可是训练有素，技艺超群，能够以立体思维方式进行思考；而梅加焦耳手下那些机器人连左右都分不清），而是“她能赶在玩具店关门以前到达吗？”等看到书中用一整页给了欧列图娅的购物清单一个特写画面的时候，希波吕忒禁不住咯咯笑了起来。看来无论未来会怎么样，一个十二岁孩子的品位终究是不会改变的。谁会想到都二十一世纪了，店里还会卖火柴盒牌小汽车这样的玩具呢？

好吧，她想道，贺拉斯这一年的表现已经很棒了，还有几天的时间，她肯定能为他实现圣诞愿望的。

不过，她要先实现自己的愿望。把漫画书放在一边，她从副驾驶座上又抄起了另一本书，上面的标题是《北美天文台调查报告》。这本书是希波吕忒上次去温斯洛普公馆拜访时发现的。当时她在星象仪那间屋里，本想打开开关让星象仪动起来，结果从星象仪的底座里突然弹出一个暗格抽屉。里面就放着这本书。

在这份调查报告里，大部分的天文台她都很熟悉。但是在翻到最后的时候，希波吕忒发现了一段手写的附录：

海勒姆·温斯洛普天文台

威斯康星州　术士之山

这两行字下面是一个由六十四组三位数按照横纵八行八列的形式整齐排好的阵列。再下面标记着“T. 海勒姆”这个名字。

暗格抽屉之中除了这本《调查报告》，还放着两把钥匙。一把看起来普普通通，就是把房门钥匙，而另一把则是杆状的，大约六英寸长，其中一端是个圆环——无独有偶，这把钥匙简直跟欧列图娅·布卢用来启动自己太空车的钥匙一模一样。

希波吕忒把书和钥匙都拿给利蒂希娅，询问自己能不能把这两样东西带走。

“你打算自己开车去趟威斯康星？”利蒂希娅问道。

“我下周要去趟明尼阿波利斯。”希波吕忒说道，“回来的时候我可以绕路过去看看。”

利蒂希娅歪着脑袋，那样子看起来像是在考虑这件事。这时，希波吕忒听见地板下面传来一声敲打声。

“好吧，没问题。”利蒂希娅答应道，“不过，你可得多加小心。”她又接着说道，“当初建造的时候，那里可能确实是温斯洛普先生的天文台，但是天知道现在是谁在掌管着它。”

“我会小心的。”希波吕忒保证道。

说起钟情于天文学，当年还是多亏了她的父亲。当然，这并不是他的本意。1928 年 12 月的一天，父亲带回家一个望远镜，那其实是他给自己买的圣诞礼物，却谎称花这笔钱是为了让希波吕忒的哥哥阿波罗能够对科学产生兴趣，并且能激励他下次考试别再考那么点儿可怜的分数了。然而，阿波罗对天空唯一的兴趣就是天上有时候可能会掉个球下来。

时年九岁的希波吕忒站了出来。她开始频繁跟随父亲爬上自家位于纽约黑人居住区哈莱姆的屋顶，并且陪他一起远赴乡间。后者往往是每月一次：他会从朋友那儿借一辆车，然后向北行驶五十五英里，前往另一个朋友家的小农场。这位朋友名叫希尔，虽然是个黑人，但是肤色极浅，不仔细看还真会以为他是个白人。通常他们父女二人都会在天黑之后到达农场，然后跟希尔先生以及他的太太格雷琴女士打个招呼，简单地寒暄几句，有时候可能会吃点儿馅饼。随后，希尔夫妇就会去休息，而希波吕忒则会和父亲一起前往田野之中。

在那里，远离都市的光亮，她第一次领略到了什么才是真正的夜空。每当此时，希波吕忒就会捧着一本星历表，里面已经标明了他们所要观测的天体。希波吕忒每喊出一个“猎物”的方位，父亲就会将望远镜指向那里。

父亲最喜欢的是火星。他跟希波吕忒提起过帕西瓦尔·罗威尔。这个波士顿白人认为他在火星表面观测到的线条是运河，并且一直为之深信不疑。对此，罗威尔的同行们多持怀疑态度，但是他的这一观点倒是启发了不少科幻小说作家。而且，希波吕忒的父亲也和一众作家一样对这一观点表示认同。可惜他那个望远镜口径只有可怜的两英寸，根本没法让他看到那些运河。他曾经一度紧紧地盯着望远镜里那个毫无特点可言的红色圆盘看个不停，妄图单纯地靠着自己的意念之力让那一道道线条在上面显现出来（说不定罗威尔的做法也没什么区别），一边看他还一边大声猜测，说不定火星上的观星者们此刻也在举着望远镜回望着自己呢。

不过，希波吕忒倒是被罗威尔所痴迷的其他天文学问题激起了更浓厚的兴趣。天王星与海王星的轨道一直存在着某种神秘的干扰，这使得天文学家都推测海王星之外可能还存在一颗天体。罗威尔一直在竭力寻找这颗X行星，直到自己逝世。可惜直到当时依然没有发现那颗天体的踪迹。

希波吕忒暗自下定决心，自己一定要找到X行星。父亲也一味由着她，让她举着望远镜东一榔头西一棒子地看着夜空，这何异于大海捞针呢？这个法子当然是毫无希望的。后来她泡在图书馆里才知道，行星观测是需要特殊设备的：要追踪到X行星，她不仅需要一个更大号的望远镜，而且这种望远镜需要能够进行拍摄，还需要另一台叫作闪视比较仪的设备，这种仪器可以将两张在不同夜晚拍摄的同一片星域的照片来回在镜头里切换，通过这种方式就能看出是否有星体发生过移动。对于希波吕忒而言，她既没有钱去购买这些设备，也没办法去自己制作，唯一的出路就是让自己成为一名专业的天文学者，她觉得这一目标并不离谱。相比较而言，她甚至觉得自己还没有哥哥的志向远大呢，他想当纽约洋基队的第一个黑人投手。

然而就在10月，股市崩盘了。到了12月，父亲的那个朋友丢掉了工作，不得不变卖了自己的车子，他们父女二人北上观星的旅程就此结束。希波吕忒继续在自家屋顶看着星星，但常常只有自己一个人了，因为父亲自己的工作也陷入了困境，他不得不加班加点才能让家里勉强收支平衡。

然后就到了那一天，1930 年 3 月 14 日，早晨的报纸宣布了这条新闻：克莱德·汤博，这位供职于罗威尔天文台的年轻天文学家，发现了 X 行星的存在。这一消息，让希波吕忒既兴奋又失落。等她完全弄明白了这则新闻的含义，失落的情绪还是占了上风。

父亲绞尽脑汁地开解她。“报纸上说他们还没给这颗行星起名字呢，”他指出，“我敢打赌，他们一定会公开征集意见的。”

当时，希波吕忒的母亲正在炉子上熬着燕麦粥，听到这话立刻就坐不住了。她这个人从来不会想入非非。尤其是自打股市崩盘以来，她更加不厌其烦地一遍遍教育孩子们绝不能好高骛远，应该脚踏实地。“伯纳德！”她语气之中带上了警告之意。

然而丈夫却充耳不闻。“你可以给天文台写封信。”他鼓励着希波吕忒。

就跟其他所有认为自己会是 X 行星的发现者一样，希波吕忒当然老早就在心里琢磨过无数次该给自己发现的行星起个什么名字。依据惯例，行星的名字肯定要从古典神话之中来选取，而且这颗行星的名字应该能体现出黑暗、寒冷、遥远这些含义。经过一番深思熟虑，她把取名的范围缩小到了两个可能的候选项上：一个是“冥王”，幽冥地狱的主宰；另一个是“珀耳塞福涅”，那是他的王后。她的本意是想选择珀耳塞福涅的，因为她觉得原本的八大行星之中让金星（维纳斯）做唯一的一颗“女孩行星”这件事实在是太不公平。但是，“珀耳塞福涅”这个名字其实也不怎么合适，因为她原本是自然女神，一直生活在温暖光明之地，后来才被冥王掳到了冥界。而且即便如此，她每年也只会在冥府里待一小段时间。而冥王，他就跟 X 行星一样，始终居于幽冥，亘古不变。

冥王，就是它了。就选“冥王”来当名字。

希波吕忒不想去上学，她想待在家里写信，可惜母亲才不会听她的。于是，那一天她就在自己的教室里写下了这封信：前前后后共三百多个词，论述了X行星应该被命名为“冥王星”的理由。随后，她又千恩万谢地从老师那里讨来一个信封，郑重地在上面写下了地址：亚利桑那州弗拉格斯塔夫市罗威尔天文台收，烦请转交克莱德·汤博先生。

放学铃声响起后，她发现父亲居然一直在学校外面等她。还没等希波吕忒问起他为什么没有在上班，他先问道：“写好了吗？”她点点头，掏出信封在父亲面前扬了扬。“这事儿咱们都不跟你妈说，行吗？”她又点点头，然后拉起父亲的手，直奔邮局而去。

两个月过去了。父亲又找了份新工作，是在河对面的霍博肯。在那里工作，他只能每周末回家一次，有时甚至连这样都做不到。母亲还是待在哈莱姆，不过也逐渐开始早出晚归了。家里改由阿波罗来给希波吕忒做早餐，然后目送她去上学。

如今家里早晨也没有报纸了，所以希波吕忒在图书馆里才第一次看到X行星获得官方命名的新闻。当她看到行星的名字时，一下激动地欢呼起来，惹得两位图书馆管理员一个劲儿地示意她保持安静。好景不长，她还没兴奋太久，就发现新闻上说这一命名大事，并不是归功于哈莱姆的希波吕忒·格林，而是归功于英格兰牛津的维尼西娅·伯尼。

希波吕忒被弄糊涂了。她知道肯定还会有别人给天文台写信，而且由于冥王这个名字也合乎逻辑，所以她并不意外别人的想法与她不谋而合。可问题在于那可是英格兰啊，一封从英格兰寄出的信，千里迢迢穿越大西洋，寄到美国亚利桑那，怎么可能居然会比从纽约寄过去的信到得还快？

等她继续往下读，才明白事情的原委。这个维尼西娅·伯尼可不是个一般的小姑娘。他的叔祖亨利·梅丹是伊顿公学的教授，为火星的两颗卫星命名的正是此人。而她的祖父福尔克纳·梅丹是牛津大学博德利图书馆的前任馆长。正是福尔克纳将维尼西娅的命名建议通过电报发往了罗威尔天文台。

发电报！希波吕忒算是白忙活了一场。亏她还那么火急火燎的，她的信可能还躺在哈莱姆邮局的时候，维尼西娅的电报——那甚至都不是她亲手写的——就已经捷足先登了。

还有那么一丁点儿好消息让希波吕忒勉强将自己的注意力放在上面：根据天文学家的初步测算，冥王星依然不能完美地解释天王星和海王星运行轨道之中所存在的误差。这也就意味着海王星之外可能还有其他天体有待发现，有待命名。

她一直克制着自己，让自己保持冷静，直到那天晚上母亲下班回家。希波吕忒的母亲早就把那个什么 X 行星的事忘得一干二净，但是希波吕忒还清楚地记得那天自己想要写信时母亲那一脸的怀疑。她突然想到，母亲现在会不会说：“你还想怎么样呢？”一念及此，希波吕忒的情绪终于如同决堤的洪水一般，一发不可收拾。她开始嚎啕大哭。

母亲刚刚进门，还没来得及说上一个字，见此情景瞬间警惕起来，她四处查看一番，问道："怎么了，出什么事了？"足足有几分钟的时间，希波吕忒未发只言片语，只是一个劲儿地在哭。母亲走上前把她搂进怀里，轻轻抚摸着她的头发。最后，希波吕忒一边抽泣，一边断断续续地哽咽道："我要……发现……下一个……我一定要……"

"好了，宝贝。"母亲安慰道，此刻她仍是满头雾水，"你会发现下一个的。你当然能做到的。"

术士之山就位于拉克罗斯和麦迪逊两地之间一片崎岖广袤的森林与农田之中，不远处是一个名为艾姆斯博罗的小村庄。希波吕忒从艾姆斯博罗穿行而过的时候是晚上十点多，此时大部分的村民早已入睡了。只有一栋建筑物还亮着灯，看着大门上面的标记，希波吕忒觉得那是个白人共济会的圣殿。

前往术士之山的岔路旁立着一块"私人领地，非请勿入"的牌子，像是为了强调这一点一样，一条锁链拦在了路中间。锁链后面连条像样的路也没有，雪地上就有一条被人铲出来的小径。

路边早已停靠了一辆雪佛兰卡车，希波吕忒把自己的路霸停在它的一旁。她带上《调查报告》和钥匙，又从杂物箱里拿出一支手电筒和一把点三八手枪，在她出发开始这趟穿州越府的旅程之前，乔治执意要她把枪带在身边以防万一。她最后把欧列图娅·布卢留在了副驾驶座上，看车的任务就交给"她"了。

站在外面，她抬头凝视，静静地欣赏着今天没有月光的星空。她并没有打开手电筒，而是让自己的双眼逐渐适应了周围的光线。借着头顶银河洒下的点点星光，她迈过锁链，沿着小路向前走去。

走到一处拐弯，一间木制的小棚屋出现在眼前，灯光透出屋子，洒在外面的雪地之上。她继续朝前走着，附近一条溪水潺潺流过，刚好掩盖住了她踩在积雪之上发出的嘎吱嘎吱的动静，不一会儿她就透过前窗看到了屋里的情景。

屋里坐着两个白人，紧靠着一个大圆肚子火炉。二人身后的桌子上摆着一盏煤油提灯，还有个已经空了的杜松子酒瓶。这两个人看起来可不像是天文学者。可能是住在附近的农民，此时正是农闲时节，他们应该是被雇来守夜的。这两个人都是可怜兮兮的模样：此刻还睡着了，一个头仰在后面，希波吕忒看不清他的长相，只能看到下巴上的胡子茬；另一个朝前佝偻着身子，闭着眼睛，下巴贴在胸前，眼看就要一头杵到跟前的炉子上。

希波吕忒决定还是不要搅扰了二人的清梦。随便看看就好，她心里想着，手指拨弄着口袋里的钥匙。趁着他们睡觉的工夫，进去看看就出来，然后就回家，神不知鬼不觉。

趁着自己还没打退堂鼓，她又继续向前走去。

三更半夜摸进一座天文台，希波吕忒早就不是第一次当这样一个不速之客了。第一次还是在 1938 年，在斯莫斯沃尔学院里。

当时她并不是在校生。即便家里有钱供她去上大学，也绝对不会让她去选天文学这么不实用的专业。她曾经一度幻想过没有大学学位自己也能当个天文学家，毕竟克莱德 · 汤博当初就是这样。当年他自己就是天文爱好者，但是凭借自己观测到了火星与木星，他成功地被罗威尔天文台所雇用。然而在一次海登天文馆的游览中，当希波吕忒把自己的雄心壮志透露给一名导游的时候，他只用了简单的四个字就浇灭了希波吕忒的一腔热忱：“你是黑人。”

九岁的希波吕忒是绝不会接受“不”作为答案的，可是随着青春期的到来，她却发生了巨大的变化。仿佛是在一夜之间，她就长成了一个女巨人，同时也成为一名黑人女性。随着身体的成长，与此同时所对应增加的是一种惯性，她逐渐不再抗拒，甚至开始对加诸己身的种种限制逆来顺受。她变得有些沉默寡言，来家串门的亲戚们开始窃窃私语她这些变化的缘由，不过他们似乎都猜错了方向。祖母、外祖母、姨妈、婶娘们都担心是恋爱问题而嘟囔个不停。当然，那段时间希波吕忒自己确实可能也想试试恋爱的滋味——还可能已经做了些傻乎乎的蠢事——但问题在于，当时她身边的男孩子都震慑于她那巨大的体型，要么嗤之以鼻，要么退避三舍。

这段快速发育的时期还带来一个副作用，她开始学会针线活儿了。这种擅长动手的天赋——要是在另一段人生之中，这种天赋可能会用来打磨望远镜的镜片——在当下则被她用来给自己缝制合身的衣服。高中毕业以后，希波吕忒被母亲送到了住在华盛顿的舅舅贾斯珀那儿去打工，舅舅在那里开了家裁缝铺。

贾斯珀有辆福特敞篷汽车。他坚持让希波吕忒去学开车，这样外甥女就可以替自己跑腿了。一开始，希波吕忒并没觉得开车这事跟其他事有什么两样。可等到第一次开车上路，她才意识到自己绝对享受开车的感觉，甚至这会成为自己的真爱。希波吕忒很快就考取了驾驶执照，在证明自己的独立驾驶水平绝对值得信赖之后，她开始跟舅舅软磨硬泡，求他把车借给自己私用。舅舅同意了，不过需要她自己来支付油费。就这样，大把大把的钱开始被希波吕忒用来加油了。

二月的一个周末，希波吕忒开车回乡探望父母。父亲当时还在霍博肯工作，给一位叫阿诺德·西尔伯斯坦的男子当司机。西尔伯斯坦先生的女儿默娜在斯莫斯沃尔学院读书，第二学期刚刚开学，不过有一箱子书她忘记带回学校了。西尔伯斯坦先生原本是打算托格林先生开车把书送过去，当听说希波吕忒很快就会南下返回时，他就拜托希波吕忒帮忙跑个腿。

希波吕忒到达目的地时天刚刚擦黑。她把书交给默娜宿舍的管理员，正往车子走去时，斯莫斯沃尔学院斯普劳尔天文台那圆形的大顶突然映入了眼帘。她随即调整了自己的路线。一开始，她只是想靠近看看这栋建筑的外观，可一发现入口的大门居然是开着的，而且没人看守，她随即就闪身而入。她顺着楼梯爬上二楼，沿着走廊来到一扇门前，上面的牌子上写着"观星室"。里面传来一阵马达声和圆顶旋转的隆隆声。

她正鼓足了勇气想上前敲门，门却自己打开了。一个戴着角质镜框的瘦高个儿白人男孩探出头来。看到门口正站着一位姑娘，他的眼神之中闪过一丝茫然。"你是德尔伯特·肖内西？"他开口问道。

"不好意思，你说什么？"

"德尔伯特·肖内西，"男孩子说道，"我们实验室的新伙伴。你不是？"

希波吕忒只是直直地盯着他，并不搭腔。很快那男孩收起笑容，尴尬得满脸通红。

“真对不起，”他说道，“我失礼了。我叫汤姆。汤姆·阿普尔顿。”

“希波吕忒·格林。”希波吕忒回应道。

“你好，希波吕忒。你是来看望远镜的吗？”

“我有这个想法，”她谨慎地应道，觉得他应该不是在耍弄自己，“如果……如果不违反规定的话。”

“确实可能违反规定，”汤姆·阿普尔顿说道，“不过，你不说，我不说，又有谁会知道呢！你可真是选了好时候过来啊。”随即，他神神秘秘地透露道，“我们正在观测冥王星呢！”

就在听到那个名字的一瞬间，她仿佛又变回了九岁时的自己。“冥王星？真的吗？”

“应该说，我们正在找它。不过，我们一直没找到。这就是为什么刚才我会希望你是德尔伯特。”

“巨蟹座。”希波吕忒说道，“冥王星在巨蟹座里面。”

“它确实应该在那里。”他表示赞同，随即往后一退，脸上露出笑容，“请进。”然后他回头朝另外两个男孩大喊：“亚瑟！尤金！好消息！援兵到了！”

满星空地筛选着冥王星，那个夜晚令希波吕忒终生难忘。要想在漫天星斗之中找到冥王星，最大的困难在于要从目标星域一个个模糊的亮点之中分辨出一个本身不是恒星，而是靠反射太阳光发亮的冰冻天体。她通过闪视比较仪对各个时段进行观测，还和新同事之间展开了数次能把人绕糊涂的讨论——“我很确定就是那个。”“那一个？”“不，是那一个。”——最后，还是希波吕忒仔细地盯着望远镜看了又看，然后满怀自信地说道：“你好，X 行星，终于跟你见面了！”

那是个奇妙的时刻。要是在漫画里，希波吕忒的一生绝对会因此发生天翻地覆的变化。可是现实并不是这样：一个月以后，当她再次设法回到斯莫斯沃尔时，却发现天文台的几道门都上了锁。她还没来得及找到汤姆·阿普尔顿（当时她太过腼腆，没有问汤姆要电话号码）就被学校的保安拦下，威胁说再不离开就以非法侵入罪将她逮捕。

所以该怎么样还是怎么样。她又回到舅舅的裁缝铺，在那里继续工作了几年。后来遇到了乔治，再后来就有了贺拉斯，然后继续自己的生活。她还是会一如既往地仰望星空，当然更多是透过汽车的挡风玻璃来看。距离她再次看到冥王星，确实已经过了好久好久。

就在几年前，她为了给《黑人旅行安全指南》做调查去了趟加利福尼亚。结果不知怎么就来到了帕洛玛山下的丘陵地带。她本打算过夜的那家汽车旅馆的前台接待居然说没房间了——他号称自己错把还有空房的指示灯给打开了。马路对面那家的接待也是如此，声称是自己疏忽所致。希波吕忒正在琢磨着是就在车里将就一宿还是直奔圣迭戈之时，忽然看到了帕洛玛山天文台的路标。这么多年之后她再次想起了汤姆·阿普尔顿，一个疯狂的念头再次涌入脑海：一路开上去，万一帕洛玛山天文台的天文学家也碰巧遇到麻烦需要帮助呢？——随即她便付诸行动，对此连她自己都有些惊讶。

走到半路的时候，她遇到一位名叫耶范特·阿扎里安的天体物理学家，他的车子在路上抛了锚，是化油器出了故障。他接受了希波吕忒捎他一程的提议，然后开始诚意十足地考校于她，问她是否能够按照被发现的顺序说出十一颗木星卫星的名称。希波吕忒回答说，这问题里面可还有个坑呢：数月之前，威尔逊山天文台刚刚发现了木星的第十二颗卫星，尽管目前还没有命名。阿扎里安对她的回答十分满意。他带着希波吕忒来到天文馆的圆顶之中，那里有当时全世界最大的天文望远镜，并且允许她看看他们当天晚上要观测的猎物——波德星云。

从那以后，希波吕忒又多了个嗜好。在自己的旅途之中，如果附近刚好有天文台的话，她一定会来次说去就去的拜访。当然，并不是每次拜访都会受到礼遇——威尔逊山天文台的保安就两次将她拒之门外——但是她从未因此被逮捕过，而且她遇到过的天文学家，没有一个管她叫过黑鬼。

她还没有造访过罗威尔天文台。她告诉过自己，要把罗威尔天文台留给一次特别的时机。真的，她正在让自己慢慢鼓足勇气。与此同时，她的内心深处又开始滋生出另一个幻想：她一次次地拜访各地的天文台，这绝不只是她在旅行途中一时心血来潮的顺路而为，而是一条道路上的每一次前行的脚步，至于这条路最终会通向何方，她现在还并不确定。但一定会通往某处彼岸。

她就像一个黑暗之中的流浪者，沿着一条存在偏差的轨道前行，而每出现一次新的干扰与误差，就会让她调整前行的方向，距离那望眼欲穿的相逢又更近一步。她只能希望，等那一刻来临之时，她能有足够的智慧去理解，有足够的勇气去应对。

她沿着一道小桥越过溪流，然后开始攀爬术士之山。这时她就不得不把手电筒打开了。林木遮天，挡住了点点星光。山坡上的石阶其实只是一些散碎无章的石块，凹凸不平，有的地方还打滑。等数到第六十四块石阶的时候，她爬到了山顶。眼前是一块平坦的圆形空地，中心位置是一个穹顶状的建筑物。

这是个混凝土浇筑的穹顶建筑。希波吕忒用手电筒上下扫了一圈，眉头不禁皱了起来。整座建筑上居然没有可供望远镜进行观测的天窗，甚至连转动都做不到。

希波吕忒倒是很容易就发现了该怎么进去。雪地上同样被人铲出了一条小径。她沿着路顺时针方向绕行，然后就发现了入口——一道被嵌入混泥土墙之内的门。

第一把钥匙派上了用场。她打开门，用手电筒向里照了照，先是看到一小段混凝土楼梯，再往上是一条两边都有护栏的金属通道。电源开关就在门口的墙上。

通道底下是个大水池，里面不知是什么液体，黑亮黑亮的，覆盖了整个建筑的底部。室内的光线正好将水池括在一个光圈里面，液体表面的反光将整个建筑内部都照亮了。建筑的内墙也是一片光滑，表面空无一物，跟外墙别无二致。通道通向位于中心位置的一个平台，上面安装着控台之类的设备。平台之上，通道又继续延伸了之前差不多四分之三的长度，尽头处固定着一个垂直竖立的长方形框架，远远看去，表面像是覆着一层闪闪发亮的黑色液体，应该就是池子里的那种东西。

希波吕忒小心翼翼地沿着通道往前走去。她不清楚下面池子里面的是什么物质——她的鼻子已经冻僵了，无论那里面是化学药剂还是别的什么东西，她都闻不出是什么气味——不过她觉得在里面游泳的话怕对身体没什么好处。

她来到中央平台，端详着那个控台。控台面板上排列着八行八列六十四个视窗，每个视窗上显示的数字都是“001”。其中每个单独的数字都刻印在独立的金属转轮之上。在这组阵列的右方是一个圆形的小孔，旁边则是个硕大的按钮。

希波吕忒先试着按了下那个按钮。只听咔哒一声从控台中传来，声音很大，听起来干巴巴的。声响过后，什么事情也没有发生。于是，她掏出了那把杆状的钥匙，插进了小孔之中。二者契合得相当完美。随即，她把钥匙一扭到底。

周围的光线开始闪烁起来。平台底下传来一阵器械启动的声音，呼呼作响。那声响在不断地扩展、加深，后来变成了轰鸣的重低音，在池子之中液体的表面激起了一道驻波。又过了一会儿，轰鸣声渐渐消失，几乎听不到动静了。光线又开始闪烁起来，然后也逐渐暗淡下去。最后，整个穹顶居然消失了。只剩下希波吕忒一个人孤零零地站在空旷的山顶。

不对。这穹顶还在原处。她眼前的景象是投影，是外面的现场全景投影。夜空中有木星，夜空下是她刚刚穿过雪地所走的那条小径。

她又将自己的注意力转回到面前的控台之上。金属转轮之间与四周散发着红光，照亮了每个数字。希波吕忒看向阵列下方最右边的那个视窗，伸出一根手指放在“1”那个数字上，轻轻一推，转轮跳到了数字“2”上。她抬眼看去，毫无变化。试试那个按钮吧，她心里想着。

刚一按下按钮，下方的池子深处就传来一阵嗡嗡的振动声。整个穹顶里又变得一片漆黑，好一阵儿工夫，除了控台上的红光之外，她什么也看不到。然后，投影又出现在眼前，这一次她发现自己正置身于一片满是星辰的虚空之中，连脚底下的山顶也不见了踪迹。

她伸长了脖子四处观看，想找找有没有自己熟悉的星座，可惜一切都那么陌生。有两颗星星特别显眼。这倒不是因为她认出了它们的来历，而是它们离自己太近，看起来就像两个小圆盘一般。这两颗星一蓝一橙，就像是配错了对的一双眼睛，相隔只有几度的距离。它们居然是一对双子星。

靠近穹顶底部的位置还有第三个天体。那是颗不规则形状的小行星，体积很小。很明显可以看出它正在旋转，虽然转速并不快。随着每时每刻不停自转，它都会让新显露而出的表面沐浴到双子星的光芒。希波吕忒鼓掌大笑起来。要是父亲能看到这情景该有多好啊。

她又看向面前的控制台，心里开始计算起来：如果这六十四组数据设定，每组都可以从 000 到 999，那么所有可能的组合加起来总数就有十的一百九十二次方之多。希波吕忒绞尽脑汁地思考着到底该用哪个级别的量词来描述这个数字，权且先用“六十无量亿”这个数量吧。想到这里，她又忍不住大笑起来。

六十无量亿个星空场景。难道它们还真能每个都不一样？

希波吕忒再次伸手把下方最右侧视窗里的 2 拨到 3，可随后她忽然一阵心血来潮，开始胡乱拨弄起那些转轮上的数字来。

然后，她再次按下了按钮。

嗡——

此刻，她就如同蓝色云海中的一叶孤舟，蔚蓝色的雷暴云砧如山峦一般在她身边耸然而起。透过一层薄雾，她又看到了一颗样子陌生的恒星，宽阔的星环围绕其周。

它非常美，也非常恐怖。尤其是顺着目光直直朝前方和下方望去的时候。通道尽头那个框架此刻看上去像极了一道门，若从那里一跃而下，就会坠入一片怒涛汪洋之中，空中闪电霹雳，雷光映入汪洋之底。一阵眩晕袭来，希波吕忒内心深处涌起一阵恐惧。她把手伸向控台，随手拨动了一个数字，又拍了下按钮。

嗡——

眼前忽然出现了一片的炫目光亮。就在她的面前，一轮巨大无比的太阳已经越过了地平线，眼前是一片焦灼的景象，一块焦黑的岩石被阳光映得微微有些泛红。希波吕忒抬手挡住了双眼，然后又微微露出些许指缝，凝视着面前出现的视觉幻象。太阳的边缘横贯通道尽头的那个门框，使得眼前的景象更像是被割裂了一般。投射进门框内部的影像，看起来像是离自己更近一些。

希波吕忒开始颤抖起来。此间深冬的寒意与眼前地狱般的景象交织在一起，侵袭着她的身体和心灵。此时，她忽然想到了外面的积雪。要是她朝那门框里扔个雪球会发生什么事情呢？会飞溅到这穹顶之内的墙壁上，毁去这番幻象？还是还没来得及靠近就被这异星的灼热刺啦一声化作水蒸气四散而去？

真是个有趣的实验。要不是又忽然想起了一件事，希波吕忒倒真的想亲手一试。开门可不是就为了朝里面扔雪球的。门是用来通过的。它意味着门的另一边是有地可去的。走过大门，在那个未知的终点，要么可以畅快地呼吸，要么就化为一地焦土。

当然，要是对这六十无量亿种选择挨个进行验证的话，要找出那个不会致自己于死地的选项可能穷尽一生也无法做到。希波吕忒倒是愿意永远留在这里，将这无数个不同的天地一一体验尝试。可惜，她时间有限，所以她决定作弊。于是，她将书翻到最后一页，答案就在那里。

她的动作很快，控台上的数字不一会儿就设置完毕。她又看了一眼那颗被红日化作焦土的星球（她意识到这一幕也许自己今生再难相逢，因为她并没有把这一幕情景的数字设置记录下来）。然后，她按下了按钮。

嗡——

片刻黑暗过后，一个巨大的螺旋状星系出现在眼前。它高悬于夜空之中，如同一轮伸展着无数条手臂的明月倒映在幽深的洋面上，黑色的海浪有节奏地拍击着岸边洁白的沙滩。

希波吕忒走到通道的尽头，站在那敞开的方框前向里面凝视。然后侧身依靠在了栏杆上。

这并不是一个简简单单的幻象。在门框外面，她能看出眼前的场景就是投射在几英尺之外的穹顶弧形内壁上的一幅完整全景的投影。可是在门框之内，里面就是一片沙滩，她敢确定那绝对不是投影，似乎是某种三维空间，只要她简单往前一步踏入，就能进入那个地方。

就在那里，当然，很显然，那里是别的什么地方，谁知道呢。夜幕之下浪花在不停拍打着沙滩。她能看到这个情景，却听不到丝毫声音。她此刻的一喘一吸，阵阵白雾从口中呼出。她清楚这还是威斯康星州的空气，属于寒冬的空气。而那片海滩上的空气——她也不明白自己为什么会知道，可就是能感觉得出——海滩上的空气要温暖许多。

她朝门里伸出一只手，就在伸进门框之中时，她感到手掌一阵刺痛，很快变得难受起来。她把手继续往里探去，遭受的阻力与疼痛越来越强烈。最后，她不得不把手抽了回来，与此同时，又感知到一条新的信息：这道门并不欢迎投石问路。你不能只把一根手指头或者脚指头伸进门去。要么退，要么就大胆地迈进去，没有第三种选择。

当然，希波吕忒盯着下面那幽暗的池子，心里想着，一步迈进去之后，很可能就一头栽进下面这黑乎乎的东西里面，搞不好还会摔断条腿。因为，这是个陷阱，它本来就应该是个陷阱。

“不过，你不说，我不说，又有谁会知道呢？”她轻轻地自言自语了一声，然后迈步跨进门里。

海滩上的空气确实是暖暖的。

咸咸的海风拂过轻柔的浪花，那感觉就像是晚春或是初秋时节。正是淡旺季之间的时候呢，希波吕忒心想，这时候的旅游民宿肯定便宜呢，只要有人愿意租给你的话。她深深地吸了一口气。这里海边的空气闻起来跟家乡大西洋海边的空气不大一样，氧气含量更加充足——这一口深呼吸并没有让她觉得头晕目眩或是两脚发软。

脚下的沙滩试上去有种奇怪的弹性。希波吕忒低下头，试验着用脚趾肚儿使劲，用力向上蹦了起来，随即意识到，不是沙滩的问题，是她自己。自己变轻了。当然，并没有轻许多——不像是欧列图娅·布卢在火星或是木卫三上那般，她可没一跃就跳到半空中——只是当自己的跟腱一舒展开，她就能切切实实地感觉到：此地的重力水平下调了一个层级。

希波吕忒笑了起来，她展开双臂，踮起脚尖朝前走了几步，然后像个芭蕾舞演员一般，优雅地来了半圈脚尖立地旋转，正好转向她身后那个来自现实世界的七英尺乘三英尺大小的长方形切口。透过那里，依然能看到里面正是术士之山顶上的穹顶建筑之内。在这方世界里，那道门由几根光柱圈成了一个门框，立在沙滩上，微微闪着光亮。

她十分好奇从后面看的话会是什么景象，于是便朝后面绕去。这么一看可就不太一样了：无论从哪个角度，都能看到这个发光的门框，不过从后面往里看时，这就是个空空的门框，框里框外都是眼前这片海滩。她转了一圈，又回到正面，威斯康星州也随之莫名其妙地出现在眼前。“好吧。”她点了点头。

接下来，她就开始观察四周更远一些的情景。海滩对面是一座高耸的石崖，希波吕忒能看到崖顶长长的一排林木，在空中螺旋星系的映照下，树叶纷纷闪烁着银白色的光亮。向左看去，这条山崖笔直地伸向远方，直到视线的尽头，崖前的海滩也几乎犹如一条完美的长线随之延伸，只是在中距离处，能看到有块黑黝黝的圆形巨石孤零零地立在海滩之上。而再扭头看向右边，也就是几百码以外的距离，一条指型的山脊顺着石崖延伸而出，从沙滩倾斜而下，一直伸进海里，形成一个高大的海角。山脊之侧的灰色之字形物事，让人一眼就能看出是登山的楼梯。再往上看去，山顶有两栋建筑物。其中一栋的位置比较靠后，大约位于石崖与山脊的交接处，看上去只有一层，平顶结构。而另一栋建筑则紧靠海角的边缘，可以俯瞰整个海面。那栋楼是穹顶样的外观，尽管看不清什么细节，但希波吕忒可以肯定她在上面看到了一处凸起，那是供望远镜观测使用的舱口。

就是去随便看上一眼，她心想，进去看看就出来。但要是万一——回头看了看那通向地球的大门，她把那道难题摆在了自己面前——万一要是自己前脚刚走，后面就有人过来把机器关掉，那该如何是好？

那你就醒了呗，她自问自答道。这肯定是个梦嘛，多明显。

温暖的海风轻轻吹拂着她的面庞，像是在以实际行动表达着自己的不同意见。

然而却被她直接无视了。

楼梯拴接固定在山壁上，四周围满了金属条。楼梯底部有一扇门，并没有上锁，但是门栓看上去可真有些复杂，差不多得双手并用才能打开。正在琢磨着这样的门栓是为了防备什么样的不速之客，她忽然回忆起了出现在第五期《欧列图娅·布卢》里面的深海鱿鱼人。真要是鱿鱼人的话，希波吕忒心想，她就没什么顾虑了。开上一枪，那些家伙保准服服帖帖的。

她拉开门的同时，头顶山壁上不知哪里挂着的电铃响了起来。她赶紧闪身进来，一把把门带上，然后侧耳倾听。现在只有海浪的声音传入耳畔了。

尽管重力减轻了，但随着她一步步往上爬去，脚下的楼梯还是发出吱吱嘎嘎的响声，令人心头一阵不安。她加快脚步一路朝上跑去，终于在楼梯顶端停下脚步，不停地喘着粗气。这下，她清楚地看清了那穹顶建筑的全貌：它是个天文台。她猜测另一栋建筑应该是供星际旅行的天体物理学者们造访时休息用的宿舍。两栋建筑此时看起来都没有什么人迹。

要从山顶的楼梯里面出来，还需要穿过一个十英尺宽的铁笼，铁笼两侧各有一道门。这场景让她想起了《欧列图娅·布卢》第四期的故事。那一次，盘踞在海王星的海盗们为了对付欧列图娅，布下了一个气闸陷阱。然而希波吕忒明白，此时已经没有回头路可走了。于是，她心中快速地做了个祷告，就推门进了笼子。

最里面那道门打不开。正当她弯下身子靠到近前仔细查看着门闩之时，一阵噼噼啪啪的声音忽然响起，随即她感觉到有只看不见的手在抚摸自己的头发。她抬眼望去，只见点点蓝色的火花正在缠在笼子顶部的线圈之间不停地跳动着。

这可不妙，希波吕忒心头咯噔一声，随即她觉得脑袋里尽是漫天的星斗，然后就什么都不知道了。

等到希波吕忒醒来的时候，她发现自己正躺在一张小床上，这里是一间亮着灯的小屋。醒来后她首先想到的是自己已经回到威斯康星州了，这里是那个保安的门房。但是再仔细看看，天花板和四周的墙壁都是金属材质的，不是木头搭建的。一个身影正坐在旁边盯着她。那是个黑人女性，满头铁灰色的头发，一张老脸皱纹堆累。这位老妇人的双膝上摆着一本书，正是那本《调查报告》，摊开的正是最后写满数字的那一页。而她的手上正握着希波吕忒的点三八手枪。

盯着自己的枪，希波吕忒坐起身来。她感到一阵眩晕，但是并没觉得身上哪里疼痛，也没有什么明显的因为跌倒而必然应该造成的碰撞或者擦蹭伤。她一扭身，把双腿挪到小床的边上。

这时，老妇人开口说话了："要是不经我的同意你就敢站起来，我保证你身后那面墙上将会溅满你的脑浆。"说出这番话时，她语气平静，毫无威胁之意，但是此情此景还是最直白地诠释了整个宇宙的——或者说就是这个小角落里的——基本法则。

"好吧。"希波吕忒乖乖照做，双手抱在了胸前。

"你是谁？"

"我叫希波吕忒·贝里。"

"你替他工作？"

"谁？"希波吕忒疑惑道。

"温斯洛普！海勒姆·温斯洛普。"

"不是啊。我——"

"别在这儿跟我扯谎！"老妇人抄起跟前的书，像展示证据一样亮给她看，"这是他的笔迹。"

"我可不知道那是谁的笔迹。我是在温斯洛普公馆里发现的这本书，但是——"

"这么说你确实去过他的地方。还说不是给他工作的！"

"不，"希波吕忒辩解道，"那地方确实是叫温斯洛普公馆，可是海勒姆·温斯洛普早就死了。现在是我朋友利蒂希娅·丹德里奇住在里面。那是她的房子。"

"你跟一个叫利蒂希娅·丹德里奇的白人是朋友？"

"她不是白人。"

“一个有色人种的女人拥有了温斯洛普公馆？然后把你派到这儿来了？”

“没人把我派到这儿来。我是自己出来参观天文台的。”

“为什么？你怎么会那么做？”她把书放回腿上，把枪举了起来，“我告诉过你别给我扯谎！”

“等一下，”希波吕忒说道，“请等一下。这事说来话长。很多年前，当我还是个小姑娘的时候，我父亲带回家一个望远镜……”

“哦，”听完希波吕忒的故事，这位老妇人才开了口，“我觉得没人能编出这样的故事来。不过，你还是搞错了一件事：是温斯洛普先生把你送过来的。”

“不，我不是跟你说过了嘛，他已经……”

“死了。没错，这我已经知道了。但我说的是他的灵魂。”看着老妇人突然眯起眼睛盯着自己，希波吕忒马上意识到自己肯定是露出了极度质疑的表情。“噢，怎么了？你都聪明到不信鬼神的地步了？穿越宇宙，其实这事一点儿都不荒谬。我还得告诉你一件事。你又晚了一步，这个星球啊，温斯洛普先生早就给它起好名字了。”

盯着那本书，希波吕忒突然感到一阵极为荒谬的失落感。“T. 海勒姆，”她猜测道，“特拉·海勒姆：海勒姆的世界。”

老妇人点点头，然后说道：“现在你可以起来了。我叫艾达。”

“饿了吗？”艾达问道。

“不饿，谢谢。”

“我倒是饿了。”艾达说道。

她们从小屋里走出来，外面是一个大屋，摆放着一张餐桌和几把椅子，一面墙边立着一个柜台和水槽。从窗户向外看去，对面就是位于海角尽头的那个穹顶建筑，下面就是海滩。整间屋子以及屋里大部分东西几乎都是用同一种浅灰色的金属制成的。在一把椅子上坐定之后，希波吕忒开始仔细观察起背后的墙壁，从接缝可以看出这一块块金属板就像是拼图一样拼接在一起的。

“这栋房子是由一套设备而来的。”艾达解释道，“叫便携式探险者小屋，反正就是这类东西。它配有一本操作手册，不过我真正感兴趣的是那个能做东西的盒子。”

说着，她朝水槽一旁摆在柜台上的一样电器走了过去。那东西看起来像是个微型烤箱。正面是个可以转下来的箱门，旁边有个控制面板，上面是个八位数的视窗，还有一盏灯在亮着绿光，此外就是一个按钮了。艾达按下了按钮。箱门上一把大锁扣了起来，绿灯变成了红灯。紧接着传来一阵低鸣声。大约也就过了半分钟，那声音停止了，红灯又变成黄灯，箱门上的锁也打开了。艾达拉开箱门，从里面托出一个灰色的金属托盘，顶上密封着锡箔纸。她把盘子端上餐桌，将顶上的锡箔纸剥开，一股蒸汽散发而出。希波吕忒往前凑了凑身子。盘子里盛着某种海绵蛋糕，甜香扑鼻。“是天使蛋糕吗？”她猜道。

“吗哪[①]。”艾达一边说着，一边坐下身来，“反正操作手册上这么叫它。这东西估计能满足一切日常生活需要。反正我就是靠它活下

① 吗哪（Manna），与古代以色列人出埃及后在旷野时，神赐下的神奇食物同名。

来的。”她伸手从蛋糕上揪下一大块来，一下塞进了嘴里。

希波吕忒拾起了那张之前封在盘子上的锡箔纸。上面印着一组八位数的数据：00000001。

“每个数字所对应的东西都不一样。”艾达说道，“都是吃的东西。不过操作手册上除了第一个，其他的数字都没说明对应的是什么东西。所以在拿到之前，你根本就不知道自己能拿到的是什么。这盒子上还有个自动调节器，每四个小时才能运行一次。”——她指了指那个黄灯——“所以说万一你做了个什么恶心的东西出来，要么就捏着鼻子强咽下去，要么就干等着吧。玛丽以前总喜欢熬夜，吃夜宵全靠运气。我一直盼着她能猜中热巧克力的数字。”

希波吕忒朝那个“厨师”瞧了一眼：“知道它是怎么工作的吗？”

“杂物间里有个巨大的圆罐子，上面有好几根管子跟那盒子连在一起。”艾达说道，“操作手册里把它称之为‘基本物质容器’。必须强调一点，永远也别想打开那家伙。至于那个什么基础物质，我猜可能就像是上帝创造亚当所用的尘土吧，在他吹出那口生气之前。”她又撕下一块吗哪填进嘴里，“这尘土可真好吃。”

“玛丽是谁？”希波吕忒问道。

“我们以前一起在温斯洛普公馆里工作。”艾达说道，“我们有六个人：詹姆斯·斯托姆，他是温斯洛普先生的司机；戈登·李，他是厨师；斯莱德先生是勤杂工；再就是我、玛丽、珀尔，我们三个是女仆。

“珀尔后来跟温斯洛普先生的儿子私奔了。温斯洛普先生知道他们早就搅和到一起了，也不以为意。可一想到二人要以夫妻之实在一起过日子，那就完全是另一码事了。他把我们几个都召集起来，要我们供出他们二人往哪里逃了。他当时保证说绝不会伤害珀尔，可我们都知道那是鬼话，因此没人愿意开口。所以，温斯洛普先生就找来几个他分社里的手下，把我们都捆上车，从城里带了出来。

“我本以为他们肯定会把我们带到森林里严刑拷打。我弟弟罗伊就是这么死在肯塔基的。可温斯洛普先生脑袋里却是想着别的花样。他把我们带到山顶上那个地堡还是驿站之类的东西里面，反正就是那么个东西，你怎么称呼都行。然后他就打开一道通往这个世界的传送门，把我们都撵了过来，就安置在这个石崖上。随后，他就让我们都到那里去。”说着，她抬手指了指窗外的天文台，“他让我们从望远镜里看无尽虚空边际上的那一点模糊的光亮。‘那是银河。’他当时说道，‘地球就在那里，还有你们认识、关爱的每个人、每件事、每样东西。那里非常非常遥远。你们要是想从这里走回去，就算等到所有的星辰尽皆化作尘埃，你们可能才刚刚起步。就算等到上帝都要寿终正寝之时，你们都还在路上呢。’

“他这一番话可真把我们给吓坏了。特别是斯莱德先生，当时我能看出来，他急着想一证清白，他真的对珀尔和温斯洛普先生儿子的事一无所知。当温斯洛普先生吓唬我们的时候，为了防止我们几个捣乱，他给我们施了什么咒语。斯莱德先生倒是想说话，但是一个字也说不出来。我们几个谁都说不出话来。他要是不愿意我们开口，我们就只能干着急。‘我知道你们现在是打算合作了，’温斯洛普先生说道，‘不过我觉得你们之中肯定还有谁在想着误导我。而且，你们已经浪费了我太多时间，所以我打算让你们先在这里遭几天罪再说。’

“这倒是让我颇为不解。对于一个惜时的人来说，他的这种做法是不是也太复杂了。原本他只要严刑拷打我们就行啊。不过我猜这是虚荣心作祟的缘故，要是拥有这么颗星球还不能到处显摆显摆，那还有什么意思呢？

“所以，他就把我们都留在了这里，让我们自作自受。不过与此同时，芝加哥那边肯定是出事了。因为从那之后，他再也没有回来找我们问话。也再没有人来过这里。”

“那是什么时候呢？”希波吕忒问道。

“1935年，”艾达说道，“7月18号。温斯洛普先生就是那天把我们带到这里来的……你知道他是什么时候死的吗？”

希波吕忒摇摇头：“我知道那已经是很久以前的事了，不过并不清楚确切的时间，也不知道他具体是怎么死的。”

“他怎么死的我倒是能猜出一二。如果事情跟我所猜想的差不多的话。肯定是布雷思维特先生下的黑手。”说这番话时，艾达仔细地盯着希波吕忒，不过希波吕忒此前从没听说过布雷思维特这么个名字。“塞缪尔·布雷思维特，”片刻后，艾达继续说道，“他跟温斯洛普先生是合作伙伴，至于是什么生意我倒是不怎么清楚。不过后来他们之间肯定发生了什么事情，那年夏天他们就已经闹掰了。我猜也正是因为他们之间的矛盾搅得他心烦意乱，所以珀尔跟他儿子才钻了个空子跑掉了。我记得就在他们逃跑前的一个星期，我无意中听到温斯洛普先生在电话里说要把布雷思维特先生流放。他用的就是‘流放’这个词……后来想起这件事，我才觉得他可能就是打算把布雷思维特先生骗到这个地方。”说到此处，她脸上露出了几分冷酷的笑意。“白人啊，就是流放，也得有仆人伺候呢。不过呢，看来是温斯洛普先生道高一尺，布雷思维特先生魔高一丈。而且我猜珀尔也没让他得逞。”她低下头看着桌面，脸上的笑容逐渐敛去，只有那抹冷峻依然留在脸上。“我希望一切都是值得的。我真的希望如此。”随即，她把这想法抛诸脑后，又重新抬起眼帘，“现在是哪一年？1954年？”

“是的。”希波吕忒应道。

“11月？”

“12月。21号。”

“12月21号！”艾达叫道，“我得重新改改我记的日期了。来这儿之后，我们一直特别小心仔细地数着日子，”她解释道，“但是在这个世界里日子过得跟地球上不是一样快。在这里，从这个正午时分到下个正午时分差不多要二十五个小时。我数学很棒的，不过就是分数方面老是出错。”她摇头叹了口气，随即又扑哧一声笑了出来——这回，是开心的笑容——因为她又想起了另外一件事。“12月21号，快圣诞节啦。玛丽肯定会喜欢的。”希波吕忒并没有做声，但是艾达却从她的眼神之中看出了她的欲言又止。“没关系，你问吧。”

于是，希波吕忒终于把憋了半天的话问出了口：“玛丽呢，她怎么了？还有其他人呢？”

在海角与石崖的交接处横跨着一道结实坚固的双层栅栏，足有十二英尺高。这道栅栏，希波吕忒猜想着，与其说是个陷阱，还真不如说就是个直接能要人命的玩意儿。大门内的控制盒上亮着红灯，就像是独眼巨人的眼睛一般，朝着任何妄图擅闯的入侵者宣判着灾厄即将临头。

在栅栏与小屋之间的空地上，立着四个十字架，都是用树枝做的，上面还有某种像是棕榈叶或者锯齿草条之类的纤维状枝条。前三个十字架就径直插进地上那层薄薄的沙土地里；第四个十字架则立在一处石冢之上。石冢很大，放个人进去是没有问题的。

“那就是玛丽。”艾达冲着石冢说道，“戈登被我们海葬了。还有詹姆斯的遗骸，我们谁都不敢去处理。”

“詹姆斯是第一个死的。温斯洛普先生曾警告我们海滩上十分危险，可是詹姆斯却觉得那就是为了吓唬我们的。他说肯定有办法从这边开一个回去的传送门。我们来这儿的第二天，詹姆斯就到下面的海滩上去找了，结果他就被斯库拉[①]给盯上了。”

“斯库拉？”希波吕忒问道。

“下一个是戈登。”艾达并没有理会她的疑问，继续说道，“那是在第三十四天。我们逐渐从詹姆斯遇难的震惊之中恢复过来。戈登又变得坐立不安，蠢蠢欲动起来。他想到处看看。”她指了指不远处石崖上那片闪着白光的林地。“他每天早晨都会出去一趟，少则一个钟头，多则三个钟头。起先，他还会带回来一些纪念品，像什么石子啦，木片啦，还有一次带回来一些奇怪的花。后来斯莱德先生叫停了这一行为——他说万一捡个什么要命的东西回来怎么办——但是他没法说服戈登老老实实地待着不乱跑。

“然后有一天，戈登一直没有回来。都快到傍晚了，我决定和大

---

① 斯库拉（Scylla），与希腊神话中吞吃水手的女海妖同名。

家一起去找找他。斯莱德先生表示了拒绝。玛丽也不想去，可她又害怕自己单独跟斯莱德先生留在一起，所以她就跟我一起去了。我沿着戈登的脚印一直找了好几英里，最后来到石崖上一处延伸到海水中的地方。

“我们发现他仰面朝上，就躺在那个……巢穴的旁边，我猜应该是巢穴。他肯定已经死了，不过那个把他置于死地的东西可能还活着。那东西整个缠在他的头上，看起来就像个胎膜。

“我们不想就这样把他留在这里，可是就算我们有本事把他带回去，我们也清楚斯莱德先生绝对不会让我们带着他的尸身从栅栏那边过来的。所以，玛丽和我祷告一番之后，我抱着他的腰，玛丽抓着他的脚踝，我们合力把他扔进了大海。

“我们回来后，将戈登的死讯告诉了斯莱德先生。他终于开始歇斯底里起来。大吼大叫着自己凭什么要被困在这里，他已经受够了。‘从现在起，’他冲我们吼道，‘我们就待在这里老老实实地等着温斯洛普先生。等他回来，你们就给我告诉他，他儿子和那个臭婊子到底去哪儿了。他要是需要我帮他撬开你们的嘴，我绝对不会手软的。’

“当然，他可吓不了我。那个小矬子——单打独斗的话，就是玛丽也能揍他一顿。不过我知道我们还是得小心为上。那时我们都开始怀疑温斯洛普先生不会回来了。万一斯莱德彻底绝望了，他一定会趁我们睡着时杀了我们的。所以，我和玛丽时时刻刻都留意着彼此的背后，以防被下黑手。就这样，我们过了第八十七天。

“第八十八天时，来了一场暴风雨。此前我们也已经经历过几次疾风骤雨，然而都没法跟那次相提并论：乌云翻腾，暴雨如注，惊雷滚滚。尽管操作手册上明说虽然这房子是金属材质却具备避雷防电功能，但是我们都紧张得要命。

“那天晚饭时，玛丽决定再赌赌运气。他让斯莱德先生来选一个数字。我猜她是希望如果能做出什么好吃的东西来，斯莱德先生说不定会认为这是上帝在大发慈悲，这样或许能缓解一下他的不安。

“可是，结果一点儿都不好。”回忆到此处，艾达禁不住战栗起来，“玛丽先前倒是弄出过几道令人作呕的菜，可是这次端出的菜居然还会动，这还是头一回。”她把一只手紧紧地攥在另一只手的手心里，就像是攥了个李子大小的东西。“那是些蛆一样的虫子，又肥又白，浑身都是毛。我的胃口瞬间就被毁灭殆尽，玛丽也是——之前无论做出什么东西，她差不多都会尝上一两口，可这次她连看都不愿多看上一眼。

“然而，斯莱德先生却……他开始狂笑起来。一个人若是最后终于明白原来地狱不是天方夜谭之时，一定会笑出来。他当时就是那种笑法。我弟弟在死去那夜也是这么笑的。他从盘中抓起一只虫子，一口咬了下去，然后一边笑，一边大口嚼着……

“然后他忽然一下站了起来，连椅子都撞翻在地，接着抄起那个盘子就扔了过来。我想他肯定是想朝着我们扔的，但说更恨我还是更恨玛丽一些，他一时间无法决断，所以他就把盘子扔向我们中间，那堆恶心的东西甩得满地都是。这下我可火了——我可知道该谁这么倒霉地去清理干净卫生——所以我也跳了起来，准备好好收拾他一顿。可他并没有冲我来。他冲向了窗户那边，后背冲着我们站在窗前。

“一道闪电划破夜空，斯莱德先生又开始大笑起来。‘感谢上帝，’

他嘴里念叨着，‘我的上帝啊，感谢你，海滩上有道光！’玛丽和我都跑过去看，可这么大的暴风雨，能见度连两英尺都不到。‘等等！’斯莱德先生喊道。此时又是一道闪电，可除此之外依然什么都没有。可是斯莱德先生已经丧失了理智。‘我要回家。’他说道，‘你们可以留在这儿等死，我现在要回家了。’

“说完他就一头冲进暴风雨中。我们并没有去阻止他。基督徒不应该这样，但是那一刻我满脑子的念头就是谢天谢地，终于解脱了。又一道闪电亮起，那是我最后一次看到他的身影，他正顺着楼梯朝海滩冲去。然后，他的身影就不见了。

“玛丽帮我一起把屋子打扫干净后就去睡了。我一整夜都没合眼，就等着看斯莱德先生还能不能回来。但一直到早晨，都没有他的音讯。

“这下就剩下我们两人了，共同在忍受着煎熬。”边说着，艾达朝前探了探身子，伸出一只手抚在石冢之上。“我们两个相处得很融洽。一直以来我们都是如此。其实只要小心一点儿别把自己置于死地，待在这儿也挺不错的。我以前经常拿玛丽开玩笑——她老家在萨凡纳，她一直想有套傍海而居的房子。‘这下可随了你的心意了吧。’我总会这么说。她就肯定会大发脾气：‘这不还跟在家里时一样！海滩就近在眼前，可却不让我游泳。’”艾达笑了起来，又轻轻地在石冢上拍了拍。“可是她有胸疼的毛病。一天到晚面对着各种稀奇古怪的食物，这对她的心脏可没什么好处。她总是紧张兮兮的，害怕耶稣找不到她在这里。

“但是，他最终还是找到了。那是我们来这儿的第四千九百三十二天。那天早晨，玛丽并没有醒过来。”艾达看着希波吕忒，“1949 年，是 6 月 26 号吧，当然我猜日期肯定是错的。”

“五年以前，”希波吕忒说道，“从那时候起，你就这么自己孤身一人在这里？”

“我比她强。”艾达说道，“我不怕孤单。而且我仍然可以随时跟玛丽聊天，也可以跟耶稣还有我弟弟聊天，只要我愿意。而且，温斯洛普先生的天文台也归我了。”她咧嘴一笑。“我肯定他绝对没想到过事情会变成这样。天文台里也有操作手册，还有一本记录观测结果的书。这几年，我可是把这两样东西好好地用了个够。”

她又看了希波吕忒一眼，眼神之中既有考量，又有些阴谋的味道在里面。

“那么，”她说道，“想不想看看我的望远镜？”

空中的星系已经开始下沉了，最底下的旋臂已经如同船桨一般伸到洋面以下。

“溺水的章鱼，”艾达说道，他们此时正朝着海角的尽头走去，“温斯洛普先生在笔记里这么称呼它。说它呈现‘蓝移’现象，意思就是在向我们这边靠近。不过我并没跟玛丽说过这些。我知道她听了也只会发愁。”

“那这里的星系呢？”希波吕忒问道，“是只有一颗恒星，还是有好几颗？这颗星球有月亮吗？除了这颗以外，还有多少颗行星呢？”

“这里有一个太阳。”艾达告诉她，“比地球的太阳更亮一些。也只有一个月亮，不过更小一些，离得也更远。至于说其他行星，温斯洛普先生知道四个，现在是六个。”

“你又发现了两颗行星？”

“温斯洛普一直在找第五颗。”艾达说道，“依靠他留下的笔记，我把它给找到了。我把它命名为艾达，就是要恶心恶心他。至于第六颗——名字叫珀尔——这颗可是完全靠我自己发现的。看，现在她升起来了。”她转身指着石崖上空，又说道，“她自己也有一颗很小的卫星，用望远镜就能看到。今晚应该就能看到它。”

二人来到穹顶建筑跟前。艾达刚把手落在门上，忽然转过身朝下面的海滩望去，嘴里开始咒骂起来。

“怎么了？”希波吕忒问道，不过就在开口的同时，她也看明白了状况：下面沙滩上那道发光的传送门旁边，又闪现出一点亮光。两个身着威斯康星州冬装的白人男子出现在海滩上，其中一个手里提着一盏煤油灯。那人提着灯，正朝她们这边看来。只见那煤油灯的火焰在他眼里隐隐闪亮，希波吕忒有些担心除了眼前模模糊糊的海角轮廓之外，他是不是还能看到些别的什么呢。那人的同伴双手握着把来福枪，正在盯着夜空之中“温斯洛普的章鱼”看个不停，像是打算一枪把它打下来一样。

希波吕忒对上艾达充满责备的目光。“他们不是跟我一起的。”她辩解道。

“待着别动，把声音放低。”艾达要求道。

“他们要是从楼梯上来的话怎么办？”希波吕忒耳语道，“你需不需要——”

“他们到不了楼梯，斯库拉朝他们那儿去了。”

希波吕忒此时才意识到斯库拉到底是什么：正是先前在海滩上看到的那块圆形巨石。刚刚就在她和艾达游览之时，那块圆形巨石已经在沿着海滩移动，此时停歇的位置离传送门仅仅不到二十英尺。等它慢慢靠近，希波吕忒才觉得它看上去与其说是一块巨石，不如说更像一颗巨大的加农炮弹。

握着来福枪的男人也注意到了这块大石头。他走上前去，把枪交到一只手上，另一只手握起了拳头，打算在这个跟他差不多高的黑色大石球上敲两下。还差一臂的距离就要触到它时，这个大球突然间打开了，就像剥橘子一样，黑色的外壳裂开，里面露出了一团正在不停蠕动的白乎乎的浆状物体。数十条触手从里面猛然射出，瞬间把那人的四肢、躯干、脖颈、头颅全都裹了起来，然后使劲一拉，将他整个生吞进了体内。可怜那人至死都没来得及喊出一声来。等到那人的同伴意识到出了什么事转头来看时，那大球已经重新合了起来。

提着煤油灯的那人一边把灯高高地举起，一边高声呼喊着同伴的名字。想到同伴会不会自己偷偷回威斯康星州去了，他又走向传送门，朝着里面的控制室看了又看。希波吕忒差点儿要冲他大喊一声发出警告，可是艾达却一把拽住她的手腕，嘴里嘘了一声："别动。"然后，就见那人举着煤油灯又朝那大球走去。

这一次，斯库拉慢了半拍，给那人留下片刻时间转身逃跑。一条条弹射而出的触手粗壮有力，贴在沙滩上迅速向前蠕动，一下就缠住了他的脚踝，向后一拽，把他摔了个嘴啃泥。

随着斯库拉的触手一点点向回翻卷，那人绝望的哀号之声久久在石崖间回荡，忽然那惨叫声戛然而止，是大球一下子闭上了。不知什么东西被它吐出，滚落到水里，像是块长满青苔的石头。那盏煤油灯早就被触手碾得粉碎，剩下的煤油散落而出，又燃烧了一会儿才熄灭。

一切随即又恢复了宁静。黑暗与孤寂依然笼罩着整片海滩，只有浪花、星芒以及返回地球的传送门所发出的柔光似乎时时搅扰着这份静寂。

“你该走了。”艾达说道。

回到小屋之中，艾达把剩下的吗哪、烤盘、锡纸等东西统统放进柜台下面一个标有“物质回收”的槽子里。“我估计除了那两个人外，还会有其他人过来。”她说道，“你得在他们来这儿之前回去，然后把传送门关掉。把钥匙扔了。”接着，她又把调查报告——连同 T. 海勒姆的的星际坐标——也一并塞入了回收槽之中。

“我才不会到那海滩上去呢。”希波吕忒说道，随即她飞快地眨了眨眼睛，刚刚脱口而出的话把她自己也吓了一跳。要是她真的回不去了，那意味着什么？她想到了贺拉斯。

“斯库拉已经享用过晚餐了。”艾达说道，“要是情况跟她当时解决詹姆斯时一样，那她肯定得溜达到一边难受一会儿。咱们可不是那么好消化的。”她伸手进洗碗池里一番冲洗，又把手伸到挂墙式吹风机前来回烘干着。“我陪你一起下去，确保你平安无事地穿过传送门。”

“你不跟我一起回去？”

吹风机已经停下了，但艾达却还是面朝着墙壁。“你有孩子吗？”

她问道。

“是的。”

“你爱她吗？”

“是他，”希波吕忒答道，“是的，我爱他。”

“那你就该理解我了。我很想再见珀尔一面，想看看她现在变成什么样子了。如果海勒姆·温斯洛普确实是死透了，我或许会冒险一试吧。可要是他还在阴魂不散地找自己儿子，那我还是离他远点儿为好。”

“可是温斯洛普清楚你在哪儿啊。”

“他清楚的是他之前把我留在哪儿了。”艾达转过身来，“他不会知道我还在这儿，除非你告诉他。我估计他可能还会派别人过来。如果你是这十九年以来他能找到的最佳人选，那么我可以想什么时候离开就什么时候离开。这里现在可是我的地盘。

“或者说，这里终将是我的地盘，”她又补充道，随即又看了希波吕忒一眼，不过希波吕忒并没有在意，“只要你走了。”

艾达到屋后去了几分钟，回来时除了希波吕忒的外套，还带了个破旧的帆布背包。“你的枪我就留下了，”她说道，“万一还有其他人来我得留着防身。”希波吕忒并没有反对，不过当艾达示意让她走在前头时，她心里还是隐隐有些不安。

二人走下楼梯。斯库拉果然跟之前所预想的那样，早早地挪得远远的，遥遥望去，勉勉强强就能看到个小黑点。不过希波吕忒还是处处警觉，仿佛脚下的沙滩是雷区一般。

安全地来到传送门跟前，并没有葬身斯库拉之口，艾达从帆布包里掏出一件临别礼物：一个边长五英寸左右的灰色金属盒子，用合页固定安装的盒盖上缠着几条锯齿草。“希望你能对我的行踪保持沉默。”艾达说道。

希波吕忒心中再次涌起一种不安感。她心想：你说不知道快到圣诞节了，但是手头却又刚好准备了礼物？给谁的？“没问题。”她说道，“其实你用不着给我什么好处的。”

“拿着。”艾达执意把盒子塞进她的手里。相较于盒子的大小而言，它已经算是很重了。而且，不论里面装的是什么，外头是包裹得倒是严严实实。希波吕忒笨手笨脚地才把它在手里拿稳，却一点没有感觉出里面的东西有丝毫晃动。“现在别打开，”艾达嘱咐道，“等到你关上传送门，把钥匙解决掉，安全离开之后再……到时候你就明白了。”

“艾达，”希波吕忒劝说道，“你根本就不用留在这里啊，你可以——”

“不！”艾达又把手伸进包里，这次她掏出了那把点三八手枪。“你回去……你走，等那道门关上了，你就只是我的一场梦罢了。”她举着枪比划道，“现在就走。”

希波吕忒其实还想再劝她几句，可就在此时海滩远处传来斯库拉令人毛骨悚然的干呕声。希波吕忒被那动静刺激了心神，终于行动了起来。她原地转身，半走半跳着越过了那道门。

一股凛冬的严寒骤然袭来。陡然增大的重力让希波吕忒脚下一个踉跄。幸亏面前的栏杆让她靠住了身形，否则肯定要从上面掉下去。

她站稳了身形，转身回望。几英尺之外，或者说不知多少无量亿英里之外，艾达正立在那里望着她。这位老妇人一直在朝她挥着手，不是在告别，而是敦促她赶紧进行下一步的行动。

希波吕忒摇摇晃晃地退回到控台之前。可手刚一摸到钥匙，她又陷入了犹豫之中。她看着艾达，说出每个字的同时，她尽量把嘴张大，这样即便是隔着整个宇宙，艾达也能通过她的口型读懂她的意思。她在说："艾达，你就这么决定了吗？你确确实实——"

艾达举起了枪。尽管她们之间声音很难传递，但希波吕忒十分确定她听到了手枪击锤拨起的声音。

她使劲一拽，把钥匙拔了出来。整个穹顶之内又变得漆黑一片，那几不可闻的嗡嗡声也没了。不一会儿，里面的灯重新亮了起来，接着传来一阵新的声音：咔哒——咔哒——咔哒，那一个个小巧的金属转轮自动转着，每个视窗里面的数字都恢复到了 001。

希波吕忒看看右手又看看左手，一只手里是钥匙，另一只手里是那个盒子。有那么一瞬间，她想把这两样东西都扔进下面的黑池子里。当然，也就是想想而已。她把钥匙放进口袋，将盒子捧在胸前，然后转过身子。是该回家了。

在她离开期间，术士之山的上空已经重云密布。她从里面出来后，摸着黑，小心翼翼地朝山下走去。走过小桥，路过那间已经空无一人的小棚屋时，手电筒没电了。大雪飘飘，随风直冲她的双眼。她只得低下头，顶着风雪顺着脚下的小路继续前行。

前面就是拦路的锁链，看来下山的速度比她预想的还要快一些。

黑暗之中，她差点儿让锁链给绊上一跤。就在这时，眼前突然亮了起来。她抬起脸来，正看见两盏闪亮的车灯。又一辆雪佛兰卡车停在先前那辆的后面，早就从车上下来了三个白人。其中一个看上去应该是个兼职巡夜的农夫，他已经打开了希波吕忒那辆路霸的副驾驶车门，正朝里探着身子搜查杂物箱。在一旁悠闲站着的另外二人看上去则要斯文许多：他们身着深色大衣，满头银发，一看就是极富教养之人。

就是这二人中的其中一个率先发现了希波吕忒。“原来你在这儿。”他挥舞着手枪喊道。另一个闻言也掏出了手枪，那个农夫也从车里出来挺起了身子。

“别开枪！”希波吕忒把没电的手电筒和艾达送给自己的小盒子往地上一扔，举起了双手。

“你是谁？”第一个穿大衣的人质问道，“你来这儿干什么？”

“别开枪！”希波吕忒又重复了一遍，然后举着双手迈过了锁链。

那个穿大衣的人一把揪住了她的衣领，就像拽着根皮带一样，把她推到路霸上，用枪抵住了她的脸：“你他妈到底是谁？”

“我就是想回家！”她恳求道，“求您开恩，先生……我刚才拐错弯儿了。我就是想找对方向，开回高速公路上去。”

从对方的脸上，她看出自己的话并没能蒙混过关。但与此同时，那人很显然也搞不明白她怎么会到这儿来。无论这帮人到底是在防备着什么样的入侵者，她都不该位列其中才是。

那农夫越过锁链，捡起了希波吕忒刚刚丢在地上的小盒子。他把盒子举到耳边，使劲晃了晃，然后用一把巴克刀割开了绑住盒盖的锯齿草。

“等等。”希波吕忒急忙说道。

“闭嘴。”拿枪顶着他的男人喝道。

农夫打开盒盖朝里看去，发现盒子里塞着一个小黑球。“保持沉默”，希波吕忒耳畔又响起了艾达之前的话。当时她还在想：噢，艾达，你根本用不着这么做，我绝不会泄露你的行踪。此刻她才明白，母爱不仅仅是不管相隔多远都要给孩子以保护，多年的相思之苦也会搅扰得内心更为冲动。

可那个农夫却一无所知，他凑近那小黑球，提鼻闻了闻。“那是什么东西？”另一个穿大衣的人问道。农夫耸了耸肩，然后用刀尖朝小黑球表面戳了戳。

冷不防那小球从盒子里陡然飞起，与此同时露出了自己的内部，一条条细小的触手朝着那双惊恐失神的蓝眼睛直奔而去。农夫双脚一跃，仰面倒在地上，死命地想把它从自己的脸上抓下来，而那东西已经展开身形，整个扒在了那人的脸上，看上去就像是要把他的头整个吞噬掉一样。

“我的天哪。”看到眼前这惊悚的一幕，揪住希波吕忒衣领的那人手头不由得松了一松，身子不觉间就朝农夫遇袭的方向转去。希波吕忒抓住这个机会，朝背后的车上一蹬，狠狠地把那人推了出去。一推之下，那家伙完全松开了手，踉踉跄跄地跟另一个人撞了个满怀，二人扭在一起，狼狈地摔在地上。等二人在地上一通翻滚，好容易分开，就见他们张着嘴，一眨不眨地抬眼看去，像是被什么天文奇观摄住了心神。

而这时的农夫已近窒息，身体已经开始不由自主地抽搐起来，四肢在雪地里发疯一般地挣扎着。

等到希波吕忒冲上车逃之夭夭之时，他还在挣扎着，却越来越慢，越来越慢。

“贺拉斯，”她问道，此时已经是三天以后了，“有没有看到之前你给我的那本漫画书？”

正心满意足地坐在圣诞树下一大堆礼物当中的贺拉斯抬头看向她：“哪一本？”

“就是最新一期的《欧列图娅·布卢》，第十一期。”

“没看见。你不是带着那本书出差了吗？”

“我回来之后你没从车里把书拿出来？”

贺拉斯摇了摇头：“怎么了，妈妈？”

“我觉得似乎是把书给弄丢了。”希波吕忒答道。

“你已经看完了吧？”贺拉斯一边说着，一边扒拉着自己的礼物：各种火柴盒小汽车、一大盒美术用具、遥控机器人。“你肯定已经看完了吧？”

“当然了。”她应道，“我很喜欢。”希波吕忒强挤出一个笑容，心中还在不停地宽慰自己：行车证还在杂物箱里，其他东西也没丢，事情应该不是你想象的那样。“我只是觉得心里不怎么舒服，就这么回事。”

“没关系。”他拿起一个火柴盒伦敦双层巴士，把它当作一艘双层太空船，举在半空中来回翻腾俯冲着，“你喜欢的话我可以再给你画一本。”

“那就太棒了。”希波吕忒说道，“跟我说说，你给我的第一稿，上面你署了什么名字？”自从知道苏斯博士的本名是西奥多·盖泽尔之后，贺拉斯就开始尝试各种职业性的笔名。乔治对此不以为然，他说贝里本身就是个很棒的名字，用这个名字来享有赞誉不好吗？不过希波吕忒是站在儿子这边的。她觉得贺拉斯有权在自己的作品上按照自己的意愿来署名。谢天谢地。

“H.G.，”贺拉斯说道。这是“贺拉斯·格林”[①]的缩写，这两个首字母分别向自己母亲的娘家姓氏和《星球大战》的作者致敬。“每一期《欧列图娅·布卢》我都署这个名字。”

“好吧。”她松了口气，“好吧。你确定就用这个名字了？”

“应该是吧。”贺拉斯疑惑地看着她，“怎么了，这名字有什么问题吗？”

“没什么。”她又露出了笑容，这次则是充满了鼓励的神情。不过贺拉斯仍然在看着她。这时，乔治从厨房中走了出来，端着的托盘上，三个杯子腾腾地冒着热气。

“那么，”乔治问道，“谁想要杯热巧克力吗？”

① 原文为 Horace Green。

海德公园里的杰科

新生的第一次呼吸就让我知道，自己的邪恶更胜从前，十倍于往昔。我已经被自己的原罪所奴役。而在那一刻，这就如同血红色的美酒入喉，给我力量，给我鼓舞。

——罗伯特·路易斯·史蒂芬森，《化身博士》

新年的第一天清晨，露比一觉醒来，竟然变成了白人。

从圣诞节前后，她就开始一直走背运。她也清楚自己的霉运还没到头。可事情怎么就会变成这样呢，跟她之前所想的完全不一样啊。当然，这倒并不是说她有权去抱怨什么，因为这一切都是她咎由自取。

麻烦是从平安夜那晚开始的。露比一直在德玛尔斯基餐饮打工，那天晚上在雷文斯伍德的一处豪宅里举办了一场圣诞派对，露比负责饮料服务。当晚在德玛尔斯基负责的经理是凯瑟琳·德玛尔斯基，偏偏她是露比最讨厌的那个东家。凯瑟琳是德玛尔斯基兄弟姊妹当中的老幺，最喜欢逮着机会就朝手下人摆老板架子。她这人仿佛跟慈言善语不共戴天一般，对手下员工永远都是恶语相向。更糟糕的是，据露比的观察，她这人好逸恶劳，永远会在最忙的时候不见人影。

正当凯瑟琳又一次溜之大吉之时，此间的主人找上了露比，交给她一项特殊的任务：此前一位客人身体不适，在二楼的一个卫生间里吐了好一通。他现在想找人把那里打扫干净。露比的工作职责里面可没有擦洗呕吐物这一项，可是她又不能拒绝雇主的要求。硬着头皮也得上了。于是，她去找了抹布和水桶。

她正在寻找那个卫生间，冷不防把躲在二楼走廊里的凯瑟琳·德玛尔斯基吓了一大跳。“你上来干吗？”凯瑟琳质问道。露比把水桶朝她跟前一举，将自己的任务解释了一番。“哦，那赶紧去干吧。”凯瑟琳说道，“然后滚回楼下去。”听到那个“滚”字，露比的目光瞬间冷峻起来。不过话到嘴边，最后还是咽了回去。随后依言照做去了。

第二天一早，她去参加了圣诞礼拜，然后跟教堂里的几个朋友一起吃了顿午饭。那天下午，原本还有另一场宴会要去忙活，她打算回家做做准备。可刚一到家，却发现家里来了几个警察。他们说在昨晚的派对上，主人家的卧室里丢了一副珍珠耳环，并且声称“有确实可靠的根据”表明露比正是盗窃犯。

露比当即被戴上了手铐，被扣在客厅之时，自己的屋子被这帮警察翻了个底朝天。然后她就被带回了警察局，审问她的是个名叫莫雷蒂的探员。很显然，要在圣诞节值班这件事让他非常不爽，他也明明白白地让露比感受到了这一点。露比则是意守于内，集中精力让自己的应答尽量简洁明了，不会前言不搭后语。不过有一件事她并没有如实相告。当探员问道如果不是她偷了耳环的话，那是谁干的，露比说她不知道。

到了晚上六点，这位探员把露比锁进了一间拘留室，让她在里面好好反省反省自己的罪过，说完便扬长而去。几个小时后，一位好心人把她从里面放出来去上厕所，同时给了她一个打电话求救的机会。可是她并没觉得给别人打电话能有什么用。尽管她是无辜的，但跟谁说起这事她都会觉得尴尬无比。她才不想让任何人知道自己被拘留了呢。

就这样，她在拘留室里度过了圣诞夜。莫雷蒂探员并没有回来。

第二天一早，另一位探员出现在牢门外，询问露比是否有什么要坦白交待。她再次重申自己真的什么也没干。那警探闻言耸了耸肩，却打开门，说她可以走了——暂时如此。“不过别想偷偷溜走。”他又说了一句。

露比回了家，毕竟还有一个烂摊子需要去收拾打扫。起先，她还有些紧张，害怕万一莫雷蒂探员又杀个回马枪，再把她抓回去继续审问。不过等到把所有东西都物归原位，这两天所遭受的不公涌上心头，她一阵火起。

第二天一早，她就等在德玛尔斯基餐饮的门口。凯瑟琳的哥哥里奥开车前来，一看到她的身影，脸色瞬间就沉了下来。

“你来这儿干什么，露比？”他训斥道，“你不知道自己已经被解雇了吗？”

“我来要工资。”露比针锋相对。

“工资你是别想了。谁想领工资都得我家老头子点头。他一分钱都不会给你的。圣诞节一早他都让警察找上门了。”

“没错，他们也去我那儿了。”露比说道。

“我当然知道。他说要跟他们走一趟，去逼你乖乖招供。要是现在让他看到你在这儿……”

“那他就会对我的守口如瓶感激涕零了。对于你妹妹的事，我可一个字都没说。”

“关我妹妹什么事？”

“你猜呢？”

“别在这儿胡搅蛮缠了，”里奥说道，“一派胡言。”

“我没偷耳环。”露比说道，“不过肯定是她说我偷了，对吗？而且是当着你的面说的。想想看，她当时说这话的时候，语气如何？”

他确实回想了一番，然后她看得出他显然是又把这想法在脑子里挥之一空了。“凯西是个好姑娘。”

“我管她是什么姑娘，我就是想要自己的钱。丢了工作就已经够糟了，我可不想工资又被摆上一道。”

里奥掏出了自己的钱包，从里面抽出一叠现金。“给你。”

露比数了数。“还差十二块钱。”她不依不饶道。

“上帝啊，露比。拿着这些钱就行了。你该感恩的。”

“感恩！”

“横竖就这么些了，懂了吗？”

“这样可不对，里奥。”

“接受现实吧。”他朝露比说道，“现在你可以离开这里了吗？要是等我爸来了，看他不打得你屁滚尿流。”

这就是现实。命运从来就没有什么公平可言，露比。你应该懂事，露比。可是上帝啊，她早就听够了这些陈词滥调。命运确实不公，但如果人们能够将心比心的话，哪怕只是偶尔为之，那生活是不是也会变得美好一些呢？

当然，自艾自怜不能当饭吃。当天她就出去找工作了。肯伍德那里在招房屋清洁工，不少市中心的宾馆在招女佣和餐厅工作人员。但是这些工作都要求有推荐信或是证明人。还有一家宾馆的经理声称因为近来小偷猖獗，他们需要把她的名字报到警察局那里去。

晚上她又打了一圈电话，询问是否有人需要保姆。可是没人需要，连经常在节假日外出旅行的贝里家都不需要。“我们原本是打算去你妹妹那儿参加新年派对的，”乔治告诉她，“可现在希波吕忒又不怎么想去了。”

“她不是生病了吧？”

“她好得很，就是在闹情绪。”乔治说道，“利蒂希娅没跟她吵架吧？”

“这我倒是没听说。不过，最近我跟利蒂希娅聊得不多。”

又是冗长的一天，露比一直在答复招聘广告，却毫无进展，真是让人沮丧无比。等回到家时，她发现门上别着一张请柬，邀请她去温斯洛普公馆参加除夕派对。“露比，”上面是利蒂希娅的笔迹，“我知道那天你很可能还需要工作，不过我们会玩儿一通宵的，所以你可以过来。查理·博伊德的表弟（就是长得很好看的那个）也会来，他还问起过你。另外，我已经跟温斯洛普先生沟通过了，他保证你在的时候绝不会让房子来回蹦的。”看到这里，露比无奈地摇了摇头：利蒂希娅现在都能让那鬼魂给她保证了，之前它可是一直想赶她走的。

利蒂希娅住在她的大房子里，还是用她不费吹灰之力就得到的钱买的。

这就是现实。

日子到了除夕这天。露比还是没找到工作。吃过晚饭，她梳妆打扮了一番，挑了件好看的衣服穿上。出租车开到利蒂希娅那个街区的拐角，她就在那家停业的酒店门前下了车。不过，她并没有直接去参加派对，而是点上一支烟，一边抽着，一边站在冷风之中瑟瑟发抖。

此刻，她正在回想自己在这里度过的最后那一夜。

今晚的温斯洛普公馆灯火通明。街对面那一栋栋灭着灯的房子更显出了它的光辉华美。其中一栋房子门前的草坪上还立着“待售”的标牌，而新搬来的住户想必也都去参加派对了吧。露比知道她应该在自己被冻僵以前加入他们之中，不过她就是不想动身，反而躲到了酒店的门口，至少抽完这支烟再说吧。

当她正想从提包里再拿一支烟出来抽的时候，背后的店门忽然敞开了。一个白人男子从黑灯瞎火的屋里走了出来。露比赶忙让开，不过这男子看来并没有因为露比在场而有所不快。他锁上店门，转身朝露比报以微笑，抬手扶了下帽檐。他年纪轻轻，衣冠楚楚，穿着时尚。而且，还很帅气。

“晚上好，”他朝露比轻施一礼，随即朝温斯洛普公馆望去，乐队奏响的舞曲从那边飘扬而来，“是要去参加派对吗？”

“我收到了邀请，”露比说道，“不过我还没百分之百确定自己到底要不要去。你呢？”

“很不走运，没人邀请我。我只是路过这边而已。”

她看着面前的酒店，点了点头：“这是你的酒店吗？”

“现在是了。之前这是家父的产业，”他解释道，“不过去年夏天他已经去世了。我一直都想来这儿看一眼。”

他可真帅啊，露比心想。又过了一会儿：“那么现在你要去哪儿？”

他摇了摇头：“我还没什么想法。”

“要不要跟我一起去参加派对？”

“那可真是不胜荣幸，”他笑着说道，“不过前提是你确实想去。”

“那好吧，”露比说道，“那就去吧。”

“我能提个建议吗？我知道上城区有个叫逆时针的酒吧。咱们去那儿如何？”

她心里一通琢磨。跟一个刚刚认识的白人去北区恐怕实在不是什么好主意。但要是跟温斯洛普公馆比起来……“那个逆时针酒吧，不闹鬼吧？”

他大笑起来：“我保证，那里只可能有酒鬼。”

“很好。”她放下心来，“我叫露比。露比·丹德里奇。”

“在下迦勒·布雷思维特。”他回应道，同时绅士般地伸出了手，“很荣幸认识你，露比。”

“夏尔巴人？”

“是啊，”露比说道，“就是生活在珠穆朗玛峰那里的。”

“我知道夏尔巴人是什么意思，”布雷思维特笑了起来，“我还从没听说有人想当个夏尔巴人呢。”

“是你说的梦想的事业嘛……去年夏天那个人成功登顶珠峰之后，报纸上登了一张照片，就是夏尔巴人帮他拿的装备。照片里你可以看到他们登山之时背后层峦叠嶂的群山。当时我就在想，每天起床之后要是伴着这样的景色去工作，那才真叫此生无憾呢。”她耸了耸肩，“我知道这想法很傻，但是——”

“我不觉得这有什么傻的。可能就是脚踝会有点儿遭罪吧。”

“我干过的所有工作，就没有脚踝不遭罪的。”露比应道，“不过为了如此奇景，怎么样也值了。”

一段舞蹈之后，二人坐到阳台上一张单独的桌旁小憩。就在下面，其他男男女女还在随着《空中小屋》的旋律翩然起舞。乐队身后的墙上挂着一只大钟，指针正在1954年的最后一分钟上滑动着。露比已经在喝今晚的第三杯鸡尾酒了，此刻她已经完全陶醉在喜悦之中。她喜欢迦勒·布雷思维特。要是在其他场合，如果有哪个男人对自己的事惜字如金却一直不停地在问关于她的问题的话，她早就起疑了。但是今晚，她决定好好享受一番自己被当作焦点的时光。如果他对自己的兴趣是别有用心的话，她一定能够看出来的。所以，她一点儿都不担心。

“说说你吧，”她说道，“你有什么梦想的事业吗？”

“我现在所做的就是。”

露比并不接话，在等着他继续多说一些关于自己的事情。见他并没有继续说下去的意思，不由调侃道：“还需要保密吗？”

“怎么说呢，我将有机会，”他说道，“可以让我来选择自己的命运。活到现在，其实我常常是身不由己的。”

“跟你父亲有关系吗？”

“都是因为他。”布雷思维特点头道，“他是个很强势的人，根本容不得半句逆耳忠言，哪怕是他错了也不行——当然，作为他的儿子，我更要无条件地服从他的意志。我其实是有自己的想法的，可是这么多年以来，都无济于事。因为他当时比我强大。”说到这里，他一耸肩，微微皱了下眉头，然后又跟前几次一样，重新把话题抛还给了露比。“你跟令尊的关系好吗？”

“他在家的时候相处得还不错。”露比说道，“不过，我还是跟妈妈更亲近一些。她去年因为肺气肿去世了。”

“我很遗憾。”

露比垂眼看着面前的酒。“有时候，我特别想她。”她说道，“不过，她也会变得特别凶，尤其是她想从你身上得到什么东西的时候。”

“她靠什么谋生呢？”

“与死人对话。”说完露比笑了起来，她清楚要是妈妈知道自己是这么描述她的工作可得气成什么样子，“你知道，就是那种神婆。她在一家叫双爱堂的美容院工作。我妈是‘双爱’里的第二个爱，爱洛依丝。这买卖是她最好的朋友爱拉·普莱斯投钱开的，所以她是第一个爱。”

“她们提供的是一条龙服务，”露比解释道，“她们店的门脸是个老式的摄影工作室。女士们会来此做做头发，修修指甲。然后呢，就会到后面的暗室跟我妈妈会面。一般她们在美容方面越舍得花钱，跟我妈会面的时间就越长。”

“这业务企划听上去可真厉害。”

“是啊，她们也是一直顺风顺水地干了好一阵子。后来她生病了，就一直想把我弄进去接她的班，但是我不愿意。就因为这个，我们俩一直吵个不停，直到她去世那天都没消停。”

“那你为什么不愿意呢？就因为你怕鬼？”

“因为我不愿意骗人。”露比说道，“妈妈的确是有本事。她能读懂人的心思，不过不是超能力那种，而是像我爸爸在牌桌上那样。她甚至都不用待在双爱堂就能弄明白别人的心思。比方说一位女士坐下来打理头发，你需要做的就是听。等她起身离开椅子了，她的那些烦心事你也就知道得八九不离十了，你也就明白她到底想知道另一个世界里谁的消息了。接下来的就是小菜一碟咯。”

对于自己的这一说法，妈妈肯定会严重抗议的，露比心想。其实此前已经不知道多少次了，妈妈都会愤怒地坚称自己从不骗人，那是在帮助他们：她所做的可是神圣无比的工作，而且绝对是真的。

但是对于妈妈的所作所为，露比却领教过好几种不同的版本。双爱堂开张以前，她都是在家里进行招魂。大部分客户都是乡里乡亲的街坊。偶尔也会有那么一两个白人找上门来。他们一般都是在自己的雇员那里得知妈妈的名声。对于这些人，她会演一出好戏。她一般会改变自己的嗓音，还会暗地里弄伤自己的脚趾和脚踝，来刺激自己发出鬼叫一般的吟诵。她还会在袖子里藏上一把尺子来当杠杆，哪怕是她的手就那么无辜地放在桌子上什么也不做，她也能让桌子蹦起来。过后呢，妈妈就会嘲笑那些人实在是太容易上当了。在她看来，这些人里最最荒谬的迷信行为就是白人会认为黑人在魔法方面天赋异禀。巫术在《圣经》里是有记载的，这也就意味着它是真的。但对于妈妈而言，就如同其他类型的能力一样，巫术很显然应该集中于强者之手。真正的法师肯定应该是白人，其祖先很可能就是头戴假发面上扑粉的那群人。

基于公平的逻辑，露比就会问：那么妈妈的那些有色人种客户不也一样是容易上当受骗的了？或许妈妈会做出区分：对于陌生人她是占便宜，对于朋友或是熟人她是慷慨相助。但是露比不知道怎样在这二者之间画出一条分隔线，而且不管妈妈怎样动怒，她就是不愿意学。最后妈妈彻底火了，大骂露比是不孝女，还是个蠢货，白白浪费了从母亲手中接过这份神圣事业的机会。她傻成这样。这辈子肯定一事无成。好吧，露比又怼了回去，我就愿意一事无成怎么着吧，至少等我去见耶稣的时候不需要向他解释我为什么会一天到晚顶着他的名义招摇撞骗。

音乐一变，让露比从愣神中清醒过来，她这才发觉刚刚自己一直在盯着面前的桌子，呆呆地不发一言。“对不起。”她抱歉道。但是布雷思维特却摇了摇头，说：“用不着道歉。”然后，她又在等布雷思维特能多说些什么。或许能表达他理解她的感受。但是他只是静静地看着她，那关切的神情让露比觉得他确实是能些许理解自己的。

露比将杯中酒一饮而尽，然后长身而起。“来，”她朝他伸出了手，“与我一起共舞到新的一年吧。”

已经是凌晨两点了。二人朝车子走去，在一处无人的街角，二人停下脚步相拥而吻，随即又继续前行。露比醉醺醺地靠在迦勒·布雷思维特的身上，笑靥盈盈。

前面一溜店面全都关着门，一家店门口的路灯下停靠着布雷思维特的那辆戴姆勒。此刻，两名白人男子正在车边晃悠。其中一个正哈着腰使劲朝窗里面看去，见布雷思维特和露比二人靠近，随即站直了身子。等看清站在路边的另一个人手里握着一把枪时，露比的身子一下僵在了当场。

拿枪的那人朝布雷思维特一扬下巴：“你的车？”

“是啊，”迦勒·布雷思维特应道，“是我的。”露比一把搂紧了他的胳膊，像是在无声地求他别乱逞英雄。但他却轻轻地挣开，迈步向前踱去，脸上浮着笑意，却让人觉得无比冷酷，好像此刻的致命威胁对他而言只不过是个笑料而已。露比很想拔腿就跑，而后一个更加丑陋的想法涌上心头：要是那些家伙朝布雷思维特开枪的话，他们是不是就没法分心去追她了？但即便这么想着，她的手仍然伸进提包里，紧紧抓住那把用来防身的小刀。

看布雷思维特朝自己一步步逼近，拿枪的家伙赶紧把枪举了起来。“车钥匙，”他威胁道，“钱包，通通交出来。我不会再说第二遍。”

“当然，”布雷思维特轻蔑道，“你不会有这个机会的。”

拿枪的家伙脸上逐渐露出惊愕的表情。露比在心里嘀咕着，难道天这么冷，把枪给冻住了？“你还在等什么？”站在街边的另一个歹徒催促道，“朝那个蠢货开枪啊。”可是拿手枪的家伙迟迟没有扣动扳机。于是他的同伙便从车边绕过来，打算亲自解决布雷思维特。布雷思维特抬起一只手，掌心朝外，忽然之间就像凭空冒出来一个看不见的大铁球，就是工程车上拆楼用的那种，一下子就砸到那人的肚子上。只见那家伙直接被砸到了半空，飞过整条街道，最后落到远处的马路牙子上，活像一滩烂泥一样瘫软在地。

拿枪的家伙现在双手都握紧了手枪。“放过我吧。”他开始苦苦哀求，就好像枪是握在布雷思维特手里一样。布雷思维特上前小心翼翼地把枪从他的手里取出来，在自己的手里掂量了一会儿，然后点点头，只见那家伙随即踉踉跄跄地向后退去。“滚吧。”布雷思维特喝道。

那家伙如蒙大赦，转头就跑。布雷思维特把枪提在身侧，另一只手抬起握拳，然后朝前凭空一挥。那家伙跑到一半，忽然一下朝前扑倒，脸朝地狠狠砸在街面上，又贴着冰冷的路面朝前滑了好远。等去势已尽，他才又手忙脚乱地狼狈爬起，头也不回地仓皇逃窜，只剩下凄惨的哀号在冬夜中回荡。

从歹徒被砸飞的那一刻，露比就惊愕地屏住了呼吸，直到此刻才又凌乱地喘息起来。布雷思维特朝她转过脸来，“没事了。”他一边说着，一边随手把枪丢进了旁边的下水道里，“搞定了。”他笑了笑，朝露比靠近了一步，可露比却往后退了几步，掏出包里的小刀胡乱挥舞着。刚才要是当着枪手的面她就这么做只是白费力气，此刻这么做更显得苍白无力。

“刚才是怎么回事？”露比问道，此时他们已经坐在车里了。

“没什么可大惊小怪的。”布雷思维特轻描淡写地说道，“那两个家伙低估我们两个了。我那就是顺其自然罢了。”

“我们？我什么都没做啊。”

“你当时保持住了冷静。我知道你当时想跑来着，不过如果你真的跑了，我可能来不及阻止那家伙朝你开枪。”

她觉得他是在有意拍自己的马屁，这让她有些光火，当然这比让她害怕要好一些。“你到底是何方神圣？”

“我觉得你应该知道我的来路。只不过我们对它的称呼可能不尽相同。”

此刻，他们正沿着湖滨大道一路南行。露比望向窗外，市中心的灯火在眼前点点闪过。“我想回家。”她说道。

“请先容我问你个问题。你对自己目前的生活方式满意吗？”

露比转过脸来看着他:“你说什么?”

“今晚我不是假意撩拨你的。我喜欢你,露比。在某些方面,我觉得咱们俩很像。”

“当然了,”露比应道,“简直就是一个模子里刻出来的。”

“总是要先让着别人,然后才考虑自己的愿望,我知道那是种什么感觉。”布雷思维特说道,“相信我,我真的知道。”

“你知道了又怎么样呢?跟我又有什么关系呢?”

“你问过我梦想的事业是什么,”他说道,“我告诉过你我现在所从事的就是。我没骗你,我真的正在做着自己所梦想的事业。现在我正处在一个关键的环节,我确实需要帮助,来自一类十分特别的人的一种十分特别的帮助。”

“你想雇用我?”

“你不是在找工作吗?”

露比满怀疑惑地盯着他:“什么样的工作?”

“这工作非常有意思。”布雷思维特说道,“我没法许诺给你千岩万壑的景致,不过应该不会让你的脚踝再遭罪了。”

她的神情开始有些怒意:“这算什么回答?”

“对不起,我不是故意有所隐瞒的。不过这项工作确实有些奇怪,而且也确实涉及一些隐秘,所以在跟你具体聊一些细节之前,我想先告诉你我能提供的交换条件是什么。”

“是什么呢?”

“选择你自己命运的自由。”

“自由?”露比嗤之以鼻,“你把自由当成薪水支付给我?”

“当然也有金钱报酬，不过，自由也确实是我许诺给你的报酬。”

“你怎么给我这种自由？”

“如果我就这么干巴巴地说给你听，你肯定不会相信我的。不如让我做给你看。你需要相信我，然后在信仰方面往前迈一小步。放心，我觉得你肯定会很高兴自己这么做了——如果你不喜欢，或者说你认为这工作对你来说不合适，你完全可以拒绝的。”

这会儿，他们已经驶离了湖畔，正行驶在海德公园所属的街区之中。布雷思维特忽然拐进一条小巷，开进一个庭院里，庭院被一圈联排别墅包围其中。

“这是什么地方？”露比问道。

“家父的另一处产业。”布雷思维特答道。他把车停在一栋别墅的后面，但并没有熄火。“我想给你看的东西就在里面。或者，”他把手握在档位杆上，继续说道，“我也可以现在就送你回家。”

回家，很显然是个理智的选择。当然，理智也就意味着现在就下车，然后跟那个拿枪的家伙一样一边嚎叫着一边在夜里奔逃。一念及此，她又想到了她要逃回去的地方。

“要是不喜欢的话，我真的可以走吗？”露比听到自己这么问出了口。

“随时都可以。”布雷思维特向她保证道。

“好吧，”露比下定了决心，“让我看看吧。”

在一床光滑柔顺的血红色床单之上，她一觉醒来，感到头疼欲裂。

天光早已大亮，日光慢慢爬到床边，直刺她的眼睛，把她弄醒了。露比抬手按在眼皮上，还想再睡一会儿，可是阳光却执意赖在她身上不肯走。灼热的光线让她的脸和脖子火辣辣的，尤其是在严重的宿醉之后，皮肤变得格外敏感。

一声呻吟之后，她躺平了身子。正想坐起来，却发现身下的床单又暖又滑，自己根本使不上劲。起先她还有些恼怒，可等自己渐渐从迷糊中清醒过来，心头却涌起一阵恐惧。她睁开双眼，可刺眼的阳光又让她不得不闭上眼睛。不过在闭上之前，她瞥到了床单被褥上的那扎眼的血红色。

噢，我主基督啊。心中一阵惊慌，露比一下从床边滚下来，搞得脸撞在了地上。她一通挣扎，把害得自己从床上滚落的滑溜溜的血红色床单踢到了一边。双手撑地，她坐了起来。心脏强劲有力地在胸口跳得飞快。肯定不是我的血，她心中祈祷着。既然不是我的血，那会是谁的呢？难道自己杀人了？

她努力想回忆起头一天晚上到底发生了什么事，想了半天却发现只能清楚地记起一件事来：自己跟迦勒·布雷思维特在一张桌前对面而坐。他把一小瓶红色液体放在了自己面前。她意识到这可能是一笔更大交易的其中一部分，而且肯定跟自己目前的情况息息相关。可是当她还想回忆起与之相关的更多细节之时，却发现自己什么都想不起来，只有当年母亲下达的禁令在脑海中久久回响着：绝不能让刚刚才认识的男人给你调酒喝。

她站起身子，却仍然紧闭着双眼。然后摸索着朝前走去。她摸到一扇打开的房门，迈步进去，一阵凉意袭来，屋里黑乎乎的，脚踩在瓷砖上，冷冰冰的。再往前没走几步，她撞到了水盆，然后扭开水龙头，将水拍溅在脸和胸口上。水让她的头脑清醒了许多，但那分惊恐又再度袭来。“上帝啊，上帝啊，”露比头垂在水盆上方，不停地念叨着，接着睁开了眼睛，抬头朝镜子看去，然后她就看到了一张状若疯狂的白人女子的面庞，黑暗之中就像飘在半空中一般，与自己只有方寸之遥。

露比惊声尖叫起来。

她的大脑当时肯定陷入了一片空白。因为等回过神来的时候，她发现自己已经回到了卧室，仰面栽倒在地上。然而，这疯狂的事态并没有因此就停下来。进屋时她狠狠地撞到了房门，那道门摔到了墙上，又砰的一声反弹回来，紧紧地关上了。这一下又露出了门后另一面全身高度的试衣镜。镜子之中还是那个满眼血丝的白人女子，正四仰八叉地躺在硬木地板之上。

露比再次尖叫了起来；镜子中的白人女子也跟她一起尖叫着。露比双手举起掩在嘴上；那白人女子也是依样画葫芦。这个白人女子，正是露比自己。

哪里有什么血啊。那是她的一头长发，光鲜红亮，轻盈飘动。她的双肩与前臂上布满了雀斑，乳房和平坦的白色肚子上也有，不过要稀疏许多。双腿之间，如同一丛浓郁的杂草，从镜子里看去——这个角度确实有些不雅——就像是个长着一身姜黄色皮毛的怪异动物在她的大腿上爬来爬去。她低头看去，发现那怪物真是在她自己大腿那里，于是一声惊呼，赶紧向后挪去，好像动作快一点儿的话就能把它从身上甩开似的。

身后的墙上挂着一排暖气片，露比仰头就朝上面撞去。她龇牙咧嘴地一手捂着头皮，另一只手啪啪啪地扇着自己的耳光，一边打一边还在嘴里嚷着："醒醒，醒醒，快醒过来啊！"但是一切都无济于事。等她再次看向镜子的时候，双颊已经有些红肿了，可自己仍然是那个白人女孩的样子。

露比明白，她必须要做出一个选择了：要么就此放弃，从此完全疯掉；要么接受现状，面对现实。作为爱洛依丝·丹德里奇的女儿，她决定接受现实。

她努力将自己的注意力从镜子上移开，抬起一只手伸到床上，在那亮红色的床单上摸了摸。是缎子的。露比此前可从没在缎子床单上睡过觉，以前她倒是给一户人家打扫过房间，那里的女主人就睡这样的床单。她又看向房间里的其他位置。洗手间房门的右侧是一个梳妆台，上面摆放着一双红色的皮鞋和一套内衣。房间远处角落的一扇门后挂着一件绿色的礼服。

她蹲起身子，躲在窗户下面向外偷看。这个房间在楼上位置，正好可以俯瞰下面的庭院，周围一圈都是二层或三层的别墅小楼。一辆车体银白、车窗深暗的轿车就停在窗户的正下方。一看到这辆车，关于昨夜的许多记忆忽然如决堤的洪水涌入了脑海，也让她越发地想要逃离此地。

她挺身而起，来到梳妆台边。事有轻重缓急，她决定无视丝袜和薄透的花边吊袜带，直接就穿上了裤子。胸罩倒是让她费了一番工夫，现在这对陌生的乳房比自己原来那对要小上不少，形状也相差许多。那件礼服倒是很顺利地就穿到了身上。最后，她抓起梳妆台上的鞋子。这双红鞋的颜色像床单的颜色一样闪亮，而且还采用了舒适的平跟设计。她把鞋穿上试了试，正合适，但是立即又脱了下来，只是拎在手里。之前她已经闹出了不少动静，现在可不想因为这双鞋再弄出什么刺耳的响动来。

房门外是一条阴暗的走廊，楼梯就在左边。她听了一会儿动静，然后紧紧地扶着栏杆朝楼下走去，此刻她还没法对这个新身体的平衡性给予足够的信任。终于，她安全地下到了楼梯口。正冲着她的是一道房门，门上还有个投递邮件用的投件口。门边的架子上挂着自己本来的那件大衣，提包搁在下面的地板上。

露比穿上大衣，正弯腰去够自己的提包时，她听到有脚步声正从下面往上走来。她回头看去，走廊的尽头，就在她刚刚下来的楼梯旁是一间洒满阳光的厨房，看起来似曾相识的样子。是不是就是在那张木质的餐桌上，迦勒·布雷思维特递给她那瓶饮料的呢？

不过现在可没时间去确认了，脚步声越来越近，已经到达了地下室的楼梯口，虽然看不到在什么位置，但是通往这层的房门已经打开了。露比把提包往腋下一夹，悄无声息地打开前门溜了出去，又小心翼翼地带上，尽量不发出一点儿声响。外面的门廊里冰冷刺骨，她赤着脚蹦了一会儿才把鞋穿上，然后沿着过道一路狂奔，最后冲出了低矮的铁门。站在外面的人行道上回头看去，那栋小楼是由粗糙的灰色岩石修筑而成，半数楼面爬满了常春藤，看上去就像是将一座巫师的城堡硬塞到城市之中一般。

街区路口，一辆出租车正停在另一栋房前下客。“出租车！”露比喊道。那司机刚才已经注意到了露比，此刻正侍立在敞开的后门旁边，面带微笑地问道："您要打车吗，小姐？"

上车坐进后座时，她又碰了一下自己的头——即便是不穿高跟鞋，她现在也比之前高上许多。司机为她关好车门，然后才慢悠悠地绕到车的另一边。那磨蹭劲儿让露比忍不住要发作起来。她生怕有人追来，左顾右盼了好一阵，此时司机才终于在方向盘后坐定。

"小姐，请问您要去哪儿？"司机问道。露比将自己家的地址脱口而出，可是过了好一会儿，出租车还是纹丝不动。露比抬起头，发现司机正转头探着身子，疑惑地盯着自己："您确定是这个地址吗，小姐？"

"我当然——"话音未落，她突然住了口，心里开始盘算起来。

"小姐？"

"去市中心，"露比说道，"带我去市中心。"

"去什么具体的地方吗？或者——"

"朝市中心开就是了。"

二十分钟后，在国家大道上的马歇尔百货门口，露比扒拉着自己的钱包。付过出租车费后，钱包里剩下的现金够她过好几天的，如果她能节省一些的话。要是再加上她的惊喜小金库——藏在大衣内衬里面的应急基金——她或许能撑上一个星期。不过，她之前的身份是没法用了，要是去银行取钱的话可能会有些麻烦。

冲着橱窗的玻璃，她开始打量起自己这副模样。直到刚才，她还一直没有调整好心态去欣赏全新的自己，现在这么一看，她发现自己还真是个漂亮的白人姑娘，散发着一种狡黠的气质，让人一看就觉得她应该是个管事的姑娘，肯定常常发号施令。或许，要是她能碰到合适的银行柜员，她都用不着去进行身份验证。不过她的名字还是个问题。虽然顶着一头火红的头发，但是她的模样已经不再像是露比这个名字该有的模样了。

那么她应该像谁呢？她的目光从玻璃上的倒影移到了橱窗之中：一个身着冬装的模特人像摆放在一列涂着颜色的山脉之前。那可能是落基山，但是露比却想起了喜马拉雅山。她再一次幻想着自己站在珠穆朗玛峰的峰巅，不过这次她拥有了一个全新的身份：不再是夏尔巴人，而是摇身一变成为夏尔巴人的指挥官。名字，露比心里回想着，那个白人，那个爬上峰巅的白人叫什么名字来着？

“希拉里，”她大声地念出了这个名字，就像在吟诵咒语一般，“希拉里。”

你觉得如何？她问着自己映在玻璃窗上的倒影。你是希拉里吗？她的倒影露出了笑容，点头表示赞同。

就在她看着橱窗的时候，人们在熙熙攘攘的街道上来回路过，都从她的身边绕着走开。就在她给自己重新赋予新名字的时候，有个人直直朝她走过来，一下子把她挤了个趔趄，却连半分歉意都没有，头也不回地走了。露比刚想张嘴说声“打扰你一下”，却张嘴结舌地什么也没说出口，她认出刚才撞了自己的那个人居然是凯瑟琳·德玛尔斯基。

随即她又有些怀疑，怕就这么一个照面认错了人。可接下来的事让露比确认，就是她没错。又往前走了十几步，凯瑟琳又撞上一个跟在母亲身边的黑人小女孩。小女孩被撞倒在地，差点儿被踩到，哇哇大哭起来。她的母亲喊了一声“嘿！”。凯瑟琳脚步不停地回过头来嘲讽道：“睁眼看清楚你们他妈是在哪儿走呢！”

这句话让那位母亲瞬间哑口无言，同时引来了几个路人并不怎么友善的目光。不过什么事情也没发生，凯瑟琳依然是横冲直撞的做派，那德行就像是把自己当成人类的主宰，普通的路人面对她都会变得无能为力。

但希拉里可不是个任人揉捏的软柿子。

凯瑟琳走进了马歇尔百货。等露比一进去，就听到了那提高的音调，很快就循声在一个化妆品柜台看到了凯瑟琳。她正在脸对脸地跟当班的姑娘说着什么。露比走到旁边的一个柜台，假意翻看着一个货架上的丝巾，其实则是在偷听着那边的动静。

她们两个正在为一个叫罗曼的男子吵个不停，那人是，或者说听上去应该是，凯瑟琳的未婚夫。有人看见那个柜员——依据这场对话的缘由看，她名叫“你这个该死的贱货”，当然露比还是简称她艾菲——曾经跟罗曼待在一起。凯瑟琳就是想把这事搞个清楚。艾菲声称自己和罗曼之间清清白白。不过在露比看来，那姑娘也犯了个战术性的错误，她居然打算让凯瑟琳相信其实罗曼跟凯瑟琳两人并没有像她以为的那样已经约定终身。

二人的声音越来越大，对骂的脏话也越来越难听，终于引来了一位商场经理。“女士们，请问出什么问题了吗？”他开口询问道。十五英尺开外，露比已经挑选好了一条丝巾。她看着展架旁的镜子，鼓励般地点了点头。

在另一边，凯瑟琳对商场经理连理都没理一下，朝艾菲啐了一口，当作最后的警告，随即扬长而去。此时露比故意跟她走了个对脸，二人撞了个满怀，露比趁势把那条丝巾掖进凯瑟琳的大衣口袋，把挂着价格标签的一角露在了口袋外面。然后她双手举起倒退了几步，假装受不了对方的骂骂咧咧。其实露比还真没怎么听清她到底骂了些什么，因为就在同时她注意到凯瑟琳的耳朵上戴着一对珍珠耳环。

来到外面的人行道上，露比看到街边正有个警察在一个热狗摊前买午饭，于是便走了上去。“打扰您一下，警官，”她说道，希拉里的嗓音轻柔，却绝不拖泥带水。“我是商场的经理，那边那个女人刚刚从我们的精品店里顺走了一条丝巾。”

那警察无动于衷地看着她，眼神里像是在问：“那你找我干吗？”露比确信，要是他面对的女子是个有色人种的话，他肯定会把这句话直接挑明的。但是希拉里却直直地回望着他，嘴唇紧闭，眉梢高挑，这副神情也明白无误地传达了自己的意思：请你履行自己的职责。

那警察叹了口气。“看好我的这份。”他一边说着，一边把手里的热狗又提给摊主。然后提了提裤子，问道：“那边那个女的？穿棕色大衣，黑头发的那个？”

“没错，”希拉里说道，“之前她还去过我们的珠宝专柜。你该去问问她那对耳环是哪儿弄来的。”

警察尽责地点点头，然后笨手笨脚地一路小跑而去。在街道尽头，他终于撵上了凯瑟琳。刚一抓住凯瑟琳的手肘，就被她一把甩开。依她的脾气，让人这么一拦，不火冒三丈就不是她凯瑟琳了，即便看到那人是个警察，她也没怎么消火。就追了这么短的一段路，那警察就跑得上气不接下气。一边喘息，他一边指了指从凯瑟琳口袋里露出来的丝巾。凯瑟琳一把将丝巾拽了出来，满脸疑惑地端详了好一会儿，然后盯着那警察，眼神里满是责备之意，就好像这丝巾是眼前这个警察塞到自己口袋里的一样。接着那警察又说了句什么，凯瑟琳闻言不由抬手朝自己的耳垂上摸了摸。下一刻，她再难保持淡定，变得异常紧张焦虑起来。可是她的暴脾气又变本加厉起来，只见她坚决地摇着头。

但是那警察却在点头。这一番交涉已经让他下定了主意。他又伸手去抓凯瑟琳的胳膊，凯瑟琳拍开了他的手，双手一挥拍在了他的胸口。那警察的脸一下涨得通红，也回手推了她胸口一把。他只用了一只手，但力道却足够大了——一下就把她推了出去。凯瑟琳撞在人行道上，刚一站稳又立马弹了回来，恼羞成怒地朝着那警察就是一通乱捶。这时又有两个警察从街角转过来，看着眼前的二人互殴，不禁有些目瞪口呆。当然，他们并没有让局面如此下去。转瞬之间，凯瑟琳就从跟一名警察单挑，变成了被三名警察群殴。

露比一直幸灾乐祸地看着眼前这出闹剧，心想风水轮流转，你凯瑟琳也想不到自己还有这么一天吧。可随着事情突然朝着暴力事件方向发展，她感到一阵恶心袭来。几个警察正在合力想把凯瑟琳制服在地上。她朝着第一个警察的脖子上又拽又挠。那警察挂了彩，向后一撤身，随即一记重拳轰在她脸上，引得热狗摊的摊主大喊了一声“该死的”。看着凯瑟琳被击倒在地，三个警察就势围了上去，露比感到一阵反胃。她把脸转了过去，像是要吐出来似的，但是她并没有吐，反而落荒而逃。

“不是我干的，”她的脚步重重地撞击着路面，内心既是惶恐又是狂喜，“不是我干的，那不是我……”她边跑边喊，一口气就冲到了街道的另一头。转过弯来，冷不防一头又跟一个警察撞了个满怀。

“噢，天哪！”她嘴里呼喊着，脚步踉跄着向后退去，眼看也要被撞倒在地。不过眼前这名新出现的警察——年轻力壮，面色绯红，提鼻子一闻就能知道他肯定是刚刚参加完一场通宵除夕派对回来——的反应却是幽默感十足。“您可千万当心呐，小姐。”他一边笑着，一边伸手扶住露比的胳膊，当然，不是要逮捕她，而是要帮她站稳脚步。等注意到眼前这位小姐并没有对自己报以微笑之时，他脸上的喜悦变成了忧虑。“你没事吧，小姐？谁骚扰你了吗？”他朝露比身后看去，布满血丝的双眼眯成了一条线，“是他们吗？”

他说出“他们”二字时，语气有些异样……露比也转头看去，只见不远处有四个十几岁的黑人少年。他们并没有注意到这边，只是自顾自地在等着红绿灯。

她的沉默让警察误以为是默认。“别担心，”他从她身边绕了过来，“我来解决这件事。”

但是露比用希拉里的手制止了他。她伸手在他的手腕上轻轻一碰。“不，”希拉里说道，“跟他们没关系。”警察犹疑地看着她。“我没骗你，”希拉里继续说道，“他们真的什么都没做。没人把我怎么样。”此时，绿灯亮了，那几个黑人少年开始一起过马路。那警察的样子看起来想去追上他们，毕竟一般情况下他们都这么做。

于是希拉里再次碰了碰他的手腕，问道：“可以请我吃个午饭吗？”

“罗曼？”这个名叫迈克的警察说着，“这名字听起来可真像个混球，请原谅我这一嘴粗话。”

“不，罗曼是个很棒的小伙子，”她说道，“至少我觉得他是。”

“他要是骗你的话，他就是个傻瓜。”

或许她已经疯了。其实她真没打算跟这个警察一起吃午餐。只是当他们来到滨湖大街高架地铁站下面的一家快餐店时，刚刚一直在胃里折腾的恶心感忽然消失了，然后她就发现自己饿极了。于是乎，她便没有借故开溜，而是跟他一起进店坐下来。随后就聊了起来。

她告诉他自己叫希拉里·艾菲勒斯，是进城来度假的。希拉里·艾菲勒斯，这个叫迈克的警察对这个奇怪的名字一点儿都没在意。那个念头再次在她心里涌起：她跟他说什么都行，不管她说什么，他都会深信不疑。一个警察居然会对她的话信以为真，这种新奇的感觉让她逐渐沉迷其中。于是，她就开始一发不可收拾，滔滔不绝地胡编了自己在芝加哥的度假奇遇记，还有一堆人物友情助演：傻侄子里奥、惯坏了的表妹凯瑟琳，还有一直跟她住在一起的亲爱的艾菲姨妈。话题中不可避免地要扯到男朋友的问题，于是罗曼出场了。她说自己正准备回家，谁知在今天早晨却意外得知，原来自己不在家这段期间，罗曼常常出去跟别的女人鬼混。看到迈克那种“伤在汝身，痛在吾心”的表情——她此前已经预见到会是如此了——她顿觉心里一股难以言喻的快意。妈妈给人招魂时肯定就是这种感觉。尽管这么做是不对的，但是听着这连篇的鬼话从希拉里口中说出，看着旁边货摊的玻璃窗上映出希拉里虽然模糊但依稀可见的样子，这让露比觉得似乎也没那么不对——至少，这不是露比的罪过。

“那么你今晚就要回家去了？”迈克问道，“是去……”

“马萨诸塞州的斯普林菲尔德。”她点头应道，“我下周一得回去上班了。”

“真可惜你不能待久一点儿。”

“哦，我还会回来的。”她的话让迈克又燃起了希望。

“是吗？什么时候？”

“可能是今年夏天吧。”她顺口胡诌道，“我一直跟艾菲姨妈商量，我想在这里的大学修几门课程。”

“什么课程呢？”

“新闻学的。”

“你想当记者？”这还是第一次从他的口气中听出质疑的意味——当然是针对于她这个想法，而非她本人。

“我哥哥马文就是记者，”她的语气中多了丝防备，“既然他都能当，我凭什么不能当。”

“嘿。”他举起了一只手，“如果你愿意的话……你要是回来的话，一定打电话找我。我带你看看真正的城里是什么样的。”

“看情况吧。”

这时，他腰带上的无线电响了起来。“好吧，听着，”他说道，“我现在得走了……不，你不用急着走，可以再吃点儿甜点。不用担心账单的问题，我会结账的。”他在一张餐巾纸上草草写下了自己的电话号码，然后递给她。“希望你回家一路平安——告诉罗曼那家伙，就说迈克说了，他是个混蛋。”

看着他走出饭店顺着人行道走远，露比朝他挥了挥手，然后把视线转回映在玻璃上的希拉里。你是个坏姑娘，露比冲她说道，但希拉里却只是笑着，一点儿都不觉得羞耻。露比觉得自己也笑了。仇也报了，还蹭了顿免费的午餐，只要自己愿意还有专属的警察做护花使者……成了你，还会迎来什么呢？她心里想着。

“要甜品吗，小姐？”服务员的声音此时在耳边响起。

吃过午饭，由于并没有什么特别的地方想去，她决定就在街上随便走走。她选择了北方，因为脑海之中似乎那边总有个家在指引着自己。过河的时候，一阵又一阵寒风刮在腿上，时刻提醒着她只穿了一条单薄的裤子。所幸刚才那顿饭后的一大块儿巧克力蛋糕发挥了作用，这冬日的寒意似乎根本就不能把希拉里怎么样。

一边走着，她一边回味着刚才跟迈克瞎编一气的故事。一想到自己绘声绘色地编故事时所产生的那股兴奋，她再次对自己佩服得五体投地。她真的是精心雕琢了一段全新的人生，不过对她而言唯一的制约因素就是自己的想象力还是有些局限。她有些后悔用了自己哥哥的名字。把马文跟希拉里牵扯进来似乎真的是大错特错。下一次就咬准艾菲姨妈，她暗暗嘱咐自己。

然后她又想到了那个新闻学的课程。学那个干吗呢？路过一家商店时，她看向了橱窗里倒映着的希拉里的双眼，问了她一个迈克问过的问题：你想当记者？希拉里耸耸肩，又把球踢了回来：你想吗？

走了差不多一英里时，她终于感觉到冷了。碰巧路边一家店铺正开着门——威尔斯街上的一家小古董店——于是为了取暖，她抬脚便进了店里，进门时她告诉前台的人说自己就是进来随便看看。对于露比而言，“随便看看”一般都换不来什么好脸色，但换了希拉里，待遇可就好多了。店主热心地请她随意就行，就跟在家里一样，不必拘束。等又回到街上，她开始注意到路人对于她的反应都产生了跟刚才类似的变化。与她擦肩而过时，很多白人，尤其是男人，都冲她微笑以对。不过最值得注意的是那些对她无视的人。这种无视的方式跟以前露比被无视是完全不同的方式。没有不屑，没有假装对她视而不见，可心里却一直在嘀咕她想干吗。那些人无视她是因为她并不引人刻意去提防关注，仅此而已。现在，她爱看什么地方就看什么地方，不仅仅是哪个个人经营的地方，而是整个世界。

成了你，还会迎来什么呢?

在林肯公园的边上，她偶然路过了一家名叫丹娜的白人发廊。此时，里面只有一个金发姑娘，正在锉着自己的指甲。见希拉里走了进来，那姑娘抬起头，随即笑脸相迎。“你好，我叫艾米，”她说道，“有什么可以效劳的吗？”

“随便看看，”通常露比都会这么回答。不过这次她却制止了自己，而是说道:“其实我还没想好。”

艾米很专业地看一圈希拉里的头发。“烫个漂亮的发型怎么样？”她建议道，“让头发打些卷儿？”

“不，我不喜欢卷发，”露比说道。她一个劲儿地跟自己说现在应该走了，可是又十分好奇地想知道自己还能不能变得更好看一些。“能不能就是……剪一剪？”

“当然可以。”艾米答道，“你想怎么剪呢？”说着她抬手指向了墙上那一长溜的镜子。镜子上面贴着一排照片，都是从时尚杂志上剪下来的各种发型样式的照片。

露比一眼就看中了其中一张。那是一位相当有名的女子飞行员，留着一头凌乱的波波头发型。照片里，她站在一架小型飞机的驾驶舱内，背后群山连绵、隐约可见。“那个怎么样？”

“阿梅莉亚·埃尔哈特[①]？”艾米点了点头：“我能剪这样的发型，要是你觉得你男朋友不会介意的话。”她解释道，“不少男人可不喜欢这么短的发型。”

“我想试试。”露比说道。

当艾米忙着手里的发型时，露比又开始给她讲了一段全新的故事。这一回她变成了土生土长的芝加哥人，在海德公园出生并长大。直到去年为止，她一直都在母亲的美容院里工作，可是母亲突然去世了。于是，希拉里变卖了属于自己的股份，用这笔钱进行了一趟海外旅行，这可是她一直梦寐以求的探险之旅。（“你去巴黎了吗？”艾米问道。“我去了尼泊尔。”露比回答，这么说只是为了听听别人的反响。“跟巴黎离得近吗？”艾米如是问道。）她已经在国外待得过久了，再待下去就没钱了，所以就回到了芝加哥，跟自己的妹妹住在一起，打算在最后那点儿钱花光以前找一份工作。

“我这里就在招人啊，要是你感兴趣的话。”艾米毛遂自荐。

---

① 阿梅莉亚·埃尔哈特（Amelia Earhart，1897—1939），美国著名的女飞行员和女权运动者。

“不用了，谢谢，”露比答道，“我想换个行业。”

“比如说？”

“我也不知道。”看着镜子中的艾米，她答道，“这是个新情况。”

“如果你喜欢在天上飞的话，你可以试试我表妹霍莉的工作。她是个空姐，一天到晚在全国各地飞来飞去，”艾米说道，“她倒是想飞国际航班，可惜航空公司的人说她不够漂亮。不过，我敢打赌你肯定行……这样的话或许人家还会付给你钱让你去尼泊尔呢。”

镜子中，希拉里挑了挑眉毛。“怎么才能找到这样的工作呢？”露比问道。

“我不清楚霍莉是怎么找到这份工作的，不过你可以去找莱特布里奇事务所试试，肯定行得通。知道莱特布里奇吗？就是老打广告牌的那个。”

没过一会儿露比就回到了街上，时间快得有些不可思议。整个过程——洗、剪、吹，外带美甲——连一个小时都没用。白人的头发是容易打理一些，对此露比此前有所耳闻，但是天哪，这也太快了吧，这简直就像给她的生命又额外赋予了几年时光一样啊。而且，阿梅莉亚·埃尔哈特的这个发型也很适合她。

她朝西走去，脚步更加轻快了不少。走到第一个十字路口时，她抬头看去，只见对面那栋小写字楼顶上挂着的正是艾米刚刚说到的广告牌：

乔安娜·莱特布里奇职业介绍事务所

你想成为谁呢？

广告牌上展示的是一套白人女性阵容，当然，不是发型模特，而是职业模特。左数第二个就是空姐。她身着制服，上面别着一枚小小的翼形徽章，这让她看上去就像是空军里某个不起眼的供应马提尼的下属部门的军官。站在她旁边的女性手握速记板，可能是名记者，不过看起来更像是个秘书——但露比觉得应该是那种高级秘书，有权决定人去留的那种。一边看着余下的那些形象，先前那种难以言喻的快意再次涌上了心头。这份快感并不是因为她具体要做出的哪种选择，而是在于所有这些居然都可以供她来进行选择，她想做什么都有可能。

你想成为谁呢？

根据楼层指南，莱特布里奇事务所是在这栋大楼的六层。“不过我觉得他们今天不上班。”大堂保安告诉她。

“我可不可以上去看一眼呢？”露比问道。

“当然没问题，请便。”他看着房客登记表，笑着点了点头。刚刚露比在上面沉稳有力地签上了“希拉里·埃尔哈特”这个名字。

电梯向上爬升着，趁着这会儿工夫，她冲着锃亮的电梯大门从上到下好好地又打量了自己一番。来之前应该去买双袜子的，她想，虽说这件礼服倒是足够长，其他人应该不会注意到自己的这一瑕疵。不过真正的问题是身上的这件大衣——露比·丹德里奇的大衣——此前艾米就已经尽可能礼貌地指出这件衣服跟希拉里一点儿都不搭。

（“这是我母亲的大衣。”露比是这么回应她的。）她把大衣脱了下来搭在胳膊上，然后又仔仔细细地整理了一下礼服。这下看起来好多了。

电梯门开了，迎面是一道玻璃幕墙，后面是接待区。里面的灯光有些昏暗，对开的玻璃门上挂着“休息”的牌子。

露比凑近玻璃朝里面看去，接待桌空无一人，背后的墙上挂着一幅肖像照。那是位让人一看就觉得相当专业的白人女性，身着夹克衬衫，双臂交叉抱在胸前，一头棕色的干练短发，跟希拉里的发型极为相似。这位女士看上去简直完美得无可挑剔。这应该就是莱特布里奇小姐吧，露比心里猜测。又往旁边挪了几步，她顺着接待桌左侧的走廊看去，里面有间办公室还亮着灯，一个人影映在墙上，从轮廓看是一位留着短发的女士。

露比笑了起来。她似乎已经越来越习惯希拉里所带来的好运气。跟这家职业介绍事务所的当家人来个私人会面。为什么不呢？只要别让她看到自己的脚踝就是了。

她正抬起手来打算去按门上的门铃，忽然发现自己的指尖上有一滴血迹。她皱了皱眉头，心想肯定是修指甲的时候让艾米给划伤了。可等她翻过手掌却发现，原来不只是食指在流血，她所有的指甲里面都开始往外汩汩地冒着红色的液体。

早晨醒来时的那种恐慌感再度袭来。她感到自己的心脏在怦怦怦地乱跳个不停——胸膛里面在不住地向外撑着，不过不是她的心脏，而是胸骨，就好像自己左右两侧的胸腔之前是被一把钳子牢牢地夹住，此刻钳子突然松开了一样。“噢，不！”露比叫了起来。

身后的电梯门正在缓缓关上，她听到动静赶紧转身朝里面冲去。眼看门就要关上，她又抓又拉一通手忙脚乱，在光亮的金属门上把血迹抹得到处都是。

等电梯门再次合拢，她的“变形记”已经全面发动了，看来露比又要回来了。只见她的身形一点点地粗壮起来，而胸罩此刻则成了一种束缚。她把大衣和提包统统丢在地上，双手合力从背后把礼服拉开。足下的红鞋也在无情地勒挤着肿胀的双脚。从电梯门上看去，希拉里那一头漂亮的头发此刻变得粗糙起来，颜色也在不断加深，又开始打起卷来。肌肤的雪白之色也在逐渐褪去。

露比狠狠地一拽，把胸罩的挂钩扯开。她弓着身子，一边大口地喘息，一边不停地在礼服上擦蹭着手上的血，然后眼瞅着前臂和双手上那最后的白色也一点一点地消失。

电梯终于停了下来。露比一把抓起地上的大衣穿在身上——现在这又是她露比的大衣了——然后严严实实地扣好了每颗扣子，好歹要把这一团糟之中最糟糕的部分给遮掩住。电梯门打开了，她本想整理整理头发再出去，随即意识到这根本于事无补，于是跌跌撞撞地来到大堂里。

“你他妈是什么人？”保安质问道。

“我这就走。”露比应道，还朝他露出一个笑容，可惜此时的她笑起来比哭还难看。她开始一瘸一拐地朝出口踉跄而去，脚上这双鞋现在让她每走一步都是煎熬。那保安还在冲她嚷着什么，可露比仍然充耳不闻地往前走着，心中祈祷着自己可千万得忍到叫着出租车啊。

三天后，她回到了海德公园的房子里。

她其实一直都在忍耐，三天已经是她的极限了。她心里清楚得很，自己真是疯了才要回那个地方去。目前唯一理智的做法就是把一切都当作没发生过一样。回家后的第一个二十四小时，她几乎都快说服自己，这件事一定会理智对待。可等到第二天，双脚消肿后又能走路了，她才意识到自己现在根本就不想再去找什么工作——她一点儿都不想以露比·丹德里奇的身份去找工作。

所以第三天一早露比就起来了，然后把自己裹得暖暖和和。她本以为自己要找到那栋房子可得花上些工夫，可不成想出租车司机刚一问“要去哪儿”，那里的地址便莫名其妙地出现在她的脑海中。

第二次再看这里时，这地方看起来又不太像城堡了，它就是一栋缺乏维护的高大旧宅。不过这房子还是散发出一种拥有魔力的气息。露比在门口站了好久。这可是最后一次机会，她告诉自己，你要是进去了，可就没法再逃第二次了。

可是她甚至连第一次都没能真正逃出去。

她抓紧自己的提包，抬脚迈过了大门。刚走一半，房子的前门打开了。迦勒·布雷思维特就站在里面，满脸笑容。

“你好，露比。”他打了声招呼。

“你还记得自己把灵药喝了吗？”

此刻二人正在一进门的一间小客厅里相视而坐。露比拿出了那把小刀，还要求布雷思维特把前门开着，这样她就能听见背后外面街上的喧嚣声，还能感觉到外面的冷空气在自己的椅子底下和脚踝边打转。如此来让自己保持清醒。

“我记得你给了我什么药水，”露比说道，“不过我不记得自己喝下去了。”

布雷思维特点了点头，看样子早就料到了这个答案。“这是我的错。我知道那种变化会吓到你，不过我确实应该多考虑考虑你那天晚上还喝了些什么的。”

她的眼睛眯了起来：“你之前还在我的酒里下药了？”

“不，绝无此事。你当时有点儿醉了，但是——”

“我当时可不只是有点儿醉了吧。”露比说道。

“你在做决定时头脑还是很清醒的，”布雷思维特说道，“不过因为那种变化对你所造成的惊吓，再加上酒精的作用，引发了你极度的恐慌。当然，这是可以理解的。这种变化真的是挺吓人的。”

“吓人。”她想起了此前在电梯里变回露比的那一幕。

“后来你因为惊吓昏了过去。我开始还以为你只是有点儿头晕，随即才发现你已经失去了知觉。于是，我就把你抱上楼，放在了床上。我觉得休息几个小时你就会没事了。”

她想起了当时躺在缎子上那种滑溜溜的感觉。“是你把我的衣服给脱了的？”

“衣服是自己掉下来的。你陷入恐慌之时，把自己的衣服都给撕扯了。”

“所以你就趁虚而入，自作主张地跟我……？”

“我可什么都没做。就是把你放在了床上，就这样。然后就候在一边等你醒过来。谁知你睡了一整夜……到了早晨，我还有些工作要处理，所以就去了地下室。等我回来看你的时候，你已经走了。我没打算去追你。我不想把你弄得更加心烦意乱。我希望你能自愿回来。我把药水的配方又做了些改动，”他继续说道，“下次你再喝的时候，应该就没那么不舒服了。”

“谁说还会有下次的？”

“要不你干吗还回来呢，不是吗？”他深深地看了她一眼。“但在我们继续之前，”他说道，“我还是要跟你说清楚。咱们两人那天的相遇，并不是一个巧合。”

“你这是什么意思？”露比问道。

“我的直觉很厉害，”布雷思维特说道，“这是一种可以感知机遇的天赋。我特别擅长发现实现自己愿望的方法。家父还在世的时候，我只有靠自己的这种能力才能让自己的愿望得到满足。”

“你是说是你的直觉告诉你会在那个街角遇到我？”

“是的，”他犹豫了一下，“但并不仅仅如此。我在芝加哥的一些事还一直没有告诉你，我怕你听了会难过。我确确实实想对你开诚布公，但是我需要你明白——”

“噢，我明白，”露比打断了他，“你告诉我你就是个骗子，除夕夜那晚的事就是你布的一个局。”说着她耸了耸肩膀，就好像这事无关紧要一样，但事实上，她觉得这是背叛，更让她怒不可遏的是她还是自投罗网。“你的确是个调情的高手。这一点我必须承认。”

“不，”布雷思维特喊道，“不，露比，不是这样的。那天晚上我确实是有所打算，这点不假。但是跟你在一起时我也非常享受。跟你一起出去真的很有意思。我们相谈甚欢，我们相拥起舞，我们相视而吻。”他脸上露出了笑容。

“是啊，你可以继续下去，然后把这些都忘得一干二净。”露比举着小刀在面前晃来晃去。

“好吧好吧。”他高举起了双手，但脸上笑容依旧，像是在说你会明白的。

“咱们在车边碰到的那两个家伙是怎么回事？”她问道，“那也是——”

“那真是巧合。一场令人高兴的意外。”

“令人高兴？”

“我并不是对那天晚上事情的进程不满意，”他脸上又显现出了笑容，“但是等到了某个时刻，我确实要对你说出我对你的需求，要是之前咱们已经很亲密了的话，那种感觉会……很尴尬。那两个家伙的出现刚好调整了这种气氛。”

“要是他们把我们杀了怎么办？”露比说道，“那时候的气氛又会怎么样呢？”

“他们是绝不可能伤到我的。你也绝不会真正陷入危险之中。”

露比摇了摇头：“你可真是个人物啊。”

“我这个人知道自己到底想要什么，而且清楚该怎么样得到它。”布雷思维特说道，“我明白你很愤怒，你也确实有理由如此，但露比，说实话，你知道我是对的。这就是你想要的。”

“即便如此，”露比说道，“也并不意味着我脑子坏掉了。”

但是她随即又摇了摇头，说道：“跟我说说工作的事吧。”

吹进屋里的寒风越来越冷。得到露比的允许之后，布雷思维特关上了房门。二人一起回到了厨房里。布雷思维特在炉子上放上一把烧水壶，然后和露比一起坐到了洒满阳光的桌旁。

他给她讲了个故事。这故事要回溯到1795年的马萨诸塞州。一个名叫提图斯·布雷思维特的人领导了一个由白人组成的巫师组织。迦勒的父辈先祖正是提图斯的堂兄弟。这群巫师后来找到了利用创世之力的方法，但是中间却出了问题——把本该应验的咒语念成了“芝麻开门”——结果却招来了末日天劫。

然后故事一下就跳跃了百年时光，直到迦勒的祖父艾迪生又组建起了自己的巫师组织，迦勒的父亲又把这个组织发扬光大，在提图斯·布雷思维特故居的废墟之上重建了一座全新的庄园。他们了解到，一个叫汉娜的黑人女奴在提图斯·布雷思维特的天启末日之中逃过了一劫，当时她还身怀六甲，正是旧主的骨肉。他们花费数年光景也没找到那女奴及其后人的下落。直到迦勒运用自己超凡的直觉才最终解开了这个百年之谜，并且追踪到提图斯这条特殊血脉的最后一位健在者。

等布雷思维特说到他的父亲下套把艾提克斯引诱到马萨诸塞州这件事的时候，露比想起了去年六月她接到过乔治·贝里的电话，说他要和艾提克斯去东部处理一些家庭事务，问她能不能帮忙照顾几天贺拉斯。接着，她又想起了紧随其后一路东去的那个人。

“艾提克斯和乔治到你父亲的庄园时，”露比问道，“是就他们两个人呢，还是——”

“他们本来确实是打算就两个人去的，”布雷思维特答道，“但是你妹妹执意要跟他们一起。”然后又说了一句，听起来倒像是句赞扬之语，“她可真是个难伺候的姑娘。”

你这才了解她多少啊，露比心想，不过转念又一想，或许你还真了解她不少了呢。

这一部分的故事一直讲到布雷思维特背叛了自己的父亲，挽救了艾提克斯和其他人。后来，布雷思维特用了一段时间来接收父亲留下的遗产，随后就来到了芝加哥，跟另一个白人巫师组织取得了联系。这里还有不少背景故事，不过刚一提到海勒姆·温斯洛普的名字，他就被露比打断了。“温斯洛普？就是温斯洛普公馆那个温斯洛普？”

“是的。我先来回答一下你接下来肯定会问的几个问题。没错，是我让利蒂希娅得到那栋房子的。给她钱的律师和那个中介都是我的人。半影房地产公司是家父成立的。现在我才是这处产业真正的东家。”

布雷思维特还没说完，露比就无奈地摇起了头。“我早就知道！”她说道，“我早就知道哪有什么天上掉馅饼的好事。”她盯着他，“为什么？为什么是她？”

“直觉。”布雷思维特平静地答道，“我本来是想自己搬进温斯洛普公馆里去住。我相信那屋子里肯定藏着什么价值连城的秘密。不过要想揭开这些秘密就意味着要跟温斯洛普的鬼魂打交道。倒不是说我不愿意好好地跟他来一番意志上的较量，只是我忽然想到要做好这件事或许还有个更好的人选。”

“利蒂希娅吗？可为什么你会觉得——”

“你妹妹性格相当执拗。我感觉要是以适当的方式刺激刺激她——比方说让她能得到那栋宅子——她就一定能想办法搞定温斯洛普。很显然，我是对的。”

“是的，你确实对了，”露比说道，“但是你也错了。利蒂希娅并不知道是你把这栋宅子给了她，对吗？”

“嗯，她确实不知道。希望你别告诉她。她知道的话会不高兴的。”

“说的就好像你多在乎她似的。”

“我确实在乎，”布雷思维特说道，“我喜欢利蒂希娅。”

“但她并不喜欢你，对吗？所以即便是她现在就住在温斯洛普公馆，你也得不到你想要的东西。你没法找上门去问她有没有发现什么东西。”

“是啊，我没法这么做，”布雷思维特表示赞同，“但是你可以啊。”

“这就是你要我做的工作？你想让我到我妹妹身边去卧底？”

“这只是这份工作的其中一小部分，”他的语气十分优雅，“我希望你能在你妹妹身边待上一段时间。别去刻意问她什么。就是问问她最近过得怎么样，看她是否愿意主动跟你聊点儿什么。跟艾提克斯也聊聊。总之，但凡是住在里面的房客，能聊的你都去试试。或许你还可以自己在屋子里面玩玩扑克。”

“什么？就我自己？”露比抗议道，“你想都别想。”

“好吧。那就跟房客们聊聊天吧。看看有没有人无意中发现了什么有趣的东西：书籍、地图、奇怪的装置、密室。我还想知道还有没有别的什么人去那儿探听过消息，或者说有没有别的什么人关注过这栋宅子。”

“你说的别的什么人是指？”

“白人，”布雷思维特说道，“尤其是警察。”

她看着他的目光变得冰冷起来：“你到底把我妹妹卷进什么事情里了？”

“那又是说来话长了。我会一五一十告诉你的。不过在这之前，我想先让你去参加一次聚会，就在明天晚上。到时你的许多疑问都会迎刃而解。然后，我们就可以聊聊这份工作剩下的内容了。”

“是什么样的聚会？你是说派对吗？”

“别担心，不会让你来负责聚会上的小吃。你是客人。”

“哦，可真棒，”露比说道，“我的礼服都扯烂了。”

布雷思维特掏出一个小玻璃药瓶放在桌上，里面红色的液体在阳光下闪着妖艳的光芒。

“这个肯定适合你。”他说道。

“这种占卜非常实用，”这位老妇人说道，“不是吉卜赛人的那种云山雾罩的胡话，而是非常理性的预测，是有数学依据的。自从1929年10月份以来，这一直都是我们的研究重点，而且已经取得了切实的进步，尽管偶尔也会有些小失误，但无伤大雅。最近，我个人还对复原术有了些兴趣。”她低头看了一眼自己正握着手杖的那只已显僵硬的手。“要是能再早点进行这项研究就好了。不过谁都想着每天不止二十四个小时就好了……你呢，亲爱的？你擅长的领域是哪方面呢？”

“我可以跟死人交流。”希拉里说道。

“用什么办法？精神无线电波？还是巴顿的电传打字机？你可别告诉我是用占卜板啊。”

“都不是。我直接就能跟死人交流。我有这种天赋。我母亲也能这样。”

那妇人闻言后退了几步，嘴唇微微皱起，那样子看上去就好像希拉里说了什么倒胃口的话一般。不过随即她就咧开嘴咯咯地笑了起来，但那神情确实有些残忍的意味。“天赋！在这儿你可得谨言慎行，亲爱的。他们要是听到了，肯定会把你当成女巫烧死的。”

“小心眼儿的人可吓不倒我。”希拉里不屑地说道，她的言辞又惹得那老妇人笑出了声。

“没错，”老妇人说道，“我知道他们不会……你刚才是说楠塔基特岛？”

希拉里点了点头：“我们分社规模很小，现在比以前还要小。去年春天，我们分社的头儿投靠了阿达姆。现在我们还在重组呢。”

“阿达姆，”老妇人的嘴唇又皱了起来，“我这里也有个人去了他们那儿。不过我知道他结局很惨。当然，那个引诱他去的人，布雷思维特先生，也没得什么善终。”她又笑了起来，“咱们喝点儿香槟好吗，亲爱的？看到侍者了吗？”

就在老妇人慢慢腾腾地转身去找饮品托盘的时候，露比才有机会现身而出，她在宴会厅里扫了一圈，寻找着迦勒·布雷思维特的踪影。

早先时候，他们二人一起坐在他的车里，车子就停靠在这间乡村俱乐部的停车场里。透过深色的玻璃，二人看着其他宾客陆续到达。

布雷思维特一个一个说着不同城市的名字，那正是他们每个人所代表的巫师组织所在的地方。巴尔的摩、亚特兰大、新奥尔良、拉斯维加斯、洛杉矶……足足有二十多个。那位老妇人来自纽约。

在那一辆辆豪车先后抵达的间隙，布雷思维特跟露比说了待会儿她掩饰身份要用到的说辞。“你用不着说太多话，你会是现场唯一的美女。他们当中大部分都会想着撩你呢，你就让他们撩好了。保持笑容，假装陶醉其中，就让他们使劲说好了。看看他们都能吐出些什么来。”

原定计划是两个人分别抵达现场，所以时间一到，布雷思维特就把车开到几英里外的一个车库之中。露比的豪华轿车就等在那里。“别担心，”他鼓励道，“你不会有问题的。就是进到他们中间，观察倾听就行了。”

但露比确实是很忧心，等自己这辆车把她带回到俱乐部外面时，她紧张得要命，生怕自己会搞砸了。绝望之中，她在后视镜里看到了希拉里的眼睛。希拉里正挑着眉毛，用她那特有的方式回望着自己，她已经准备好来接班了。于是，露比就把事情交给希拉里来负责了。等到车门打开，迈着自信的脚步从车里踏上路面的那个人正是希拉里；大步流星地走进俱乐部里，就像是回自己的地盘一样，甚至都没停下来把自己的邀请函亮给门口的黑衣保安的那个人正是希拉里。

走进门厅，她稍作停留，对着一面镜子看了看自己。这次外形上的变化，尽管仍然有些奇怪，但是已经不像上次那么痛苦了。一头红发又变回了原来的长度，这次她没有再剪短发，而是决定就这么留着就好。冬日的寒风把头发吹得有些许凌乱，而那种狂野的气质正好跟今晚的装束形成了鲜明的对比：身着黑色晚礼服的红发女猎手。

她走进了宴会厅。就在她进门的那一刻，大厅里乱哄哄的聊天声瞬间低了许多，大家的目光都向她投来。希拉里对着人群审视了一番，随即决定从一个老年三人组开始下手——旧金山、圣路易斯，以及得梅因——在不远处的一张桌旁，那三个老色鬼正色眯眯地盯着她看个不停。

她走上前去，做了一番自我介绍。一听说希拉里是从楠塔基特岛来的，旧金山开始嘲讽道："我可是知道关于你的一首打油诗呢。"这时只听圣路易斯应道："不，才不是呢——你是想说她兄弟吧。"这俩老家伙一唱一和之时，得梅因则一边流着口水，一边数着她乳沟里的雀斑。那两个是傻瓜，这个是癞蛤蟆，露比心道，但是对于希拉里而言，自己被人烦成这样，她却一点儿也不烦。

她也坐到了桌旁，挨个打量眼前这三个人。别看旧金山一脸滑稽样，其实他现在正在忍受着极大的痛苦。他一直用手掌捂着肚子，不时露出痛苦的表情，而每次这样时，他都要看一眼洛杉矶坐的那一桌。得梅因看起来有些缺乏安全感，总是有些不自在的样子。要是遇到哪个人的分社比自己的还要无足轻重，至少他认为如此，他才会喜笑颜开。即便他确信希拉里肯定在他之下，他也觉得有必要给她加深一下印象。他在希拉里面前把自家分社的图书馆好一通吹嘘，尤其是最近所得，一本叫《万象法典》的古籍。"那可是齐格勒的抄本，七家评注齐全。你知道它有多么珍稀吗？"她当然不会知道，不过她能感觉出圣路易斯在觊觎这本书。他一直在讨好得梅因，看来是希望有机会能把它窃为己有。

过了一会儿，她借故起身——中断了得梅因的自说自话——然后朝另一张桌子走去。就在希拉里在这里大展拳脚之时，露比得以放松下来，她意识到在这里的人们也都是以貌取人。对于她而言，这些人其实也并不怎么异于常人。这些人和她以前遇到过的其他那些有钱有势、妄自尊大的白人相比，最大的不同在于他们愿意跟她交流。他们交流的内容大多是关于类似巫术的东西。但即便是谈论巫术魔法之类的话题也并没有什么特别之处，因为他们大部分聊起这样的话题就跟说金钱，或是政治，或是其他那些让世界臣服在其意志之下的手段一样，没什么区别。

她发现自己一点儿都不喜欢他们，和他们谎话连篇，她一点儿也不觉得内疚。在与这些人的周旋之中，她还发现除了那些傻瓜和怪人之外，还有一些人则是相当可怕。

就在假装陷入丹佛精神控制的冥思之时，希拉里身子向后靠，偷听背后洛杉矶和拉斯维加斯的谈话。拉斯维加斯先前被旧金山一通冷嘲热讽，此刻还是有些莫名其妙："真不知道他是不是吃错药了。"洛杉矶大笑着说："我知道是怎么回事。"然后他说，"你要么跟别人做买卖时直接干掉他们，要么就相信他们推荐给你的餐厅，但只有白痴才会两者都做。"

又过了会儿，她加入到了另一桌的谈话。这桌上坐的全都是南方人。达拉斯是个中年女牛仔，嗓音沙哑，有着一种淫荡味十足的幽默感。而里士满、亚特兰大和新奥尔良则是极富教养的绅士，他们能很好地区别怎样惹人喜欢，怎样令人反感。跟这几个人相处是今天晚上到目前为止最让希拉里觉得舒服的时间，一直到聊天的话题忽然毫无征兆地转到大家口中的“黑鬼”上。达拉斯则使用了大家更耳熟能详的那个发音。

这样的话，不管是有意还是无意，露比以前已经听了无数次。但就是同样的话，别人是在背地里谈论你或是影射你，还是当面跟你一起谈论，这之间的区别还是很大的。后者是对方相信你跟他们是一样的，也希望你的想法跟他们一致。就希拉里而言，她真的是忍了又忍才没有失态。她从几个人的交谈之中退了出来，不过并没有说什么对于露比而言不可饶恕的谎言。有些时候，只要保持沉默就足够了。

然后就是科达伦。他瘦得跟皮包骨头一般，满头金发，双眼显露疯狂之色，那眼神里尽是恨意。给人的感觉就像要是他此刻忽然起身朝人群里开枪，也不会让人觉得意外。他自己占据了宴会厅的一角，没人愿意凑近。在这方面，希拉里果断地随了大流。不过在她逃离南方人那桌的时候，刚好一眼看到了他。就这么一打眼就让她确定来自他眼中的恨意跟达拉斯嘴里的污言秽语都是同一类东西。

可怕的人。在众人之中周旋了近一个小时，她已经受够了，然后开始四处寻找迦勒·布雷思维特的身影。他来了一切就可以结束了。可无论他所筹划的出场将会如何华丽震撼，现在总归还不是时候。她倒是看到了他的合伙人，芝加哥。他看上去正在跟来自威斯康星州艾姆斯博罗的分社代表交谈甚密。接着她又瞧见得梅因正朝自己这边走过来。所以，她才找上了纽约给自己作挡箭牌。

纽约好不容易才挥手拦到一位在宴会厅里来回服务的侍者。那是个高个子、深皮肤的黑人小伙子，看样子有二十来岁。纽约从他递过来的托盘之中拿了一杯香槟，又长长地看了他一眼，说道：“我的天哪，你可真壮硕，不是吗，亲爱的？”那位侍者其实跟露比一样，都把自己的本来面目隐藏地极好，听到此言只是礼貌地笑了笑，就好像纽约在夸赞的是他的领结一样，然后一转身，把托盘递到了希拉里面前。“小姐？”

“不用了，谢谢。”希拉里婉拒道。

“你不喝一杯吗？”看着侍者转身离去，纽约问道。

“我身体有点儿问题，没法喝酒。”

“真可怜。”她几口就把杯子里的酒喝光，“来吧，亲爱的。让咱们在又排起一条大长队之前，先看看今晚兰卡斯特准备的奖品。”

在宴会厅的一头，墙上挂着一幅画像：一个留着灰胡子的拓荒者骑着马在河边行进。在他背后可以看到一座山顶上立着一栋堡垒，一面星条旗在上空迎风飘荡。露比猜测这位就是迦勒·布雷思维特提到过的摩根·格拉斯顿伯里，他于1847年建立了结社的芝加哥分社。年轻时，他曾是提图斯·布雷思维特组织中的一员，也是当时幸存下来的幸运儿之一。当时组织认为他经验不足，或是天赋平平，反正是没让他参加那场天启末日的仪式。

格拉斯顿伯里的肖像下安放着一个陈列柜，六名黑衣护卫正严阵以待地守在周围。从外面可以看到柜子里摊开摆放着一本看起来十分古老的巨型图书，打开的页面上全是些奇怪的字母。“《名分之书》。”纽约说道，此时盯向那本书的目光比刚才看那个侍者时的还要贪婪许多。露比也借着希拉里的双眸朝柜子里看去，心里充满了好奇。这本书的名字让她想起了天父用来记录被救赎者姓名的那本书。但这本

《名分之书》看起来可不像是上帝手里的东西。[1]

“不好意思。”纽约朝着负责护卫工作的男子问道，“该称呼你……”

“伯克。”

“伯克先生。这就是温斯洛普的副本吗？”

“是的。”他的脸上掠过一抹坏笑，因为他已经预见到了她的下一个问题，当然也想好了自己的答案。

“附录二里面，有一页内容我很想看看。你可以——”

“抱歉，”伯克直接拒绝道，那语气之中没有丝毫的歉意，“柜子不能开。”

“我明白你不想让我去碰它。但或许你可以——”

“如果我为你打开了柜子，那么无论谁想要看我都得为他打开柜子。那样的话咱们俩就都有麻烦了。”

纽约皱了皱嘴唇：“我是受邀来参加这场盛事的，这样的话我是不是可以理解为——”

“你爱怎么理解就怎么理解，”伯克嘴上说着，心里一阵暗爽，“我接受的命令就是，这柜子不能开。”

“我可不喜欢你的语气，年轻人。”

希拉里往后退了几步。要是纽约一怒之下举起手杖释放闪电的话，她可不想被殃及。随后她就感觉到后面有人，于是转过身来。

身后之人是芝加哥。他那张脸看上去就像个退役的拳手，作别了

① 指《圣经》中神手上拿的生命册。

血腥残暴的竞技场，寄情美酒之中。不过在那张粗鲁的面具背后，隐藏着极富洞察力的睿智，就在此时，他将其展露了出来。“你一定是楠塔基特岛那边的代表吧？”一边说着，他一边伸出了手。

“罗斯·恩迪科特。”希拉里说道，同时也伸手和他握了握。他的手坚定有力，很容易就能捏碎她的手指。

“约翰·兰卡斯特。”他说道，“很高兴你能来。也有些意外。之前布雷思维特说邀请了你的时候，我还真不相信你会接收邀请。毕竟你们两个分社在历史上可是有些恩怨的。”

“那是我们跟布雷思维特父亲之间的纠葛。”希拉里答道。

“那现在就既往不咎了？”他盯着她，那张脸现在已经不像个拳手，而是像个警察。

“兰卡斯特！”纽约伸着胳膊肘挤到了二人中间。“兰卡斯特，我说你……”

“不好意思，玛德琳，”兰卡斯特说道，“我得去启动这次展示活动了。咱们稍后再聊吧。”然后他最后瞥了希拉里一眼，转身快步离去，拄着手杖的纽约是别想跟上他了。

兰卡斯特走向宴会厅中心位置的一块空地，上方吊着一盏枝形吊灯。“请注意！”他大声喊道，“在场的所有人请注意！”整个屋里安静了下来。“现在，我需要在场除了护卫和受邀贵客之外的无关人员统统出去！”话音一落，那些黑人侍者都开始纷纷朝出口走去（露比觉得他们并没有什么不高兴）。一些客人趁他们路过的时候跳起身，多拿了几杯香槟。等到工作人员全都离开，屋门关上之后，兰卡斯特朝自己的一个手下发出一个信号，那人让屋里的灯都暗了下来，只有顶上的枝形吊灯还在亮着。

“欢迎来到芝加哥，”兰卡斯特开始了自己的开场白，“感谢各位的莅临。我知道，对于某些在座的人来说，这是一段漫长的旅程，不仅仅是距离，还有彼此的信任。我个人非常感谢你们能够以大局为重，愿意以中立的态度来面对此事。”他朝众人笑了笑，那笑容就像是一位父亲十分意外地发现自己那群孩子表现得特别好。“我不善于言辞。”他继续道，“我的前辈比尔·沃里克倒是时常长篇大论。比起耍嘴皮子，我更擅长于实干。但是我知道该如何去倾听。我能听出好坏。

“去年夏末的时候，我接到一个电话，是阿达姆分社的新当家打来的。他说自己有个提议。当时我是持怀疑态度的。如果你知道芝加哥和阿达姆这些年来林林总总的是非恩怨，你就会知道我们之间不全是鲜花与真诚。而那个小子，塞缪尔·布雷思维特家的小子，打电话来说想坐下来谈一谈。我可以直接就挂了他的电话。或者我可以把他引诱过来，然后为了旧账取了他的小命。但是，我还是决定听听他说些什么……而我所听到的内容意义重大。

“他是个后生晚辈，”兰卡斯特话锋一转，出言警告道，“也正因如此，我知道某些在座之人肯定会不拿他当回事。毕竟我们是远古黎明结社。我们大部分人都愿意从更有人生阅历的人那里得到些启示。”他抬手在自己灰白色的平头上摸了一把，“所以我打算请诸位来听听他的高见，就当他是替我说的。其实他就是在替我说。如果大家愿意以公正的态度听一听我们的提议，我相信你们一定也会受益匪浅的。”

“布雷思维特先生，舞台是你的了。”兰卡斯特朝着中心空地旁边的一张桌子的方向举起了手，他觉得布雷思维特肯定在那里，可惜他招手之处只是一把空空的椅子。他一个劲儿地左顾右盼，想找到布雷思维特的身影。此时，场面有些尴尬，接着又变得滑稽起来。“布雷思维特？”他喊了一声。人群中发出咯咯的笑声，声音最大的那个，露比看出是达拉斯。兰卡斯特走到一个手下的身边，低声耳语道：“他到底去哪儿了？”

然而转瞬之间，布雷思维特突然出现了。就像是凭空冒出来的一般，他一步步走向兰卡斯特刚刚离开的中心位置。这个小花招使得可不赖，露比心想。她能感觉到自己周围的其他宾客也有着同样的想法。只有兰卡斯特还被蒙在鼓里，依旧朝着自己的手下怒目而视了好一会儿，直到身后布雷思维特那轻柔却极富感染力的声音响起。“谢谢你，社长阁下。”兰卡斯特闻言赶忙转身，看到突然出现的布雷思维特吓了一跳，接着有些生气。但布雷思维特就像什么都没发生过一样，只是冲他尊敬地一点头。兰卡斯特还是控制住了自己的情绪，也朝他一点头，随后便给布雷思维特让出了地方，自己坐到了刚刚本应是布雷思维特坐的椅子上。

布雷思维特扬起头，朝在场的宾客环视了一周。头顶的吊灯似乎更亮了一些，更加凸显出了这位年轻人，先前兰卡斯特就没有这般待遇。在灯光之下，他不仅看起来更加夺目，而且在某种程度上显得更具有存在感，更加活力四射。兰卡斯特先前说他年轻，他的确如此。但此刻，置身在如此的光芒之中，他的年轻似乎根本就不是件坏事。

“感谢诸位的莅临，”布雷思维特说道，“首先我想澄清一个误解。诸位都清楚家父去年六月去世了。我相信现在大家肯定都听说了关于那件事情的风言风语。他想要完成由提图斯·布雷思维特在1795年最先尝试过的那个仪式。仪式最终还是失败了，当然这次没那么惊天动地——庄园和仆从们都保住了——但是除了其中一位以外，所有的结社成员都去了。”

人群之中，洛杉矶阴阳怪气地说了句：“那就是无人生还喽。”

布雷思维特优雅地应下了他的刁难。“有些人可能确实这么认为，”他承认道，“但是要再次重申，我要澄清各位关于此事的误解。我不想让这样的无知传到更多人耳朵里。

“如我先前所说，你们之前听说了家父因何而死的传言。但你们所听说的是错的。那个仪式其实并没有失败。

“按理说，它应该是会失败的。家父自己认为成功的概率不会高于五成。我自己的估算结果更悲观一些。我估计失败的可能性会接近百分之八十，很可能结果将是一场灾难。

“百分之八十，”迦勒·布雷思维特说道，“就是五分之四的概率。很长一段时间，我都在想着碰碰运气。但是最后我觉得这个概率还是不够好。我需要的是百分之百确定。而且我想让他们都死。”

在场的听众明白了他的言外之意，开始慢慢涌现出一丝激动。露比发现兰卡斯特皱起了眉头，显然这个特别的爆料之前并没有在他的意料之中。

“诸位没有听错，”布雷思维特继续说道，“是我蓄意破坏了这次仪式，是我把他们都干掉了，是我把整个该死的阿达姆分社给一锅端了。你们知道为什么吗？因为我实在是受够了他们的满嘴狗屁、胡说八道了。

“诸位明白，我钦佩我父亲。我尊重他，但也有一个度。他拥有一流的智慧。他对神技的把握绝对是大师级的。但是他也有缺陷。提图斯·布雷思维特也有同样的缺陷。事实上，诸位中的大多数都被这样的缺陷所折磨。他拥有科学家的头脑，那是属于现代的头脑，但他的内心却是守旧的。那是炼金术士的心脏，是巫师的心脏。”

人群中传来了更大的骚动声。露比知道原因所在，这么久的教会生活已经让她很明白，这是对上帝的亵渎。兰卡斯特此时已经站起了身，看来像是打算在现场发生暴动之前叫停布雷思维特的发言。但他不知道的是，布雷思维特这才刚刚热完身呢。

“远古黎明亚当后裔结社，”他语带嘲讽地说道，“你们觉得这像是个科学组织的名字？告诉你们我听到这名字是什么感觉，它就是个笑话。

“炼金术士！”他突然高声喊道，“炼金术士，你们就只会沉浸在那一小撮专门为你们捧场的人的喝彩声中。彼此之间相互妒忌，从不肯彼此分享什么成果。不搞阴谋诡计的时候，你们就会荒废自己的生命去做些无用功。诸如重新发明车轮，重新发现那些你们所谓的只有内行才搞得明白，但其实现在都应该是常识的知识。如果你们真的研究出了什么新问题，你们只会藏着掖着。统统都锁起来，就锁在这里，”他轻轻拍了拍自己的脑门，“或者写进一本书里，再把它藏起来。可等到机遇突然出现在你们面前的时候呢？等到仪式出了问题，等到书丢了，等到记住那些东西的脑袋坏掉了……然后一切又回到了原点，下一代人又要重新开始。

“我本可以就这么等着，等到该我接班的时候。本可以等到我父亲把庄园炸飞，就像提图斯·布雷思维特一个半世纪之前做的那样。或者等到他的某个同僚冷不丁在背后给他一刀，或者一直诅咒他赶紧去死，或者干脆直接就把他关进某个维度空间。但是我很珍惜自己的时间，况且我根本就不明白为什么一定要去做那个结局必然是重蹈覆辙的实验。结社一直信誓旦旦地声称要改变整个世界，可事实上它甚至连自己都改变不了。我讨厌待在这样一个组织里。我受够那些胡说八道了。

“所以，我决定在我父亲背后推上一把，帮他快点儿到自己旅程的终点，这样我才可以另辟蹊径。这会是一条现代的道路，一条绝没有胡说八道的道路。

“今晚我在这里跟诸位说这些话的原因就是我相信——我希望——你们当中的某些人或许也准备走出一条全新的道路，或许也准备联合起来，开始有个科学家的样子。别再当炼金术士了。”

说到这里，他停了下来。大厅里一片安静，那是一种对他的尊敬，或者至少说大家都在注视着他。

里士满此时说话了：“那你打算怎么做，布雷思维特先生？建立一个联盟？”

“联盟，”布雷思维特笑着同意道，“或者是一个联邦组织，如果你们愿意的话。”

“你说的这些以前早就试过了。”拉斯维加斯说道。

“在小范围内，确实如此。”布雷思维特应道，“之前确实有过两到三个分社商讨合并，后续也有进一步扩展的计划。但是往往迈了第一步后就再也没了下文。这并不奇怪，因为总有人贪婪成性，或者觉得其他人肯定会背叛自己。所以最后往往都会以眼泪收场。”

“那么这次又会有什么不同呢？”这次巴尔的摩问道，“你觉得你能一下就把我们都合并到一起？你觉得这样会简单一些？”

“不会更简单，当然不会。”迦勒·布雷思维特答道，“但是却绝对值得一试……就一个结社组织，涵盖整个国家，其规模和势力可以大到让每一个名副其实的自然哲学家都渴望成为它的一员。你们各自的分会仍然可以主导自己的事务，但是你们需要在统一的章程下进行活动。由一个董事会一样的机构进行管理，解决内部争端。在这样一个统一的组织下，不会再有什么私藏行为，也不会再做无用功——我们不是自称为科学家嘛，那我们就要共享信息。我们要共享资源，当然也要共担风险。如果你有个相当紧急的研究项目要做，”——说到此处，他看向了人群之中那几个年老体弱的宾客——“你们可以向组织申请援助。我们会共同决定如何对我们的新发现加以利用。等到我们的能力能达到的那天，我们将共同决定如何来改变整个世界。”

“那么由谁来领导这个梦幻般的组织呢？”洛杉矶问道，“要是你打算成立一个董事会，那肯定需要一个董事长，对吧？”

“或者是女董事长。”达拉斯插说道。

“关于这一点，我有个想法，”布雷思维特说道，“我——”

“我知道你肯定会有想法的，”洛杉矶打断了他的话，“你知道，布雷思维特，关于你父亲的事，流传的故事可不止一个。我听说就在他死前，他找到了一个还健在的提图斯·布雷思维特的后裔。而且还是直系血脉。”露比看到好几位宾客都点了点头，但对于大部分人而言，这却确确实实是个新闻。“现在我想到，”洛杉矶继续说道，“你肯定知道我们是绝对不会让你这么个小屁孩来做我们的领袖的。但是很有可能你会跟兰卡斯特串通一气，打算让你这个失散已久的堂兄弟来说了算。”布雷思维特没什么反应，兰卡斯特却忍不住笑了起来，那笑声比他自己预想的还要大。“不好意思，我刚才是说了什么搞笑的事吗？”

“我没觉得你搞笑。”布雷思维特说道，“不过你说得对。我们确实需要一位领袖。我无意装作对那个人选毫无想法，否则的话对你们来说是种侮辱。如果真的有那么个还健在的提图斯·布雷思维特的后人，而且我把他摆到台前作为候选人，那我还真说不定会说服你们其中一些人接受我的提议。对此我还真是挺动心的。但问题在于这基本上都是些主观臆断的东西。一个人所尊崇的传统，对于另一个人而言可能就是迷信。问题的症结就在这里。

“幸运的是，作为自然哲学家，我们还有更加客观的标准可以依赖：那就是价值。我们从大自然中汲取知识。大自然拥有自己的法则。所谓法则，就是不能扭曲，不能破坏，不能讨价还价，我们只能去认识、理解，然后通过我们的认识而获取力量。这种力量是可以被证明的，是客观存在的。”

“所以，我的建议是这样的。”迦勒·布雷思维特说道，“芝加哥曾经举办过两次世界博览会——两次展现科学进步的盛会。我提议我们也举行一次属于我们自己的博览会。我提议我们几个月后，在施洗约翰节时，再在这里相会。届时，请每家分社都带来一件展品，这件展品应该代表各位最棒的研究成果，应该是关于神技最真实、最先进的展现。是骡子是马我们都拉出来溜溜，让大家都看看我们能做到什么地步。让大家看看到底谁才是我们当中最出色的，看看到底是谁才最有资格做我们的领袖。”

新奥尔良闻言笑了起来：“这是要让我们像摩西跟法老麾下的博士那样去斗法吗，布雷思维特先生？用一条蛇就困住其他所有人？这就是你的打算？”[①]

“我希望我们彼此之间少一些对立。”布雷思维特说道，“不过诚如你所言，为什么不可以这样呢？要是你觉得你那条蛇最大不就可以吗？”

“那可就要来一场带劲的血流成河了。”这是科达伦说的，话音一出，所有人都齐齐惊愕地看向他，因为他的语气听上去居然还高兴十足。

“蛇！就像野狗一样。在选出谁是最棒的之前，我们会把彼此都他妈的撕成碎片的。”

“或许如此吧。”布雷思维特并没有否认，“我认为失败的几率是很高的。但是一想到我们有可能会成为一个团结统一的整体，我认为就算希望渺茫，也值得一搏。”

“不可能行得通的。”洛杉矶说道。

“那你就别来。”布雷思维特应道，“但是对于其他愿意试上一试的人来说，我还准备了一点儿额外的刺激。那就是现在诸位都将有机会一睹《名分之书》的尊容。这本书目前还有几个存世的版本，但是只有温斯洛普的这个版本是独一无二的——它是迄今为止最古老的

① 典故参见《圣经·旧约·出埃及记》。

本子，还有不见于其他任何版本的独家内容在里面。

“这本书已经失落了近二十年时间，最近才重见天日。它归芝加哥分社所有，但是兰卡斯特阁下十分宽仁地允许我暂时一用。我可是自己掏腰包，花了不菲的一笔开支印制了这本书的副本。诸位每个人都有一本，就在施洗约翰节那天，会呈现在各位面前。”

“这算是世界博览会的开门大奖吗，布雷思维特先生？”说话的是纽约，此时她已经抑制不住自己嗓音之中因为激动而造成的颤动。

“不会就这么简单，”他对她说道，“除了届时到场出席之外，你们还需要做一点点别的事情。”

“是什么？”得梅因问道，“需要我们做什么？”

“需要各位全心的努力。”布雷思维特答道。他环视了整个宴会厅，将所有人尽收眼底。再一次，笼罩他的光，显得更亮了几分。“可能我们无法在领袖和规章制度的事情上达成一致。如果没有真心实意的认同，我们的合并事宜也就无从谈起。这样就想获得成功是不切实际的。但是诚意十足地付诸努力，这个要求并不过分吧。如果你们想得到这本书，这就是需要你们付出的代价：请诚意十足地付诸努力。”

“那谁来决定——”洛杉矶又要开始搬弄是非，但这次布雷思维特直接不给他这样的机会。

“但如果你们连最基本的努力都不愿意去付出，如果你们到时毫无诚意地到来，如果届时真有什么血流成河的话，你们什么都别想得到。”布雷思维特说道，“你们什么都不配得到。因为你们就是一群炼金术士而已。

“那么就这么定了。”他最后总结道，“感谢各位的聆听。在我们把侍者叫回来之前，我还要烦请诸位再考虑一件事情。

“家父常说历史从不会停滞不前。自提图斯·布雷思维特的年代起，整个世界已经发生了翻天覆地的变化，而且还会更多地改变下去。现在需要明白的是诸位在这些变化之中是否能够有所得。你们是想亲手选择属于自己的未来，还是愿意就这样安于现状？如果是前者，那么你们敢于冒什么样的风险？你们到底想成为什么样的人呢？

“这就是需要你们去思考的问题。但是请尽快考虑清楚。因为历史从不会停滞不前——我们已经快没有时间了。”

露比再一次躺在了缎子床单上，但这次的床更大一些。在床脚那边，她看到布雷思维特赤裸着上身坐在梳妆台前的凳子上刮胡子。

这都要怪希拉里。昨晚从那个乡村俱乐部驱车返回的路上，迎面的车灯不停地照亮布雷思维特的面庞，露比发觉自己居然不可思议地被他的样子迷住了。不仅仅是他的样貌，甚至连他开车在城市间的道路上拐来拐去时手臂和肩膀的动作都是那么迷人。她意识到，这种感觉正是布雷思维特在演说之中折服现场所有听众所散发出的那种魅力。然而即便知道并不是真的，这种感觉却丝毫没有减弱。她原本其实可以把持住自己的内心，但是她还是决定放任自己。等回到海德公园的住处时，露比告诉自己她这么精明，才不会被什么魔法给诱惑呢。要是着道的是希拉里的话，那不算数。

此时，借着拂晓清透的晨光，她看到在布雷思维特赤裸的后背上，有几条血红的指印。当他们正在翻云覆雨之时，药效开始退却了。露比能感觉到血从自己的指缝里涌出，可二人当时意乱情迷，无法自拔，所以当她的身体逐渐变回原来样子的过程中，她一直没有停下，只是在不住地颤抖、嘶喊。

从梳妆台的镜子中，她看到了另一处血红的印记：那是布雷思维特胸前的一个文身，由许多字母构成的一个圆圈。那些字母就跟《名分之书》里使用的那些字母一样怪异。“这是属于我的该隐印记，也是我的护身符。”他曾经告诉过她，“这个印记可以保我平安。”

“保我平安。”看来至少他内心还有他所信仰的“圣经”。露比想起了她曾经短暂交往过的一个白人男孩，他叫丹尼·杨。某一天他开始跟自己阐述一套他自己的理论。他认为上帝留在该隐身上的印记是黑皮肤。而黑人所遭受的一切——奴役、私刑，还有种族歧视——归根到底都是因为他们是该隐的后裔。“你要是能学会怎么读书的话，还能是个不错的天主教徒。”露比当时是这么跟他说的。该隐的印记是一种保护。要是印记是肤色的话，那么上帝应该把他的皮肤变成白色，而非黑色。[①]

此时，布雷思维特正在镜子中看着她：“又在想什么事出神呢？”

七七八八的可想了不少事呢。“你之前一直说后面要跟我说说工作的事呢。”露比提醒他道，那语气像是在说：你可别指望把我们在这里做的事当成工作的常规部分。

“游戏时间到了，嗯？”他放下剃刀，伸手在脸上抹了一把，然后转过身来笑着说，“你的职业操守可真让我敬佩，丹德里奇小姐。”

“我才不管你敬佩什么呢，”露比说道，“赶紧说重点。”

---

① 典故参见《圣经·旧约·创世记》。

“好吧。我猜你现在应该已经明白我的打算了，对吧？”

“你想当那群术士之中的阿尔·卡彭。”①

“如果以黑手党来类比的话，应该更像是弗兰克·科斯泰洛。”②

“管他是卡彭还是科斯泰洛，我不在乎，”露比说道，“但是你那个朋友兰卡斯特，他肯定觉得他自己才应该是大统领吧。可能你还许诺过要在背后支持他？”

“‘许诺’这个词分量太重了。我们可以说，他有点儿想当然地认为自己才应该是那个掌舵人。我呢，则尽量不去跟他唱反调。”

“那你得加把劲儿了。昨晚你那一通惊世骇俗的演说之后，就连傻子都看得出你是想自己戴上那顶王冠。兰卡斯特可不是傻瓜。”

“他当然不傻，”布雷思维特说道，“不过他始终相信只要他愿意，他随时能把我打翻在地，所以只要我对他还有用处，他就会留着我。他安排了手下一直在监视我的行踪。我知道他们在哪儿。如果需要的话，我很容易就能从他们眼皮底下溜掉。但是这样总是不那么方便——而且要是我经常这么做的话，他肯定就会开始伤脑筋了。所以，在接下来的几个月里，要是有谁能随叫随到帮我跑跑腿，那可就真是帮了我的大忙了。”

“这个人既能变成白人，又能当有色人种，”露比猜测道，“根据需要来定。”

---

① 阿尔·卡彭（Al Capone，1899—1947），美国黑手党头目，著名犯罪电影《疤面煞星》中主人公的原型。

② 弗兰克·科斯泰洛（Frank Costello，1891—1973），美国黑手党头目，曾被称为“黑道首相”。经典影片《教父》中老教父维克多的原型人物之一。

“根据需要来定。听上去这差事倒真的很适合你来做呢。”

“那就要看你说的跑跑腿都是些什么事了。不过就当我同意了吧，具体该怎么做呢？”

“兰卡斯特比我想象中还要了解我。”布雷思维特说道，“不过他并不知道这处房子。而且万一有什么原因导致他对这里起疑进行调查的话，他只会发现这处房产的所有人是一位弗朗辛·蔡斯小姐。这位蔡斯小姐长年独守闺中，周围的邻居从来没见过她，不过最近她在招聘一个新的居家女佣。”

“嗯，”露比说道，“这样我就可以名正言顺地搬进来，那然后呢？就这么干巴巴地等着你的需要？”

“在我打电话或者亲自过来之前，我们会提前给你安排好时间。无论哪天，每次也不会超过两三个小时。剩下的时间你就可以自由支配了，可以随便去做你想做的事——做你想做的人。还有一个规定是关于你在这里的进出问题。作为露比，你当然可以正大光明地走正门。但是作为——”

“希拉里。”

“作为希拉里，就得委屈你走房顶了。在街角那边还有栋空房子，从这里走屋顶就可以到那里。希拉里就得通过这个渠道进出了。”

“这个安排要持续多久？等到你加冕的时候就行了？”

布雷思维特点点头：“估计六个月到一年的时间吧，这就得看施洗约翰节那天以及后续的情况怎么样了。”

“然后呢？”

“然后，除非你还想跟我一直保持关系，否则的话当然是你走你的阳关道，我过我的独木桥喽。你拿着这个，算是到时你的离职补偿吧。”说着他拉开了梳妆台的一个抽屉，从里面拿出一份这栋房子地契的副本递给了她。“这里没有温斯洛普公馆那么大，不过至少不闹鬼。而且你还能继续得到那种变身灵药的供应。所以，你怎么决定呢，露比？”

她盯着眼前的地契，心里一阵害怕，又想方设法地不把这种不安显之于色。她心想：要是别人告诉我有人给他提供了这样一份工作，我知道自己会怎么说。“跟我说说，你在演说中提到了改变世界——如果你真的得到了你梦寐以求的力量，你具体会怎么做呢？”

“你不需要担心。你和你的人都会受到保护的。”

“我的人？”

“就是你关心在乎的人。”布雷思维特答道，“你的家人。你的朋友。他们都会受到照顾的，我向你保证。所以，你怎么觉得呢，露比？”

“杰科和海德到底谁是坏人呢？”露比问道。[①]

一个星期天的中午，她正在温斯洛普公馆跟妹妹和艾提克斯共进午餐。上午做完礼拜之后，她不请自来。她的到来很显然让利蒂希娅喜出望外，而妹妹的反应更让她有些内疚。

“海德先生是杰科的另一个自我。”艾提克斯解释道，“他出去做

---

① 杰科（Jekyll）和海德（Hyde），小说《化身博士》中著名的双面人角色，代表人性的善恶两面。

的都是光鲜体面、备受尊重的杰科医生绝对不可能去做的事。”

“是的。但他们两个都不是好人。”这是福克斯先生说的。他是利蒂希娅的房客，此时正跟自己的女儿在餐桌的另一头下着国际象棋，“他们俩是同一个人。”

“但是，不是……”露比绞尽脑汁回忆着自己很久以前在学校时读过的这个故事。“他们最后不是打起来了吗？海德先生杀人了，对吧？然后杰科医生就打算干掉他。”

“海德失控了。”艾提克斯说道，“海德之前就是杰科。但是杰科把自己所有的善和自控能力从海德身上剥离掉了。这也就导致了海德将卡鲁勋爵打死。杰科于是不再喝药水，打算改过自新，但一切已经太晚了——海德开始自己出来了。”

“但是有一件事情大家都忽略了。”福克斯先生插话道，“整个故事当中我们所知道的关于杰科和海德之间的关系，都是杰科医生自己说的。问题是你没法信任杰科啊。”就在福克斯先生视线离开棋盘跟大家说话的当口，他女儿瞅准机会把自己的后偷偷换到了另一个空里。

“那你是什么意思呢？”露比问道，“你觉得杰科医生向海德先生隐瞒了真相？”

“我是想说当一个人逃避责任的时候，他就会变得相当有创造力。你让这家伙招供出犯了谋杀案，此外还有一大堆连他自己都描述不清楚的坏事。但是他却极为复杂地解释说为什么从严格的法律意义上讲不是他干的。他说他一直懊悔不已，但到头来却是想要逃避他的所作所为所应该承担的责任。”福克斯先生耸了耸肩，“或许海德是个真正邪恶之人，可即便海德就是杰科的另一副面孔，杰科也宁愿相信邪恶的那个人是海德，不是他自己。”说完他转身又看回棋盘，十分坚决地把女儿的后又挪回了它先前所在的位置。

“你怎么会想起来要了解海德先生的事啊？”利蒂希娅问道。

“没什么原因。”露比答道。

两天后，露比独自坐在海德公园那栋房子的厨房里，她是在等布雷思维特的电话。

自打接受了这份工作，她已经给布雷思维特跑了四次腿。两次是以露比的身份，去市中心给那个并不存在的蔡斯小姐买东西。每次她都到卡尔森百货二楼的窗户那里。从这里可以看到兰卡斯特最喜欢的一个吃午饭的地方。她的任务就是要看清他会跟谁一起从餐厅里离开，如果确有其人的话。（第一次他是自己一个人，但是第二次他则是跟威斯康星州那个小村庄里的分社头目一起。）

她跑的第三次腿是以希拉里的身份去市中心的一个室内停车场，在两点一刻的时候从某个楼梯井出去，找到布雷思维特的那辆戴姆勒，然后开到橡树公园一个专修国外进口车的服务站。技师早在那里等着她了，所以她甚至不需要敲车窗。她只要在戴姆勒里坐着就好，而技师们开始更换机油，检查车胎，随后又进行了其他几个耗时的保养步骤。妥当之后她又把车开回了市中心的大回环。在这一过程中，她还遇到了一次糟糕的经历。一辆没有标志的警车在她前往和离开橡树公园的时候一直在后面跟着她，看起来还可能跟着她一起回室内停车场，不过好在最后是虚惊一场。

一直到昨天，这份工作里最糟糕的部分还不是去跑腿的事本身，也不是等待，而是这种计划的不确定性。诚如布雷思维特所言，大部分时间都是属于她自己的，但永远都不确定自己什么时候会真的有空，这限制了她在空闲时候做想做的事，即便是以白人的身份时，也是如此。她很快就意识到，再找第二份工作是没戏了，更别提什么事业了。她安慰自己说目前的情况只是暂时的——只有几个月时间，最多一年。而且至少她并不是在做什么坏事。

然后就在昨天，她接到了新的任务，这次还是要以希拉里的身份去做，不过是伪装的希拉里。出发之前，她在头上围了条方巾，把头发都别在了里面，戴上一副太阳镜，然后在土褐色的衣服外面又穿上露比的大衣。

中午时分，她来到中心警察局，然后询问前台的警察入室盗窃调查科在什么位置。她一直爬到三楼，却并没有按照此前被告知的方向向右拐，而是转向了左边，一直来到一个门上写着“特别调查部门，有组织犯罪分队”的办公室门前。这时屋里并没有人，这一点布雷思维特早就预感到了，不过留给她的时间也并不多。她来到里间的一个办公室，门上写着“约翰·兰卡斯特队长”，然后把手伸进大衣口袋，里面是布雷思维特给她的一个挂坠。

那是个打磨抛光过的骨质小圆盘，只有一美元硬币一半的大小。正面刻着一只猫头鹰，一双眸子又大又圆，看上去更像个双筒望远镜。背面刻着许多那种奇怪的字母，被染成了红色，露比觉得应该是红墨水。

布雷思维特并没有说这个硬币一样的东西是干什么用的，只是让她将其藏在兰卡斯特的办公桌里面或者是附近。露比发现办公桌底下的一个抽屉并没有上锁，于是便把这东西塞到了抽屉的最里面，就在一个挂式文件夹后面。

事成之后，她从办公室里退了出来，又来到楼梯口，正要往下走，却看到两个人迎面上来。其中一个正是那晚派对上那个小肚鸡肠的护卫，伯克。希拉里一直保持着镇定，并没有做出什么不该有的反应。她相信自己的伪装，而且伯克一直在跟另一个人聊天，二人错身而过时，连看都没看她一眼。可等她下到楼梯中段的平台时，她听到伯克忽然安静了下来，感觉到他正转回头朝她的方向看过来。她用尽全力控制着自己绝不能回头。然后继续走下楼，穿过大厅，她听到一阵脚步声一直在身后跟着自己，随时准备着会有一只手搭到自己的肩头。她来到大街上，伸手拦了辆出租车。直到出租车已经从警察局开出好几个街区她都没敢回头看上一眼。随后她才意识到自己已经逃了出来，紧接着她就仿佛陷入休克一般，身子不由自主地颤抖，差点儿就晕了过去。

当天晚上，布雷思维特亲自过来，对她今天的表现大加称赞。他带着希拉里一起出去共进了晚餐，然后他说要给露比更多的变身灵药，于是从地下室的工作室里又拿来七瓶新做的药剂。随后，迎着厨房里的光线，他问希拉里她能不能让他今晚留下来过夜。

“不必了，谢谢你，布雷思维特先生，”她就是这么回答的，“我觉得自己的话会睡得更好。”她把布雷思维特推了出去，看到他一脸的失望，露比心中闪过一阵暗爽。可等他一走，她又开始在心里寻思着，他把分寸拿捏地如此之好，是不是料到自己被拒绝的话会让她开心？这样会让她感觉更有把握一些。她想，六个月到一年的精神游戏，当然还有神经衰弱，这一切会对你有什么影响呢？当然要假设在整个过程中不被识破。

早晨起来，她感觉好多了。她告诉自己，要是今天没有什么要去跑腿的任务，或许希拉里可以顺便拜访一下莱特布里奇事务所，就是去随便看看。打算着这事的时候，她正坐在厨房的桌边，一边晒着太阳，一边读着艾提克斯借给她的书。

亨利·杰科的手（正如你常说的一样），无论大小还是样子都很符合其职业特征：宽大、坚定、白皙、清秀。可是借着伦敦黄色的晨光，我现在清清楚楚地看到了这只半握着放在床上的手：瘦骨嶙峋，青筋暴露，指节凸起，苍白之中透着灰暗，上面还布满了厚厚的一层黑乎乎的毛发。这是爱德华·海德的手。

苍白中透着灰暗，嗯。露比盯着自己的手背研究了半天，确实是灰黑色的，还有些苍白，幸亏没长毛。

茶壶开始响起哨声。她起身把火关灭，又打开食品柜，拿出了一盒茶包。等她抽身而回，一把关上柜门时，位于厨房另一侧的地下室的门一下弹开了。

露比一直还没去过地下室。倒不是禁止入内——布雷思维特跟她说过，就把这里当成是自己的房子一样——但有一次她心血来潮想下去探看一番时，却发现门被锁住了。

她把茶包放在炉子旁边，然后走向地下室那道门。门里面的墙上有两个电灯开关，她把两个都打开了。头顶立即亮起了一个摇曳着黄光的灯泡。楼梯底下的拐角处则亮起好几盏灯，闪着刺眼的白光。

地下室里非常冷，可以听到一阵机器低沉的嗡鸣声，让里面不光不热，反而像是冷库里的感觉。露比走下楼梯，一转过拐角，就能隐约看到光秃秃的水泥地面上飘着一缕缕打着旋儿的白汽。她的视线顺着白汽来的方向一直看去，房间的正中央摆放着一个灰色的长方形底座，缠着一根根金属管子，表面布满了霜刺。

底座上安放着一个玻璃棺材，里面躺着一位女子：那是个白人，满头柔顺的红发。她仰面朝上，枕着一个红缎面的枕头，身上同样盖着一张红缎面的床单。

露比的手还握着楼梯栏杆，想起了楼上的热茶壶，她很想忘记眼前看到的这一切，就这么回去喝茶。可惜，她做不到。

她走进这间寒冷的地下室，站在棺材旁边。眼前这张苍白的布满雀斑的脸既熟悉又陌生：她跟这张脸算是老相识了，她已经习惯在镜子里看到这副面孔了。

这女子双目紧闭，嘴唇微启，看上去并没有在呼吸——即便是在呼吸，也很微弱，根本看不到胸膛有半丝起伏。

她的左臂被盖在床单下面，但是右臂则掌心朝上地露在外面。一只银色的手环套着小臂，从上面朝上伸出一根细长的玻璃管，只见管子中心流淌着一丝红宝石般的线。那管子盘盘绕绕，最后连在一个露在棺材外侧的阀门上。

阀门。就像是酒吧里酒保用来往桶里打酒的龙头一样。

又到了这样一个时刻，又需要露比来决定是疯掉还是面对现实。

这一次的局面可要紧迫多了。

她后退了一步，想看看怎么打开这个棺材。棺材上没有盖子，顶部都是玻璃的，每条边都嵌在灰色的金属框里，看起来就像是个整体。也许可以把它整个抬起来吧。她仔细端详着底座的上沿，想找找有没有什么杠杆或者是挂扣。

“我可不会光着手碰它，除非你喜欢被冻伤。”

布雷思维特出现在楼梯口。他仍然穿着大衣，面颊绯红，像是一路跑过来的。他脸上笑着，不过笑容中尽是纵容之色，就好像露比虽然犯了错，但却是无关痛痒的那种，所以他很乐于睁一只眼闭一只眼。

“什么，”露比问道，“这是什么？”

“她叫黛利拉，”布雷思维特答道，“她以前为家父工作。”

“是你父亲把她放在这里面的？”

“不，是我做的。那天晚上，就在父亲去世之前，黛儿头部遭受了一次重击。她陷入了昏迷。我对她采取了医疗救助，但是几个月过去了，她不但没醒，而且情况还开始恶化了。如此下去，她挨不了多久。所以，我决定试试看能为她做些什么。”

你甚至连一丝惊讶之色都没有，露比心想，你肯定知道更多内情，你肯定知道。“你用了她的血来制造药水？我一直都在喝——”

“她的血只是制作过程之中所需要的一种原料。”布雷思维特说道，“我知道这听上去很恶心，但是最后成型的灵药是经过提纯升华的。里面不是血液，只有血液的精华在里面。那是黛利拉的精华。”

“这样做并不会对她产生伤害，”布雷思维特继续说道，“事实情况正好相反。现在，她毫无意识。她并没有死，不过跟死了也差不多。可是当你变化成她的样子时，她可以梦见。你的经历与奇遇，你所做的每一件事，她都能梦见。如今，你就是她的全部，露比。”

但是露比并不相信，她使劲摇了摇头：“你解释了这么半天是想告诉我这一切都是为了她好？”

“活在梦中总比什么都没有要好吧。这正是我所期待的。”

“你撒谎。你要是真想帮她，为什么不用你的魔法把她治好？”

“治疗能力是一个全然不同的神技分支。这个分支非常复杂，我并不在行。制作那种灵药的风险系数比较低。而要想让黛利拉从昏迷之中复苏过来则需要进行一种被称为再生之术的仪式，要是在仪式过程之中出现任何纰漏，就很可能直接杀死她，甚至情况会更糟。当然，要让她醒过来也不是不可能，不过得等到我研究得更加充分之后，对于现在而言，这样做对她来说是最好的了。”

“你的意思是说对你而言吧。”

“对于我们而言都是如此，如果你按照这种角度去考虑的话。但是，露比——”

“不，”露比打断了他，“这根本就不是我想要的。我——你别过来！”眼见他朝前迈动了脚步，露比随即大喊道。

不过他并没有靠近露比，而是走向地下室里面一个高大的不锈钢冷柜。他在冷柜前停下了脚步，转头看着她。

“很抱歉我没有把这件事早一点儿告诉你。”他说道，“我知道对于这件事你心里肯定很难受。我也不想这样，我本就该想个办法……好吧。如果你愿意的话，你随时可以离开。我不会阻止你的。但在你走之前，你应该知道你都留下了什么。”

他打开了柜门，然后后退了一步，这样露比就能看清冷柜里面：十几个排得密密麻麻的架子上摆满了上百个小玻璃瓶，全都是满的。

“这些药我都是给你做的，”迦勒·布雷思维特说道，“就我一个人的话，这药根本没用。恐怕我也找不到第二个能用得了这种药的人了。当然，我还会继续照顾黛利拉。即便我没办法让她醒过来，在那里面她也能苟延残喘很长一段时间。不过，她也只能如此，是苟延残喘，而不是活着。”他又走近冷柜，从里面拿了一个小瓶出来，把其他的仍旧关在了里面。“看起来浪费严重啊。”

露比又摇起了头。不过她既没有说话，也没有离开，甚至是布雷思维特走近她的时候，也没有挪动脚步。

“你应该好好考虑一下，露比。出去走走，休息一天。”他温柔地握住了她的手腕，把那瓶变身灵药按在了她摊开的掌心里，直到她握住了瓶子才把手拿开。“你拒绝的话我也可以理解。但是请你好好想想这是为什么。一旦你放弃了这次机会，就再也没有后悔药可以吃了。就是因为这么做是对的？还是因为这样做没有危险？是因为你已经习惯了得不到自己想要的东西……难道你就真的愿意这样活着？”

“你是个魔鬼！”露比说道。

“我这个人知道自己到底想要什么，而且清楚该怎么样得到它。”布雷思维特说道，“但是这跟我是谁没什么关系。问题在于你想成为谁。那才是你应该决断的事情，露比。休息一天吧，好好问问自己：你到底想成为谁呢？”

奈罗之屋

早晨朝外张望的时候，我看到四五百名暴徒翻山而下，我还看到他们枪击了一个有色人种……八点左右他们抵达了居民区，然后开始对有色人种的家进行烧杀抢掠。我看他们来了就躲到了阁楼上。在周围的几家放火之后，他们又冲进了我们家。他们拧开了煤气，把所有的家具都堆在一起，然后划着了一根火柴。他们前脚刚走，我就从阁楼上跑下来，先关掉煤气，然后竭尽全力把火扑灭，随后又躲上了阁楼。差不多过了一个小时，又来了一帮人。发现我们家这栋房子居然还没点着就跑进来开始放火。我又从楼上下来，这次仍然成功地把火势扑灭，随即又退回阁楼。但是这次燃烧产生的浓烟实在让我受不了了，于是我决定逃出去。正当我从街上跑过，准备前往铸铁厂时，四个家伙抓住了我们。他们问：“你是从哪儿冒出来的，黑鬼？”我告诉他们自己刚下班。然后他们说道：“这样啊，我们准备宰了你。”

——G.D.巴特勒，

1921年塔尔萨种族骚乱幸存者，

引述自1921年6月11日的《芝加哥卫报》

一月末的一个星期天清晨，还有一刻钟天就要亮了。蒙特罗斯正站在儿子的凯迪拉克旁抽着烟取暖。昏暗之中，他忽然注意到马路对面的一个“外来入侵者”。

那东西是樱桃红色，大约五英尺高，身上印着“请喝瓶装可口可乐”几个字。在这句耳熟能详的广告语下面还有另外一句，是草草的手写体：仅供白人顾客使用。

蒙特罗斯心里清楚，在这个伊利诺伊州南部的小村镇中，对多数白人居民而言，他甚至比吉米·克劳更像个真正的入侵者。他有些遗憾现在没有旁人在场，否则他一定会跟对方就此争论出个一二三来。而且他尤其想跟对面这家商店——约翰·珀奇加油站便利店——的老板开诚布公地交流一下观点。那台运行中的可乐售卖机就是这家店的东西。不过此时商店里关着灯，外面的加油泵上挂着个小牌子，上面写着“礼拜日闭店休息”。

这时，两名黑人少年从路那边走了过来。两个孩子看上去都是十岁左右的年纪，身着颜色鲜艳的冬衣，一个黄色，一个橙色。蒙特罗斯与那个穿黄衣的少年互相点头致意，然后又重新盯着那台自动可乐售卖机，活像个正埋伏在暗处盯着目标的南方联邦士兵。

两个少年漫不经心地走向可乐售卖机，手揣在口袋里攥着几枚硬币。

蒙特罗斯把烟往旁边一丢。“嘿！”他喊了一声，“你们要干吗？不准把你们的钱放进那台机器里去。”一边说着，他一边三步并作两步地穿过了马路。两个少年闻言转头，满脸的惊吓之色。“你们要干吗？”

那个穿橙色大衣的显然没什么脑子。他直来直去地回答道：“买可口可乐啊。”

“没问题的，先生。”那个穿黄色大衣的说道，他看起来要更机灵一些，不过却并不聪明，“珀奇先生允许我们来买的。”

“他同意了，是吗？”蒙特罗斯说道，“为什么需要他来同意呢？”

“这是他的店啊。”橙衣少年的语气里带着几分不屑，似乎蒙特罗斯傻乎乎的一般。他朝投币口伸出手去，蒙特罗斯却一把抓住了他的手腕，把他拽了回来。那少年刚开口表达抗议，蒙特罗斯就反手用手背抽在他的脸上。那少年踉跄着退了几步就摔倒在地，嘴里接着就开始大喊大叫起来。

“这下感觉怎么样？”蒙特罗斯居高临下地看着他说道，“脸上还想再来一下吗？”

“这位先生，请您——”黄衣少年见状赶忙开口。

“给我老老实实地站着别动，要不你也跟他一样。”蒙特罗斯出言警告。他恶狠狠地瞪着倒在地上的少年：“我刚才问你的问题呢？”

那少年回瞪着蒙特罗斯，目光里虽然满是愤恨却也吓得不轻。“不。”他小声嘟囔道。

“你说什么？我没听清。”

“不。我不愿意。”

“我可不这么认为。要是我就在他对面也开个小店呢？你觉得你会过来买可乐吗？”

“不会！”

“这么半天才从你嘴里说出第一句聪明话来。”蒙特罗斯朝那台可乐售卖机指去，“就这么个玩意儿，这玩意儿是放在这里打脸的。每次你放进去一枚硬币，你就是在告诉那个什么珀奇先生‘谢谢你，先生，我还能再要一瓶吗？’，一个自尊自爱的人是绝不会这样做的。听明白了吗？”

“我们听明白了，先生。”黄衣少年说道。

“闭嘴，我要听他说。”

橙衣少年紧咬牙关，同时又在思忖着拒绝的后果，最终他的嘴里硬挤出了一句回答：“我明白了，先生。”

“那就好。现在起来赶紧给我走人。可别让我逮到你又转回来，否则的话我可真揍你。”

两个少年走了。黄衣少年急匆匆地，而橙衣少年却在极力表现出一副不紧不慢的样子来。“嘿，”蒙特罗斯在他后面喊道，“下次，买百事可乐吧。”

“我才不喜欢百事可乐呢，”橙衣少年喊道，“老蠢货！”说完他撒腿就跑，他的伙伴紧紧地跟在他后面。蒙特罗斯看着他们二人跑远，心里想着，我可不蠢。至于老嘛，好吧……我才四十一岁呢。不过按照吉姆·克劳的年代算，四十一岁确实是够老的了，甚至可以说是古老了。

马路对面，艾提克斯从积雪的路堤上下来，手里拿着一卷卫生纸。

“什么都别说。”蒙特罗斯边走回车子边警告道。

“我可什么都没说啊，爸。”

“好吧，你到那边去。我来开车。”

两天前，当蒙特罗斯下班后来到丹麦·维西酒吧喝酒时，发现迦勒·布雷思维特早就坐在一个卡座里。自打博物馆那夜之后，蒙特罗斯一直再没有见过布雷思维特，不过他明白，这只是个时间问题。

“这次又是什么事？”他问道。

“您好，特纳先生。”迦勒·布雷思维特打着招呼，“请坐，要喝点儿什么吗？”

“用不着，我自己买得起。”蒙特罗斯坐了进去，“你想干吗？”

“这次我又有一件事需要你的帮助。”

“是吗？那这回你又打算拿什么来要挟我呢？”

“什么也没有。”布雷思维特答道，“我其实一直希望我们之间用不到要挟。”

“那要如何？我是你家的黑奴吗？”

布雷思维特看起来像是受辱了一般：“你听我说过这个词吗？”

“你把我关进地窖，在我脚上拴上锁链的时候。”蒙特罗斯说道，“不就是那么个意思吗？”

“那都是家父所为。”

“那我挨枪子儿那回又怎么说呢？那是谁干的？”

“换做家父的话，你可就真会挨上一枪了。”布雷思维特寸步不让，“他还会干掉你儿子。相反，正是因为我，你和艾提克斯才会活下来，而且家父再也不会找你们的麻烦。”

“没错。不过那个故事可还有续集呢。而且看起来还不止一集。”

“我很抱歉偷了艾达的账本，”布雷思维特说道，“但是我需要给那个队长和他的人明确留下一种印象。”

“哦。我和我的家人不是你家的黑奴，但是你想让队长认为我们是。”

“要是可以的话，我早就用完全不同的方式来处理这件事了。那一次也仍然没人受伤，而且你不得不承认在那笔交易上，你们其实是赚大了。即便你们有本事能让伯恩斯家郑重其事地认下艾达的旧账，他们也肯定会各种吹毛求疵和胡搅蛮缠的。而我呢，我可是直接就把钱给了你们。”

“不，”蒙特罗斯坚决地摇了摇头，“可不是这么回事。你不能因为还清过期了九十年的债务就把这当成是做了件好事。”

“可那不是我欠的债啊。”

“不，你欠的债可还没还呢，别以为我已经忘了。”

“你是说汉娜？你连她的工钱也想讨回来？”

“这跟想不想的可没什么关系。”

“就因为我能做得到是吗？”布雷思维特说道，“当然，一个半世纪的利息，倒确实得花点儿时间去凑齐这笔钱。不过要是这样能弥补一下我之前对你的所作所为的话——”

“你没明白我的意思。”蒙特罗斯打断道，“你钱再多也买不来不属于你的友好与善意。还债可不是什么恩惠。”

“那咱们就来说说真正的恩惠。你肯定有什么是想要的，特纳先生，说出来。”

蒙特罗斯迟疑了片刻：“不，布雷思维特先生，还是说说你到底想要什么吧。这才是咱们这次谈话的主旨，不是吗？我知道，不说明来意，你是不会走的。所以，有话就说，说完了我才会痛痛快快地让你去死。”

“那好吧，”迦勒·布雷思维特说道，“我想让你去找到海勒姆·温斯洛普的儿子亨利。在家父干掉他的父亲之前，他离家出走了。当时他只有十六岁，他其实是和一个女仆私奔了。当时他还偷走了他父亲的好几本书。”

“书！那才是你想要的吧，更多的魔法书？”

布雷思维特点点头：“家父一直以为他很可能带走了《名分之书》，所以他特别想找到亨利。但是出人意料的是，亨利极好地掩藏了自己的行踪。可问题在于，就家父所知，亨利根本就不会任何神技。事实上，他相当厌恶自然哲学，所以他带走那些书绝不是为了使用——他的目的是不想让海勒姆·温斯洛普用到它们。但是那些书确实价值连城，家父认为亨利最终会把书都卖掉。

“能交易那种类型的书籍的市场相当小众，家父一直都在打探，但是所花费的时间远远大于他的预期。不过就在几年前，一本叫作《罕迹之路地图集》的书出现在了曼哈顿的拍卖会上，据说那本书就归海勒姆·温斯洛普所有。家父联络到了拍卖商，一路追根溯源，最终发现是一个自称亨利·奈罗的男子 1944 年在费城出售了这本书。

奈罗完全符合亨利·温斯洛普的情况——年龄相符，一直和一名黑人女子生活在一起，那女子极有可能就是那个失踪的女仆。可等到家父的人去找他时，他又消失得无影无踪。”

“我就是要从这里开始吗？”蒙特罗斯问道，“你想让我去费城，用我特殊的黑人身份来找到他的蛛丝马迹？”

布雷思维特脸上露出了笑容：“不，伯克和诺布尔两位警探准备前往费城，他们明天下午起飞出发。既然他们铆足了劲儿去跟这条他们认为的新线索，我倒是想让你去趟伊利诺伊州的阿肯。

“你看，我也派了自己的探子四处找寻线索。最近他发现一个叫亨利·奈罗的人 1945 年夏天在阿肯买了栋房子。他是用现金全款购买的，那金额就比奈罗卖掉地图集得来的钱少了一点点。”

“既然你知道奈罗的住处在哪里，你还要我干什么呢？”蒙特罗斯问道，“直接派你的探子去不就行了？”

“我派了，”布雷思维特说道，“但他失踪了，连带着我给他的用来买书的五万美元一起失踪了。”

“那现在你就放心给我五万美元让我去？”

“我相信你绝不会带着这些钱跑路。我知道你并不需要钱。”

“但是这样还是没什么意义啊，”蒙特罗斯说道，“你完全可以自己去见奈罗嘛。”

“我确实可以，但是他很可能不愿意跟我打交道，尤其是万一他知道了他父亲是怎么死的。”

“我也不愿意跟你打交道。可不管怎么说，你来都来了。这个亨利·奈罗有什么过人之处吗？”

“他倒是没有。不过还记得你刚刚调侃过的‘特殊的黑人身份’吗？这次可能还真的有其用武之地。他一直跟一名黑人女子生活在一起——而且他会知道你并不是结社的成员。我想，比起我能派去的白人而言，他很可能会更干脆利落地跟你打打交道。”

“或许吧。”蒙特罗斯说道，“但这不是真正的原因……”话音未落，他灵光一现，“你有顾虑。你说这家伙不懂任何神技，但那是他十六岁时的情况。他现在应该是什么年纪？”

“三十五岁左右吧。”

“所以，在这过去的近二十年里，他可是一直都带着他父亲的那些魔法书，谁知道他会不会有什么改变呢？那些书里有没有哪本是你特别想要找到的呢？”

“他现在还有的书我都要。”布雷思维特说道，“不过我最感兴趣的莫过于一套手写的笔记了，里面记录着他父亲的研究成果。”

“他父亲的研究笔记。你看起来倒是不怎么关心他会不会在什么时候自己研究过那些书，或许还学会了一两招法术？”

“这可没那么容易。”

“我当然明白，不过这可是过了二十年啊……或许你派去的探子根本就没带着钱跑路。可能是亨利·温斯洛普把他变成了一只癞蛤蟆也说不定呢。”

“这法术可厉害了。”迦勒·布雷思维特说道，“我自己都想学学呢。”

“我敢打赌你肯定会的。”

“就是这些话，你让我说完了就去死吗？”

“不，”蒙特罗斯说道，“要是你真的害怕这家伙，可能我还真的想见见他。但假设我真的让他把那些笔记卖给我了，要是我直接就把它们丢进离我最近的火堆里，你怎么办呢？”

“无所谓，”布雷思维特说道，“对我来说，这并不是最糟的结果。请别误会，我确实是想得到那些笔记，但对我而言更要紧的是，不会再有别人染指。”

“比如说兰卡斯特？”

“尤其是他。听着，特纳先生，刚才我问你到底想要什么之前，其实我已经知道答案了。你想让我离开，离开芝加哥，离开你的生活。”

“这你可说着了。”

“问题在于，一旦我现在离开，你可就得任凭兰卡斯特队长还有结社的其他成员摆布了。他们并不在乎你。但是艾提克斯不一样，由于他跟提图斯·布雷思维特的关系，他对于他们而言可是极具价值。并不是作为一个个人，你懂的，而是作为一种还健在的崇拜对象。既然他们知道了他，那他们就绝不会将他抛诸脑后。”

“没错，为此我还得好好谢谢你。”

“你该谢的是家父才对。但是无论如何已经覆水难收了。我的观点是，如果一切按我所希望的发展，那么很快我就会将结社置于我的掌心里。不仅仅是一个分社，而是全国所有的分社。那时，兰卡斯特队长就出局了，我会确保你们全家不会受到侵扰。我向你保证。”

“嗯哼，”蒙特罗斯应了一声，显然他一个字都不会相信，“要是你得到了那些笔记会加速这一进程吗？”

"至少没有害处。"

"要是我不把笔记给你，是不是就可能等于我亲手割断了我儿子的喉咙呢？"

"我不会那样做的，"布雷思维特答道，"不过你那样做的话对艾提克斯没有任何好处。"

"当然，要是我烧了那些笔记，最后你还是赢了，那么你就大可安安稳稳地当你的土皇帝，不欠我任何人情了。"

"我认为确实如此。"

蒙特罗斯笑了起来。"你看吧，"他说道，"我就知道肯定在什么地方会有要挟的。"

阿肯是伊利诺伊州的一个小城市，位于俄亥俄河中游地区，坐落于开罗和梅特罗波利斯两座城市之间。当他们的车开进中心商业区域的时候，太阳才刚刚落到屋顶的位置，而此时这里已经像座鬼城一样寂静了。在阿肯市政厅前，他们在红灯前停下了车。这让艾提克斯想起了当时凌晨三点在马萨诸塞州的比迪福德停车等信号灯的情景，心里一阵不舒服。而蒙特罗斯心里还在因为遇到的那两个少年火大，怒目圆睁地盯着空荡荡的街道，看看谁胆敢出来跟他大眼瞪小眼地对视一番。

信号灯变了。他们朝右一拐，向西沿着榆树大街一边行驶一边寻找 213 号。

等到了他们才发现，想错过这个地方真的是很难。这栋房子本身毫不起眼，但是隔壁那栋房子的屋主在自家车库的顶上立起了一个大招牌，上面有一个霓虹灯组成的箭头正指着榆树大街213号。招牌上写着一行字“黑鬼挚友”。父子二人目瞪口呆地仰头看着，蒙特罗斯自言自语道：真是开了眼啊……

这时只见榆树大街213号那栋房子的前门突然大开，一个矮小魁梧的白人男子挥舞着一根拨火棍从屋里冲了出来。他顺着屋前的人行道一路冲了过来，离凯迪拉克还有几英尺时猛地停下了脚步，高举的武器也放了下来，一脸的尴尬。

艾提克斯摇下了车窗玻璃。“你是亨利·奈罗？”他问道。

“我是大卫·兰士唐，”男子回应道，“律师。”

“你是律师？”艾提克斯又抬头瞥了一眼那个大招牌，“不会刚好是隶属于全国有色人种协进会吧？”

兰士唐点了点头。“两年前，在一次整合我们全县学校的诉讼之中，我是首席律师。我的邻居克拉克是想让所有人都知道到底该往哪栋房子里扔石头……请原谅我的鲁莽。”一边说着，他一边举了举手里的拨火棍，“不过一旦有我不认识的车子停在我家门前的时候，往往意味着麻烦找上门了。”

“不必道歉。”蒙特罗斯从驾驶室那边探过身子说道。

“不知两位是否愿意到寒舍喝杯咖啡呢？”

“当然了，先生，”蒙特罗斯说道，“荣幸之至。”

在大卫·兰士唐的起居室里，他们喝起了咖啡。兰士唐一边朝他们递着奶油和糖，一边解释道他的妻子朱迪斯去弗农山的教堂了，从这里一路向北，开车要一个半小时的路程。“自打那次诉讼以后，我们这里的牧师就劝我们不要再在星期天去参加礼拜了。他是害怕有人会为了开枪干掉我却误中副车，把他送去天堂。朱迪后来找到了一个新的教会，从去年开始就去那儿做礼拜，不过我觉得自己已经没那个习惯了。”

“你没想过要搬家吗？”艾提克斯问道。

“每次我换窗户玻璃时都这么想过，但是我就是一根筋。要是朱迪在这里，她会告诉你我到底是有多倔。”兰士唐坐进壁炉旁的一把椅子里，身后就立着那根拨火棍。“那么，亨利·奈罗……他是你们的老朋友吗？”

“不，先生，”蒙特罗斯答道，“我们跟他素未谋面。我们是来找他买书的。”

“这样的话，我真希望你们不是远道而来。我问你们是不是朋友是因为亨利·奈罗去世了——已经有一阵子了。他和他的家人 1945 年死于谋杀，就在战争刚刚结束不久。”

“谋杀？”艾提克斯问道，“就在这里？”

“不，奈罗从没在这里住过。你们要找的榆树大街 213 号是在镇子的另一头，靠近陵园。这里是西榆树大街 213 号。对于访客而言很容易把这两条街给搞混。我就是因此跟亨利·奈罗相识的。他当时看到一个房屋中介刊登了老寡妇梅茨格的房子，于是就来到阿肯一看究竟，结果就找上了我家。

“他当时带着个女人和小男孩。他说那孩子叫小亨利，是他的儿子。不过那个叫珀尔的女人，他却介绍说是孩子的保姆。她是个黑人，但肤色很浅。那小男孩的肤色要更浅一些——甚至能让人以为他是个白人，至少跟他父亲站在一起的时候。不过他的长相在不同方面随了自己的父母，这样三个人站在一起，一看就知道他们是一家子，哪怕并未受到法律的承认。”

“这当然不关我的事，”兰士唐说道，“不过他们一看就是好人，况且还要考虑到那女人和孩子日后的幸福，所以当朱迪给小亨利做饼干时，我把奈罗拉到了一旁。我告诉他，虽然这个州并没有反对异族通婚的法令，但是在阿肯这个地方，一个种族混合的家庭，或者一旦被人们认为如此的话，很可能是不怎么受欢迎的。我还告诉他，我认为他有权在任何自己想住的地方居住，如果他真想定居在这里的话，我愿意帮他找个地方。隔壁那栋房子，就是现在克拉克住的那栋，当时正要出售，我觉得肯定能说服当时那位邻居把房子卖给奈罗，当然或许需要用上一点手段。

“但是寡妇梅茨格的房子就另当别论了。我告诉他，那个区域就不单单是不怎么好客那么简单了，那里简直可以说是危机四伏。市长和警察局长都住在那个街区，他们可都是老牌的民主党——天黑后喜欢蒙着白床单四处游荡。”

“那奈罗是什么反应呢？”蒙特罗斯问道。

“他对我的警告表达了感谢，”兰士唐说道，“就是人们并不打算在意时所表达的那种方式。他跟我说，他和自己的家人更愿意待在家里，跟他人老死不相往来，所以如果邻居们并没有想与其交好的话也完全没有问题。‘奈罗先生，可能我刚才没说明白，’我当时说道，‘如果这些人不喜欢你们的话，他们可不仅仅是躲着你们这么简单。’但是他却一再坚持说以前就总跟这样的人打交道，事实上，他就是在这样的环境之中长大的。然后，他问了个奇怪的问题。他问我，我刚才说的那些人里面，有没有人是以研究哲学闻名的。我说没有，问题就在这里——他们什么都不学，简直就是不学无术。'那就好，'他说道，'我们跟他们井水不犯河水'。

"我明白跟他争论实在是没什么意义，而且我觉得这也无关紧要。我觉得无论是谁代表寡妇梅茨格的子嗣出面，只要他看上奈罗一家一眼，并与我所看到的一样，就绝对不会把房子卖给他们。然而我错了。从奈罗的车你根本看不出来他原来很有钱。后来我听说他是用现金买的房子，而且那个中介弗兰克·巴林顿居然挣了一大笔佣金。而对于那寡妇的子嗣而言，他们当中离这里最近的住在布卢明顿，所以他们才不在乎街里街坊会怎么想呢。

"他们搬进那栋房子肯定是在七月份。而那场火灾就发生在八月。就是那个星期，日本宣布投降，所以这件事就淹没在报纸当中，少有人注意。报纸上说，奈罗在上楼睡觉前忘记熄灭楼下的壁炉，结果一块儿煤渣引燃了地毯。他们一家三口都被困在楼上，据说最终都死于烟尘吸入。报纸上并没有解释为什么奈罗会在一个大夏天的晚上生炉子。

"一个星期后，我找上一位朋友，他叫路易斯·彼得斯，在法医部门任职。我问他是否知道什么报纸上没有披露的事情。起先他并不愿意谈论此事，不过我给他施加了些压力，最后他告诉我，火灾的第二天早晨，他去停尸房拿文件的时候看过奈罗的尸体。他说奈罗的皮肤的确是被浓烟熏得焦黑，但是他的太阳穴处还有个像弹孔一样的伤口。

“我跟路易斯说，如果这是真的，他应该向上面报告的。‘我根本没人去报告，’他当时说，‘即便我报告了也没有证据啊，尸体已经被处理掉了。’”

“你觉得是市长和警察局长干的？”

“我觉得是。”兰士唐说道，“但是我证明不了。不过如果真是他们干的，那我想最后的结局还是颇为公正的。

“那栋房子有所损毁，但是并没有完全毁掉，既然没人能找到奈罗的亲属，于是市长就筹谋由市里来接收这栋房产，然后将其拍卖。那场拍卖会基本就没做什么广告，结果实际上只有一个竞拍者：警察局长的女婿，最后他捡了个大便宜。

“女婿、警察局长、市长三人开车到开罗的一家餐厅里庆祝。当天他们喝了好多酒，驱车返回阿肯时已经凌晨一点。当时是女婿开着车，他沿着榆树大街一路疾驰，一下撞到了一棵树上，而这棵树正巧就位于奈罗家的门前。车子起了大火，那三个人都死了。

“葬礼之后，一个流言开始到处流传，说车祸的原因并不是酒后驾驶，而是当时街上突然窜出一个小男孩和一个黑人妇女，女婿为了躲闪猛地让车子转了向。那场事故并没有任何目击证人，所以我也不知道人们是怎么知道这件事的，不过事情就是如此……很快就有其他人开始声称见过那个女人和孩子。”

“你相信吗？”艾提克斯问道。

兰士唐摇了摇头：“我觉得可能是内疚感作祟吧。那些流言也确实产生了有益的作用——不少榆树大街的居民不再喜欢这地方了，一部分最坏的人彻底离开了阿肯，不过我觉得还是不够多。现在这任市长是个共和党，所以或许未来可期吧。”

“奈罗家那栋房子怎么样了？”蒙特罗斯问道，“还在吗？”

“那里现在是一片废墟。”兰士唐说道，“火灾过后，那房子一直没有修缮过。不管那里闹不闹鬼，我觉得那里所有有价值的东西早就被拿走了。”

“无论如何，或许还是值得开车过去看一眼。我们来都来了。”

“好吧，我找张地图告诉你们该怎么去。我其实愿意自己带你们过去，不过要是没有我的话，你们在那里可能会更受欢迎一些。”

“希尔大街。”蒙特罗斯恼火地说道。此时他正盯着前面十字路口处的路标。

“上一个路口咱们是不是应该往右转啊？”艾提克斯建议道。

“我知道怎么看地图。”

“我没说你不会，爸。不过我记得听兰士唐先生说，是过了洋槐大街往右转。”

“那是你听到的，对吗？”蒙特罗斯看了看他们旁边街角处那块空地上的房子，“至少我们现在快到了。”只见院子里的积雪中立着一个黑人骑师雕像的栓马柱。

艾提克斯也看见了那东西：“也许咱们应该现在就调头回家呢。”

“不，我们大老远来了，一定得找到。”蒙特罗斯向右一打方向盘开上了希尔大街，他觉得应该能绕过这个街区。但是开了一小段上坡之后，前面正是阿肯陵园的入口，到这儿居然是个死胡同。

蒙特罗斯挂上倒档，可车子却在这时发出一阵噼啪的响声，居然熄火了。他一边低声咒骂着，一边伸手去拧车钥匙。

“等一会儿，爸。”艾提克斯说道。只见陵园里面一个韩国男人正推着一辆独轮车沿着一排坟墓朝前走着，一边捡着散落的花环，一边用扫帚将墓碑顶上的积雪扫下来。“我去问问他，看他知不知道榆树大街在哪儿。”

“不用，待在车里别动。”蒙特罗斯扭了一下车钥匙。凯迪拉克的引擎发出一阵喘息般的声音，却依旧打不着火。艾提克斯一开门，迈步走了下去。“艾提克斯！”

“我马上就回来，爸。”他一阵小跑进了陵园的大门，背后还传来父亲的喊叫声。

蒙特罗斯又扭了一次车钥匙，引擎还是跟刚才一样。他朝后一仰，这回则是骂出了声音，然后使劲戳了一下仪表盘上点烟器的按钮。

他正把手探进衬衣口袋想掏一根烟出来，这辆凯迪拉克忽然弹了一下，就像是有人一下跳上了汽车的后保险杠。蒙特罗斯扭头看去，却什么人都没看到，不过他却听到有人在咯咯地笑着。

他下了车。“是谁？”他喊道。这时一个雪球落到凯迪拉克的车顶上，然后他就看到车子另一端大约十五英尺开外站着一个小男孩。他看上去也就七八岁，肤色浅浅的，一双棕色的眼睛又大又圆，深色的头发在脑袋顶上打着卷儿。

“嘿！”蒙特罗斯尖声大喊。他绕过汽车，朝男孩走去，当他注意到男孩儿的衣着时，他开始平息自己的怒气。只见那孩子就穿了件牛仔布的套衫，然后再就什么也没有了。没有大衣，没有鞋袜，那套衫里面连件衬衫也没有。“嘿，”这回则是完全不同的一种语气，“你在这儿干吗？你妈妈呢？”

那孩子大笑着，光着脚丫扭头从雪地上跑开了。蒙特罗斯抬脚便跟了上去。他们沿着陵园的外墙一直跑着，蒙特罗斯深一脚浅一脚地踏在雪里，一抬脚又总踢到石头。那男孩在前面轻快地蹦跳着，这会儿又停下来回头张望。他们绕过陵园的一角，那孩子的身影忽然在一片积雪覆盖的树丛之中消失了，只有他的笑声还在林间回荡。蒙特罗斯跟着也冲进了树丛，结果却一脚踩空，顺着一个大斜坡滚了下去。一通翻滚之后，他重重地落在了坡底，半个身子都埋进了雪里。

半个身子！他的左臂直到手肘都陷在雪堆里，可他的右手却搭在一片温暖的绿油油的草地上。这是夏天的青草。

蒙特罗斯抬起头朝草地那边看去。只见一轮正午的骄阳之下，立着一栋黄色的大房子。一位穿着格子围裙的黑人妇女在后门廊的楼梯上等着正朝她奔跑而来的小男孩。

蒙特罗斯站起身，一只脚在冬天，另一只脚则跨到了夏天。他顺时针转了个圈，稳稳地站在了青草之上，左脚和左裤腿上的雪遇热立即便融化了。“女士？”他朝那妇女喊了一声。只见她已经挽住了男孩的手，正朝屋里走去，却对蒙特罗斯的叫喊置若罔闻，那小男孩也同样没什么反应。

蒙特罗斯扭头看了一眼背后冬天的世界，那里离自己只有一只手的距离。接着他就朝那房子走了过去。走到一半他再次回头时，积雪已经不见了，从那山坡直到陵园，一路都是郁郁葱葱的灌木丛和娇艳芬芳的鲜花。

他登上门廊前的台阶。房屋的后门虚掩着。蒙特罗斯站在门口，注意力落在刻在右侧门框的一行字母上，那是亚当的字母。他继续朝右看去，只见一扇窗的窗台上刻着同样的铭文。

“女士？”蒙特罗斯抬手敲了敲门，还是没人回应，不过门却开大了一些。他抬腿进了门，里面是一间厨房。

那妇女正站在洗碗池边擦洗着一口锅，不过蒙特罗斯觉得她大部分的精力都用来强作无视他的出现了。而那个小男孩，此时正坐在桌旁，一手三明治，一手一杯牛奶，仰脸看着蒙特罗斯，脸上一直笑嘻嘻的，仿佛他跟蒙特罗斯刚刚在私下里分享了一个笑话。

“女士？”蒙特罗斯又叫了一声，见她还是没有什么回应，于是再次开口，“奈罗夫人？”

最后她终于抬眼看了看他，可随即她的话却不是对他说的。“亨利，”她说道，“有人来了。”

男孩身后的一扇门打开，一个白人男子出现在了面前。他看着蒙特罗斯，一脸疑惑，仿佛这栋房子里根本就不会有什么访客。“需要我为您效劳吗？”他问道。

此时，蒙特罗斯回想起了在温斯洛普公馆里曾经看到的那张全家福，他一眼就认出眼前的男子正是海勒姆·温斯洛普的儿子。不过你可不像三十五岁，他心里想着，而且你也不可能有三十五岁——你死的时候也就二十来岁。

该怎么称呼他呢？蒙特罗斯选择了单刀直入。“温斯洛普先生。”他说道。

刚刚又把注意力放回到洗碗池里的那位妇女闻言忽然抬起头来，

一脸的惊恐。男孩脸上的笑容也不见了。男子脸上的表情变得冷峻起来。“说说你的来意吧，这位先生。”他话音未落，蒙特罗斯就感到后背涌上来一股深冬的寒意，冰冷的寒气打着旋儿地钻进他的领口，像是随时会把他冻僵在原地。

“我是为了我儿子来拜访的，温斯洛普先生。”尽管置身寒冷之中，蒙特罗斯的声音却没有半分颤抖。“我叫蒙特罗斯·特纳。是一个叫布雷思维特的人派我过来的，他想得到属于你父亲的一些东西。不过，我并不是为此而来，我是替我儿子艾提克斯来的。布雷思维特对他有所企图，我不知道该怎么阻止他。但是我觉得你可能会有办法。所以，我是来向你求助的。我已经准备好了，你随便提条件吧。只要我能做到，但凡你愿意的话。”

寒意逐渐退去。夏天又重新回来了。但是那妇女和小男孩还在直直地朝这边望着，等着。直到亨利最后点了点头。

“好吧，特纳先生。到客厅里来吧，我们聊聊。”

二人坐到窗前的一张桌旁。温斯洛普沏茶之际，蒙特罗斯看向了窗外的草坪。草地的外沿，一颗粗大的橡树立在道旁，树枝上挂着一个轮胎秋千。蒙特罗斯猜想，这肯定就是那个警察局长的女婿开车撞上的那棵树，不过树上并没有什么痕迹显示其曾遭受过剧烈的撞击。

也许那场车祸还没发生呢。客厅壁炉架上方挂着的日历显示此时是 1945 年 8 月，而且外面停在街上的汽车，蒙特罗斯发现没有一辆是战后生产的型号。在思考眼前这一切发生的可能性时，他头脑之中顽固理性的那部分仍然在试图拒绝相信这一切。所有这些都是错的，他的理智警告着自己。他不属于这里，他根本就不应该在这样一个已经过去的夏日里跟一个已经死了的人坐在一起。他应该毫不迟疑地立即起身原路返回。而且，绝对，绝对，不应该接受他在这栋房子里给自己的任何食物或饮料。

然而蒙特罗斯不想空手而回，而且如此拒绝温斯洛普的好意也委实太粗鲁了些，所以对于摆在面前的茶杯和温斯洛普递给他的油酥饼干，他并没有推辞。那茶水和饼干的味道真的是相当寡淡——坦白讲，就是没滋没味——但是一口入喉之后，一种温暖的陶醉感油然而生，让他的理智也有些慵懒麻木起来，似乎跟一个死人聊天完全是顺理成章之事。

“亨利·温斯洛普，”面前这个已经“死了”的人说道，“已经很久没听人这样叫我了。你说是布雷思维特派你来的？是塞缪尔·布雷思维特吗？”

“是他的儿子，迦勒。塞缪尔·布雷思维特已经死了。”

“真的？”温斯洛普说道，“我可没听说这事。”他直直地望向窗外，“在这儿我们几乎听不到什么新闻。”

“嗯，”蒙特罗斯说道，他的眼神则是瞥向壁炉架上面的日历，“我也觉得你不会听说这件事。不过，关于我儿子，温斯洛普先生……”

“你说过布雷思维特对他有所企图，是什么样的企图呢？”

“其实我也不确定。布雷思维特的父亲曾想把艾提克斯当成一个仪式的献祭。而迦勒的打算更让人难以琢磨——到目前为止他只是想把艾提克斯留在身边。我觉得是把他当成某种战利品，来不断地在他那帮巫师朋友当中强化他本身的威望与能力。但是从长远来看，我觉得他自己也要搞某种仪式。所以我希望他能在这一切发生之前消失。”

“你想杀了他？”

“要是能的话我肯定会干掉他。可问题是他会魔法，我没法对他动手。布雷思维特把这个称作免疫。”

温斯洛普点了点头：“我父亲也有这个能力。真是让人头疼啊。”

“有什么解决办法呢？”

“办法倒是有不少，”温斯洛普答道，“但是我一个也不知道。”

“那你知道谁会吗？”

“活着的是没有了。”

“那你父亲留下的笔记呢？”蒙特罗斯问道，“布雷思维特派我来就是为了这几本笔记的，而且他尤其不想让别人得到它们。你觉得在这些笔记里面会有解除那种免疫的办法吗？”

“可能会有吧。”

“那你愿意把这些笔记拿出来吗？”

温斯洛普不置可否地耸了耸肩。“我可以拿出来。连上帝都知道它们对我半点儿好处都没有。当然，”他继续说道，“我们之间需要进行一个公平的交易。”

“我有钱，”蒙特罗斯说道，“就在我汽车的后面——”

“不，钱不行。钱对我来说没什么用处。”

“那你要什么？”

“感觉。”温斯洛普说道。

“我不明白。”

温斯洛普再次望向窗外。“生活在这里，我们缺少的不仅仅是新闻。”他说道，“我们什么东西都缺。你看那阳光……可是我从来就不觉得暖和。”他转头看向蒙特罗斯，“我也感觉不到冷。还有这些——”他朝面前的茶水和油酥饼干指了指，“它们一点儿也不令人满意。糖里没有甜味，盐里没有咸味。对于情感而言也是如此。我们可以假装感情丰富的样子，但那终究只是镜花水月。我想要真正能再感受到什么东西，来体味最炽烈的情感，哪怕一分一秒也好……这才是我想要的交易。”

温斯洛普那满脸赤裸裸的渴望之情，再次呼唤起了蒙特罗斯内心之中的那个声音。快走，那声音告诉蒙特罗斯。这家伙根本就不是人，他是吸血鬼，他已经饥渴难耐，赶紧离开他啊！

“给我讲个故事吧。”亨利·温斯洛普说道。他抬头看向蒙特罗斯，那眼神就像是一头猛兽寻觅到了猎物一般。“跟我说说你父亲吧。”

“不，”蒙特罗斯拒绝道，“不，我不能那么做。”

但是这个“死人”可不愿意听到“不”字。

“是叫罗兰吗？”他问道，“那是他的名字吗？迪克·罗兰？”

蒙特罗斯摇摇头，此时内心之中那个声音正在催促着：快跑啊！“我父亲叫尤里西斯。”

“那迪克·罗兰又是谁呢？”温斯洛普追问道。

蒙特罗斯想要站起来，但是那股慵懒麻木感已经占据了他的双腿，把他牢牢困在椅子里。

“他是谁？告诉我。”

现在除了答话毫无他法。“他是个擦鞋的，”蒙特罗斯答道，“是个擦鞋工。”

“他跟你父亲是同事吗？”

“不，我父亲有自己的买卖。他跟罗兰素不相识。”

“但是他们之间存在某种联系，”温斯洛普坚持道，“到底是什么？发生了什么事？”

“罗兰被人指控了。”蒙特罗斯说道。他想要再试着站起一下，可惜还是失败了。

“受到什么指控？”

“就是跟往常一样呗。”蒙特罗斯说道。说到此处，他胸中像是突然燃起了一阵怒火，这让他终于不再欲说还休。“那是1921年的阵亡将士纪念日，”他说道，“迪克·罗兰来到塔尔萨市中心的德雷克塞尔大厦。他要去顶楼专供有色人种使用的洗手间。在电梯里他绊了一跤，一下倒在电梯操作员身上。那是个叫萨拉·佩琪的白人姑娘。她声称受到了对方的袭击。”

“是他干的？”温斯洛普问道。

蒙特罗斯投去一个厌恶的眼神：“光天化日之下在主干道的一栋公共大楼里，他去袭击一个白人姑娘。他那是要去作死吗？但是这并不重要。她一叫喊，他就跑了。从那一刻起，他就是有罪的。

“第二天一早他就被警察逮捕了。到了下午，《塔尔萨论坛》针对此次‘袭击’事件发表了一篇报道，声称那姑娘的衣服都被撕碎了。虽然事后他们承认这事是他们胡编乱造的，但是当报纸一在街上流传，要求对罗兰处以私刑的言论就甚嚣尘上。

“治安官把迪克·罗兰扣押在县法院的监狱里。但是夜幕降临之后，一大群白人暴徒聚集在了监狱外面。而生活在格林伍德区的黑人们也听说了私刑一事，其中一些人决定拿起枪支来解决这个问题。我父亲就是其中之一。我一直没机会去问他到底发生了什么事，但后来我听说在法院外面，一个白人想从一个黑人手里抢夺枪支。于是战争就此爆发。

“当时的情况是黑人寡不敌众，基本上相当于一个人对二十个人。所以在最初的交火中得以幸存的都撤回了格林伍德区。白人紧随其后，一路走走停停来补充枪支弹药。他们冲进五金店、典当铺，把所有能拿走的都洗劫一空。

“我父亲回家时已经十一点多了。他的胳膊被划伤了，袖子都被血染红了，不过我觉得他可能都没意识到这一点。他跟我母亲说赶紧往车里装家里所有她舍不得丢下的东西。他说他还要出去——格林伍德的居民在铁路沿线组织了一条防御战线来迎击那些白人暴徒——但是一旦失守，我们就得准备赶紧逃离。

“我母亲并不想让他走，但是他别无选择。他说：‘他们是在劫掠他们自己人民的财产，如果我们把他们放进来的话，你以为他们会怎么做呢？’

“我跟父亲说我也想跟他一起去帮忙保卫家园。当时我已经七岁了，我觉得我已经是个大人了。父亲当然不会同意。从他嘴里，你得到的回答永远都只有一个‘不行’。我当时也是激动不已，还想试着去争辩几句，结果这就是当时我得到的回应。”他一歪头，指了指左眼角处的一处伤疤，“这是被他的戒指给划伤的。

“我父亲是出了名的暴脾气。他能表现得相当暴力，不过每回他都努力地克制。只有我欠揍的时候他才会动手打我，但在此之前他从没在我身上留下过什么痕迹。其实那天晚上他也不是有意的。等我感觉到血顺着我的脸颊流下来时，我才意识到当时他内心里是有多么害怕。我们当时的处境简直是糟透了。”

“然后，”蒙特罗斯说道，“我哥哥乔治站了出来，说他得出去一趟，去把我们外曾祖母的书给拿回来。”

“她的书？”温斯洛普疑惑道。

“其实是一本账册。”蒙特罗斯说道，“一直放在我父亲店铺的保险柜里。父亲跟乔治说如果情况恶化到不可收拾的地步，他会自己去取回那本书的。但是乔治却一再坚持那是他的责任。我猜乔治肯定也会被臭骂一顿，可谁曾想父亲居然同意了。我简直不敢相信自己的耳朵——当时母亲一蹦三尺高，想阻拦乔治，结果父亲却让她什么都别说。

“于是，父亲就和乔治一起出了门，然后我母亲就陷入一片忙乱之中。她让我和姐姐把屋里的东西都归拢到一起，然后把他们结婚时的盘盘碗碗都打包。我当时都快气疯了。乔治去了前线，我却守着锅碗瓢盆。

“等我们把东西往车里运时，就已经能够听到枪声出现在不远处了。母亲这才真正地焦虑起来，我也一样，不过原因却不一样。我们把车子塞得满满当当。有那么一会儿，母亲和奥菲利亚在屋里考虑还要带走什么东西，我自己则一个人在外面。听着那些枪声，我再也没法让自己躲在后面了。之前我刚刚把父亲的工具箱放进了车里，于是我抄起一把老旧的大号羊角锤，就朝战斗之地冲了过去。

“等我到达阿切尔大街的时候，我差点儿都没认出来。格林伍德的守卫们把所有的路灯都开枪打坏了。狙击手隐蔽在高处观察着铁路沿线的情况。白人们看不到狙击手，但还是有一些带着蘸过油的布和打火机成功地潜了进来。格林伍德铁路沿线的小木屋全都陷入一片火海，一些大型建筑也没能幸免。

“当时我就拎着锤子站在街上，黑暗之中四周尽是熊熊烈火与滚滚浓烟。子弹在空中来回飞着，不停地有人在朝我大喊赶紧从那里滚开，可我就那么沿着大街恍恍惚惚地朝前走着，心里只想找到我爸爸。

“我看到一辆满载着白人的轿车冲了过来，刚一穿过铁路就迎来一阵枪林弹雨。车前灯和挡风玻璃都被打爆了。司机挂了倒档，匆忙往回倒。见此情景，我上蹿下跳地高喊起来——‘我们赢啦！’然后我父亲就不知道从哪里忽然冒了出来，一把抓住了我。这回他并没有打我。他把我拎起来使劲地摇晃了起来。”——蒙特罗斯将双手举过头顶比划了一下——“就像这样。”

“我听到了一声巨响，就像炸弹爆炸了一样。然后父亲就停了手。他紧紧地抱住我，拔腿就跑。你知道，这听起来有点儿搞笑，可是一从浓烟和烈焰之中挣脱而出，这场景就变得很美妙了。他抱着我的感觉就像……我有时会梦到那样的场景，当然在梦里没有这些枪炮，就是一个普通春日的夜晚，爸爸抱我回家，像是刚看完一场电影或者一场球赛那样。就像是他本来就应该做的那样。

“还有一半路程就要到家的时候，一辆车出现在我们背后，车速飞快。等靠近时我才发现那辆车被枪射得到处都是洞。引擎盖上全是弹孔，所有的车玻璃都碎了。我想开口说点什么，但根本就没有时间。一个白人举着手枪从车后座探出身子，抬手就是两枪，然后从我们身边一驶而过，消失在夜色之中。我不知道发生了什么事，更不知道那人是谁。

“我想刚才那两枪肯定没有打中我们。我知道自己没有中弹，而且父亲也一刻都没有停下脚步。等他又跑过一个街区，然后忽然停住了。他把我放了下来，动作非常小心，一只手扶在我的肩头，像是要稳住身形一般。然后，他就倒了下去。

“我们当时是在一户人家门口的草坪上。里面的人听到我的哭喊声，于是打开了门廊里的灯。这时我才发现父亲的身侧中了弹，血从他的嘴里流了下来。他的脸上显出一副表情。那是恐惧。就像面对苍茫宇宙时的那种恐惧。当时我太小了，根本就没法理解他的表情。我以为他是因为自己快死了所以才害怕。可其实根本就不是那么回事。直到我有了自己的儿子——一个同样不会听话的儿子——我才真正理解了他的感受。

“他并不是为自己而害怕。他是因为我而害怕。他想保护我。其实他已经做到了：他救了我的命，带着我从枪林弹雨中逃了出来。但是那一夜还远没有结束，而他知道自己已经无法亲眼看着我安然脱险了。那才让他恐惧。最可怕的事情莫过于自己的孩子要被这世界所毁灭，而心里却清楚自己已经无力再去给他任何帮助了。人世间最大的痛苦莫过于此，莫过于此啊。”

蒙特罗斯的双眼忽然潮湿了起来。他抬起双眼，就像是从出神之中突然清醒了过来。然后就看到这里的女主人正紧紧地搂着自己的孩子站在厨房门口。看着她一脸哀伤的神情，蒙特罗斯很想表达自己的歉意。他觉得不该在她的家里讲起这样一个故事。然而此时她的丈夫却一直朝前探着身子，对这个故事仍然意犹未尽，像是要把这个特别的盘子里剩下的最后几粒碎屑舔得一干二净一般。

“然后他就死了？”亨利·温斯洛普问道。

“对，”蒙特罗斯应道，“然后他就死了。”

窗外依旧是夏日炎炎，而此时天空已经映出了粉红与金色，落在草地上的影子在一点点地拉长。蒙特罗斯仍然沉浸在塔尔萨火光冲天的那个夜晚，对于屋外夜色这么早地降临丝毫没有感到蹊跷。

亨利·温斯洛普说道：“我真希望自己也有个那样的父亲啊。”

“我现在没有了那样的父亲。”蒙特罗斯说道，“这才是问题的关键所在。”他抬起手，用掌根擦了一把眼睛，“说说你的事吧，你父亲是什么样的人呢？”

“好奇心极重。”温斯洛普答道，“其实我还可以用其他的词汇来形容他，但是如果想要了解他，就必须从这一点开始：他对于事物的好奇简直到了贪得无厌的地步。他想要了解这世间所有事物的来龙去脉，这就需要知道很多很多。普通人穷尽一生之力也不可能学到这么多的东西。所以，为了能拥有他所需要的时间，他决定要让自己永生不灭——而且近乎全知全能。

“在某种层面上来看，这实在是有些滑稽。与我父亲关联甚密的那些人都认为自己是理想主义者，是科学家，是自然哲学家。对于他们而言，超自然现象这样的说法是有些幼稚的。他们想让自己成为神，却又愿意以平民百姓那种粗浅的迷信方式来理解上帝的概念。

“我父亲并不像他们那么正统。粗浅不粗浅对他而言无所谓，只要能达到想要的结果就好。正因为如此，才让他和我的母亲结合在一起。她是个女巫。”温斯洛普解释道，“她就是那么称呼自己的，非常自然。她信仰神明、奇迹，还有魔法。她用自己的方式向父亲证明，他的愿望，至少在理论上，是有可能成功的。当然，她也为此付出了代价——一开始是她的健康，然后是她的生命。”

“我听说她患有脊髓灰质炎。”蒙特罗斯说道。

“确实是有这么回事。”温斯洛普点头道，“但是让我母亲坐上轮椅的并不是疾病，而是因为误读。我这是一语双关。你熟悉亚当的语言吗，特纳先生？”

“见过好几次。”蒙特罗斯谨慎地答道。

“在《马太福音》里有这么句话，你们中间谁有儿子求饼，反给他石头呢？”温斯洛普说道，“那是因为《新约》里的上帝是人——是一位父亲——他会关心在乎你。但是当你使用亚当的语言之时，是在对着大自然进行表达，而自然可不会在乎什么，你让它做什么，它就做什么。万一你对想要发出的指令有所歪曲或篡改——比如颠倒了某个字母的位置，读错了重音的位置——你嘴上要求了什么就会得到什么，不过那结果可能并不是你真正想要的。”

“那你母亲想要得到什么呢？”

“一扇门。”温斯洛普答道，“在理解浩瀚的宇宙之时，我父亲所面临的一大难题就在于绝大部分宇宙空间都是他难以到达之地。在母亲的帮助下，他发现了一种可以在宇宙空间内搭建点到点桥梁的方法。他们确实成功了，但是其中的一次实验让我母亲落下了行动不便的残疾。她向大自然祈求可以在不同的世界之间穿行的能力，结果大自然却给了她两条变成石头的腿。

“那次意外之后，我父亲的行事变得更谨慎起来。他一直十分尊崇科学技术。在追求神技的时候，他已经用上了许多机器。机器是非常好的替代品——而当这些机器也不足以承担实验风险时，他还培养了一批年轻狂热的学徒加以利用。

“母亲仍然在帮助父亲进行研究，但是他们之间的关系已经变了。开始的时候，她还觉得当时自己受伤只是因为气运不佳，可等看到自己的丈夫是如何利用那些学徒给自己挡灾时，她心里就开始有了怀疑。”

“这些学徒，”蒙特罗斯问道，“你也是其中之一吗？”

“不。我母亲对此坚决反对。她让我父亲发誓，永远不会把我牵扯到他的工作之中。当时她对于父亲而言仍然有极大的作用，所以他信守了自己的承诺。当然，我那时是想帮助父亲的。哪个儿子不想跟自己的父亲一起工作呢？但是母亲也让我发了誓。每次我对于自然哲学展露出自己的兴趣时，她就会把自己的腿露出来给我看。”

“她是怎么死的呢？”

“她想治好自己。”温斯洛普说道，“我十五岁的时候，她决定离开父亲——但为了能从他那里解脱出来，她得先从轮椅里解脱出来。她实施复生之术的仪式时，我住在寄宿学校里。她请求大自然把她的腿还给自己。大自然确实给了她腿。我不知道确切的数字，但是那数量的确超过了她的心脏和神经系统所能承受的范围。父亲说她并没有被折磨太久。

“所谓葬礼仅仅是一具已经封闭的棺材。后来我们搬到了一栋新房子里。父亲说要重整旗鼓。他说希望我成为他的研究助手，可是为时已晚。就在他一直远离我去追寻宇宙的远古奥秘之时，我则在学校里一直学习着一种完全不同的、更加现代化的哲学。对此父亲暴跳如雷。他说他给我付了那么多学费可不是要让我成为一个社会主义者的。他咒骂母亲，因为是她给我选的学校，是她故意要将我‘污染’。关于这一点，他说得的确没错。

“然而他并不知道的是，母亲去世之前其实给我写过一封信。她知道自己可能熬不过这次仪式。她想确保我能够逃离父亲的魔掌。所以她在信里详细地教我该怎样逃跑：去哪里弄我肯定需要用到的钱；如何伪造新的身份；在我出逃之时如何伤到父亲，这一点是为了她自己。

“等到我离开的时候已经又过了一年。我需要时间来筹划准备，而且我很害怕。父亲一直密切盯着我的行踪。他不让我回学校，而是雇了一名家庭教师，那是个脾气暴躁的普鲁士老头子……在新房子里，我把自己关了好几个月没有出门。我就是在这样的情况下认识的珀尔。当别人以为我在屋里学习时，我们会偷偷地爬到屋顶上约会。”

“你从来没想过，”蒙特罗斯禁不住问道，“把一个女佣牵扯进你们的家庭大戏之中这事不太妥当吗？”

“我们那个时候年轻啊，又彼此坠入了爱河，”温斯洛普答道，“而且那时按照我的想法，要是把她留在父亲身边做事就是推她进火坑。珀尔自己也如我一样迫切想离开那里，越远越好。她想看看这个世界。”说到这里，他笑了起来。蒙特罗斯本想尖酸刻薄地讽刺他两句，可话到嘴边还是咽了回去。而两个人谁都没有注意的是，厨房里传来砰砰几声锅具碰撞的声音。

“我们一直等到一天夜里，当时父亲出门去了，”温斯洛普继续说道，“吃过晚饭，我们偷偷地溜了出去，前往德尔堡车站，然后买了前往洛杉矶的车票。我们确信会让售票员记住我们两个，但是我们根本就没上那班列车。相反我们来到一个车库，里面停着母亲存放在那里的一辆老轿车。那辆车得有十多年没开过了，但是她此前已经花钱找人做过保养。车钥匙就放在杂物箱里。

“我们驾车一直向东开去。第一年我们住在纽约，在那里我们两个成了婚，我变成了亨利·奈罗。等到小亨利出生之后，我们就搬到了费城。我在一家书店找了份工作；珀尔则平时给人当保姆，周末的时候在主日学校做老师。在那里我们过了一段很美好的日子。”

“是吗？”蒙特罗斯问道，“那你们为什么又回伊利诺伊州来了？”

“珀尔很想念她的母亲，”温斯洛普答道，“在费城的时候，每周六我都会找一份上周日的《芝加哥论坛报》来看看有没有关于我父亲的新闻。但是他的讣告早就已经登过了，所以我过了好几年才知道他的死讯。我把这事告诉珀尔之后，她就更想回去找她妈妈了。不过我并不认为这是什么好主意。对我父亲而言，死亡并不是必然的结局。就算他真的去世了，他还有一大帮朋友和敌人，这些人都在找我，当然是因为我手里的东西。

“但是珀尔思母心切。她瞒着我联系了她的几个亲戚，看看他们是否知道母亲的音讯。然而母亲都没跟他们联系过。她愁坏了。最后，我们想了个折中的方案。我们搬回中西部，找个父亲的旧僚找不到我们的僻静之地安家，而这个地方又离芝加哥足够近，这样我就能溜进去寻找珀尔的母亲。最初我们是想在北边租个地方，但是从费城出来后，我们在帕迪尤卡拜访了珀尔的一个表哥。这次团圆让珀尔非常高兴，而就在那里我恰巧在中介信息上看到了这栋房子，开车用不了多远，过了河就到了。当时我们手头的钱又刚好合适，所以我想为什么不住在这里呢？”

“为什么不住在这里呢？”蒙特罗斯说道，“兰士唐先生告诉你详情之后你还这么认为？你当时到底是怎么想的啊？”

“我当时想我们是受保护的啊。”温斯洛普淡淡地说道，“母亲最后写给我的那封信里还有两种魔法的用法。一个是在逃跑过程中用来迷惑追击者的。另一个则是作用于我定居的住所，可以抵挡任何想要伤害我的人。我就会这么两个咒语，不过我一直没弄明白它们是如何起作用的——而且母亲也并不知道珀尔的事情。她是假设我一个人逃跑，而针对我的主要威胁就是我的父亲以及像他那样的人。”

“法师，”蒙特罗斯问道，“施加在你们住处的防卫只是针对于法师吗？”

“我是那么猜测的，”亨利·温斯洛普答道，“其实到现在为止我也一直没完全弄明白。但是我并没有理解更为基本的东西，这才是我最失败的地方。我犯了跟我母亲一样的错误。我确实提出了某种需求，然而我并没有抓住自己需求的本质。

“你知道，其实父亲也是我的保护者。他并不是像你父亲保护你那样来保护我，而是他自己的身份地位捎带着保护了我。只要我在他的羽翼之下，那么我唯一需要害怕的只是他。在摆脱他的同时，我也让自己面对外面的世界时变得更加脆弱。但是他给我的保护我一点儿都不感恩戴德。在我的心里，自由就意味着我可以随心所欲。我以为……我以为自己也有免疫的能力。”

“每个男孩子都这么想过。”蒙特罗斯说道，“可等你自己来到这个世界的时候，还带着她……你没有发现事与愿违吗？”

温斯洛普摇了摇头：“在费城的时候，没人来骚扰过我们。哦，或许偶尔会有人说些难听的话——在这方面珀尔比我敏感得多。但是没人袭击过我们，我猜是母亲的咒语管用了。我找不出任何理由认为它们在这里会失效。”

“你真是个该死的蠢货啊。”

“是啊，我确实是蠢，”温斯洛普照单全收，“问题就在这里。我有魔力来保护自己免遭那些哲学家和智者的侵扰伤害，但是却防不住我自己的愚蠢……还有脑子里没有那么些弯弯绕绕的普通人的手段。”

“奈罗！”

外面忽然传来一声大喊。此时，夜幕已经降临。这是个特别的夜晚。蒙特罗斯朝窗外望去，只见三辆车开上了草坪，十几个汉子在车灯前四处乱转。这群暴徒一看就是头脑简单四肢发达，但都全副武装。“奈罗！”领头之人高声喊道，“你带着你家那两个黑鬼给我滚出来！”在这夏夜的黑暗之中，街对面越来越多的围观者聚集起来，其中还有妇女和儿童。

站在草坪上的一个人用拇指拨动了打火机的转轮，然后把火焰凑到一块塞进可乐瓶口里的破布上，那个可乐瓶里装满了汽油。蒙特罗斯眼瞅着那汽油瓶朝着这扇窗子飞了过来。就在最后一刻，久违的力量又重新注入了他的双腿之中，他猛地向后一撤，躲过了破碎飞溅的窗玻璃。那瓶子飞进屋子一下砸在壁炉底下，放在壁炉前面的地毯一下子就着了起来。

亨利·温斯洛普却并没有动，而是仍然从桌对面看着蒙特罗斯的眼睛。他脸上的表情既哀伤又自怜。“我之前并不知道。”他喃喃自语，“我发誓我真的不知道。”忽然，夜空中传来一声枪响，温斯洛普的头朝后猛地一弹，然后就那么瘫倒在椅子里，生机全无。蒙特罗斯一下站了起来，飞起一脚踹飞了自己的椅子，迅速把背靠在窗户边的墙壁上。

蔓延的大火已经切断了前往厨房的路，燃烧的地毯冒起滚滚浓烟，在天花板上不停地翻腾。蒙特罗斯用一块手帕捂住了自己的口鼻。他正打算从火焰上方越过去的时候忽然看到那对母子正并排站在壁炉边，他们双眼紧闭，双臂交叉在身前，就像两具尸体。

外面此时响起了更多的枪声。蒙特罗斯条件反射般地伏下身子，等他回过神来的时候，那对母子已经不见了，就在他们原先站立的位置，一个身材高大魁梧，皮肤黝黑的黑人男子就那么直直地站在烈火之中。那男人双目圆睁，眼神里充满了痛苦的愤怒。那种眼神蒙特罗斯相当熟悉，他自己的眼神就是那样。

“爸？”蒙特罗斯放下了手帕，“爸爸？”

尤里西斯·特纳的双唇急切地翕动着，可所有的话语都被熊熊烈焰吞噬了。蒙特罗斯朝前探着身子，伸长了耳朵想听清父亲的话，可是剧烈的高温逼得他只能后退。他无助地站在那里，对这一切充满了不解。而此刻整个房间已经被浓烟所缭绕，耳朵里全都是外面那些普通人开枪射出的子弹的呼啸声。

“爸？”

艾提克斯沿着父亲在雪地里留下的足迹一直找到奈罗家房子的背后。他抬脚踏上门廊，小心翼翼地跨过木板上的一条裂缝。房子的后门被钉上了两块厚厚的木板，不过房门早就被强行弄开了，所以他蹲下身子就能进去。

“爸？”他站在已经是一片废墟的厨房里又喊了一声。

“在这儿呢。”

客厅壁炉前的一块地板已经陷了下去，顶上的天花板也塌了。阳光透过钉在窗户上的木板之间的缝隙射进了屋子，艾提克斯借着这光线看到父亲就在屋子最里面那侧。他正摇摇晃晃地坐在一把少了一条后腿的椅子上，朝前躬身弯腰，伸着双臂，手里紧紧抓着一样包裹起来的东西。

“爸？你怎么会在这里？”蒙特罗斯并没有做声。艾提克斯退回厨房，找到了一条路来到中厅，然后从另一个门进到客厅里。站在父亲的身前，艾提克斯看清了蒙特罗斯手里的那包东西，是一摞笔记本，已经清点整理完毕，用粗实的麻绳捆在一起。

“你在这儿找到了什么，爸？”艾提克斯问道，“那是不是——”

蒙特罗斯长身而起，那晃晃悠悠的三腿椅一下朝后面倒了下去。

“什么也没有。”他盯着艾提克斯的眼睛，眼神里透出一种愤怒的急切之情，“我们什么都没找到。奈罗一家全死了，他们的房子被烧了，我们一丁点儿东西都没找到。我们就这么跟布雷思维特说。而且我们自己要相信这一点。这样的话，如果他要窥探我们的内心，他也不会发现什么。你懂我的意思吧？听明白了吗？”

“是的，爸，我明白。”

“你最好真的明白。”蒙特罗斯说道，随即他疲惫地长叹了一声，体味着在吉姆·克劳的那些时光里日复一日、年复一年所背负的重担……如今，他仍然能感觉得到。“我们该走了。”他开口道，“这里是亡者的地方，我们并不属于这里。”他把那一摞笔记本紧紧地抱在自己的胸口，“还不到时候。”

贺拉斯与魔鬼娃娃

经过反复观察，韦斯特发现这具样本的神经系统相当发达。

——H.P. 洛夫克拉夫特，

《赫伯特·韦斯特——尸体复生者》[1]

① 洛夫克拉夫特名篇作品，译本可见《死灵之书：H.P. 洛夫克拉夫特小说全集》，北京时代华文书局 2018 年 7 月出版。

“那女人的动静听上去就跟鬼上身了一样。”内维尔说道，“还记得《神秘旅人》里面那次吗，考古学家的女朋友被魔鬼控制的时候，她的嗓音改变之后的那种动静？就跟那一样。只不过她还说了些你绝不能在广播里面说的词语。”

他的爷爷尼尔森住在比洛克西，刚刚过了五十五岁的生日，他解释道。那天，他们全家打算晚上给爷爷打个电话祝他生日快乐。之所以选那个时候是因为晚上长途电话的价格会低一些。可是晚饭的时候，内维尔的妹妹奥克塔维亚不小心打碎了一支玻璃杯，还不慎划伤了脚，于是内维尔的爸爸妈妈赶紧带奥克塔维亚去了急诊室，把内维尔留在家里照顾另一个妹妹。内维尔灵机一动打算自己给爷爷打个电话，好让他知道家人们并没有忘记他的生日。他这么做真的有些愚蠢——尽管晚上的电话费便宜一些，但是他父亲肯定还是会为了要付两笔电话费而抓狂——不过内维尔之前可从来没有打过长途电话，而且他刚刚过了十三岁的生日，正迫不及待地想做些大人的事情。

于是他拿起了话筒，接通了比洛克西的接线员。这里是内维尔·波特，请帮我接波特先生，内维尔说道。话筒另一边的接线员是个白人女性，听起来年纪有些大，可能还有点儿耳背，她问道，你想跟谁通话，叫什么名字？波特先生，内维尔答道。请说他的名字，接线员要求道。没问题的，内维尔告诉她，这是打给私人住户的，家里就一个波特先生。

正是此时，那个魔鬼出现了。

“现在给我听好了，你这该死的黑鬼小兔崽子，”那魔鬼开口道，“要是觉得我会对一个黑鬼开口称‘先生’，你还是死了这条心吧。他叫什么？”“尼——尼——尼尔森。”内维尔答道。对于内维尔结结巴巴的应答，那魔鬼没给他半分情面，一通冷嘲热讽，然后勒令他对自己道歉，要他对自己称呼女士，直到最后才给他接通了电话。可事已至此，内维尔半点儿跟爷爷打电话聊天的心思都没有了，他跟谁都不想说话。

“那你为什么不把电话直接给挂了呢？”柯蒂斯问道，“我是说挂断接线员，不是你爷爷。”

“我不能那么做啊，”内维尔答道，“那样做太失礼了。”

“那又怎么样？她可是对你无礼在先啊。就算你这么做了她又能把你怎么样呢，你们可是隔着十万八千里呢。”

“可她跟我爷爷家离得不远啊。她要是真的发起疯来，跟爷爷那里的接线员乱嚼一顿舌根，你觉得我爷爷以后还能接到电话吗？”

柯蒂斯往后一蹦，勃然大怒：“他们不能这样做！”

“那儿可是密西西比，笨蛋，”内维尔说道，“他们可以为所欲为的。”

和二人走在一起的是贺拉斯，他认同地点点头。“我爸爸就跟我说过南方的这样一个地方。有一年，那里的黑人发起了一次驾车召集大家进行投票选举的运动，结果当地的高速公路管理部门愣是硬生生地关闭了有色人种居住区域跟法院之间所有的道路。跟这个一比，切断电话线才哪儿到哪儿啊。”

“他们要是敢断了我的电话，我就去跟他们打官司。”柯蒂斯说道。他父亲是位专门打人身伤害官司的律师。

“打官司？”内维尔说道，“你觉得你还能去打官司？上帝啊，你简直就是无知。”

“谁都可以打官司。”柯蒂斯仍然嘴硬地坚持道。

“在密西西比就不行。法律在那里是根本不向着有色人种的……打官司！”内维尔厌恶地摇了摇脑袋，“最后你不让人吊在电线杆子上才怪。”

“你用不着语气这么幸灾乐祸吧。”柯蒂斯说道。

“我没有幸灾乐祸，我这是深谋远虑。”内维尔答道，“有本事你可以试试啊。”

不远处已经可以看到一个明黄色的遮雨棚，那就是他们几人此行的目的地，白色都市漫画大世界。内维尔还在大摇其头，一边嘴里还在一直咕咕哝哝着“打官司！”，一边加快了脚步去追前面另外两个男孩去了。这些孩子是放学后去那个地方“朝圣”的。

贺拉斯还是跟柯蒂斯走在一起。“别因为内维尔的话让自己不高兴，”他劝道，“我时常听我爸爸说起这样的故事，我知道肯定是确有其事，不过他们里面有些人真的是脑子发疯的，我甚至都不愿意相信……你知道乔·巴塞洛缪吗？”

“海贼老乔？”柯蒂斯点点头，“我当然知道。”

“你知道他在小时候的一起车祸里失去了一只眼睛。那次他也失去了自己的妈妈。我爸爸告诉我，巴塞洛缪太太本来其实很可能死不了的。可是他们当时居住在阿拉巴马，当地的医院根本就不给有色人种治病。没办法，他们只能给另一家医院打电话叫救护车，那可是七十多英里远啊，等他们到医院就已经太晚了。”

“你说的是真的？”柯蒂斯说道，“我的意思是，我知道当时在大搞种族隔离这些事，可是，哪怕你都快死了，也真的见死不救？”

“我也是这么问我爸爸的，”贺拉斯答道，“你知道，至少他们该试试联系下当地的白人医院，万一他们能网开一面呢？海贼老乔的妈妈是个老师，所以我觉得也许……但是我爸爸却说有吉姆·克劳在，这样根本就行不通。”

“哥们儿，”柯蒂斯用手指来回摸着大衣上的一个地方，那里下面是他动阑尾炎手术留下的伤疤，“你自己去过那边吗？”

“去南边？没，还没去过呢。”

“这倒是有点儿好笑。你爸爸可是个旅行代理商啊。”

“他是个‘安全’旅行代理商。”贺拉斯提醒道，“我之前是争取过的。几年前，我爸爸有事要到阿拉巴马出差，我想跟他一起去，但是我妈妈不让。”

“她很可能是害怕万一你遇到车祸了怎么办，或者担心你的哮喘发作。”

“总有一天我会去的，”贺拉斯说道，“在我前往纽约开始从事漫画行业之前，我想亲自到南方去看看。你愿意的话可以和我一起。”

“去面对面地看看吉姆·克劳？还是算了吧，谢谢。我觉得我还是继续呆在家里当我的无知小白好了。”

“嘿，嘿，你们这几个小子！”

一阵低沉刺耳的叫声从他们刚刚经过的一家门面都被木板封起来的店铺里传了过来。店门大开，一个白人咧着嘴站在门口，他穿着一身皱皱巴巴的西装，露着一脸胡子茬，看上去像是个马上就要展现出凶残野性一面的商人。“你们两个小子想赚点儿钱花花吗？”他说道，“你们俩随便过来一个，马上就好，我给你一块钱。”

“给一块钱干吗？”柯蒂斯问道。

“我想摸摸你的头。”

“什么！”贺拉斯尖叫了起来。

“赶紧过来让我摸摸头。”那男人举起了自己的右手，松垮垮地蜷成拳头状，来回摇晃了起来。他们听到了骰子在手心里来回碰撞的声音。“沾点儿运气。”

内维尔其实并没有丢下他们俩，此时已经飞奔着冲了回来。“别犯傻，机灵点儿。”他嘴里小声念叨着，一边说着一边把贺拉斯和柯蒂斯二人推了出去，“赶紧走，别停下。”

“你真的不进去？”内维尔问道。

“我不能，”贺拉斯答道，“我答应过我爸爸了。”

透过漫画大世界的前窗，他看到迪·安格洛先生已经回来看店了。上个星期贺拉斯跟雷金纳德·奥克斯鲍来这里时，迪·安格洛先生请了病假，结果那个顶班的店员全程都盯着他们两个，等他们到收银台结账时，那店员居然要求他们把大衣都脱掉，以证明他们并没有私藏夹带。

当晚贺拉斯的叔叔正好过来。一起吃晚饭的时候，贺拉斯提起了那个店员的所作所为。蒙特罗斯叔叔一听就火冒三丈。“那家伙都这么对你了，你还从他那儿买漫画书了？”

“是啊，”贺拉斯说道，然后努力解释说其实那店员就是个打工的，他们实际上不是买的他的书。但是蒙特罗斯叔叔可没觉得这里面有什么区别，他瞪了贺拉斯的父亲一眼，那眼神就像在说：你都教了孩子些什么？

所以，在父亲抽时间找迪·安格洛先生说道说道他的雇员之前，贺拉斯是不能踏足这家店了。贺拉斯清楚，要是换自己的叔叔来处理这事，情况只会更糟：蒙特罗斯会直接跳过这个商谈环节，直接给自己下达永久禁令。

“你要是能进去的话，”柯蒂斯问道，“你知道自己想要什么吗？”

贺拉斯耸耸肩：“我本来是想买最新一期的《超级小子》。”

“我也想买来着。”柯蒂斯点头道，“还要别的吗？”

“其实我主要就是想进去逛逛，看看这个星期来了什么新书。”

“你从窗外看着我们，一旦我看到什么好的，我就给你举起来。”

柯蒂斯和内维尔走进了店里，贺拉斯站在窗外，来回跺着脚取暖。没站一会儿，他就听到背后有人靠近。一想到可能是刚才那个拿着骰子的男人，他赶紧把手捂在了自己的头皮上。等他转过身来，却发现面前是两个脸上刮得干干净净的白人男子。其中一个拉开自己大衣的左侧，朝他亮了亮别在背心上的警徽。

“你是贺拉斯·贝里吧？”他说道，“我是诺布尔探员。这位是我的搭档伯克探员。我们有几个问题想问问你。”

二人把贺拉斯带到街边的一家小餐馆里，朝外一亮警徽，服务员就知趣地走开了。他们让贺拉斯坐在一个U型卡座里，诺布尔探员在左，伯克探员在右，把贺拉斯堵在了中间。二人离贺拉斯的距离把握得很好，既近到让他一动弹就肯定会碰到他俩其中一个，又远到贺拉斯得不停地来回扭头才能看着对方答话。卡座对面的柜台里坐着一位顾客，正在大口地抽着雪茄，这让贺拉斯觉得更加难受。一看到大团的烟雾从那汉子头顶升起，贺拉斯就觉得自己的肺脏像被人攥了一把。他明白如果不想自己的哮喘发作，他就得平心静气，放慢呼吸。可在这样的环境下，这也太难了些。

“贺拉斯，”诺布尔探员开了口，“我们之所以来找你问话——”

“——是因为我们觉得你对我们的一项调查会有所帮助。”伯克探员接口道。

“我们想让你说说这个东西。”说着，诺布尔探员把一本《欧列图娅·布卢星际历险记》放到了桌子上，“认识这个吗？”

贺拉斯伸手把书拿了起来。这是第十一期，是圣诞特刊。整本书又皱又破，封面上的墨迹已经被染花了，封底上是一条脏乎乎的轮胎印痕。

“这本书是在一起事故现场找到的。”诺布尔探员说道。

“事故！我妈妈没事吧？”

“你妈妈？”伯克探员答道，“她没事，据我们所知是没事。”

“你为什么会问起她？”诺布尔探员随即问道。

“没什么。”贺拉斯赶紧说道。他垂下眼帘，像是在很有兴趣地看着那条轮胎印。

诺布尔探员伸出两根手指抵在贺拉斯的下颚，把他的头抬了起来。“听我说，贺拉斯，”他说道，“你别想骗我们。”

“你真的别那么做，”伯克探员应声称道，“那是没用的。”

“我想给你透露一点儿小秘密。”诺布尔探员说道，“警察——尤其是精明的警察——很多时候当我们问出问题的时候，其实我们已经知道问题的答案了，之所以还要问，是我们想知道，我们问话的那个人是会乖乖合作呢——”

“——还是想要耍我们。”伯克探员接话道。

“你可不会是想要耍我们吧，对吗，贺拉斯？”诺布尔探员说道。

“不！”贺拉斯赶紧开口，“但是，我……我确实不知道到底是什么事情。”

“你不需要知道是什么事情，”伯克探员说道，“你只需要回答我们的问题。”

“不过，”此时诺布尔的声音变得缓和了起来，“好的开始是成功的一半，我们可以先给你透露一点儿。”说着他看向了自己的搭档，“我们就跟他透露一点儿，行吗？”

伯克探员一耸肩：“就一点点吧。”

“当然。”然后诺布尔探员又转向贺拉斯，“这件事跟‘联系’有关。”他说道，“过去的几个月里，伯克探员和我一直在进行一项监视行动。知道是什么意思吗？”

“你们在盯梢什么人吗？”

“没错，是一个叫迦勒·布雷思维特的男人。这个名字你熟悉吗，贺拉斯？”

贺拉斯摇了摇头，然后忽然意识到这两名探员此际正在聚精会神地盯着他。

“好吧，”诺布尔探员继续道，“我们一直在盯着布雷思维特先生以及跟他有所联系的所有人。这些人里有你堂兄艾提克斯，有你叔叔蒙特罗斯，还有你爸爸。”

“我爸爸？他——”

“而且我们一向喜欢追根溯源，”诺布尔继续道，“所以我们还在注意那些可能会跟布雷思维特产生联系的人，即便我们从没有看到他们碰过面。你妈妈，就在这样的一个调查范围内。这是第一件事。”

“第二件事，”伯克探员继续说道，“就是这起事故。”

“这是一起枪击事件。”诺布尔探员说道，“但是情况相当复杂。”

“而且，还有些诡异。”伯克探员说道，“三人死亡，两人失踪。种种迹象表明至少还有一个人从现场逃离。而这本书，”——他用手指在书上敲了敲——“就落在受害者附近的地上。”

“这件事发生在威斯康星州，在我们的司法管辖权之外。”诺布尔探员解释道，“不过调查此事的当地部门跟我们的老大关系不错，他们愿意跟我们互利互惠，互通有无。于是，最后他们就把这本漫画书给了我们，因为他们实在是对此摸不到任何头绪。”

“一般情况下，它对于我们而言也没什么用，”伯克探员说道，“但就是这本书让我们开始发现了一些‘联系’。”

“欧列图娅·布卢可不是个随随便便的名字。”诺布尔探员说道，“欧列图娅是一位亚马逊女王。不过她的名气并不是很大。如今，大部分人知道的亚马逊人只有一个，那就是神奇女侠。如果说他们还知道亚马逊有个女王，那基本上就是神奇女侠的妈妈。她叫什么来着？”

“希波吕忒。”诺布尔探员说道。

“没错。希波吕忒（Hippoltye）这个词是以‘e’做结尾的。不过也可以把它拼成‘a’。”[①]

“欧列图娅·布卢，”伯克探员说道，“希波吕忒·贝里。真是有意思的巧合啊。”

“而且还有更有意思的事情，”诺布尔探员继续道，“要是你跟我们所知的一样，你妈妈在出嫁以前用的名字是希波吕忒·格林。”

“蓝对绿。”[②]伯克探员咧嘴笑了起来，“都是有颜色的女人啊。”[③]

“我们知道你母亲进行过许多次公路旅行，”诺布尔探员说道，“而且我们还了解到12月21日那晚她并不在家，而这起事件就是那个时候发生在威斯康星州的。我们本来也没把她当成是个漫画粉，不过后来你的老师弗里曼太太告诉我们——”

“你们还去找过弗里曼太太？”

“就像我之前说的，我们会追根溯源。弗里曼太太告诉我们你绝对是个小艺术家。所以，最后我们就找到了你。”诺布尔探员最后说道，“我们把这些事都告诉你了，现在该是你说点儿什么的时候了。

---

① 贺拉斯的母亲希波吕忒的原文正是Hippoltya。

② 欧列图娅的姓氏原文是Blue，希波吕忒出嫁前的姓氏原文是Green。

③ 原文为Colored women，一语双关，讥讽对方是有色人种。

这是你画的作品，对吧？”

这一点无从抵赖：“是的，先生。”

“之前她出去旅行的时候，你把这本书给了你母亲？”

贺拉斯点了点头。

“你知道她去哪儿了吗？”

“明尼阿波利斯。”

“那么她沿途肯定经过威斯康星州了。”

“我猜是的。”

“那么到底发生了什么事？”

“我不知道，”眼见伯克探员忽然凑到他跟前问了一句，他慌忙开口应道，“我真的不知道。”

“你肯定知道什么事。”伯克探员说道。

“她说……她说把书给弄丢了。”

“什么时候？”

“她回来之后，”贺拉斯说道，“圣诞节那天，她问我有没有从车里把书拿走，我说我没有，然后她说她肯定是把书弄丢了。她有些担心。”话一出口，他就后悔了，“但是她肯定不会……”

“不会什么？”

“不会做任何坏事的。”

“或许不是给自己做的呢，”诺布尔探员说道，“但万一是布雷思维特先生让她替自己去做什么事呢？”

“我才不认识什么布雷思维特先生呢！我——”

“冷静点儿，贺拉斯，我们相信你。但是你看，我们现在就有这么个问题。伯克探员和我需要知道答案。我们可以直接去问你母亲。但如果她是替布雷思维特做事，那么她就很可能不愿意对我们说实话——”

“那样的话事情可就不好看了。”伯克探员说道，“很快就会。”

“万不得已了我们还是会那么做，”诺布尔探员说道，“不过我们在考虑或许你可以替我们跟你母亲聊聊。要谨慎一些。可以先问问她找没找到那本丢了的漫画书，然后看看能不能让他跟你说说明尼阿波利斯那趟旅行的事。”

“等到你已经知道所能问到的事情之后，”伯克探员继续说道，“你可以试着提一下布雷思维特的名字。你可以说自己无意中听爸爸提起过他。看看她是什么反应。”

“然后回来找我们，”诺布尔探员说道，“把你知道的一切都告诉我们。你说呢，贺拉斯？你觉得自己能胜任吗？”

他特别想说“不能”。除了不想背叛母亲对自己的信任之外，贺拉斯还觉得眼前这一幕其实就是逢场作戏而已，这两名警探其实早就决定好要怎么做了。如果在计划之中他们打算伤害贺拉斯的妈妈，那么他同意与否都不能改变什么。在这种情况下，他就应该断然拒绝，然后用自己的尊严来承受相应的后果。但是他根本就没那么勇敢。单单是想到说“不能”两个字，就让他的肺里一阵警告般的痉挛。

“我可以试试。”此时他有些气喘吁吁，“我可以试着跟她聊聊。”

诺布尔探员的表情变得有些悲伤。“噢，贺拉斯，”他说道，“你太让我失望了。”

“我们警告过你别撒谎，贺拉斯。”伯克探员说道。

“我没撒谎！”贺拉斯急道，“我会跟我妈妈聊聊。我会——”话音戛然而止，紧接着他剧烈地咳嗽起来。抽雪茄的那个顾客从柜台里站起身，朝卡座这边走来。身上带着一股浓重的烟臭味。

“怎么样？”他问道。

“抱歉，兰卡斯特队长，”诺布尔探员说道，“我觉得贺拉斯是不会乖乖跟我们合作的。”

“他觉得能跟咱们虚与委蛇，”伯克探员说道，“骗我们放他走，然后跑回家跟他爸爸妈妈报信。”

“好吧，”兰卡斯特队长说道，“那咱们就换个方式坐坐吧。”他使劲嘬了一口雪茄。看着那雪茄烟头一闪，贺拉斯觉得自己的左眼猛地开始抽搐起来。“把他弄起来。”队长说道。

两位探员左右两边一抓贺拉斯的胳膊，就把他抬离了座位，隔着桌子就拎了出来。贺拉斯一通乱踢，他还想大喊大叫，却发现自己根本喘不上气。等他被拎到卡座外面的地上，才发现刚才就算是叫出了声也无济于事。餐厅服务员和其他顾客早就消失得一干二净。他所面对的，只有两名探员，一位队长，还有那根燃烧的雪茄。

贺拉斯不停地来回摇动着自己的脑袋，就算已经头晕目眩了也不敢停下来，似乎自己一直不停地移动，对方就找不准目标一般。然而兰卡斯特可不是要弄瞎他。只见他右手捏住雪茄，然后朝左手心里重重地吐了口唾沫。接着又咬住雪茄，双手一拍，然后迅速地来回搓了起来。眼看着点点唾沫星子从来回搓动的手掌缝里飞溅而出，贺拉斯下意识地停下了自己的动作。

然后队长开了口。“摁着他的头别动。”一听这话贺拉斯又开始挣扎起来。可是伯克探员一使劲，将手指狠狠地扣住贺拉斯的后脑勺，然后就见兰卡斯特队长伸出了那双已经摩擦得发烫、被唾液抹得光亮亮的双手，在贺拉斯的头皮上来回搓揉起来，看那架势就像是要把他所有的好运全都从头上搓掉一般。

那天夜里，他做了个梦，一个跟脑袋有关的梦。

这已经是个旧梦了。那是贺拉斯七岁的时候，叔叔带着他一起驾车前往印第安纳州加里的一个大仓库。那地方是个非常大的旧货店，特别是二手的工业设备远近闻名。蒙特罗斯的老板派他去看看有没有二手的印刷机。

蒙特罗斯叔叔在忙自己的事情时，贺拉斯则在仓库里到处看着各种机器零件。大一些的零件放在货架上或者就干脆摆在地上，小零件则都堆在木头箱子里。那些木头箱子也都是二手的，有些上面还贴着原本盛放的产品的商标。一边来回逛着，贺拉斯一边开始在脑海中构思起一个关于机器人杂货店的故事来。这个“金属杂货店”里卖的生菜、莴苣之类的蔬菜是用风扇的扇叶制作的，而苹果、桃子之类的有核水果则统统是各种电子管。

在一个低矮货架后面的阴影里，他发现了一个木箱，上面贴着“佐治亚州黑人脑袋”的商标，除了这行字，旁边还有个长着一脸雀斑、满口龅牙的黑人男孩的卡通图案。不知是不是什么人故意开玩笑，商标上的卡通男孩被撕掉了一部分，只剩下那个咧着龅牙大笑的脑袋和头顶上的宽沿儿草帽。

一个也在这排货架上找什么东西的白人看到贺拉斯在盯着那个

箱子看，便说道："那里面是西瓜。个头不大，就跟你的脑袋差不多大小。瓜皮黑黑的，瓜蔓四周还有些毛茸茸的小块儿，所以人们才叫它'黑人脑袋'。瓜子也可以吃的。"

那天回家的路上，贺拉斯在车里睡着了，他梦见自己在一个大超市的农产品区里，面前的一个货架上堆放着一个金字塔样的东西，而整整齐齐地堆成这个样子的竟然是一个个有色人种男孩子的脑袋。

那些脑袋看起来倒没有多么吓人。它们不是被切下来的，而就是一个个没有身子的脑袋。每个都是活生生的，看起来也没什么痛苦。事实上大部分还显得相当无聊，有几个还睡着了。最让人不寒而栗的是，超市里来来往往的顾客并没有觉得眼前的情景有什么与众不同。他们推着自己的购物车在这堆脑袋跟前走来走去，连看都不看上一眼，即便是看了，眼神也尽是冷漠，仿佛这堆脑袋跟一堆西瓜一样，毫无分别。贺拉斯想要大声喊出来，他想告诉所有人，不，这不是西瓜，而是孩子的头颅。可是他又怕此举会招来别人的注意。他很确定，一旦他那么做了，肯定会引发什么糟糕的事情。

从那以后，他时不时地就会重新梦到这件事情，一般情况下，只要一有什么烦心事，他就会做这个梦。而在最近几次的梦里，他自己的脑袋也变成了其中之一。

这一回的梦里，贺拉斯的脑袋还是稳稳地留在肩膀上。可是那堆朝外东张西望的脑袋之中，赫然有内维尔、柯蒂斯和奥克斯鲍牧师的儿子雷吉的面孔。

当时已经是下班时间，超市里的灯都调得很暗，一个顾客也没有，这在贺拉斯的回忆里是不曾有过的情况。他紧张地朝店后面看去，有什么东西正在那边来回动着，在阴影之中发出些鬼鬼祟祟的动静。无论那是什么东西，贺拉斯都有一种直觉，自己绝对不愿跟它打照面。得赶紧离开此地。

可等他朝超市的前面看去，却发现根本就没有大门，只有一排不透明的奶白色窗户。外面的光线照射进来，将两个男人的轮廓映在了玻璃上。那是伯克和诺布尔两位探员，他们正守在停车场里。如果他打算破窗而逃的话，他们会抓住他吧。

先跑再说吧，他告诉自己，一下子出其不意地穿过去，一刻不停地一直跑，说不定他们根本就意料不到呢。准备就绪，他正想拔腿就跑，却忽然又被那堆脑袋吸引了目光。内维尔、柯蒂斯、雷吉正一脸哀求地望着他。“别丢下我们，”那一张张面孔说道，“千万别丢下我们啊。”

店后面那东西沿着过道朝农产品区这边疾行着，眼看离得越来越近了。贺拉斯则发了疯一般地四处翻找着能盛下这些脑袋，带着他们逃跑的容器。在一个堆满了桃子的柜台下面有个低矮的货架，贺拉斯发现上面放了个柳条编织的篮子。可当贺拉斯伸手要去抓时，那篮子居然朝后一滑，没让他抓住。他蹲下身子，使劲朝前探去，脸颊紧紧地贴在了柜台上，胳膊伸进货架里，四处摸索着。

超市里的灯忽然灭了。有什么东西在他的头顶挪动着，然后一个桃子从柜台上滚落下来，忽然爆裂而开。那桃子已经烂了，黏黏糊糊的果浆溅得他满肩膀都是。贺拉斯感到恶心，发出一声惨叫。一想到柜台上的桃子会如同雪崩一样接连朝他砸来，他慌忙地连滚带爬向后退去。他以为黑暗之中还会有什么东西朝自己袭来，于是高举双臂挡在身前，随即意识到此刻自己肩头的重量可远比那个炸裂开的烂桃子要重多了——自己两边的肩头都能感到那份重量。两只强壮的手从后面伸了过来，朝他耳朵上一拍，然后紧紧地捏了上去，接着使劲一扭。贺拉斯一声惨叫，惊醒了过来。可在此之前，他感觉到自己的脑袋已经完全被扭了一圈，从颈椎上被拽了下来，那手法就像是从藤蔓上采摘成熟的水果一样干净利落。

他起来吃早饭时，爸爸妈妈正在争论着什么。妈妈最后一刻才决定周末要开车回纽约看望他的外婆。但是爸爸却还一直指望着妈妈能替维克多·富兰克林去照看一下林荫大道上的旅行社分店，因为维克多要去费城参加自己妹妹的婚礼。

一般遇到这种情况，贺拉斯都会选择置身事外。不过如果妈妈要自己出远门的话——听起来是她执意要去的时候——他都会警告妈妈小心后面有警察跟踪。

他昨天就想对妈妈全盘托出的。那些警探一放他走，他就直接跑回了家里。他的头皮火烧火燎地疼着，就好像那个队长的唾沫里掺了电池里的酸液一样。一进家门，他就把头伸到水龙头下，用冰凉的水一阵猛冲。那种灼烧感慢慢地褪去，可是头皮上却仍然奇痒无比，无论怎么冲怎么洗都没法解决。

头皮上的痒又全都反应在了喉咙和肺部的痒上面。经过一晚上他终于发现，他一想要告诉爸爸妈妈白天遇见警探的事情，那奇痒就发作起来。他最多也就开口说几个字，然后就开始咳嗽。他越想说出实情，咳嗽得就越厉害，咳到最后，完全就像一只得了毛球症的病猫一样可怜。

他原本盼望着睡上一觉就能好起来。可谁知这症状却变本加厉，甚至只要一动说话的心思，就足以让那奇痒折腾他一阵了。

“我不明白为什么非得是我去。”他的母亲说道，“你就不能让艾提克斯去做吗？”

“艾提克斯得明天早晨才能从密歇根回来，”父亲说道，“我觉得他回来之后肯定是想先倒头大睡一番吧。”

咳嗽。

“那昆西呢？”

“我需要他待在达格拉斯分店里。你为什么不能等维克多星期二回来之后再回去看你母亲呢？”

“因为下个星期就要变天了，万一有暴风雪的话，我哪儿都去不了了。”

又是不停地咳嗽。贺拉斯伸手去拿自己的杯子。

“乔治，”母亲说道，“我就是想在路上待一阵子。你是知道我的。我最近就像是被关起来了一样。”

“你心里肯定有什么事，可不仅仅就是最近。”父亲说道，“你是不是有什么事情没有——”

贺拉斯剧烈地咳嗽起来，嘴里的牛奶全都喷在跟前的炒蛋上面，好大一块桌面也没能幸免。

“我的天哪！”母亲叫道。

“贺拉斯，”父亲急忙问道，“你没事吧？”

不，他当然有事了。但是他如今的情况已经发展到容不得他说半个字了。

一帮男孩子每天放学后都会轮班给罗洛·丹佛的食品店送外卖，贺拉斯也是其中一员。他每周会在那儿工作三天，有时也可能是四天，每送一单挣五分钱，此外还有小费。通常他都会飞快到店，然后抢着送下午的第一单，不过今天贺拉斯却把这个机会让给了别人，这样他就有时间来完成下午在班里就开始做的那件事了。

他的父母最终各退了一步：他的母亲今明两天会照看林荫大道的分店，然后明天晚上出发前往纽约，而他父亲则会另外找人在星期一来补位。与此同时，贺拉斯也千方百计地想办法在不用大声说出来的情况下向母亲示警。思来想去，他决定把想要传递的信息通过暗语的方式编进漫画里。直截了当地写张字条或许会更明智一些，不过贺拉斯早就习惯了以自己这种方式来进行交流。

他并没有时间去完成一整本书，于是他就将全部精力都集中到一幅单张大小的插画上面。画面里，欧列图娅·布卢位于正前方，正在广袤的太空里穿行，看样子是被脑袋旁边那个表达内心想法的会话气泡里还没有被填写进去的内容搞得心绪不宁。两个凶神恶煞的赏金猎人紧跟其后，她只要抬眼看看后视镜，就能看得一清二楚。贺拉斯在这两个赏金猎人的面孔上可是下了不少工夫。

绘画方面已经完成了。现在他要好好想想该让这两个赏金猎人说些什么——还有欧列图娅的想法。他此刻正坐在食品店后面的一间小屋里，速写本就放在膝盖上。对他而言，最难的部分永远都是该怎么给自己的画作配上合适的言语。他的头皮一直在痒个不停，让他很难去集中自己的注意力。他猛地抬起手来，在自己的头皮上一顿猛挠，以期换回哪怕是几秒钟的解脱，然后铅笔的笔尖赶紧落在赏金猎人诺布尔的会话气泡里面。

“贺拉斯。”

他心里一惊，赶忙抬起头来，还以为刚才是罗洛在叫自己的名字。可是罗洛此刻正在前台跟一个顾客打着电话，而这个时候店里再没有别人在场。贺拉斯又低头看向了自己的速写本。

然后又抬起头来。这回他发现并不是有人在叫他，而是一种感觉——一种被人盯着的感觉，非常别扭。

他对面是个高高的货架，上面摆放着抹布、刷子，以及各种清洁产品，里面还有一罐老卡罗琳娜金属抛光剂，罗洛曾用它把收款机擦得锃亮。罐子上画着一幅画像，是个黑人男管家。他是本叔叔和杰迈玛婶婶的弟弟，贺拉斯给他起了个外号，叫他“老表奥蒂斯”。奥蒂斯看上去似乎有些问题，在他那张几何图形一般的脸上，隐隐约约似乎有什么不祥之兆。至少对于贺拉斯而言，在那副卑躬谄媚的笑容之下，他正在图谋着杀掉他手里擦拭着的银器的主人全家。贺拉斯曾经就以奥蒂斯的样子为基础画出了第九期《欧列图娅》里面那个嗜血成性的机器人服务生伊阿古。

今天，奥蒂斯的眼睛里似乎有了更多一点的生气。而他往常只会盯住自己手中那亮闪闪的茶壶的目光，此际却投向了外面，这一来，他那笑脸之中的邪念恶意全都落在了贺拉斯的身上。

真可笑。可是这个想法一经出现在贺拉斯的脑海之中，他就总是在想：奥蒂斯正在盯着他呢。

贺拉斯把椅子转了一圈，朝后挪了挪，放在货架上沿的底下，然后重新把速写本在膝上摆好，准备再次努力想要把心思都集中起来。

他刚有个想法，正要在纸面上落笔之时，忽然头顶的货架上传来一阵轻轻的刮擦声。紧接着一缕尘土从上面落到了他的本子上，弄得页面上全是污点。接着刮擦声又响了起来，比刚才的声音要大了不少。贺拉斯一仰头，伸手护住了自己的双眼，紧接着一瓶下水道清洁剂就从上面落了下来，正砸在他的胸口。

他从椅子里跳起来，速写本和铅笔全都掉在了地上。他冲到对面，身子紧紧地贴在了墙上。他朝前看去，只见对面的货架顶上，那个老表奥蒂斯的罐子还是原封不动地摆在原处，可奥蒂斯的嘴似乎咧得更大了些，像是在嘲讽道：小子，你这是中哪门子邪了？

“贺拉斯！”此时罗洛在前面喊道，“该你了！”

置身屋外的寒冬之中，贺拉斯觉得自己头皮上的瘙痒已经变成了一种冷冰冰的刺痛感，让他生出一波又一波恐慌与胡思乱想，在自己的身体与脑海里四处乱窜。此时的街道已经被深冬的落日染成了粉红色，贺拉斯拖着自己的外卖篮子走在街上，忽然发觉似乎随便看到什么东西都会引发自己内心的焦虑，比方说游乐场里的一个跷跷板，那在夕阳下拉长的影子怎么看怎么像是个瘦骨嶙峋的无头巨人。

罗洛给了他四份外卖。最后一份是要送给范登霍克夫人的。她是个年过九旬的荷兰老妇，住在华盛顿公园。早在这里基本都是白人居住区的时候，她就住在这儿了。她独居一处，四周都是老旧的砖房公寓。给她送外卖绝对是对耐心的极大磨练。她似乎绝大部分时间都待在楼上，等你按门铃时，她会先打开窗户探头出来看看，什么话也不说，就是眯缝着眼睛疑神疑鬼地看上半天，就像是个近视眼的城堡守卫在犹疑着要不要放下城门吊桥一样。最后她才会挪下楼，一个一个地打开前门的门栓，听动静那门栓怎么也得有五六个之多。第一趟她从来不会带着钱下来，无论外面是刮风下雨还是烈阳高照，她都绝不会让你踏进她家房门半步。相反，她就把你晾在门外，自己先把外卖放好，然后前往屋子里不知道多么深远的藏现金的地方。对此，贺拉斯曾想象着那是个得有三四层那么深的地下室，里面还有个保险库，由操着一口荷兰语的侏儒日夜把守。等你好不容易找到这么个机会来好好思考一下韶华易逝的真谛之时，她才会回来，而这次则是把门栓上的链子扣上，只把门打开一点儿，然后把外卖的钱递出来，另外再加上一毛钱的小费。

今天，一想到马上就要日落了，贺拉斯打破了以往的规矩。他请求范登霍克夫人，是否能允许他把外卖带进屋给她。她眯着眼睛瞧了他一眼，还是以往标志性的动作，那表情就像是他主动提出来要进屋去割断她的喉咙似的。然后她还是跟以前一样，一点儿区别也没有。等她去保险库拿钱时，贺拉斯把篮子往地下一放，挠着头皮，紧张地在原地转来转去，直到他的焦虑发现了新的目标：范登霍克夫人的圣诞装饰。

早在去年十一月底，这个装饰就出现在了范登霍克夫人的小院里，按以往惯例直到开春前都不会撤走。其中有个木质的马槽，经过长时间风吹雨淋，已经变了形。此外还有个到膝盖那么高的小雕像，那是荷兰版的圣诞老人，骑着一匹白马，头上戴着顶教宗那样的小帽子。在圣诞老人和马槽中间，还有一个小雕像，乍一看还会以为是穿着文艺复兴时期装束的黑人骑师。那其实是黑彼得，是给荷兰圣诞老人当先锋的黑皮肤精灵，他的任务是监视及惩罚坏孩子。

贺拉斯早就知道黑彼得，不过不是从范登霍克夫人那里，而是听罗洛说的。罗洛参加过“二战”，战争一结束他就在欧洲游历了一圈。1945 年 12 月，他正在阿姆斯特丹。一天早晨醒来之后，他发现一大群涂着黑脸的人一窝蜂地涌上街头。“他们当时都搭乘着军用吉普，”罗洛说道，“让这里看上去就像是被游吟诗人大军侵略了一般。”

范登霍克夫人院子里的这个黑彼得看上去倒是个地地道道的黑人，而不是个游吟诗人。而且贺拉斯注意到他的样子还挺像老表奥蒂斯。至少眉眼和嘴巴那里很像。贺拉斯想努力地无视那些相似之处，可最终还是无济于事。于是贺拉斯只得调整了一下自己的位置，最后让圣诞老人的马头正好挡住黑彼得的脸。

一分钟过去了。贺拉斯在不停地跺着脚，朝手心里哈着气，挠着头，心里盼着范登霍克夫人能快一点儿。

然后他又感到有一双眼睛在盯着自己。他朝圣诞装饰那里看去，发现那个黑彼得居然已经从那匹马的背后挪了出来。贺拉斯竭力想说服自己其实是自己移动了位置，但问题在于那黑彼得要是单单出现在视野里也就罢了，可他竟然还转过了身子。这么一来，他就不是跟平常一样面朝街道，而是直直盯着贺拉斯，而且还在咧着嘴笑。

街上忽然传来的一声汽车喇叭声吸引了贺拉斯的目光，前后也就是一秒钟的光景，等他看回来时，那黑彼得居然不见了。

头皮上的刺痛感向下延伸到了脖子后面，他开始原地转圈，那感觉就像是有条小细腿从后面勾住了他的脚踝，然后他一下向后倒去，嘴里大叫着，四仰八叉地摔在范登霍克夫人的门口。房门此时猛地一开，范登霍克夫人站在门口，正一脸怒气地眯眼盯着他，一只拳头里还紧紧攥着外卖钱和那一毛钱的小费。不过贺拉斯却极度怀疑，自己现在怕是得不到这笔小费了。

至于黑彼得，此刻他已经回到了圣诞老人的身旁，一脸无辜的表情，而只有贺拉斯才能看到在那看似人畜无害的面孔之下隐隐地露出一丝幸灾乐祸的笑意。

星期六，柯蒂斯和内维尔把魔鬼娃娃带到了教堂。

这座锡安山教堂在周边居民构成还没有变动之前曾经是一座犹太教的教堂，而在那之前，这里还曾经是白人新教当中某些苦修教派的集会所。这座建筑并没有尖顶，不过却有一个阁楼。从圣坛后面一个狭窄陡峭的楼梯可以爬上去。这间阁楼的屋顶非常矮，除了存放杂物之外本无用处，所以被弃置不用多年。直到后来雷吉·奥克斯鲍说服了自己的父亲给他当成俱乐部来用。

于是，这间阁楼就成了雷吉的私人领地，当然获得这份“统治权”是要付出一定代价的：他得照看自己的小妹朱恩，不过人人都叫她小臭虫。小臭虫和她的小伙伴们就被分到阁楼靠近楼梯处的一小块地方来玩儿，而剩下的所有空间都专门归雷吉和他的朋友们使用。

他们在阁楼上玩了许多游戏。奥克斯鲍夫人在教堂的地下室经营着一家慈善商店。一旦有人捐赠了什么玩具，雷吉和小臭虫都能第一时间玩到。雷吉的那堆二手棋类收藏绝对令人叹为观止。当然，孩子们也会搜集各种大富翁类游戏复制品里的各种部件，来重新设计出新的游戏。

这几个星期他们一直都着迷于一款被他们称作“Kreeg”的游戏。这个名字是德语“Das Kriefsspiel”的缩写，意思是“战争游戏”。贺拉斯之前在瑟伯·兰书店里的一箱子外文书籍里找到一本说明书，里面的文字内容是用德语写的，不过贺拉斯从里面的插图推断出，这本说明书讲的是一种用骰子和锡制兵人来进行拿破仑所经历的种种战役的游戏规则。

贺拉斯还求助过罗洛，因为战争时期他利用业余时间学过一些德语，于是拜托他帮忙翻译这本说明书，然后把翻译好的游戏规则拿给雷吉看。起先雷吉对这个主意并不怎么上心，他直言不讳地说自己可没兴趣去玩什么拿破仑的游戏。是柯蒂斯让雷吉的思路转了个弯的。他指出可以完整地保留下这个游戏规则的整体框架，只要换个游戏主题就行了。于是，在欧洲驰骋的战马与战舰摇身一变成了纵横火星的战兽与飞艇。而欧洲大陆的几大势力也成为各种火星人种族。就这样战争游戏“Kreeg”诞生了。他们的第一局游戏是让约翰·卡特指挥座下的红火星人来保卫大氦、小氦两座城池，抵御绿、黄、黑三派火星人的联军进攻。这是一场一边倒的战役，尤其雷吉更是先拔头筹，他所指挥的绿火星人一马当先，取得了对内维尔指挥的红火星人大军的压倒性胜利。

那个星期六，当雷吉和贺拉斯爬上阁楼时，发现内维尔和柯蒂斯刚刚摆好一个新的游戏场景。他们摆了几个纸箱子用来代表火星上不同的地形，然后在这些箱子的四周摆好了一支联合大军，其中有塑料兵人、玩具车、国际象棋棋子、跳棋棋子，还有大富翁和飞行棋里面的令牌。通常情况，这些东西都是可以各自为战的，但是今天它们联合在了一起，而敌人却只有一个，是一个黑色的娃娃，样子实在是丑到家了，贺拉斯此前可从没见过。

“那是个什么玩意儿？”雷吉问道。

身后的小臭虫刚刚还在自己一个人玩儿着滑道和梯子游戏，此时抬起头来，用异常严肃的口气吟诵道：“它是魔鬼！”

从装那个东西的箱子以及摆放着它的箱子——让它看起来就像是个岔开脚丫的雕像立在底座上——来看，这是个全身各个部件都可以扭动的非洲侏儒魔鬼娃娃：它是个侏儒巫医，十八英寸高，而那个硕大的脑袋就至少占了整个身高的三分之一。它满头都编着短短的小辫儿，辫梢上坠着一小块骨头。它的两个鼻孔之间还插着一根更大的骨头。两条毛茸茸的眉毛之下是一双深陷的眼睛。一张咧开的大嘴撅着厚嘴唇，呲着大牙，伸着红舌头，一脸邪里邪气的奸笑。双臂和前胸赤裸，布满了部落仪式留下的伤疤。脖子上拴的细绳挂着一个小骷髅头，手中的法杖顶端也安着一个骷髅头。在他草裙的腰带上还拴着个干枯的小脑袋，像块儿怀表一样来回晃荡着。

它简直丑到了可笑的地步，可要说它是个小丑，天黑以后再看它又有些瘆人。的确，贺拉斯刚一看到它的第一想法就是要是发现这么个娃娃藏在自己的床底下或者柜子里得是什么感觉，要是那样的话恐怕就一点儿也不可笑了。

“酷不酷？”内维尔说道，“这是我从我家附近旧货店后面的垃圾桶里翻出来的。一毛钱都没花呢。”

“你为什么要把它带到这儿来？”雷吉说道，“你忘了这里是供奉上帝的地方了？”

内维尔眼珠一转。“教堂可是在楼下。”他辩解道。

“而且，”柯蒂斯附和道，“它不是真的魔鬼，就是个机器人而已。”

“是个什么？”

“是个机器人，”内维尔说道，“是拉斯·萨瓦斯制造的，”——红火星人里的疯子科学家——“用来糊弄绿火星人。它被做成一个巨大的火星部落神明的形象，不过塔斯·塔克斯发现它其实是个机器人。于是他请约翰·卡特聚集起其他所有的火星人来一起跟它作战。”

“它的战斗点数高达三百五。”柯蒂斯解释道，“所以真的很难把它干掉。而且这家伙还有各种特殊武器——”

“——比方说它眼里能发出分解粉碎射线，”内维尔接着说道，“还会死亡践踏。”

“你们这到底是在说什么啊？”雷吉问道。

“一场战役嘛。”柯蒂斯答道，“这是个新游戏，我们刚刚编出来的。”

“不，不，不……我们今天可不会玩儿什么新战役，尤其是不会玩儿什么魔鬼娃娃的战役。我们要玩氦城攻防战。”

“咱们早就玩儿过那个了，都玩儿了多少遍了啊。”

“当然了，因为有意思嘛。”

“可能你还觉得有意思，”内维尔说道，“可我都快玩儿吐了。”

“是啊，雷吉，”柯蒂斯说道，“咱们今天试试这个吧，你会发现它很好玩的。”

“不，没门儿。”雷吉一脚迈进战场之中，用他自己的“死亡践踏”把那些火星步兵震得到处都是。“咱们把这儿弄成氦城。还得把那个魔鬼娃娃给弄走。”

“哼！”内维尔一声冷哼，然后就和雷吉大喊大叫着胸对胸地互撞起来，剩下可怜的柯蒂斯一直在拼命地想把二人分开。一般到了这种时候，贺拉斯也会跟柯蒂斯一样去劝架，但是这次却没有。因为他正忙着看那个魔鬼娃娃呢。

内维尔刚刚从旁边经过的时候，用手肘撞了魔鬼娃娃一下，那娃娃晃了晃，眼看就要从箱子上掉下去。然而，它并没有掉下去，它居然把自己给稳住了，只见它脚踝和膝盖在草裙下一弯，一下子保持住了自己的平衡。趁着男孩子们吵架的工夫，这娃娃一转自己的大头，看向内维尔的后背，然后举起了手里的法杖，看样子要冲他施法一样。

“嘿，伙计们。”贺拉斯想说“这个魔鬼娃娃动了！”，可是从他嘴里发出的却只有急急的喘息声。然而那娃娃却听到了他的动静，又把头转向了贺拉斯。就在它的目光盯住自己时，他发现那东西的目光之中跳动着火花，是准备要发射分解粉碎冲击波了吗？然后他的头皮又开始灼热起来，比之前更严重，而且他觉得自己的肺也开始灼烧起来。

柯蒂斯是第一个注意到他正在拼了命地喘气的人。“贺拉斯？”他叫道，而此时贺拉斯正一只手紧紧抓住头顶的房梁，另一只手奋力朝一个方向指着，心头同时大喊，看啊，看啊，快看那个娃娃啊……可惜没人朝他指的方向看。可能小臭虫看到了吧，在昏过去之前，他觉得自己听到了她倒吸一口凉气的声音。

然后就见那娃娃晃动着手里的法杖，双眼闪着寒光。而贺拉斯则是两眼一翻，昏死了过去，倒地的同时，还把那些玩具军队都压在了身子底下。

他醒来的时候躺在医院的床上。窗外黑漆漆的，屋里唯一的亮光来自床头的台灯。乍一睁眼就只能看到那昏暗的天花板，贺拉斯心里一个激灵，以为自己又回到了那个堆满脑袋的超市里面。他忽地坐了起来，大口大口地喘着粗气。

"放松一点儿，"是父亲的声音，他从床边的椅子上探过了身子，扶住了贺拉斯的肩膀，"你觉得怎么样？"

"感觉很奇怪。"肺里一阵刺痛，可他却抬手摸了摸自己的脑袋，就好像真正不舒服的地方是在那里一样，"出什么事了？"

"你噎着了，差点儿憋死。"乔治说道，"是奥克斯鲍牧师当机立断，不等救护车来就把你搬上他自己的车，一路狂奔到了医院急诊室。"

贺拉斯点点头，一段段回忆开始在脑中闪现：半昏半醒着被人搬抬着穿行在冬日之中；一张张关切的面孔俯下身子照看着自己；一根针扎进了自己的胳膊，脸上罩上了一个呼吸面罩。然后，他想起了那个魔鬼娃娃。

"贺拉斯？"贺拉斯的表情让乔治有所警觉，他急忙问道，"贺拉斯，你没事吧？"说着他就要伸手去按电铃呼叫护士前来。

"我没事！"贺拉斯赶忙说道，"对不起……我只是……我没事的。”

“你确定？”

贺拉斯强迫着自己点了点头，然后问道：“妈妈呢？”

“在去纽约的路上了。”

“她已经走了？”他又开始焦虑起来，“我还以为她今晚才会走呢。”

“本来是这么安排的，但是今天早晨我们又商量了一下，看看林荫大道那家分店今天是否真的有必要开门营业……牧师给我打电话的时候，她已经走了一个多小时了。”

“她把我给她画的画带着了吗？”

“我不知道。我没注意她带了什么东西。”

“我们得回家去。”贺拉斯说道，“万一她打电话回来咱们不在家怎么办？”

“噢！”乔治赶忙又按住了贺拉斯的肩膀，“为了以防万一，医生想让你今晚就在医院里过夜。”

“可要是妈妈给咱们打电话……”

“她今晚是不会来电话的。你是知道你母亲的：她要是什么时候真的打电话回来，那才真是有麻烦了。她估计得明天早晨才会到，你到时候也就回家了。”

有人在外面的走廊里跑动着，贺拉斯循声扭头过去：“你今晚会在这儿陪着我，对吧？”

“当然……贺拉斯，你确定你没事？”

“我很好，”贺拉斯说道，说话的同时，还在探头朝外面的走廊看去，“我就是觉得累了。”

第二天一早他回家了。柯蒂斯和内维尔参加完礼拜之后过来看他。他们带来一张奥克斯鲍一家的慰问卡片，奥克斯鲍夫人还做了一袋子姜饼托他们带过来。“雷吉本来也是要过来的，”柯蒂斯说道，“不过他被罚了。”

“为什么被罚呀？”贺拉斯问道。

“他把小臭虫给打了，还把她从楼梯上踢了下去。”内维尔答道，“她没什么事，就是有点儿擦蹭伤，但是牧师大人很生气。”

“雷吉为什么要这么做啊？”

“小臭虫把俱乐部给毁了。”柯蒂斯解释道，“内维尔和我过去看了一眼，我们确实能理解为什么雷吉会那么暴怒了。感觉小臭虫就像疯了一样，她把所有的游戏玩具都扔在地上，踢得到处都是，还在上面猛踩一通。她还打碎了一扇窗户。”

“这听起来根本就不像小臭虫嘛。”贺拉斯说道。

“是啊，她说那根本就不是她干的，也不是她的伙伴干的。但除了她又能是谁呢？”

“当然，可能并非都是小臭虫干的。”内维尔说道。

“你这是什么意思？”

“是魔鬼娃娃。”柯蒂斯接口道，“它不见了。雷吉说是让小臭虫给偷走了。”

“但事情不是这样的。”内维尔说道，“雷吉就是不想玩这个游戏。肯定是昨天咱们走了以后他自己把娃娃给处理掉了，然后在小臭虫做了那些事后决定把这事也扣在她头上。”

他们陪贺拉斯待了一个小时就走了。剩下的时间贺拉斯一直在看书，并时不时地从床上爬起来看窗外的街道。

那天晚上，母亲从纽约打来了电话。她这一路都平安无事。她确实把贺拉斯给她准备的漫画带着了，但是还没时间看——不过她保证会在回家的路上好好看看。因为贺拉斯生病她却不能陪在他身边，她觉得很内疚，她说正在盘算着要不要缩短自己的行程尽早回来。对此贺拉斯也有些游移不定，一方面他想让妈妈能赶快回家，另一方面又想让她就待在安全的地方。“我很好，”他对妈妈说道，“不用担心我。”

挂上电话的时候还不到八点，不过父亲却告诉他该睡觉了——他需要休息。贺拉斯倒是爬进了被窝，但是却睡不着。他躺在黑暗之中，却一直睁着两只眼睛，直到他听见父亲回了房间，然后悄悄地从床上爬起来，溜到厨房和前门去检查门是不是都上了锁并拉上了门栓。后来又来到客厅，朝窗外的街道看去。就这样看了很长一段时间。

最后贺拉斯终于睡着了，但是他一直在做梦，梦见自己并没有睡着——而是一整夜一直在一遍又一遍地检查门窗有没有锁好。等到早晨醒来的时候，他觉得自己简直累得精疲力竭。吃早饭时看到他这么疲惫，父亲主动提出要不今天就待在家里不要去上学了。但是贺拉斯觉得在外面跟别人待在一起要比自己一个人在家里休息会更好一些，于是告诉父亲他想去上学。

“好吧，不过你可得轻松一点儿，”乔治说道，“今天不要送外卖了，一放学就回家。”

在学校里他本想跟雷吉说说魔鬼娃娃的事，但是内维尔和柯蒂斯肯定已经先找过他了，因为一提到这事他就开始闹脾气。“不是我，是小臭虫！”他说道，“好了，现在让我自己待会儿吧。”

当天晚上，他父亲得去参加一个共济会的会议。“我本来不打算去的，”乔治解释道，“但你蒙特罗斯叔叔说有些事要跟我聊聊。然后我们可能会出去一趟。我不在家的时候让露比来陪你。别跟我争论——我知道你肯定觉得自己已经够大了，根本就不需要什么保姆，但是我不想你今晚自己一个人在家。”

贺拉斯根本就没争辩什么。

露比是七点钟过来的。见到她贺拉斯很开心，当然这并不仅仅是因为他不想自己一个人待在家里。他一直都很喜欢露比。他觉得露比是除了自己父母之外少数几个会特别当真地对待他在艺术方面的雄心壮志的成年人之一，既不认为那都是些不切实际的幻想，也不会虚情假意地说些将来肯定能行的话。靠画漫画来谋生会很艰难，她说过，而且他也可能会失败，但如果这真是他一生所愿的话，那就不要因为任何人的言语轻易放弃。

两人坐在厨房里，一边喝着热巧克力，一边玩拼字游戏。一般来说，这是最逍遥快活的时光，但是今天贺拉斯就是没法集中注意力。他一直在不停地起身检查前门，然后看向外面。等到第三次他去了好久时，露比高喊了一声，来确认他到底有没有事。

他回到厨房，这次终于成功地坐了十分钟没有起来。然而后来他又觉得自己听到安全出口外面有什么动静。他起身开门，把头探了出去。门外什么都没有，街巷里也空无一人，什么也看不到。

等他再次坐回到桌边，露比开口说道：“你到底中了什么邪？”

贺拉斯看着她。他的肺部现在倒是好好的，但是他能感觉到自己的哮喘病正在蠢蠢欲动，一旦他说错了什么，就会立刻置他于死地。

“贺拉斯，你是不是有什么事想要告诉我？”

贺拉斯深吸了一口气，然后又吐了出来。他摇了摇头。

然后看向自己跟前摆放字母牌的架子：

OELCZPI。

他重新调换了一下各张牌的顺序：

POLICEZ。

他深吸了一口气，然后又吐了出来。抬起头，发现露比还在目不转睛地看着他，于是他连想都没想就脱口而出：“露比，我可以告诉你一个秘密吗？”就在说出“秘密”这两个字的时候，他感到自己的肺部突然一紧。但是这个问题终究还是问出了口。

“当然可以了。”露比说道，“你可以跟我说秘密呀。无论是什么，只要你愿意，都可以告诉我。”

在接下来的三十秒钟里，他除了集中精力来呼吸空气之外什么都做不了。然后他感觉自己的肺部已经张开了，不过也并不总是如此。贺拉斯明白，要是再来一次的话，情况可能会更糟。

他依然闭口不言。他把字母“Z”从架子上拿开，然后把架子转了过来，这样露比就能看到其他那些字母。[①]

“你的秘密就跟这个有关系？”露比问道。

① POLICEZ 拿掉最后的 Z 后变成 POLICE，意为警察。

贺拉斯一吸气，又呼气，然后点了点头。

“好吧。”说着，露比把自己字母架上的字母牌都倒在拼字板上，然后把字母袋里的也都统统倒了出来，接着把所有的字母牌都推到贺拉斯那一边。“把你想说的都拼出来吧。”

贺拉斯并没有耗费太久的时间。他拼出了“探员”“询问我”“妈妈的圣诞旅行”“威斯康星州”以及其他一些词汇和短语。等要说到“布雷思维特”的时候，他们改成了“二十个问题”的游戏方式来继续进行，露比可是个猜谜高手，所以她似乎总能问到点子上。贺拉斯总是热切地点着头，当然偶尔也会摇头，在又拼写了几个词之后，整个秘密的大致意思已经表达了出来。此时，他觉得自己的哮喘已经偃旗息鼓了，然后发现自己已经能说得出话来了，于是赶紧又补充了一些细节。

他并没有把事情的全部都向露比和盘托出。他说了兰卡斯特队长把唾沫抹在了自己的头上，以及这件事对他所产生的影响。等说到老表奥蒂斯、黑彼得，尤其是魔鬼娃娃那里的时候，贺拉斯犹豫起来，他觉得这些事听起来实在是太过疯狂了。于是他并没有提起这些，而是告诉她除了哮喘问题以外，他一直都“觉得怪怪的”，以及“总是做奇怪的梦”。

“你相信我，对吗？”

“是的，我当然相信你。”露比说道。

贺拉斯闻言如释重负，然后问道：“那我该怎么做呢？我想要帮妈妈，可我甚至根本就不知道这到底是怎么一回事。”

“你什么都不用做。”露比说道，“我知道谁能帮忙。”

“你知道？是谁？”

露比却摇了摇头：“目前，这件事只有我和‘我’可以知道。你妈妈什么时候能回来？”

“上次跟她通电话时她还没想好。可能是明天晚上吧。”

“好的。你不用担心她。你只要保持冷静就行。等你爸爸回来，我就去联系我的……朋友。我应该今晚就能联系上他。要是今晚没有，那最迟明天我肯定能告诉他这件事。”

“他知道该做什么吗？”

“他最好能知道。”露比说道，“你明天去上学的时候只要小心一些，放学后——”

“放学后，我就去干活。”贺拉斯说道，“我今天缺席是没办法，不过我答应罗洛了，明天肯定会去。”

“好的，听我跟你说，”露比说道，“你就去罗洛的店里，我会去那儿找你。不过你在街上的时候要时刻留心，贺拉斯，万一你看到了那两个探员，或者是兰卡斯特队长，你一定调头就跑。不用担心惹麻烦——就去做你需要做的事就行了，我们以后再来处理，好吗？”

“好的。”突然，贺拉斯双眼里噙满了泪水，“谢谢你，露比。我之前一直都很害怕，我不知道自己该怎么做……”

此时，他们俩都听到了一个声音：嗵的一声，就像是个足球重重地撞在了安全出口的门上一样。露比竖起一根手指贴在嘴唇上，然后指了指贺拉斯背后墙上的电灯开关。他站起身，关上电灯。露比也悄无声息地站起来，走到水池边，探身透过窗户外面的防盗栏杆朝外看去。

“什么东西？”贺拉斯悄声问道，但露比还是打手势让他继续保持安静。她从干燥架上抓起一把小刀，蹑手蹑脚地朝门那边走去，与此同时，示意贺拉斯退到客厅里去。她打开门走了出去，而贺拉斯则伸手捂住了自己的脸。只过了一小会儿露比就回到了屋里，摇了摇头。

“没人。”她说道，“什么人也没有。”

都到第二天晚上六点半了，露比还是没有出现。

早在二十分钟以前，贺拉斯就送完了当天的最后一份外卖。罗洛说他可以回家了，然而他却待在店里没走，同时选择在店前来回溜达，这样他就不用跟老表奥蒂斯一直大眼瞪小眼了。而且这样他还能注意到外面人行道上的动静。送完最后一份外卖回来，他无意中瞥见一个黑色的小东西——可能是只小猫，也说不定是只大老鼠——在离他有半个街区远的地方，一下子窜到一辆停着的轿车底下。如今静静地凝视着窗外，他忽然发现自己居然一直在盯着街对面一盏碎了的路灯底下的一小块黑影。

“你就打算一直这么坐立不安？”罗洛的眼睛从手里的赞恩·格雷的小说上抬了起来，朝贺拉斯说道。

“对不起。”贺拉斯说道，“我能打个电话吗，罗洛？”

“不是长途电话就行。”

贺拉斯拨了此前露比给他的号码，但是电话一直在响，就是没人接。然后他又心血来潮地给家里打了个电话，可依旧没人接。他又试了试自家旅行社的号码，结果另一边接通的却是非工作时间留言服务。“没什么信息要留。”他朝电话另一边的女子说了声。

挂上电话，他咬住了自己的下嘴唇。父亲之前倒是提过他下班后可能要出去办件事。当时贺拉斯并没有多想，因为他觉得到时露比肯定会跟他在一起的。可是现在他禁不住胡思乱想起来，他想到自己得回到楼上那间黑乎乎的屋子里去，还是自己一个人。

电话铃忽然响了起来，吓了贺拉斯一跳。

罗洛看了他一眼，然后拎起了话筒。“这里是丹佛食品店，我是罗洛·丹佛。”他听了一会儿，然后伸手拿过了订单本，“是的，我们可以送到那里。”他一边说着，一边在本子上记下一个地址。“那是独栋的房子还是公寓？……好的……您就要这些？……当然，没问题……请问您怎么称呼？……喂？”罗洛皱了皱眉头，一耸肩，随即挂上了电话。

罗洛从订单本上把最上面的那张撕了下来，又回身拿了一包契斯特菲尔德香烟。他把纸和香烟从柜台上一甩，滑给了另一边的贺拉斯。“把这个送到南公园街，”他说道，“送完后你直接回家就行了，明天再把钱带回来就好。”

目光落在那包烟上，不过贺拉斯脑子里还在想着外面的那盏破路灯。“我不知道，罗洛。”他说道。

“你不知道什么？”罗洛问道。

贺拉斯抬起一只手，在脑袋顶上挠了起来。“没什么。”他说道。

十五分钟之后，他在一盏路灯下站住了脚，掏出那张订单来确认上面的地址。在他的左边，穿过一条双车道的林荫道，就是那个占地三百七十多英亩的大公园——华盛顿公园。远处的树丛背后能看到星星点点的灯火，但是公园的这个区域却是黑灯瞎火，没什么光亮。身在此处，感觉就像是站在一个幽暗的巨大湖泊之畔。

他关心的并不是这个公园。等把那张纸塞回口袋，他又回头看了一眼自己来时的方向，格外留意着停在路边的汽车旁的路缘线。

就跟此前自己早已经查验过的几十遍一样，什么也没瞧见。

于是他继续向南走去，仔细看着狭长的一排房屋。来到这排小楼的尽头，他发现了自己要找的门牌号。只见这栋房子的前门早已被钉上了一大块喷漆的木质胶合板。看着木板上贴着的“危险”告示，贺拉斯心想：是不是罗洛把门牌号写错了？可是此时头皮上的刺痛感却告诉他不是这么回事。

砰！传来一声玻璃破裂的声音，就像闪光灯泡炸了一样，他刚刚站在下面的那盏路灯的灯泡忽然爆掉了。贺拉斯循声望去，目光自动瞄向了路灯柱脚下的马路牙子。还是什么都没有。可等他再抬起头，伸手在脑袋上抓挠的时候，他的视线忽然模糊了一阵，等再能看清楚时，他发现黑暗之中竟然有一只红色的眼睛在闪动。

不，那不是眼睛，那是一根雪茄。兰卡斯特队长就站在那盏路灯下面。那副野兽般的面孔笼罩在阵阵烟雾之中，燃烧的烟火照亮了那张脸。他的身上有种不真实的感觉，像蜡像一样僵硬，这让他看上去倒像是个人体模特，而不是个活生生的人。但即便如此，他还是令人望而生畏。

“朝别的地方逃。”贺拉斯的耳中响起了露比的声音。他刚一转过身，南边街角处的路灯也灭了。可是那灯却又像是打开了一样，一个身影突然出现在眼前：诺布尔探员。

“贺拉斯。”

他猛地看向右边。只见伯克探员不知怎么就出现在了这栋贴着“危险”标识的房子的台阶上，就在贺拉斯跟前，抬手就能碰到。跟兰卡斯特队长一样，他也是姿态僵硬，就像个稻草人一样，不过他的眼睛里流露着生气。他咧着嘴笑着，跟老表奥蒂斯的嘴脸一模一样，而且这样的表情出现在一张白人的脸上，让人看了更加惴惴不安。

现在贺拉斯的退路就只剩下了背后这一条。他倒退着向后走去，后面来的汽车一直在拿车灯照着他，可他却目不转睛地盯着伯克探员。那辆汽车的司机按着喇叭加速朝他驶来，贺拉斯一个转身，慌忙从路上跳开，书包在身后飞了起来。那辆车子丝毫没有减速，呼啸驶过时一下撞上了那书包，书包猛地回弹，正砸在贺拉斯的脸上。他踉踉跄跄地迈上对面的马路牙子，朝公园里面退去。

来到树林之中，他朝后面看去。队长和两名探员的身影此时已经被暮色所吞没。黑漆漆的街道上，贺拉斯看不到任何东西。但是看不见并不代表没有，确实是有什么东西在黑暗之中鬼鬼祟祟地发出些响动。而且，那声音离自己越来越近。

他转过身，朝着公园深处猛冲而去，目标正是远处树林之外的一点灯火。等他终于跑到那儿的时候，早已浑身发热，上气不接下气。他甩掉肩头的书包，靠在灯柱上喘息着。头顶的路灯洒下一片冰冷的白光，罩在光亮下面的是个已经冰冻的游乐场。他拉开大衣的拉链，吸了一口气，又呼了出来。此刻，除了自己费力的呼吸声，别的什么声音也听不到。

忽然吱嘎一声传来，是金属和木头的声音。旁边的一个跷跷板动了。一股看不见的重量把跷跷板的一头压了下去，随着另一头的翘起，堆在上面的一大块积雪滑落了下来。贺拉斯离开灯柱时，一阵他并没有感觉到的风把秋千吹得摆了起来。

下一个动起来的是转盘。随着一阵吱嘎吱嘎的声音，这转盘开始自己转了起来，开始速度还很慢，而后却转得越来越快，落在上面的积雪和冰块都被甩了下来。贺拉斯盯着这个转盘，呆呆地望着那金属把手不断旋转所留下的虚影。

忽然有什么东西重重地落在了转盘的一边。贺拉斯定睛看去，只见那魔鬼娃娃正用自己的小手紧握着扶手，骑在上面朝自己这边转了过来。等它从转盘上蹦下来，贺拉斯向后退了一步，不想却被自己的书包给绊倒在地。

他仰面倒在雪地上，就这么一会儿工夫，跟他视线齐平的魔鬼娃娃忽然直直地朝他冲了过来。贺拉斯慌忙翻身，一脚踢飞了自己的书包，连滚带爬地朝后退去。

游乐场旁边是一条小径，小径的另一头是个混凝土砌成的小石屋，上面写着“厕所”。贺拉斯抬脚就朝那里冲了过去，心里还在不住祈祷着门可千万别锁着啊。门确实没有上锁，可等他进去才发现没上锁是因为锁坏了。他用后背死死地顶住大门，同时四下查看着有没有什么武器或者别的出路。

可惜，他一样也没找到。这个厕所就是个混凝土的牢房，连扇窗户都没有。里面倒也不算太小，至少能容纳下一个洗手盆，一个小便池和一个厕位。洗手盆上方挂着一个空空的镜框，镜框上安着一盏黄色的白炽灯，照亮着整个厕所。贺拉斯朝灯泡看过去的时候，灯泡的光线忽明忽暗地闪烁起来。

背后的门板上传来重重的一记锤击。贺拉斯寸步不动。一下又一下的重击砸下来，让门板不住地在门框里跳动着，但贺拉斯就是死死地顶着，门始终没被砸开。过了一会儿，外面的动静停了下来。

紧接着是一阵轻轻的抓挠声：那声音很小，就像是指甲在黑板上来回地抓着，让他的脊梁骨一哆嗦，头皮瞬间一阵发麻。贺拉斯双目紧闭，牙关紧咬。绝不让你进来！他心里就这一个念头。

抓挠声也停了。他睁开了眼睛。

厕所的那个厕位里有人！木头隔断底下，贺拉斯看到一双男人的鞋，还有两条早已磨得破破烂烂的裤脚。“嘿，小子！”一个低沉刺耳的声音响起，“想不想挣一块钱啊？”

想得美！贺拉斯心里叫道。可是那厕位的木门嘎吱一声打开了，里面正站着那个骰子男。本来那点儿胡子茬此时已经参差不齐地落满了下巴，还满是污垢。他的头发和上下衣衫也都是脏兮兮的，浑身上下还散发着臭味，就跟刚从下水道里爬出来的一样。他的皮肤血红，裂得到处是口子，结满了疮痂。“让我摸摸你的头，”他一边说着，一边举起一只满是病态的手，“我需要沾点儿运气。”

贺拉斯向后一缩。“你不是真的。”他气喘吁吁地喊道，可那骰子男却拖拉着脚朝他靠近了一步。贺拉斯吓坏了，他转过身想推开门逃出去，可他忘了这门是朝里面开的。然后他听到自己背后的又一声脚步声，感到那满是疮痂的手指在自己的头皮上摸来蹭去，他再也忍不住，忽的一下把门拉开，一个箭步就往外跑去。

可他刚刚冲出门口，脚下就是一个趔趄，然后直接扑倒在地。下巴重重地撞在一块冰坨子上，顿时眼冒金星。越来越多的冰和雪压在他已经被汗水浸透的衬衫上，不断地将他身体里的热量吸走。可让他坠入冰窟的并不仅仅是这冰冷的地面。等视线恢复正常，他才猛地发现自己正跟那魔鬼娃娃脸对脸地看着对方。

在头顶白光的映照下，它的皮肤看起来煞白，它浑身的部落伤痕清晰可见。拴在辫梢上的骨头微微地闪着光亮。它的双眼里闪着暗红色的邪异光芒，就在它的目光锁住贺拉斯的双眼之时，那魔鬼娃娃开始摇摆着跳起一种舞蹈，那是一种巫医的催眠之舞。

“站起来，”贺拉斯朝自己说道，“它就是个愚蠢的娃娃，跟它一比你就是个巨人……站起来啊！站起来一脚把它踩扁！”然而他却动弹不得，就连一块肌肉都动不了。他心想这娃娃会不会现在就让自己的心脏停止跳动啊，或者说就这么一直制住自己，直到自己在这冰天雪地里彻底冻僵。

接着，就见这娃娃举起了手里的法杖，反手握住，用法杖的底部指着贺拉斯的脸，就像拿着根刺矛。贺拉斯觉得自己的眼睛又开始一个劲儿地抽搐起来。此刻他想起了海贼老乔，想起他身处吉姆·克劳之地，瞎着一只眼坐在汽车的残骸之中，身边的母亲马上就要死了，等不到任何援助——不是赶不及，而是在这个国度之中根本就没人会来救他们。一阵比自己身下这冰天雪地还要寒冷的绝望涌上心头，可是又有一股愤怒的火焰在心底熊熊燃烧起来。凭什么这么不公呢！一瞬间，愤怒取代了恐惧，而制住他的魔咒居然也减弱了几分。与此同时，他忽然察觉到自己的右手之下正有一块碎砖头。

魔鬼娃娃一步一步地朝他舞来，手里的法杖直指他的双眼。就在这时，贺拉斯忽然抡起胳膊，一砖头就砸在它身上。那娃娃直接被砸得飞了出去，咒语就在此刻解除了。贺拉斯一跃而起，抄着手里的砖头就准备继续上前大战一场。却见那娃娃居然已经缓过劲儿来，正直勾勾地瞪着贺拉斯，嘴里还发出嘶嘶的声音。见此情景，贺拉斯的愤怒和勇气一下子就烟消云散了。

接着，贺拉斯又开始逃跑。他沿着小径一路狂奔，后面那魔鬼紧追不放。他感到自己的肺脏又开始一点点地肿了起来。他明白这意味着什么，但是他绝不能停下来。

脚下的小路在前面猛地出现一个转弯，贺拉斯抬眼望去，前面有许多盏路灯。他这是转了一大圈，又跑回到了南公园街。这时他想到了自己的家，想到自己的父亲——也许还有自己的母亲——正在等着自己回去，这又给了他内心几分希望。

可就在这时，小路上又冒出一个身影，是个白人警察。不是队长，也不是探员，就是一个身穿制服的普通巡警，正瞪着明亮的眼睛看着贺拉斯朝自己冲了过来。“嘿，长跑冠军，”警察说道，“你这么急匆匆地是要上哪儿啊？”

这也不是真的，贺拉斯心想。于是他丝毫不放慢脚步，还是继续跑过来。那警察伸出一只脚，把贺拉斯绊翻在地。

“我刚才问你，你跑这么快干吗！”那警察居高临下地看着他气喘如牛地躺在地上，质问道，“你从哪儿跑来的？你干了什么？”

贺拉斯手脚并用地朝警察爬了过去，来到他身边才翻身坐下。然后就看见魔鬼娃娃正站在小径拐弯处一盏路灯投下的光圈里。他正想伸手去指，谁知这警察居然粗暴地向他腋下一抓，一下把他提了起来，然后直接按在一棵树上。“你跑什么跑？”警察质问道。贺拉斯被压得都快喘不上气来了，听到这话勉强地抬起胳膊，无力地朝那边指去，心里一个劲儿地在说：看，看，快看啊……可是这警察却在一直不停地问着这个问题，看样子变得越来越愤怒。

魔鬼娃娃把头朝旁边一歪，接着贺拉斯便发现这警察也把头朝旁边一歪。娃娃垂下一只手去抓挂在自己草裙上的那颗干瘪的头颅，而这警察也垂手去腰带那里打开了自己的枪套。等这警察拔出了自己的左轮手枪并上了膛，贺拉斯便再也没什么心思去看那魔鬼娃娃了。

“我再问你一次，”警察说道，“你到底干了什么？”

贺拉斯张了张口，最后还是闭上了，他知道那只会白费唇舌罢了。

眼前这把左轮手枪的枪口此时已经成为全世界的中心了。

紧接着，眼前的场景就像是被压缩了一般，一条看不见的绳索连到了警察的后背上，然后猛地把他扯到了半空中，直接拽飞进了小径另一边的树林里。贺拉斯滑落到了地面上，还是感觉喘不动气。比这黑夜还要深暗的一片黑色在他的眼前沸腾着。贺拉斯心里纳闷：自己到底中没中枪啊？难道中枪后就是这感觉？

一只温暖的手掌按在了他的胸口，他一下就感觉自己的肺部放松了下来。他一挺身，使劲吸了一口气，喘息声都有些刺耳。一个白人男子蹲在他的身边，穿着一身西装，看上去年轻极了。

“放松点儿，”男子说道，“现在放松一点儿就好……很抱歉让你经历了这一切，可是我需要把它给引到外面来。”他轻轻地移了一下放在贺拉斯胸口的手掌，隔着贺拉斯的大衣口袋拍了拍那包香烟。“帮我把这包烟留好。”

他站起身，把还在大口呼吸着新鲜空气的贺拉斯留在了树下，然后转身朝魔鬼娃娃走去。此时，那娃娃已经顺着路走了过来，就站在十几英尺之外的地方。它还举着自己的胳膊，威胁一般地摇晃着手里的法杖。不过那男子看起来并没有被吓住，反而是被逗乐了。他来到娃娃跟前，一弯腰，揪着它的辫子就把它给拎了起来。那娃娃悬在半空之中，一双小腿来回蹬着。

“你可真迷人啊。”迦勒·布雷思维特说道。然后双手握住魔鬼娃娃一使劲，就把它的脑袋给扯了下来。

贺拉斯又一次被一动不动地按住，一个白人在他的头皮上不停地按摩着。不过，这次至少周围的环境要舒适许多：在家中的厨房里，爸爸坐在桌旁，就在自己的身边，妈妈双手抱臂，站在洗碗池一侧。

迦勒·布雷思维特做完了检查，又坐回了自己的椅子上：“这是个印记，这么高层级的神技真是有些惊人啊。”

贺拉斯的母亲可不在乎什么神技层级：“有人在我们儿子的脑袋上做了个印记？”

布雷思维特点了点头：“在神技之中，有一派分支可以给无生命的物体赋予生命，一般是娃娃、塑像，还有尸体。这不是我擅长的领域，不过我知道海勒姆·温斯洛普对它有所研究。看起来兰卡斯特也会这一招，这倒是出乎了我的意料。”

“我不明白，”贺拉斯的父亲说道，“你说的这些跟印记又有什么关系呢？”

“印记是个催化剂，”布雷思维特解释道，“你可以把它看作是一种会趁虚而入的咒术。它利用宿主自身的感觉和情绪来寻找可以赋予生命的目标客体——理想的情况是找一个宿主害怕的东西。”

“被它赋予生命的东西就会来杀你？”贺拉斯问道。

“差不多就是这么个情况。你很幸运，因为兰卡斯特是用唾液来做的印记。”布雷思维特告诉他，“用鲜血做的印记更有效力，而且几乎不可能被移除。”说着，他把手伸进随身携带的包里，掏出了一个银质的酒壶，然后打开盖子，把里面的东西倒在了一块手帕上。屋子里瞬间就充斥着了一股酸溜溜的气味。“会有点儿刺疼。”他朝前一探身子，把这块手帕按在贺拉斯的头皮上，来回擦蹭起来。还真的是刺疼，不过这也让贺拉斯感觉舒服了许多。呼吸时明显比这几天轻松了许多。

“可是为什么呢？”乔治不明就里，“为什么兰卡斯特会找上贺拉斯呢？”

“他是要借此向我传达一个信息。”布雷思维特说道，“兰卡斯特觉得我正在筹谋背叛他。他想得没错——但是那件让他火冒三丈的事其实跟我一点儿关系都没有。”说着，他看了一眼贺拉斯的妈妈，“冬至那天夜里，贵夫人潜入了远古黎明结社威斯康星州分社控制的一处产业里。很显然，兰卡斯特以为她是受我指使。”

乔治转头看向自己的妻子。“希波吕忒？他在说什么啊？你干了什么？”

“你别这么看着我，乔治·贝里，”希波吕忒强硬地回答道，“你认识这位布雷思维特先生多久了？你跟我说过一星半点儿吗？”

乔治张了张嘴，又识趣地闭上。“咱们以后再说这事。”他说道。

“当然，”希波吕忒应道，“咱们当然得说明白。”

“关键在于，”布雷思维特说道，“兰卡斯特以为我已经在行动了。当他发现没法让令郎给他当卧底时，他就决定杀掉贺拉斯——一方面是为了惩罚贵夫人跟我相勾结，但是更多的是为了让我知道他已经把我给看透了。这倒确实是个好消息。”

“你为什么这么想？”乔治问道。

“如果兰卡斯特真的将我视为心腹大患，那么他应该费尽心机地除我而后快，而不是令郎。他还在玩猫捉老鼠这样的游戏就意味着他觉得还能把我攥在手心里。”布雷思维特笑了起来，“他对我犯了当年海勒姆·温斯洛普对家父犯的同样的错误。他低估了我。”

“那现在怎么办呢？你打算干掉他？”

“不是我，”布雷思维特说道，“是我们。”

该隐的印记

地开了口，从你手里接受你兄弟的血。现在你必从这地受咒诅。你种地，地不再给你效力；你必流离飘荡在地上。

——《创世记》4:11~12

当天深夜，众人借着夜色的掩护，顶风冒雪地聚集在共济会的圣殿之中。乔治、希波吕忒和贺拉斯一家三口最先到达。乔治夫妇表情严肃，而贺拉斯则因为第一次被允许进入这个秘密的集会场所而几乎压抑不住内心的亢奋。他东张西望，看着那两根所罗门之柱，在圣坛上并排摆放着的不同宗教的经书，以及那个被遗忘在角落里、从上到下落满了灰尘的图坦卡蒙法老之墓的比例模型，眼神里尽是好奇之色。“这是款游戏吗？”看着那个模型，贺拉斯问道。他的父亲并没有答话，而母亲也只说了一句：“记住我之前是怎么跟你说的。”

接着到达的是海贼老乔和阿卜杜拉，后面跟着莫蒂默·杜普里。艾提克斯、利蒂希娅和蒙特罗斯在几分钟后也一起出现了。最后到达的是昆西·布朗，他是这个共济会分会的护法守门人，开会时就拿着一柄剑守在房间的外面。这柄剑本是个仪式性的象征，不过昆西以前是韦恩州立大学军刀队的队长，所以他握着这柄剑绝对是得心应手——当然，今晚他还额外在口袋里揣了一把手枪。

其他人都在所罗门之柱下面对面地坐定，那样子看上去就像是一群巫师正在进行一项结果无法预知的仪式一般。

第一个开口的是蒙特罗斯。他讲了去年六月迦勒·布雷思维特是怎么联系自己的，然后他是怎么被引诱去了阿达姆，最后被锁在了地窖之中。接下来讲述的是艾提克斯。他叙述了自己和乔治与利蒂希娅一同前往阿达姆的整个旅程，还有他们到那里之后所发生的林林总总。

等他说完塞缪尔·布雷思维特和一众亚当之子化为灰烬之后，利蒂希娅接过了话题。她满是骄傲地解释了她是怎么当上一栋鬼屋的女房东的。不过等艾提克斯最后说出温斯洛普公馆的实际归属之时，她的情绪明显坏了许多。利蒂希娅知道这件事情的真相连一天时间都不到，到现在她还在因为艾提克斯没有早点儿告诉她而心里别扭。

当然，她并不是在场唯一一个因为被蒙在鼓里而不忿的人。当乔治简明扼要地重述了一遍共济会成员们去博物馆拿取《名分之书》一事后，希波吕忒心里恼火得要命。不过没过一会儿她就用自己的故事狠狠地出了一口气。她的事在场除了乔治以外就没人听说过。希波吕忒在讲述时，乔治相当明智地保持了沉默。听后蒙特罗斯问道："你大半夜里一个人去的那儿？"而贺拉斯则是肃然起敬地感叹道："另一个星球？你说的是真的？"

即便是现在，希波吕忒仍然不愿意违背当初应承过艾达的誓言，她答应要把她的行踪一辈子烂在肚子里的，但是希波吕忒还是把所有的事情都原原本本地说了出来，因为这才是此次集会的关键所在：每个人都要把自己所知道的分享出来，因为任何细节都可能是相当重要的。到了最后，所有听众最关注的点已经不是那个被困在宇宙尽头的老妇人，而是那五个死了的白人。

"上帝啊。"莫蒂默·杜普里说道。

"好吧，"这时乔治打破了自己的沉默，"如果兰卡斯特觉得背后其实是布雷思维特在搞鬼的话，那么诸位能明白为什么他会疑神疑鬼了吧。”

“不过不仅仅是疑神疑鬼，”蒙特罗斯说道，“布雷思维特确实是在耍两面派……”接着他就说了前去寻找奈罗的事情。当听到珀尔和小亨利最后的命运之时，希波吕忒心里一阵难过。“可怜的孩子啊，”她叹道，“可怜的艾达。”

接着就轮到贺拉斯了。等他说起自己是如何被下了咒术，然后被不停地骚扰，最后差点儿被杀掉之时，他那股兴奋劲儿又上来了，这让他在讲这些经历的时候，声音听起来不像是被吓着了，反而是有些莫名兴奋。可是大人们的表情却越来越严肃。

最后发言的是乔治。他讲述了布雷思维特是如何为贺拉斯清除了兰卡斯特留下的印记以及他后来所说的话。“这就是我们现在所面临的情况，”乔治最后总结道，“布雷思维特要开战了，他希望得到我们的帮助。”

“他不是‘希望’得到我们的帮助，”蒙特罗斯开口纠正道，“那是他的‘要求’。布雷思维特认为我们都是他的人。”

“没错，”艾提克斯说道，“而且即使他真的打败了兰卡斯特，事情也还没有结束。他老是说事后会放过我们，但是……”

“他跟你说过自己有什么计划吗？”阿卜杜拉问道。

“还没有。”乔治答道，“不过他会派个人过来，给我们下达行动指令。”

很快，敲门声响了起来。乔治应了一声，昆西探头进来，在乔治耳边低低地说了什么，引得乔治吃惊地问了声“谁？”。随后，乔治朝后一退，把门敞开迎进布雷思维特的信使。

“露比？”利蒂希娅的声音响起。

于是，接下来众人又听了一个故事。露比讲述了她是怎么丢掉工作，又是怎么看似偶然地在除夕之夜邂逅了迦勒·布雷思维特。

“然后你就跟他去夜店了？”利蒂希娅问道，“这就是为什么你没来我的派对？”

露比看了自己妹妹一眼。“那你再跟我说一遍上帝是多想让你得到温斯洛普公馆的。”她说道。

除夕夜后面的事情，露比进行了大幅的删节和改动，有跳舞和喝酒的情节，但是没说接吻。等提到“工作机会”这出当晚的重头戏时，则略过了魔法药水一事。“他说他是替政府工作，正在芝加哥执行一项特别任务。他说他给自己安排了一个藏身之处，正需要一个管家——这个人需要谨言慎行，绝不会将他的名字透露给任何人。”说着，露比一耸肩，“就是这么份工作，而且待遇丰厚。”

关于这份工作的内容，她所描述的也尽量接近事实，不过并没有提到希拉里。她甚至还把布雷思维特安排她跑腿的几件事都讲了出来，不过在她叙述的这个版本中，那些事都是些“关乎国家的使命任务”，而其重要意义则留待露比自己去揣摩。“他让我去监视的那些人都长得像恶棍，所以我猜他肯定是联邦调查局的人。”不过就在他开始询问关于利蒂希娅的事之后，她还是起疑了。然后就在几天前，当布雷思维特出门的时候，她发现地下室的门居然没有锁。

在她的描述里，布雷思维特的工作室没有了那具玻璃棺材，取而代之的是一堆很难分出类别的奇奇怪怪的仪器设备，让这里看上去一点儿都不像是给政府工作，倒像是恶魔崇拜之类。“那里还有不少文件，”露比说道，“有个文件夹上写着艾提克斯的名字，还有一个里面都是关于温斯洛普公馆的资料。我刚刚才开始看，布雷思维特就回来了，于是我就被他抓住了。我差点儿被他吓死，不过他并没有发火。他说他后面还需要我更多的帮助，如果让我知道真相的话，后面的事情应该会更容易一些……于是他就让我坐下，然后告诉了我他自己的故事，关于他的真正的故事。听起来相当疯狂，简直就像是贺拉斯画的漫画里的情节，但是他让我相信了这一切。”她扫视了一圈围在四周的众人，“我猜你们也都相信了。”

“所以你知道他准备干吗？”乔治问道，“知道他想让我们做些什么？”

露比点点头。“差不多就是现在这个时候吧，他正在和兰卡斯特队长通电话，他们打算进行一次谈判来解决彼此之间的分歧。在幽谷森林里面有个乡村俱乐部，那是兰卡斯特组织的产业。布雷思维特打算主动提出就在那里会面，时间是明天晚上。他想带着艾提克斯跟他一起。”

“为什么？”艾提克斯问道。

“很简单，”蒙特罗斯说道，“你就是他提出和解要献上的礼物。”

露比又点了点头。“差不多就是这么回事。”她看着艾提克斯，“不过，他不是真的要把你给献出去。这只是个幌子，是为了让兰卡斯特能稍微削减一些他身边的护卫……然后就需要剩下的诸位出场了。”说罢，她打开自己的提包，指了指里面的地图。“可以拿出来给大家看看吗？”

于是，乔治和阿卜杜拉把圣坛上的经书都挪到了一边。露比展开了地图，上面是兰卡斯特那间俱乐部的方位布局，还有周边的环境。接下来的十分钟，露比把布雷思维特的计划向大家娓娓道来。

“这里面有不少部分可是会来回变动啊。”等她说完，海贼老乔提出了自己的看法。

“没错，一着不慎的话，咱们可就满盘皆输了。”莫蒂默说道。

“无论结果怎么样，咱们都没什么好果子吃。”阿卜杜拉指出，“就算这个计划可行，我们也只是给布雷思维特扫清了障碍而已。”

“我觉得这个计划行得通。”露比说道，“我没有你们其中几位认识布雷思维特的时间长，不过我已经很清楚地知道，他非常擅长达成自己的目的，而且我也很清楚，他的目的都不是什么好事。作为一个白人而言，他算是相当可爱了，不过他——”

“很邪恶。”蒙特罗斯接口道。

“对。”露比应道。她指了指地图：“所以你们说得对，光按照他说的这样做是不够的。我们需要连他也一并解决掉。”

“关于这一点，我想我们都没有异议，”乔治说道，“如果我们能知道该怎么干掉他的话。问题就在于他身上那该死的免疫能力。要是我们能解决这个问题……”

“我不知道该怎么解决这个问题，”露比开口道，“不过我倒是知道他的这个能力是怎么来的。”然后，她告诉了大家布雷思维特那个印记的事。

利蒂希娅眯起了眼睛。“他前胸的文身？”她问道，“你怎么知道的？”

“我就是来帮忙的，又不是什么富家小姐。”露比应道，“你觉得他会因为我进了他屋里就赶紧把衣服给穿上？有一次他刮胡子的时候我看到了那个文身。当时他是这么说的，那是他的该隐印记，是用来保护他的。我当时还以为他是在开玩笑，直到后来我发现他是个术士——”

“那个文身，”艾提克斯问道，“是红色的吗？像血一样？”

“对。”

艾提克斯看向了乔治：“布雷思维特跟你说什么来着？用鲜血留下的印记更有效力……”

“……而且几乎不可能被移除。”

“几乎不可能，”希波吕忒说道，“那就是说还是有可能的。”

“是的，”乔治说道，“但是我们仍然不知道该怎么办。”

“我们确实不知道，”蒙特罗斯点头应道，接着一阵沉思，“不过我忽然想起来可以找谁去问了。”

雪仍在下个不停。艾提克斯、利蒂希娅和蒙特罗斯驱车来到温斯洛普公馆的时候，外面的街道寂静无声。

然而一进到屋里则完全是另一幅景象了。福克斯先生正在中庭打电话，因为信号不好，而且几步之外她的女儿正在噔噔噔地跳绳，所以他几乎是在朝着话筒里喊话。餐厅里，查理·博伊德正和一帮哥们儿在热火朝天地打牌。与此同时，威尔金斯夫人正一个人在走廊里徘徊，刚刚她被吵醒了，不过不是因为外面的喧闹，而是突然想起了自己的亡夫。她的表情有些茫然、不知所措，看样子是在使劲回想自己到底在什么地方。

“威尔金斯夫人？”利蒂希娅叫住了她，“你还好吧？”

“杰弗里？”威尔金斯夫人答话了，不过她那双浑浊而又黏满分泌物的双眼却在盯着蒙特罗斯，“杰弗里，你回家啦？”

“这位是特纳先生，威尔金斯夫人。”利蒂希娅说道，“在这儿等一等。”她跟蒙特罗斯和乔治说道，“最近天一黑她就会变成这个样子……”然后她便朝楼梯走去。

艾提克斯转向父亲：“你打算在哪儿做那件事，爸，地下室？”

“这我说了不算。”蒙特罗斯说道，此时他的目光正落在赫卡忒身上。他举起了随身带来的挎包，就像是要把它献给面前的雕像一样。“温斯洛普先生，你在吗？我带来了一些属于你的东西。”他解开了包上的挂扣，包刚一打开，就从里面喷出了一团灰尘。“我还带来了一些坏消息，是关于你儿子的……”他从包里掏出了那些笔记本，带出了更多的灰尘到处飘散。

灰尘的飘动吸引了艾提克斯的双眼，他着迷一般地看着那一粒粒尘埃在光线之中越转越慢，最后完全停了下来，居然就这么被冻结在了空中。他的视线穿过那些灰尘向后面看去，他看到那个小姑娘塞莉娅也被冻住了，此刻她双脚离地，她的脚下正是那根跳绳模模糊糊的虚影。在她背后，她的父亲正一动不动地把话筒摁在耳朵上，另一只手还在捂着另一边的耳朵。餐厅那边，查理·博伊德正咧着大嘴，可此时却没有笑声传出来，他的身形被定格在要把一对 A 摔在桌子上的样子。利蒂希娅的一只脚刚迈过楼梯最上面的那级台阶，要落还没落下，而威尔金斯夫人则糊里糊涂地呆立在走廊上。

“爸？”艾提克斯叫了一声。在这突然降临的寂静之中乍一听到自己的声音，他吓了一跳。

“我在这儿，没事。”蒙特罗斯一边环视着眼前这幅就像被冻住的画面一边应道，“看起来咱们倒是不用担心有人偷听了。”

这时，他们听到电梯从地下室里升上来的声音。电梯停在一楼，门咯咯地打开了。艾提克斯绕过喷泉，走到空无一人的轿厢前，轿厢顶上亮着一盏灯，那还是他修好的，可等再靠近一些，他注意到还有另一种光，是从下面透上来的，就在电梯井和轿厢之间的夹缝里，淡淡的红色，如同地狱之火一样闪烁着。艾提克斯可不记得电梯里有什么设备能发出这样的光。“呃，爸……”

“没关系，”蒙特罗斯从后面走了过来，“我之前已经去过那样的地方了，只要别吃别喝任何东西，你就肯定没事。”

第二天晚上仍然十分寒冷，不过风雪过后天气清朗。布雷思维特在约定的时间来到温斯洛普公馆外面接上了艾提克斯，然后驱车向西北部驶去。一路上二人几乎没怎么说话。布雷思维特一直看着前面的道路，一脸自鸣得意的笑容，就好像已经赢了兰卡斯特一般。而艾提克斯看上去则忧郁了许多，他时不时就朝后座看上一眼，好像生怕后面有人跟踪。

月亮开始落下的时候，二人来到格拉斯顿伯里乡村俱乐部的正门前，只见门上挂着一块告示牌，“仅限会员”几个字格外显眼。石质门房里的门卫抓起电话向里面报告了二人的到来，可过了好一会儿也没人来搭理他们。布雷思维特心情不错，并没把对方的拖延当回事，他唯一有些不耐烦的表现仅仅是用自己的手指来回在方向盘上轻轻敲击。艾提克斯则朝后座又看了一眼。

最后，门卫终于走出来给他们打开了大门。布雷思维特开了进去，可随即就发现前面又被堵上了，这次拦路的是伯克和诺布尔两名探员。此时，布雷思维特显出一脸顽皮的表情，使劲踩了一脚油门。两名探员见车子朝自己直冲过来，慌忙朝边上躲。诺布尔向旁边躲开的那一步倒是貌似优雅，可伯克就没那么好运了，他一脚踩上了一大块冰，差点儿滑倒在地。

艾提克斯明白最后会由谁来承受这两名探员的满心不悦，于是斜瞥了布雷思维特一眼，像是在说：真的有必要这样吗？可是忽然他发现一个问题。“他们并没有免疫的能力。”

“知道免疫秘密的分社都只会把它用在高层成员的身上。”布雷思维特说道，“这样才能让新人都规规矩矩的。”他又说了一句，“别忘了你也没有免疫的能力。”

“我又不惹麻烦。”艾提克斯提醒道。

诺布尔此时已经走到驾驶室的门前，不耐烦地敲了敲车窗。布雷思维特把玻璃摇了下来。“晚上好，长官，”他说道，“有什么可以效劳的吗？”

“下车，”诺布尔说道，又弯下腰朝艾提克斯看了一眼，“你们两个都下来。”

二人下了车。伯克正候在副驾驶那一侧，艾提克斯一下来就被他按在车上搜身。诺布尔看起来也想给布雷思维特这么个待遇，可因为布雷思维特的免疫能力，他甚至连碰都没法碰他一下。“如果您不介意的话……”他语气中带了些请求。布雷思维特于是高举了双臂，那意思就是同意对方给自己搜身了。

伯克把艾提克斯推到一边，打开手电照在戴姆勒的后座上。伯克探员则掀开了后备箱。“这是什么？”诺布尔一边说着，一边提起了一个用礼品纸包装着的字典大小的东西。

“和解礼物。”布雷思维特说道，“我跟兰卡斯特说过会带海勒姆·温斯洛普失落的笔记本过来。”

诺布尔撕开了包装纸：“和解礼物，嗯？”

“是什么？”伯克问道。诺布尔递给了他，伯克大笑起来，朝布雷思维特问道：“临死前有什么愿望没有？”

“就算是有，”迦勒·布雷思维特说道，“也轮不到你来批准吧。”

“当然，”诺布尔应道，“兰卡斯特可是打算亲自一尽‘地主之谊’呢。”然后他一耸肩，“反正都是你的葬礼……把钥匙留在车里，我带你们走进去。”

“可别把我的车给刮了。”布雷思维特朝伯克嘱咐道。

“这就是你临死前的愿望？”伯克应了一声。他把后备箱盖朝下一摔，然后又回到副驾驶一侧，打算再推艾提克斯一把。不过艾提克斯既然已经知道他可以放心大胆地揍伯克了，他可不想现在就被引诱着忍不住出手，于是就自己朝俱乐部那边走过去了。

等诺布尔、布雷思维特和艾提克斯三人进了里面，伯克还一个人留在车边，一边摸着下巴一边沉思着。

“先生？”门卫凑了过来，“没出什么事吧？”

“不，”伯克探员答道，“我可不这么认为。”他朝戴姆勒一点头，“把车停好，然后打电话给里面，多派几个人手到这儿来，后门那边也是……我到周围转转。那个混蛋肯定在搞什么小动作。”

随着月亮落入地平线以下，希波吕忒从树林里冒了出来。此前二十分钟里她一直穿行在这座乡村俱乐部的高尔夫球场周边的密林之中。夜深林密，她在黑暗之中磕磕绊绊了好几次，不过好在她的方向感一直没有问题。现在越过积雪覆盖的球场向南看去就是那家俱乐部，而近在咫尺的一个小屋就是她此行的目的地。

背后传来了脚步声，那个一直跟自己在一起的白人女子也从树林里钻了出来。她的名字叫希拉里，为布雷思维特做事。其实希波吕忒更希望利蒂希娅或者露比跟自己一起，不过利蒂希娅领到了另一项任务，而露比则要回到城里的什么地方去做别的差事，她并没有说明要去做什么事，不过她说要是不想布雷思维特起疑，她要做的这件事就绝对是不可缺少的。

希波吕忒摸了摸放在大衣口袋里的手枪，然后穿过球场，希拉里就跟在她身边。很快二人就靠近了那小屋，只见屋外贴着告示“电力及公共设施——闲人免进”。

据布雷思维特所说，屋里至少有两个人，都待在二楼的控制室里。他们有一部直通主屋的电话，很可能还有无线电台。这次行动的危险在于，一旦发生骚动，里面的人会有时间示警。现在就该看那白人女孩了。

二人躲在小屋的北侧，正好能躲开楼上窗户的视野。“好吧，”希波吕忒说道，“你知道该怎么让他们给你把门打开吗？”

“我去敲门问话就行了。”希拉里说道，“不过万一他们要是足够谨慎的话，可能会让我在外面等着，然后叫人来。我们得想办法让他们容不得多想就把门给打开。这样的话……”说着她一耸肩，抖掉了肩头的大衣，露出了里面的黑色无袖礼服。这身衣服看起来更适合去参加鸡尾酒舞会，而不是在密林间跋涉。她一弯腰，脱掉了脚上的靴子，穿着丝袜站在雪地上，然后双手一抓自己的礼服，刺啦一声就把衣服给撕开了。

“好吧，”希波吕忒见状已经明白了她的打算，点头承认道，“这肯定管用。”

门卫把戴姆勒停稳就下了车。车门关上之后也就数到十的工夫，车里轻轻地传来咔哒一声栓锁开启的声音，然后车后座的靠垫放倒了下来，露出了位于车后座和后备箱之间的夹层，利蒂希娅就躺着藏在里面。

她下了车，蹲在车旁，然后松开了随身携带的一个丝绒布袋的袋口拉绳。袋子里面是一根大约一英尺长的锥形乌木法杖，上面刻了许多亚当字母。法杖细窄的顶端装着一个小巧的银质蜻蜓，利蒂希娅把法杖拿出来的时候相当小心，一点儿也没有碰到那蜻蜓。

她矮着身子，跟在了门卫的背后，眼看就快回到门房里了。利蒂希娅任由他进了屋，然后紧跑几步使劲砸了砸门。那门卫闻声赶忙又伸出头来问了句“伯克先生”，她举着那只蜻蜓在他脸颊上扫了一下。就是轻轻那么一抚，可那门卫立刻两眼一翻，瘫倒在地，昏迷不醒。

“有点儿意思。”利蒂希娅说道。

诺布尔探员把布雷思维特和艾提克斯领进俱乐部西侧的一间大客厅里，又命他们等在那里。布雷思维特倒是自顾自地在吧台上倒了一杯威士忌。壁炉里的炉火烧得很旺，前面摆了两把椅子，布雷思维特端着酒杯一屁股就坐了进去。艾提克斯心里清楚这些奢华舒适都不是为他准备的，所以还是老老实实地站着，不过眼睛却看向了屋里两个足有天花板那么高的书架。可惜，那只是为了好看充门面而已，入选图书的唯一标准就是装帧精美。

厅门一开，兰卡斯特带着一身烟气走了进来。

“很高兴你加入我们。”迦勒·布雷思维特说道。

“真的吗？”兰卡斯特说道，“你就打算用这么个态度来开始吗？”诺布尔递给他一杯威士忌，他坐到了壁炉前的另外一把椅子里。“那么，”他开口道，“你答应过我的东西带来了吗？”

诺布尔探员清了清嗓子，然后从吧台上拿起布雷思维特带来的礼物，交给了兰卡斯特。兰卡斯特放下酒杯，把雪茄往嘴里一塞便双手捧起了这本皮面装帧的书。读完封面上那镀金的标题——希伯来文卡巴拉百科全书，作者莫迪凯·基施鲍姆——他的脸色变得难看起来。他把书递还给诺布尔，从嘴里拿出了雪茄，双眼盯着面前的炉火，来回摆动着下巴，像是要找个舒服的位置。“喔，”他最后说道，“你这次过来就是存心想气气我，是吧？”

“我没法带给你温斯洛普的笔记。”布雷思维特说道，“我自己也没有啊。”

“我他妈才不信你呢。”兰卡斯特应道，“即便是我相信，你这种屁话也不值得原谅。还有这个。”说着，他把手伸进自己的夹克里面，掏出了一个硬币大小的刻着个猫头鹰形象的骨质圆盘，一甩手就扔进了壁炉里。

“来而不往非礼也。”布雷思维特说道，“你不是也在一直监视我吗？”

“我一直在盯着你是因为我从一开始就知道你不值得信任。”

“你这意思是你自己就值得信任了？”

兰卡斯特头朝后一仰。“真是不可思议，”他说道，“你把我当猴耍，反过来还是我的错咯？……我对待你的标准已经算是平起平坐了，你这个混蛋。我邀请你到我的城市。我愿意跟你一起共事。”

“你当然愿意，”布雷思维特说道，“只要我恪守自己的本分。”

“可你一直在想些什么？你就是个小屁孩儿，你的年纪连我的一半都没有……你觉得我还会对你卑躬屈膝吗，就因为你有那么一丁点的天分？你他妈的以为自己是谁啊？”

“比你更出色的自然哲学家。”布雷思维特答道。

兰卡斯特笑了起来。“你就是跟你家那老头子这么说话的？还真是奇了怪了，他没先把你给弄死。还有件事我也得告诉你。我不认识你父亲，不过比尔·沃里特可跟他是老相识了。当年他是温斯洛普的徒弟，温斯洛普跟你爸打交道的时候，他也算是当事人。他跟我说过塞缪尔·布雷思维特是多么妄自尊大，目空一切。那么我可得恭喜你了，你或许可能对你父亲恨之入骨，不过看起来你跟他还真是像呢。”

艾提克斯一直在尽自己最大的努力去表现得如同空气一般，可现在看见布雷思维特在听到兰卡斯特的评论之后脸上的表情，他实在是忍不住笑了起来。兰卡斯特动作一僵，然后扭头看向艾提克斯，就好像他笑得有多大声似的。

“抱歉，”艾提克斯说道，“我是不是先出去，这样两位——”

“不行，你他妈就在原地给我老实待着好了。”他说道，然后又看向布雷思维特，“你们两个都是。”

后门的门卫溜达到门房旁边的灌木丛里撒尿去了。正在拉拉链的时候，一只银色的蜻蜓点在他的后脖梗子上，于是他一头栽倒在地。利蒂希娅站在他的跟前，双手高举，那样子就像是个职业拳手。然后她便打开了大门。

一辆印着“暗溪烘焙”的厢式货车此前一直等在远处的路边，此时直接开了过来，停在了门里。蒙特罗斯和乔治从车上跳了下来。他们抬起那失去知觉的门卫，把他放到门房里面。“这家伙会昏多久？”乔治问道。

“布雷思维特说他至少三四个小时内绝对不会醒过来。”利蒂希娅说道，“等他醒来以后，也绝对想不起今晚看到或者做过的任何事。”

阿卜杜拉把货车调了个头，让车尾正对着厨房的卸货口。他刚把车熄火，卸货口旁边的门就打开了，一个穿着深色西装的白人男子从里面走了出来。

“噢，该死的。”蒙特罗斯悄声骂道。不过事实上并不是他们的货车把那人引了出来——他嘴唇上叼着一根烟，此时的注意力都放在手里的打火机上。

“别担心。”利蒂希娅悄声说道，挥了挥手里的法杖，“我有这宝贝呢。”

“哦，我的天哪，先生，请救救我吧。”守卫一开门，希拉里就脱口而出，然后紧接着就作势一晕，倒在他的臂膀之中。他往后踉跄着退了几步才重新保持住平衡——然后就僵在了原地，因为感觉到一支枪口正抵在自己的下巴上。“嘘，”希拉里说道，与此同时希波吕忒闪身进了门，快步来到楼梯口处。

“鲍比，”一个声音从楼上传来，“是谁啊？”

两分钟后，希拉里把两个守卫都铐在一楼发电机房的一根管子上。等她转过身来发现希波吕忒正拿枪指着自己的时候，她努力装出一副错愕的神色。“现在到你了。”希波吕忒一边说着，一边举起了另一副手铐。

没等对方命令，希拉里就把枪扔向屋子的另一个角落，然后接过手铐，把自己锁在另一根管子上。见此情景，一名守卫暗自窃笑道：“这就是你信任一个黑鬼得到的回报，宝贝儿。”

“你给我闭嘴！”希波吕忒吼道，随即眨了眨眼，意识到刚刚希拉里也用同样的语气说了同样的话。

迎着希波吕忒的目光，希拉里耸了耸肩。“上楼去吧，别担心我。”说着她扣紧了自己腕上的手铐，“乔治和蒙特罗斯随时都可能发来信号。”

海贼老乔、阿卜杜拉和莫蒂默三人穿过了厨房，脚下尽是些已经人事不知的警卫。他们停下脚步，重新把搬运的东西调整了一下平衡——那东西又大又平，包裹在搬运家具用的垫子里面——然后直奔宴会厅而去。此时，又一名警卫出现在了外廊之中，不过利蒂希娅就在他的背后，他还没来得及做什么，就被利蒂希娅放倒在地。

宴会厅里空无一人。他们绕过一张张桌子来到枝形吊灯下面的那块空地上。趁着海贼老乔和阿卜杜拉解垫子，莫蒂默在一旁看着画在一张折叠起来的图纸上的图示的工夫，利蒂希娅走到宴会厅的一头。先前放在这里的展柜已经搬走了，但是那幅画还挂在原处。利蒂希娅伸手按了一下藏在画框底下的暗扣，这幅画随即转到了一边，露出了一个藏在墙里面的大号保险柜。她凑上前去端详了一会儿密码刻度盘，然后来回搓着手指，看那架势像是要把这保险柜给砸开。

不过她并没有这么做，而是回到那三个共济会成员身边。“好啦，”她说道，“我得回去确认一下有没有漏掉什么人，你们几个自己待几分钟没问题吧？”

“当然没问题，”海贼老乔咧嘴笑了笑，“我们不会有事的，就等叫喊声起来了。你也要小心。”

兰卡斯特条件反射般不时抿一口杯中的威士忌。“下面咱们该干什么了？”他说道，“我觉得我是不是可以让你出局了，把他留下就行。”说着他朝艾提克斯那边挥了挥手里的雪茄。

“你尽管试试。”布雷思维特说道。

兰卡斯特笑了起来。“你是不是觉得我没办法把你轰出去。说真的，现在失去你确实是有些遗憾。你很有本事，这一点我承认。而且也很会说话。留着你到施洗约翰节那天会很有用，要是我不担心你会在我背后下刀子的话。”

“这确实是个问题。”

“是啊，不过或许我能找到解决方案。跟我说说，我在那小子身上留下的印记，你有什么想法？”

“从技术上讲，的确令人印象深刻。”布雷思维特承认道，“那真的是你的手笔吗？”

“基本原理我是从比尔·沃里克那里学来的，”兰卡斯特说道，“不过具体实践都是我自己完成的。”

“那么你打算怎么做？你现在也想派个玩具在后面追杀我？”

“不，针对你而言，我觉得有另一种印记能派上用场。这种印记比尔·沃里克此前一直在研究当中。他失踪以后，我在他的文件里发现了这种印记。他把它称作‘野兽印记’。”

“就像《圣约翰启示录》里那样？”布雷思维特问道，“还是像盖在家畜身上的标记一样？”

“其实这两者都是一回事，不是吗？”兰卡斯特说道，“比尔总是愁没什么人可以信任。我觉得这就是为什么他会自己一个人去温斯洛普的藏宝密室里去，这对他而言实在是太糟糕了……不管怎么样，说起这种印记，如果你需要确保无论什么人的忠诚度的时候，就可以给他们下这个印记。之后你需要做的就是心里想着他们，这样你就可以清楚地知道他们人在何方，意欲何为。一旦他们有什么不良企图，你只需要使劲那么一想，他们就死了。而且你知道最妙的地方是什么吗？这种印记对于有免疫能力的人一样有效。”

“所以，只有你才能干掉你的仆人咯？”布雷思维特说着瞥了一眼诺布尔，“你知道这种印记该怎么用了？”

“比尔失踪之前还一直在研究这种印记。”兰卡斯特说道，“我觉得我已经解决了里面最后几个难点。本来还有几个问题我觉得温斯洛普的笔记能帮我找到答案，不过那么做也有点儿太保守了。我现在准备做个活体实验。”

布雷思维特的笑容此刻露出了危险的意味：“你觉得你有本事让我老老实实地坐以待毙吗？”

“不是我，”兰卡斯特说道，“是我们。”

话音未落，诺布尔就打开了房门，一队白人男子从外面走了进来，每个人手上都戴着银质的印戒。艾提克斯认出其中一人正是一位前市政府议员，而且其他人看起来也或多或少地有些眼熟，他肯定自己以前在报纸的照片上见过他们。

这一行一共十三人，分成了两排，看上去就像是奇数人数的陪审团一样。

“那么，”兰卡斯特从布雷思维特看向艾提克斯，又看了回来，说道，“谁想第一个试试？”

蒙特罗斯和乔治已经越过厨房的天窗，爬上了屋顶。他们要找的那个烟囱在整栋建筑的另一端，而到那里的唯一通道就是位于屋脊线正下方的只有两英尺宽的一条过道。要是在夏天，这趟路走下来肯定又好玩又刺激，可现在这条过道因为冰雪直打滑。

“圣诞老人的小助手们啊——”乔治紧张地嘟囔着。“可别把老贝里一家都托付在我身上啊。”蒙特罗斯闻言接话道。说完，他在前开路，乔治紧随其后。正是由于他们兄弟二人从小到大就彼此争强好胜，这么一段路让他们俩走得倒是充满了少年时的欢愉之气。没过一会儿，两个人就顺利来到了目的地的上方。蒙特罗斯在过道上绑上了一根绳子，然后拽着绳子小心翼翼地顺着屋顶的斜坡挪到烟囱旁边。乔治从口袋里掏出了一个手电筒，然后朝远处那个建筑看去，希波吕忒正在那里等着切断电源。蒙特罗斯把挂在自己脖子上的包拿了下来，从里面取出一个玻璃瓶，里面装着一种奶白色的药水。

这药水是布雷思维特调制的，不过具体用什么容器来装则是蒙特罗斯的主意。

“没人主动一点儿吗？”兰卡斯特说道，“好吧，那就从你开始吧，布雷思维特。”

说着，他将已经空了的酒杯放在桌上，将抽剩下的雪茄烟蒂随手扔进了壁炉里。诺布尔从吧台上拿起一把小刀递给了他，然后又站到了门边。芝加哥分社的一众人都目不转睛地盯着布雷思维特，屋里的气氛瞬间变得紧张起来。艾提克斯也浑身一紧，随时准备行动。只有迦勒·布雷思维特还是一副轻松的样子，或者说看上去似乎是那个样子。可就在忽然之间，他在椅子里猛地向前一探身，两根手指往嘴里一放，发出一声刺耳的口哨声。

口哨声渐渐消失，兰卡斯特昂着头坐在椅子里，刀锋停在自己左掌的上方。“你这是干吗？”他问道，“召唤你的魔力小马驹吗？”

就在此时，一个可口可乐的玻璃瓶顺着烟囱从天而降，在壁炉里摔了个粉碎。而熊熊的炉火瞬间就灭了，一股浓密的白烟从炉膛里喷了出来。与此同时，整个俱乐部里停电了。

一听到布雷思维特的口哨声，艾提克斯立刻转头面向房门，然后拼命把他看到的所有东西都往脑子里记。此时，尽管周围一片黑暗，浓烟滚滚，不过他却非常清楚地知道他接下来要怎么做才能离开这个房间。

挡在他路上的就只有一个障碍了，而且他还没有免疫的能力。

从电力屋出来，希波吕忒就被一阵罡风弄得有些头晕眼花，在那一瞬间，她还以为是自己从楼上往下跑得太猛了，等到第二拳从侧面狠狠地捶在她头上，她才意识到自己遇上麻烦了。

她侧身摔倒在雪地上，赶紧伸手去掏口袋里的手枪，可伯克探员一把抓住她的手腕，朝上一扭，抢先把枪拿在自己的手里，然后飞起一脚踹在她的肋部。希波吕忒被踢得翻身躺倒，疼得在地上翻滚不止，好一阵都没喘上气来。伯克探员就站在一边冷冷地看着她。

"欧列图娅·布卢，"伯克说道，"你在这儿干吗？"说着又用自己的靴头踢了她一脚，"还有谁跟你一块儿？乔治就在附近吗？你们没带着贺拉斯，对吧？"看到她听到自己儿子名字时的反应，他笑了起来。"我猜你们没带他来——你们可能是找了个保姆今晚陪着他吧？不过别担心，等把你们都了结之后，我会去好好关照他的。"

时间忽然就像是倒退回了威斯康星州的那个冬至之夜，希波吕忒又听到了砰砰两声，就像那两个黑衣人撞在一起时那么好笑。而伯克脸上的笑容则变得茫然迷惑起来，他扭头看向电力屋那敞开的房门。

希拉里从里面走了出来，走到切近，又朝他开了第三枪。伯克一头栽倒在地。希拉里站在他跟前，满是雀斑的双臂上起了一层鸡皮疙瘩。

“你没事吧？”她朝希波吕忒问道。

希波吕忒到现在还有点儿喘不上气来，却无言地盯着希拉里那空无一物的手腕，满眼的疑惑。

“没错，”希拉里说道，“我带了一把手铐的备用钥匙。我就觉得可能会派得上用场。”

希波吕忒此时坐起了身，伸手在自己一侧的下巴上按了又按。就在那么一瞬，希拉里身上有什么东西让她觉得异常熟悉。“你……你到底是谁？”

“放心好了，我什么人也不是。”希拉里说道，“能不能请你帮我一个忙？等你看到布雷思维特先生的时候，麻烦帮我告诉他，我不干了。”

说罢她便一转身，就穿着一双袜子穿过雪地朝树林里跑去，那里还有她先前丢下的靴子和大衣。

迦勒·布雷思维特紧跟着艾提克斯退出了客厅，前后也就间隔几秒钟的时间。他把门狠狠一摔，然后施了点儿小手段，让那扇门再想打开可就有难度了。等二人都冲出走廊了，艾提克斯还能听到门把手咔咔扭动和拳头捶击门板的声音。

随后撞门声停了下来，紧接着一股大力直接把门从合页上给轰了下来。兰卡斯特挥手驱散着面前的烟尘，从里面走了出来。诺布尔跟在他的右后方，被打伤的鼻子还在往外冒血。随后其他社众也从屋里跟了出来，开始还三三两两的，但很快就集结整齐，紧跟着兰卡斯特的脚步。

他们迅速穿过走廊，摸黑循着前方奔跑的脚步声追赶着。就在他们磕磕绊绊地迈过一个倒在地上的警卫之后，前面的脚步声消失了。“安静！”兰卡斯特嘘了一声。

前面不远处传来锅碗瓢盆叮叮当当落到地上的声音。诺布尔正要往厨房那边去，却被兰卡斯特叫住：“等等。”然后转过身，朝宴会厅的大门走去，一把把门推开。

此刻在宴会厅最里面那堵墙下，艾提克斯正举着打火机照亮着墙里面已经露出来的保险柜，而布雷思维特正借着这点儿光亮在拨弄密码盘。兰卡斯特闯进来时，二人齐齐回头看去。

“你们就不能消停点儿？你们这两个狗娘养的蠢货。”兰卡斯特大步流星地朝他们走去，一边走一边解开了袖口的扣子，把袖子挽了上去。“现在你们可以忘记这本书了，也忘记我让你们当我实验小白鼠的事吧。我现在就要把你们两个的狗头给拧下来。等过了施洗约翰节，我掌控大局之后，我会来次特别的阿达姆之旅，我要把那个混蛋村子烧成灰烬。”

布雷思维特转过身子，大步朝前走去，看那架势就像是要在大厅的中央跟兰卡斯特和他的手下对上一样。不过跟对方的快步匆匆相比，他的步子则要慢上许多。只见他的双臂放松地垂在身体两侧，十根手指不停地来回活动着。从正面看，他就是在热身一般地来回屈伸着手指，可若是从另外一个角度看的话，那动作则更像是个傀儡师在操控提线。

兰卡斯特刚刚从枝形吊灯底下走过，他背后一张桌子上的桌布被掀起，莫蒂默·杜普里从地下滚了出来，他偷偷地朝前爬着，那些芝加哥分社的人身心都放在布雷思维特身上，根本没注意到他的出现。他拿着一根银色的粉笔，在地板上准确地画了短短的一道。这一笔就改动了一个字母。

就在这一瞬间，兰卡斯特、诺布尔和他们身后的社众突然一个急刹停了下来。就像在地铁上有谁突然拉下了紧急制动阀，他们先是朝前一晃，接着又向后一仰，拼命保持着身体的平衡。可等他们好不容易稳住了身形，才发觉自己的双脚已经牢牢地钉在了地板上。

“布雷思维特！”兰卡斯特咆哮道，“这他妈的是怎么——”

话音未落，莫蒂默又提笔画了一道。就见兰卡斯特的嘴唇还在动，可舌头却已经僵住了。

又有两张桌布被掀了起来。海贼老乔和阿卜杜拉站了出来，打开了准备好的手提灯。灯光一闪，照亮了地板上一个用粉笔画成的围住兰卡斯特一帮人的大圆圈——而这个圈只是一整个更大图案的一部分。在他们的右侧，两条平行线连接着这个大圈和另一个小圈。小圈里面立着一道门，那正是共济会这三个人从卡车上运进来的东西。在他们的左侧，则是一条单独的线——这条线两端笔直，而中间则是锯齿形——连接着另一个小圈。此时那小圈里什么也没有。在他们正前方，又是两条延伸而出的平行线。这两条线间隔得非常近，不仔细看的话还会以为是一条线。这两条线一直连到保险柜那堵墙的墙根底下。

“我现在应该长话短说，说点儿聪明人该讲的话。”布雷思维特朝兰卡斯特说道，“不过比起耍嘴皮子，在下更擅长实干。”说罢他用粉笔绕着保险柜门的四周画了个圈，把它跟地板上的那两条平行线连了起来，然后朝那个还空着的圆圈走去。艾提克斯正拿着一把小刀和一卷羊皮卷等在一旁。他想从艾提克斯手里拿过这两样东西，艾提克斯却摇了摇头。

“让我来吧。”艾提克斯抬脚就迈进了圈里面。他瞪了兰卡斯特一眼，“我要帮贺拉斯把这笔账给讨回来。”

布雷思维特犹豫了一下，眼神闪过一丝怀疑。“这个仪式可不是没有风险啊。”他说道。

“还能有什么风险？你是说对比今天晚上其他事而言吗？”艾提克斯说道，“就当给我个面子，行吗？”

布雷思维特还在犹豫着。不过他看不出能有什么问题。于是只有这么一次，而且并非是出于偶然，他的直觉失灵了。

“好吧，”他答应道，“不过你们其他人都得出去，这是为了以防万一。”海贼老乔、阿卜杜拉和莫蒂默三人闻言都退到了屋外的走廊里。艾提克斯用刀划破了自己的手掌，而布雷思维特则蹲下身，用粉笔画了两道，如此便赋予艾提克斯阅读和吟诵亚当语言的能力。

这次的咒语跟以前那次的不一样。从门里面射出来的不是光，而是一团黑影——那团黑影是活的，就像安息日国度林地里面那个神出鬼没的生物一般。它将兰卡斯特、诺布尔和其他芝加哥分社的众人完全吞没了，此外又伸出一条细长的藤蔓一般的影子，在保险柜上一碰，门就开了。随后，这团黑影就开始慢慢退去，最后退回了门里面，所过之处，什么都没有留下。

“这也太容易了。”布雷思维特说道。他来回搓着双手准备去拿属于自己的奖品，“施洗约翰节。现在，那才是我们真正的挑战……”

艾提克斯将那染血的羊皮卷丢在了地上，然后举起左臂，把袖子往下撸了撸，露出了先前已经写在皮肤上面的亚当文字。他用的那种黑墨水几乎看不出来，不过现在他却瞧得很明白，然后将这段咒语记在了自己的脑子里，就像他之前牢记兰卡斯特那间客厅的布局一般。等把咒语记牢了，他便走出了那个圆圈。

布雷思维特此时已经把《名分之书》从保险柜里拿了出来，并且确信书没有受到丝毫损坏。“好了，”他说道，“现在咱们把大家都召集起来，然后——”他一转身，见艾提克斯就站在自己的身后，不由得吃了一惊，不过仰仗着自己有免疫能力护身，即便是艾提克斯朝他伸出了一只鲜血淋漓的手掌，他也没有朝后退开。“你这是要干什么？”

从艾提克斯的口中说出的回答是亚当的语言。就在开口吟诵出第一个音节之时，他将自己的手掌按在了布雷思维特的胸口。一股炙热烧穿了布雷思维特衬衫的衣料，直抵他的前胸。布雷思维特惨叫一声，手里的《名分之书》也丢在了地上。他想立刻脱身而出，可此时二人已经完全黏在了一起，肌肤连着肌肤，手掌连着胸膛，鲜血连着印记。艾提克斯口中吟诵不止，而布雷思维特痛苦地抓着艾提克斯的前臂，哀号不已。

艾提克斯终于完成咒语。炙热和剧痛逐渐消散。等艾提克斯撤开自己的手掌，布雷思维特的胸前依然有个印记，仍然是该隐的印记——不过已经跟以前那个完全不一样了，相比之前的含义，现在这个则是新的一语双关之印。

布雷思维特朝后踉跄几步靠在墙上。“什么？你刚才都干了些什么？……”话还没说完，他双腿一软，无助地跌滑在地上。

宴会厅的大门一开，蒙特罗斯、乔治、利蒂希娅、希波吕忒、海贼老乔、阿卜杜拉，还有莫蒂默鱼贯而入。他们站在艾提克斯身边，齐齐低头看着眼前倒在地上像癫痫发作一般不停抽搐颤抖的布雷思维特。“你们不能……”他不停喘息着，拼了命地把自己想说的话从牙缝里挤出来，“你们不能……杀我……”

“我们没打算杀你，”艾提克斯说道，“我们要把你赶走。”

离开之前，众人将现场清理得干干净净。莫蒂默用拖把擦了整个宴会厅的地面，海贼老乔和阿卜杜拉把之前用到的所有道具和设备都收拾妥当。希波吕忒带领众人来到电力屋，利蒂希娅用她的睡忘法杖放倒了那两个守卫。经过一番商议，蒙特罗斯和乔治把伯克探员用家具包装垫给裹了个严实，然后塞进了布雷思维特那辆戴姆勒的后备箱，至于布雷思维特，则被抬进了货车的后厢里。

他们驶上 41 号公路，一路向南行驶。众人越过卡拉麦特河时已经过了午夜时分，眼见前面是两条岔路的指示牌，上面写着：

您现在正驶离芝加哥

以及

欢迎来到印第安纳州

他们朝左一转，驶进印第安纳波利斯大道和宾夕法尼亚铁路之间的一片开阔地带。货车停在了州境线的伊利诺伊州这一边，利蒂希娅驾驶的戴姆勒则是刚刚越过州境线便停了下来，车钥匙留在了点火开关里。艾提克斯和蒙特罗斯把迦勒·布雷思维特从车厢里拖了出来，毫不客气地把他往戴姆勒边一扔。一出芝加哥的边界，布雷思维特就开始慢慢地恢复了自己的体力，缓了一会儿他就能自己站起来了。

希波吕忒从货车的杂物箱里拿出一本交通图，递给了艾提克斯，艾提克斯又转手把它交给了布雷思维特。“贺拉斯没法来这儿跟你告别了，”艾提克斯说道，“不过他给你准备了一份临别礼物。”

“从现在开始，”乔治解释道，“你就得小心避开那些标红的区域了。”

“也别有太多负担，”希波吕忒接口道，“咱们这个国家大部分地方对你而言还是表示欢迎的。只要别又绕路去底特律或者费城或者纽约哈姆莱这样的地方，你就肯定能平安到家。”

布雷思维特一直在摇着头。“你们不能，”他说道，“你们不能这么对我。”

“我们能，而且我们已经这么对你了。”艾提克斯说道，“顺便说一句，温斯洛普先生也托我向你问好，他很高兴能取回自己的笔记。”

“温斯洛普？”布雷思维特惊愕道，“这都是温斯洛普教你做的？”

“是的，”艾提克斯说道，“而且你应该感到庆幸——我老爸可是琢磨着给你换个不一样的下场，而且其实我本心也倾向于那样呢。”

“那我可是深表感激了。”说完，他又看向利蒂希娅，“你跟你那帮租客得另找个地方住了。我只要一找到公用电话就会找个拆迁队来把温斯洛普公馆夷为平地。”

“哦，我可不这么认为，布雷思维特先生。”利蒂希娅说道，“现在那里已经不再是你的产业了。”

“她说得没错，”艾提克斯说道，“今天下午我顺便去了一趟阿奇博尔德的办公室，把利蒂希娅合同上的尾款一笔付清了，现金哦。”

“你给付清了？”布雷思维特看着乔治，“用我给你的钱？”

“是用我们的钱，布雷思维特先生，”乔治说道，“那是我们的钱。”

布雷思维特气得哑口无言，他满脸涨得通红，拿着地图的手气得直哆嗦。不过他很快还是冷静了下来。“好吧，”他说道，“房子是你们的了。钱也是你们的了，但是那本书……”他看向艾提克斯，“把《名分之书》给我吧。”

“这我觉得不行。”艾提克斯说道，“你说呢，阿卜杜拉？”

“不行。”阿卜杜拉断然拒绝道。

“我愿意出钱买那本书。”布雷思维特说道，“你们尽管开价。”

“你就是把所有的钱都拿出来也不行。”阿卜杜拉说道，“烈火才是它最终的归宿。”

“现在你可以走了。”艾提克斯说道，“不过你也别难过，布雷思维特先生。事实上，这本书对你一点儿好处都没有。看到你胸口那个新的印记了吗？它并不仅仅会将你挡在属于你们结社的地方之外，而且你也没法再是你们那个组织的成员了。”

“你这是在说什么鬼话呢？”

“你再也不是巫师了。你还拥有你自己的免疫能力——当然在形式上有了更多的限制——不过你其他的能力都没有了。别想着重新得回那些能力或者学习新的能力，那样做只会让你浑身难受。现在的你，已经对自然哲学过敏了。”

起先布雷思维特是怎么也不相信的，可等他对自己的情况内视一番，并且想使出别的能力的时候，他的脸色一下就从拒绝变成了恐惧与绝望。“不，”他哀号道，“不，艾提克斯……艾提克斯！你不能这么——”

“我能，”艾提克斯答道，“而且我已经这么做了。”

说完他转身就走。布雷思维特一把抓住了他的胳膊，可艾提克斯轻轻一挣就摆脱了出来，而布雷思维特则感觉到一阵虚弱和恶心，向后踉跄了几步。“艾提克斯！”他吼道，“艾提克斯，求你了！……你需要我的，艾提克斯！”

闻言，正和家人与朋友们往前走的艾提克斯又停下了脚步，他扭过头来，扬了扬眉毛。“我‘需要’你？”他说道，“我觉得你是不是该去找本字典翻翻了，布雷思维特先生？”

“你觉得兰卡斯特的分社被捣毁了，这一切就完了？”布雷思维特说道，“没完！结社还有其他分社呢，全美国到处都是。现在他们都知道你了。他们都会来找你，不过他们可不会像我这样。他们才不会把你当成家人，甚至都不会把你当成人来对待。在从你身上得到自己想要的东西之前，他们是绝不会放过你的。你无论躲到哪儿都不安全。你——”

话还没有说完，可是他不得不停下来，因为艾提克斯忽然大笑了起来。利蒂希娅、乔治、希波吕忒，还有其他人，全都笑了起来——

甚至就连直到现在还因为要放布雷思维特活着离开而耿耿于怀的蒙特罗斯都不例外。他们所有人全都笑得前仰后合。

“怎么了？”布雷思维特大喊道，他就像看一群疯子一样看着他们，“什么事这么可笑？”可好长一段时间他们都没答话，实在是因为笑得太厉害了。

“噢，布雷思维特先生，”最后还是艾提克斯开了口，他擦了擦笑出的眼泪，“你到底是在拿什么东西吓唬我呢？你觉得我还不知道自己所在的到底是个什么样的国家吗？我知道，我们大家都知道。我们一直都知道。只有你才是那个稀里糊涂的人呐。”

他们还在笑，纷纷上了货车，随即扬长而去。迦勒·布雷思维特仍然呆立在冷风之中。直到货车的尾灯消失在远处也没挪动地方。又过了半个小时，连印第安纳州的州巡警都出现了，他还攥着那本交通图伫立在黑暗之中傻傻地发着呆，就像个迷途的旅人拼命琢磨着自己到底错在哪儿了，到底又是怎么错的。

尾声

1955年，又是新的一年在前方等待着我们。如以往一样，我们要专门停下来为过去十二个月所取得的进步表达自己的感激：最高法院对“布朗诉教育委员会案”进行了公正的裁决；在军队之中废除种族隔离制度这一举措几经推迟，终于落地；当然还有其他方面所取得的胜利，虽然没有过多宣扬，但并不意味着无关紧要。我们还会继续对并不遥远的将来满怀期待，等到那时，所有的旅行者都会被一视同仁。在那辉煌的一天到来之前，让我们下定决心勇敢前行，为前路会遭遇的任何挑战做好万全的准备……

——《黑人旅行安全指南》，1955年春季版

“当然，我可以问问他。”利蒂希娅说道，“不过我可不敢保证他会答应。”

“我们可以相互帮忙嘛，当然是在合理的范围之内。”希波吕忒说道。

三月初的一天上午，二人坐在希波吕忒家的厨房里聊天。中间的桌面上放着一张纸，上面是希波吕忒画下的一幅八行八列的数阵方格图。其中几个方格里已经填上了数字——暂时是用铅笔写的——不过大部分还空着。

利蒂希娅用手指点着那张纸：“你确定吗？那个女人可是想要杀了你呢。”

“她是想保护自己的女儿罢了。”

“那么你觉得她会因为你把珀尔遭遇的真相告诉了她就感激你吗？”

“不，很可能不会。”希波吕忒并不否认，“不过就把她留在那么远的地方似乎也不对啊。”

“也许吧。”利蒂希娅说道。她看了一眼桌上其他的纸张：都是芝加哥大学还有其他两所更偏远一些的大学的宣传材料和申请表，这三所大学都有天文学专业课程。“那你再跟我说说，你这么折腾是不是只为了再试试那台机器？”

希波吕忒笑了起来：“要是我能把传送门开在这里，周围也没人把守……”说到这里她突然停了下来，因为她想起了那域外星系的鲜红日出，还有斯库拉。“当然，我们还是得小心谨慎一些。不过到那时，我想来一次探险。事实上，我不会上瘾的，再来一次就好。”

利蒂希娅对此表示怀疑，这样的话她已经从别人口中听过很多次了。不过她还是说道：“好吧，我会跟温斯洛普先生聊聊，看他愿不愿意把这些数字组合都告诉我。”

“谢谢，”希波吕忒说道，“如果你不告诉乔治的话我会更加感谢。”

“好的，我明白。放心好了。”

希波吕忒起身又给自己倒了一杯咖啡：“露比最近怎么样？”

“要是你看到她，或许你能告诉我她的近况。”

“她最近一直没露面吗？”

“上个星期天她去教堂了，不过礼拜到最后的时候她就走了，我没来得及跟她说上话。我觉得她是在生我的气。”

“为什么啊？”

利蒂希娅耸了耸肩：“我猜她是在为自己感到难过。我们解决了布雷思维特就意味着让她又丢了一份工作。这样就像是她因为不得不做的事情而受到了惩罚一样。”

“她受到了惩罚，而你却得到了温斯洛普公馆。”

“我早就告诉过她我愿意跟她分享这一切。”利蒂希娅说道，“可她就是不愿意。露比根本就不知道自己到底想要什么，这才是她真正的问题……可那不是我的错啊。人生有时候就是这么不公平，你说是吧？可就算是不公平，你该怎么办呢？”

这天中午，她站在大楼的前厅等人。她的满头红发刚刚被剪成阿梅莉亚·埃尔哈特的发型。这一次她可没忘了穿袜子，还穿了一身新礼服，脚上的一双新鞋是专门为了这次的场合而购买的。提包里有她新获得的身份证，这可花了她不少钱，是通过父亲以前的一位赌桌上的朋友给办成的。

“莱特布里奇小姐？”一位女士刚刚走出电梯，她就开口说道，“打扰一下，莱特布里奇小姐？”

乔安娜·莱特布里奇警惕地看着眼前这个像看老朋友一样对着她笑逐颜开的女士。“不好意思，我们以前见过吗，这位小姐？”

“我叫海德。希拉里·海德。你并不认识我。很抱歉这么唐突地在这里等你。我之前是预约过的，不过贵公司的前台说我只能见到你的一位助理。他们都很优秀，对此我毫无疑问，不过我确实是很想跟你本人谈谈。”她打开自己的手包，从里面拿出一张叠起来的剪报。“我看了上个月《芝加哥论坛报》对你的采访，可真让人心潮澎湃啊。”

“我倒是真不会那么说。”莱特布里奇有些面色不善，“我甚至都不觉得那算是次采访。”

“记者对你太粗鲁了。那些涉及你为什么不结婚的问题，我觉得并不合适。但是你回答得非常棒。我能看出来你肯定还想说更多东西——可能你已经说出来了，只是他没在报道里面写下来罢了。”这时，一个邮差从街上进到大厅里，还推着个装满包裹的手推车，两位女士齐齐闪身给他让路，结果二人就靠得更近了。“莱特布里奇小姐，一年多以前我的母亲去世了，”她继续说道，“从那时开始我就经历了许多变化。我不想说太多细枝末节来占用你的时间，不过我想说的是，这一切让我意识到，我其实对自己之前一直从事的工作并不满意。我现在还是单身，而且近期也没有要成家的打算。对于我不想做的事我知道得很多，但是对于我到底想干什么，其实我心里并没有底。看了你的采访之后，我才发现似乎我自己的人生经历跟你竟有些相似。我知道你很忙，不过我真的很希望你能抽出哪怕一丁点儿时间，或许能帮我指条明路，能让我多少明白些该怎么开始去追寻我正在追寻的东西。”

乔安娜·莱特布里奇这会儿笑了出来。“海德小姐，对吗？”她说道。

“叫我希拉里就可以了。”

“希拉里……吃过饭了吗？”

“不，还没呢。我很愿意请你吃顿午饭。”

“那就好，希拉里，我请客。”

乔治一开始想用个又大又显眼的保险箱来着，那种保险箱得凑齐一帮人才能抬动，但是蒙特罗斯却说那保险箱的钢板就算有一英寸厚也不顶用，因为小偷会拿枪顶着你的脑袋——或者你全家的脑袋——要挟你把密码说出来。于是，乔治便让蒙特罗斯把他的一个文件柜带到机械车间里去想办法进行了一下伪装改造。文件柜上面的两个抽屉是正常使用的（里面装着西弗吉尼亚州、威斯康星州和怀俄明州的实地考察报告），不过底下那两个抽屉可就是幌子了：拉开一面装有合页的盖板之后，就会露出里面那个用螺栓固定在柜子底板上的两英尺半高的保险箱来。

“那真的有三万块钱吗？”看着保险箱里那一叠钞票，贺拉斯问道。

“现在没那么多了。”乔治说道，“不过培养你上大学是足够了，连奥菲利亚的孩子上大学的钱都够了。”

“还有你上大学的钱。”蒙特罗斯看向艾提克斯说道。

“还有妈妈上大学的钱。”贺拉斯插嘴道。

“对，当然给她也够用了。”乔治说道，“等把这些要花的钱都花掉了，还能剩下多少咱们就拭目以待吧。不过等你完成学业之后如果还想出版漫画的话，可能咱们就需要安排一笔商业贷款了。”

“你是说真的？”

“这得等你毕业拿到学位证书之后再说。”乔治说道，“不过即便到了那时候，你也不能把这件事告诉任何人，明白吗？”

“我明白。”贺拉斯应道。

乔治关上了保险箱，又把那块伪装用的盖板放回原位，然后四个人一起回到了前面的办公室里。墙边堆着一摞纸盒子，里面装的都是1955年春季版的《黑人旅行安全指南》。乔治拿起一本翻了翻，使劲儿闻了一下里面崭新的油墨味道，心中又一如既往地开始想，到底还需要多久他才能不用再印这本书，然后把自家买卖的名字改成那个普普通通的老字号“贝里旅行社”呢？

可能还得几年时间吧。

“你走之前，”他转向艾提克斯，“我还有些新的消息线索想让你去核实一下。”

“在哪儿？”

“孟菲斯。那有个游客之家，在阿肯色州，要过密西西比河。”

“好的，”艾提克斯应道，“我这周末就去跑一趟。”

“我能去吗？”贺拉斯问道。

“我觉得不行吧，”乔治说道，“你这周末不是还有作业要写吗？”

“我可以在车里写啊。”

“那里也是吉姆·克劳的地盘啊。”

“我知道。”贺拉斯说道。

“吉姆·克劳可不是游乐场啊。”蒙特罗斯说道，他对自己侄子的语气颇为赞赏。

“我知道，”贺拉斯说道，“可我一定得去看看。”他看向自己的父亲，“下个月我可就十三岁了。”

乔治和蒙特罗斯交换了一下眼神。然后艾提克斯开了口：“如果你们同意的话，我愿意带他去。而且，你也可以一起去啊，老爸。”

“我？”蒙特罗斯有些诧异。

“当然是你啦，”艾提克斯说道，“有你在就可以确保贺拉斯在这一路所见所闻之中学到他应该学的东西。就像你当年对我做的一样。而且我很喜欢咱们一起作伴去的。”

蒙特罗斯面露不悦之色。不过他并没有拒绝。

“你真要去的话我觉得就更好了，”乔治说道，“要是到时不忙的话，我也想一起去呢。”

“好嘛，老爸。”艾提克斯恳求道。

“行啦，去就去。”蒙特罗斯说道，“不过得我来开车。”

致　谢

这本小说的创作酝酿时间比我其他大部分的作品都要长。其最初的萌芽还要回溯到差不多三十年前，那是我跟约瑟夫·斯坎特伯里还有康奈尔大学的詹姆斯特纳教授的一次对话。最近，当然也是好长一段时间以前了，我碰巧读了帕姆·诺尔斯写的一篇关于“羞辱”这个话题的随笔，讲到了要当黑人科幻小说粉丝所要面临的特殊困境。接着詹姆斯·W. 洛温的《落日镇》又让我知道了维克多·H. 格林的《黑人汽车旅行绿皮书》，然后就开始有了这本小说故事的雏形。

我要一如既往地感谢我的太太丽莎·戈尔德，我的经纪人梅勒妮·杰克逊。还要衷心感谢乔纳森·伯纳姆、玛雅·齐夫、莉迪亚·韦弗、蒂姆·达根、巴里·哈博、珍妮弗·布雷尔、凯伦·格拉斯、凯特琳·弗依多、艾米·斯托尔斯，以及国家艺术基金会、阿利克斯·威尔伯和理查德·雨果公司、尼尔·斯蒂芬森、凯伦·劳尔、格雷格·贝尔、彼得·雅希姆。

作者简介

马特·拉夫是华盛顿州西雅图的一位作家，代表作有《奇迹》《混蛋猴子》《把房子整理好》《山中傻瓜》《下水道、瓦斯与电》。

图书在版编目（CIP）数据

恶魔之地 / （美） 马特 · 拉夫著 ； 陈堃译． -- 北京：北京时代华文书局， 2020.9
（2022.6 重印）
ISBN 978-7-5699-3857-9

Ⅰ．①恶… Ⅱ．①马… ②陈… Ⅲ．①长篇小说－美国－现代 Ⅳ．① I712.45

中国版本图书馆 CIP 数据核字 (2020) 第 157871 号
北京市版权局著作权合同登记号 图字：01-2020-0984

恶魔之地

EMO ZHI DI

作　　者 | [美] 马特 · 拉夫
译　　者 | 陈　堃

出 版 人 | 陈　涛
策划编辑 | 黄思远
责任编辑 | 黄思远
责任校对 | 张彦翔
封面插画 | 朱　异
封面设计 | 程　慧
内文排版 | 王艾迪
营销编辑 | 俞嘉慧
责任印制 | 訾　敬

出版发行 | 北京时代华文书局 http://www.bjsdsj.com.cn
北京市东城区安定门外大街 138 号皇城国际大厦 A 座 8 楼
邮编：100011　电话：010－64267955　64267677
印　　刷 | 三河市兴博印务有限公司　0316-5166530
（如发现印装质量问题，请与印刷厂联系调换）
开　　本 | 880mm×1230mm　1/32　印　　张 | 15.75　字　　数 | 363 千字
版　　次 | 2021 年 5 月第 1 版　印　　次 | 2022 年 6 月第 3 次印刷
书　　号 | ISBN 978-7-5699-3857-9
定　　价 | 59.00 元